KB253040

설국(雪國)

川端康成

일신서적출판사

설국(雪國)
차례

설국(雪國) ————————5

센바즈루(千羽鶴) ————127
  숲속의 저녁 해 / 157
  백자(白瓷) / 179
  어머니의 입술연지 / 196
  포개진 병 / 219

나미치도리(波千鳥) ————249
  여행의 이별 / 274
  신가정 / 310

이즈(伊豆)의 무희(舞姬) —327
  ■ 작품 해설 / 358

설국(雪國)

설국(雪國)

현(縣) 경계의 긴 터널을 빠져나오니 눈(雪)의 고장이었다. 밤의 땅바닥이 하얗게 되었다. 신호소(信號所)에 기차가 멈췄다. 건너편 좌석에서 아가씨가 다가와 시마무라(島村) 앞의 유리창을 열었다. 눈의 냉기가 흘러들었다. 아가씨는 상체를 쑥 내밀고 멀리 향해 부르짖듯이,

"역장님! 역장님!"

등불을 들고 천천히 눈을 밟고 다가온 남자는 목도리를 콧등까지 싸고 귀에는 모자에 달린 털가죽을 늘어뜨리고 있었다.

벌써 저런 추위인가 하고 시마무라가 밖을 바라보니 철도의 관사같이 보이는 바라크가 산기슭에 썰렁하게 흩어져 있을 뿐, 눈의 흰빛은 거기까지 흐르기 전에 어둠에 가리워져 있었다.

"역장님, 저예요. 안녕하셨어요?"

"아! 요오코 양 아닌가. 귀갓길인가? 또 추워졌는걸."

"동생이 이번에 여기서 근무하게 되었다지요? 폐가 많겠어요."

"이런 곳은 적적해서 견디지 못할 거야. 젊은데 안됐군."

"아직 어리니까 역장님께서 잘 가르쳐주시길 부탁드리겠습니다, 네?"

"염려 마. 일 잘 하고 있어. 이제부터 바빠질 거야. 작년에는 대설이었지. 자주 눈사태가 나서 말이야. 기차가 도중에서 꼼짝달싹 못해 마을에서 밥을 지어 대주느라 바빴었지."

"역장님, 꽤 두텁게 입으셨군요. 동생 편지에는 아직 조끼도 입지 않은 것같이 쓰여 있었는데."

"나는 옷을 네겹이나 껴입었지. 젊은 사람은 추우면 술만 마시고 있지. 그리고는 제멋대로 저렇게들 쓰러져 있는 거야. 감기에 걸려서 말야."

역장은 관사 쪽으로 등불을 비추었다.

"동생도 술을 마시나요?"

"아냐."

"역장님, 이제 돌아가시는 길인가요?"

"나는 다쳐서 병원에 다니고 있지."

"어마! 안됐군요."

일본옷에 외투를 입은 역장은 추워서 말을 끝내고 싶다는 듯이 뒷모습을 보이면서,

"그럼 잘 가요."

"역장님, 지금 동생은 나와 있지 않나요?"라고 말하며 요오코는 눈 위를 둘러보며,

"역장님. 동생을 잘 돌봐주시길 부탁드립니다."

애처로울 만큼 아름다운 목소리였다. 높은 울림이 그대로 밤의 눈에서부터 메아리쳐 올 것만 같았다.

기차가 움직이기 시작했는데도 그녀는 상체를 창 밖에 내민 채였다. 그리고는 선로 아래를 걷고 있는 역장에게 가까이 다가가게 되자,

"역장님, 요번 휴일에 집에 돌아와달라고 동생에게 전해주세요."

"알았어." 하고 역장이 큰소리로 대답했다.

요오코는 창문을 닫고 빨개진 볼에 양손을 댔다.

제설차(除雪車)를 3대나 비치하고 눈을 기다리는 현 경계의 산이었다. 터널의 남북으로 전력에 의한 눈사태 감지선이 통해져 있었다. 제설인부는 연인원 5천 명에다가 소방대, 청년단의 연인원

2천 명의 출동 준비가 이미 끝나 있었다.

그처럼 곧 눈에 파묻힐 철도 신호소에 요오코라는 아가씨 동생이 올 겨울부터 근무하고 있다는 것을 알고 시마무라는 한층 그녀에게 흥미를 느꼈다.

그러나 여기서 '아가씨'란 것은 시마무라에게 그렇게 보였기 때문이지 동행의 남자가 그녀와 어떤 사이인지는 물론 알 리 없었다.

두 사람의 거동은 부부 같았지만 남자는 분명히 환자였다. 환자를 간호하게 되면 남녀 사이가 자연스러워져 정성껏 돌보면 돌볼수록 부부처럼 보이는 법이다. 실제로 자기보다 연상의 남자를 돌보는 여자의 앳된 어머니 같은 태도는 먼 눈빛에 부부처럼 생각될 수도 있을 것이다.

시마무라는 그녀 한 사람만을 떼어놓고 그 모습의 느낌에서 제멋대로 처녀겠지, 하고 단정하고 있을 뿐이었다. 그러나 거기에는 그가 그 아가씨를 너무 이상한 눈으로 바라본 결과 자신의 감정이 많이 작용했음인지도 모른다.

벌써 3시간이나 전의 일이지만, 시마무라는 따분한 나머지 왼손 집게손가락을 이리저리 움직이며 바라보다가 결국 이 손가락만이 만나러 가는 여인을 생생하게 기억하고 있구나, 하고 생각했다.

똑똑히 생각해내려고 조급하게 굴면 굴수록 잡히지 않고 멍해져 가는 기억의 희미함 속에서, 이 손가락만은 여인의 촉감으로 지금도 젖어 있어 자기를 먼 여인에게 끌어붙이는 것 같다고 생각하면서, 코에 대고 냄새를 맡아보기도 하고 있었는데 문득 그 손가락으로 창유리에 선을 그었더니 거기에 여인의 한쪽 눈이 확연히 떠오르는 것이었다. 그는 놀라서 소리를 지를 뻔했다. 그러나 정신을 차려보니 그것은 다름아닌 건너편 쪽 좌석의 여자가 비친 것이었다. 밖엔 어둠이 깔려 있고 기차안엔 불이 켜있었다. 그래서 유리창이 거울이 되었다. 그러나 스팀의 습기로 유리가 온통 수증기로 젖어 있었기 때문에 손가락으로 닦을 때까지 거울은 없었다.

아가씨의 한쪽 눈은 이상하리만큼 아름다웠으나 시마무라는 얼굴을 창문에 기대더니 저녁 풍경을 보고 싶은 듯한 여수(旅愁)에 젖은 표정을 지으며 손바닥으로 유리를 문질렀다.

아가씨는 가슴을 약간 기울여 앞에 누워 있는 남자를 내려다보고 있었다. 어깨에 힘이 들어 있는 것으로 보아 좀 딱딱하고 위엄있는, 눈도 깜박이지 않을 만큼의 진지한 마음의 표현임을 알았다.

사내는 창 쪽을 베개삼아 처녀 옆에 구부린 다리를 올려놓고 있었다. 3등차였다. 시마무라의 바로 옆좌석이 아니고 앞쪽으로 하나 건너 저쪽 좌석이었으므로 모로 누워 있는 사내 얼굴은 귀언저리 까지밖에 거울에 비치지 않았다.

처녀는 시마무라와 비스듬히 마주 바라보고 있는 셈이어서 보려고만 하면 바로 볼 수 있었지만 그녀와 그 사내가 기차에 올라탔을 때, 뭔가 서늘하게 찌르는 듯한 처녀의 아름다움에 놀라 눈을 내려뜨는 순간, 처녀의 손을 꼭 잡은 사내의 푸르스름한 빛을 띤 누런 손이 보였는지라 시마무라는 두 번 다시 그쪽을 봐서는 안 된다는 생각이 들었던 것이다.

거울 속의 사내의 얼굴빛은 그저 처녀의 가슴 언저리를 바라보는 탓인지 마음이 편안한 듯 차분해보였다. 허약한 체력이 허약한 대로 달콤한 조화가 엿보였다. 목도리를 베개삼아 베고 한끝을 밑으로 끌어올려 입을 온통 덮고, 왼쪽에 드러난 볼을 둘러싸고 있어서 일종의 볼싸개와도 같은 모습인데 그것이 벗겨지기도 하고 코를 뒤덮어버리기도 했다. 사내가 눈동자를 움직이기도 전에 처녀는 부드러운 손놀림으로 고쳐주고 있었다. 보고 있는 시마무라가 애가 탈 만큼 몇 번이고 똑같은 짓을 두 사람은 무심히 되풀이하고 있었다. 또한 사내의 발을 싸맨 외투자락이 가끔 밑으로 처져 벌어졌다. 그것도 처녀는 재빨리 알아차려 고쳐주고 있었다. 그것은 참으로 자연스러웠다. 이처럼 두 사람은 거리감을 망각하고 끝없이 멀리 떠나가는 사람의 모습처럼 여겨질 정도였다. 그러므로 시마무라는 슬픔을 보고 있다는 괴로움은 느끼지 못하고 꿈 속을 바라보고 있는 듯한 느낌이었다. 이상한 거울 속 일이었기 때문이기도 하겠지.

거울 속에는 저녁 풍경이 흐르고 있어서, 결국 비쳐지는 것과 비쳐주는 거울이 영화의 이중 영상처럼 움직이는 것이었다. 등장 인물과 배경과는 아무런 연관도 없었다. 게다가 인물은 투명한 무상함이고 풍경은 어둠 속에 희미하게 흐르고, 그 두 가지가 융합하면서 이 세상이 아닌 상징의 세상을 그리고 있었다. 특히 처녀의 얼굴 한가운데에 산야의 등불이 비쳤을 때 형용할 수 없는 아름다움으로 시마무라의 가슴이 떨릴 정도였다.

저 멀리 보이는 산 위의 하늘엔 아직 저녁놀의 잦아져가는 빛깔이 아련하게 남아 있었는지라 유리창 너머로 보이는 풍경은 멀리까지 모습이 새겨져 있지 않았다. 그러나 빛깔을 벌써 잃어버렸는지라 어디까지 가더라도 평범한 산야의 모습이 한층 더 평범하게 보이고 아무것도 유난히 주의를 끌만한 것도 없기 때문에 도리어 뭔가 멍하니 커다란 감정의 흐름이 느껴졌다. 물론 그것은 처녀의 얼굴을 그 속에 떠올리고 있었기 때문이다. 창문 거울에 비치는 처녀의 윤곽 둘레를 끊임없이 저녁 풍경이 움직이고 있어서 처녀 얼굴도 투명하게 느껴졌다. 그러나 정말 투명한지 어떤지는 얼굴 뒷면을 끊임없이 흐르는 저녁 풍경이 얼굴의 표면을 스쳐가는 것처럼 착각되어서 확인할 틈이 잡히지 않는 것이었다.

기차 안도 그다지 밝지는 않았으며, 진짜 거울처럼 선명하게 보이지도 않았다. 반사가 없었기 때문에 시마무라는 들여다보고 있는 동안에 거울이 있다는 것을 점점 잊어버려서 저녁 풍경의 흐름 속에 처녀가 떠올라 있는 듯이 느껴졌다.

그럴 때에 그녀의 얼굴 한가운데에 등불이 켜진 것이다. 이 거울의 영상은 창 밖의 등불을 지워버릴 만큼 선명하지는 못했고 등불도 영상을 지워버리지는 못했다. 등불은 그녀의 얼굴을 흘러 지나갔다. 그러나 그녀의 얼굴을 환하게 밝혀주지는 못했다. 차갑고 먼 빛이었다. 작은 눈동자의 언저리를 희미하게 밝혀주면서, 즉 처녀의 눈과 불이 합쳐친 순간 그녀의 눈은 땅거미의 물결 사이에 떠있는 괴상하고 아름다운 야광충(夜光蟲)처럼 보였다.

이런 꼴로 보이고 있다는 것을 요오코는 알 까닭이 없었다. 그녀는 오직 환자에게 정신을 쏟고 있었는데, 가령 시마무라 쪽을 바라보았다 하더라도 유리창에 비치는 자신의 모습은 보이지 않았을 것이며 창 밖을 바라보는 사내는 안중에도 없었으리라.

시마무라가 요오코를 오랫동안 훔쳐보면서도 그녀에게 실례가 된다는 것을 잊고 있었던 것은 저녁 풍경이 비친 거울 속의 비현실적인 힘에 사로잡혀 있었기 때문이리라.

그래서 그녀가 역장을 불러 뭔가 지나치게 진지한 것을 보였을 때도 소설 같은 흥미가 앞섰는지도 모르겠다. 그 신호소를 지날 무렵에는 벌써 차창은 어둠뿐이었다. 저쪽의 풍경의 흐름이 사라지자 거울의 매력도 사라지고 말았다. 요오코의 아름다운 얼굴은 역시 비치고 있었지만 그 따뜻한 몸가짐과는 상관없이 시마무라는 그녀 속에서 무엇인가 맑고도 차가운 것을 새삼스레 발견하고, 거울이 흐려지는 것을 닦으려고도 하지 않았다.

그런데 그로부터 반시간 정도 후에 뜻밖에도 요오코 일행도 시마무라와 같은 역에서 내렸기에 그는 또 무엇이 일어날 것인가 하고 자기와 무슨 관계가 있는 듯이 돌아다보았지만, 플랫폼의 한기(寒氣)가 느껴지자 갑자기 기차 속에서의 실례가 부끄럽게 여겨져서 뒤도 돌아보지도 않은 채 기관차 앞을 건너갔다.

사내가 요오코의 어깨를 붙들고 선로 쪽으로 내리려고 했을 때, 이쪽에서 역무원이 손을 들어 세웠다. 이윽고 어둠 속에서 나타난 긴 화물열차가 두 사람의 모습을 감추어버렸다.

여관에서 손님을 모시러 나온 지배인은 불난 곳의 소방관처럼 어마어마한 눈옷차림을 하고 있었다. 귀를 싸고 고무장화를 신고 있었다. 대합실에서 창문을 통하여 선로 쪽을 바라보고 있는 여자도 파란 망토를 입고 파란 두건을 쓰고 있었다.

시마무라는 기차 안에서 온기가 아직 가시지 않아서 추위는 느껴지지 않았지만 눈고장의 겨울은 처음이어서 이 고장 사람의 옷차림을 보고 기가 질렸다.

"그런 옷차림을 할 만큼 추운가?"

"그럼요, 이제 완전히 겨울 차비인걸요. 눈이 온 뒤 날씨가 개기 전날밤은 유난히 춥지요. 오늘 밤은 이미 영하로 내려갔을걸요."

"이것이 영하란 말인가?" 하고 시마무라는 처마끝의 예쁘장한 고드름을 바라보면서 여관 지배인과 자동차에 탔다.

눈빛이 집들의 낮은 지붕을 한층더 낮게 하고 마을은 쥐죽은 듯이 고요하게 가라앉은 듯했다.

"과연 손에 닿는 것마다 차가운 맛이 다르군."

"작년에는 영하 20 도가 제일 추웠죠."

"눈은?"

"글쎄요, 보통 일곱여덟 자입니다만 많이 쌓일 때는 열두서너 자를 넘을 겁니다."

"이제부터로군."

"이제부터죠. 이 눈은 요전에 한 자 가량 내린 것이 어지간히 녹은 겁니다."

"녹는 일도 있나?"

"앞으로 언제 큰 눈이 올지 몰라요."

십이월 초순이었다.

시마무라는 끈덕진 감기 기운으로 막혔던 코가 머릿속까지 한꺼번에 뚫려서 더러운 것이 씻겨내리듯이 콧물이 쉴새없이 흘러내렸다.

"선생 댁에 있던 색시는 아직 있는가?"

"그럼요. 있구말구요. 역에 있었는데 보시지 못하셨나요? 짙은 파란 망토를 입고……."

"그게……그랬던가? 나중에 부를 수 있겠지?"

"오늘 밤에요?"

"오늘 밤이지."

"지금 온 막차로 선생의 아들이 돌아온다던가 해서 마중을 나와 있던데요."

저녁 풍경이 비친 거울 속에서 요오코에게 간호를 받던 환자는 시마무라가 만나러 온 여인이 있는 여관집의 아들이었다.

그 사실을 알게 되자 자기의 가슴속을 뭔가가 스쳐 지나간 것같이 느껴졌지만 이 인연을 그는 그다지 이상하다고 생각하지 않았다. 이상하다고 생각지 않는 자신을 이상하다고 생각할 정도였다.

손가락으로 기억하고 있는 여인과 눈에 등불을 켜고 있던 여인과의 사이에 무엇이 있는 것일까? 무엇이 일어날 것인가? 시마무라는 왠지 그것이 마음속 어딘가에 보이는 듯한 느낌도 들었다. 아직도 저녁 풍경이 비친 거울에서 깨어나지 못한 탓일까? 그 저녁 풍경의 흐름은 시간의 흐름의 상징이었던가, 하고 그는 문득 중얼거렸다.

스키철을 앞둔 온천 여관은 가장 손님이 적은 때여서 시마무라가 목욕을 마치고 나오니 벌써 모두 잠들어 있었다. 낡은 복도는 그가 발을 옮길 때마다 유리 창문을 살며시 울렸다. 긴 복도 끝에 있는 사무실 모퉁이에 검은빛으로 차갑게 빛나는 마룻바닥 위에 옷자락을 펄럭이며 여인이 우뚝 서 있었다.

마침내 기생으로 나오게 되었나 싶어 그 옷자락을 보고 섬짓 놀랐지만 이쪽으로 걸어오는 것도 아니고 몸을 움직여 맞이하려는 교태를 부리지도 않았으며, 잠자코 움직이지도 않고 서 있는 그 모습에서 그는 먼 눈에도 진지함을 느끼고 급히 다가가 여인 곁에 잠자코 섰다. 여인도 짙은 분화장을 한 얼굴로 미소지으려 했으나 도리어 울상이 되어서 아무 말 없이 두 사람은 방 쪽으로 걷기 시작했다.

그런 일이 있었는데도 편지도 없고 만나러 오지도, 무용책을 보내준다는 약속도 지키지 않았으니 여인으로서는 잊혀졌을 거라고밖엔 생각하지 않았을 테니까, 우선 시마무라 쪽에서 빌든가 변명을 하지 않으면 안 되었지만 얼굴을 보지 않고 걷고 있는 동안에도 그녀는 그것을 책망하기는커녕 온통 그리움에 젖어 있음을 알 수 있었다. 그는 더욱더 어떤 말을 한다 할지라도 그 말은 자신이 불성실하다는 느낌밖에 주지 못할 것이라고 생각하여 뭔가 그녀에게 주눅이 드는 듯한 달콤한 즐거움에 싸여 있었지만 층계밑까지 오자,

"요것이 임자를 가장 잘 기억하고 있었지." 하고 집게손가락을 뻗친 왼손을 갑자기 여인 눈앞에 들이댔다.

"그래요?" 하고 여인은 그의 손가락을 잡더니 그대로 놓지 않고 손을 끌듯이 층계를 올라갔다.

고다쓰 앞에서 손을 놓더니 그녀는 갑작스레 목덜미까지 빨개져서는 그것을 얼버무리려는 듯이 재빨리 그의 손을 잡으면서,

"요게 기억해주었나요?"

"오른쪽이 아니야, 이쪽이야." 하고 여인의 손바닥에서 오른손을 빼서 고다쓰에 넣고는 새로 왼쪽 손을 내놓았다. 그녀는 진지한 얼굴로,

"네, 알고 있어요."

킥킥 웃음을 머금으면서 시마무라의 손바닥을 펼치고 그 위에 얼굴을 댔다.

"요게 기억해주었나요?"

"아, 차라. 이렇게 찬 머리털은 처음이야."

"도쿄는 아직 눈이 내리지 않았나요?"

"임자는 그때 그렇게 말했지만 그건 역시 거짓말이야. 그렇지 않으면 누가 연말에 이렇게 추운 곳에 온담."

그때는……눈사태의 위험기가 지나고 신록의 등산 계절로 접어
들었을 무렵이었다.

으름덩굴의 새순도 머지않아 밥상에서 자취를 감추게 된다.

무위도식하는 시마무라는 자연과 자신에 대한 성실성을 잃기
쉬우므로 그것을 회복하기에는 산이 좋을 것이라고 생각하고 자주
혼자서 산을 오르곤 했는데, 그날 밤에도 현 접경의 산들을 두루
오르다가 일주일 만에 온천장으로 내려와 게이샤를 불러달라고
했다. 그런데 그날은 도로 공사의 낙성 축하연으로 마을의 누에고치
창고 겸 가설극장으로도 쓰이는 건물을 연회장으로 사용할 만큼
흥겨운 잔치가 벌어졌으므로 열두서너 명 되는 게이샤로는 손이
모자라 도저히 데려올 수가 없었다. 그러나 선생댁 처녀라면 연회를
거들어주러 갔다가 춤이나 두세 차례 추고 돌아올 지도 모른다는
것이었다.

시마무라가 되묻자 샤미센과 춤을 가르치는 선생댁에 있는 처
녀는 게이샤라고 할 수는 없으나 큰 연회 등에는 이따금 불려가는
일도 있다는 둥, 동기(童妓)가 없고, 서서 춤추기를 싫어하는 나이
많은 게이샤가 많아서 그 처녀는 귀하게 대접받고 있고 여관의 손님
방에는 좀처럼 혼자서 나오는 일이 없지만 그렇다고해서 전혀 여
염집 처녀라고도 할 수 없다는 둥, 여관집 하녀의 설명은 대강 이런
것이었다.

믿을 수 없는 말이라고 대수롭지 않게 여겼으나 한 시간쯤 지나서
여인이 하녀를 따라왔을 때는 시마무라 자신도 뜻밖의 사실에 놀라
앉음새를 고쳤다.

곧장 일어서서 나가려고 하는 하녀의 옷소매를 여인이 붙잡아
그 자리에 앉혔다.

여인의 인상은 이상스러울 만큼 청결하였다. 발가락밑 틈까지도
깨끗할 것같이 느껴졌다.

초여름의 산들을 보고 온 자기 눈 탓인듯 시마무라는 이상할

정도였다.

옷차림에는 어딘지 게이샤 티가 있었으나 물론 옷자락을 질질 끌지도 않았고, 부드러운 홑옷을 오히려 단정히 입고 있는 편이었다. 띠(帶)만은 어울리지 않게 비싼 것 같아서 그것이 오히려 애처롭게 보였다.

산 이야기 등을 하는 동안에 하녀는 일어나 나갔지만, 여인은 이 마을에서 바라보이는 산들의 이름도 제대로 모르는데다가, 시마무라는 술을 마실 기분도 나지 않던 차에 여인은 신상에 관한 것을 늘어놓기 시작했다.

역시 태생은 이 눈고장이며, 도쿄에서 술집 접대부로 있던 중 몸값을 치러주고 빼내준 사람이 있어서 장차 일본춤을 가르치는 선생이 될 때까지 의지하며 살려고 했던 것이, 일 년 반 만에 돌봐주던 남자가 죽었다고, 뜻밖에도 솔직하게 얘기를 하는 것이었다. 그러나 그 사람과 사별해서 오늘날까지의 일이 아마도 그녀의 진짜 신상얘기일지도 모르지만 그것을 지금 갑자기 털어놓을 것 같지도 않았다.

열아홉 살이라고 했다. 거짓말이 아니라면 이 열아홉이 스물하나둘로 보이는 데에 시마무라는 비로소 마음이 편안해져서 가부키(歌舞伎) 이야기를 꺼냈더니 여인은 그보다도 배우의 예풍이라든가 소식에 정통해 있었다.

그런 말상대가 없었던 탓인지 정신없이 지껄이는 사이에 본바탕이 화류계 출신인 여자답게 격의없는 티를 보이기 시작했다. 남자들 마음을 대충 알고 있는 듯도 했다. 그렇긴 하지만 그는 전적으로 상대를 여염집 여자라고 생각하고 있는데다가, 일주일 동안이나 사람과 변변히 말을 주고받은 일이 없는 직후인지라 사람을 그리워하는 정이 따뜻하게 넘쳐흘러 여인에게 우선 우정같은 것을 느꼈다. 산에 대한 감상이 여인에게까지도 꼬리를 물고 왔다.

여인은 다음날 오후 목욕도구를 복도에 놓고 그의 방에 놀러왔다.

그녀가 앉자마자 시마무라는 갑자기 게이샤를 소개해달라고 했다.

"소개요?"

"알고 있잖아."

"아이 싫어요. 내가 그런 말을 부탁받을 줄은 꿈에도 생각지
못했어요." 하며 여인은 획 창가로 가서 현 접경의 산들을 바라
보다가 이윽고 볼을 붉히면서,

"여기엔 그런 여자 없어요."

"거짓말."

"강제로 하는 일은 절대로 없어요. 모두 게이샤들의 자유거든요,
여관에서도 그런 소개는 일체 하지 않아요. 이건 정말이에요. 댁에서
누구든 불러서 직접 얘기해보세요."

"임자가 부탁해봐."

"내가 왜 그런 짓을 해야 해요?"

"난 임자를 친구로 생각하고 있어. 친구로 사귀고 싶기 때문에
임자에게 말하지 않는 거야."

"그게 친구라는 거예요?" 하고 여자는 문득 어린애처럼 말했
으나 이내 내뱉듯이,

"훌륭하시네요. 그런 부탁을 나에게 할 수 있으니."

"아무 것도 아니잖아. 산에서 원기를 돋워왔기 때문에 기분이
개운치 않단 말이야. 임자하고도 허심탄회한 기분으로 얘기할 수가
없어."

여자는 눈을 내리뜨고 아무 말도 하지 않았다. 시마무라는 이쯤
되면 이미 사나이의 뻔뻔스러움을 속속들이 드러내놓은 셈인데
그것을 잘 이해하여 수긍하는 버릇이 여자의 몸에 배어 있는 듯했다.
그녀의 내리뜬 눈은 짙은 속눈썹 탓인지 홀연히 포근하고 요염해
지더니 시마무라가 바라보고 있는 동안에 여인의 얼굴은 좌우로
살짝 흔들리면서 또다시 발그레해졌다.

"좋아하시는 게이샤를 부르세요."

"그걸 임자한테 묻고 있잖아. 처음 와본 고장이라 누가 예쁜지 모르잖아."

"예쁘다고 하지만."

"젊은 게 좋지. 젊은 편이 어쨌든 탈이 없겠지. 수다스럽게 지 껄이지 않는 게 좋아. 멍청하면서도 더럽혀지지 않은 편 말야. 얘 기하고 싶을 땐 임자하고 할 거야."

"난 이제 안 와요."

"바보 같은 소리."

"어머, 안 올 거예요. 무엇하러 와요?"

"임자하고는 깨끗이 사귀고 싶으니까, 임자에게는 치근치근 굴지 않아."

"기가 막혀요."

"그런 일이 만일 생긴다면 내일은 벌써 임자의 얼굴을 보는 것도 싫어질지도 몰라. 이야기할 마음이 내키지도 않을 거구. 산에서 마을로 내려와서 모처럼 사람이 그립단 말이야. 그래서 임자한테는 조르지 않는 거야. 어쨌든 난 여행자가 아닌가."

"정말 그래요?"

"그렇지, 임자도 임자가 싫어하는 여자하고라면 나중에 만나는 것도 마음이 언짢겠지만 임자 자신이 골라준 여자라면 차라리 낫 겠지."

"몰라요." 하고 톡 쏘아붙이고 외면을 했지만,

"그건 그렇지만."

"무슨 짓을 하면 마지막이야. 재미없지. 오래가지 못할걸."

"그래요, 정말 모두 그래요. 내가 태어난 곳은 항구예요. 여기는 온천장이구요." 하고 여인은 뜻밖에도 순진한 말투로,

"손님들은 대개 여행을 하는 분이거든요. 나는 아직 어린애지만, 여러 사람 말을 들어보면 어딘지 모르게 좋아지고 그 당시는 좋 아한다는 말도 하지 않은 사람이 언제까지나 그리워진다더군요.

잊지 못하나봐요. 헤어진 후란 그런가봐요. 저쪽에서도 생각이 나서 편지를 보내기도 한다고, 대개 그렇게 말들을 해요."

여인은 창가에서 일어나더니 이번에는 창밑 다다미에 사뿐히 앉았다. 먼 지난날을 돌이켜보는 듯한 표정을 지어보이면서 갑자기 시마무라의 신변 가까이에 앉았노라는 그런 얼굴이 되었다.

여인의 목소리에 너무나 실감이 넘쳐 있어서 시마무라는 손쉽게 여인을 속여넘겼구나, 하고 도리어 마음이 불안할 정도였다.

그러나 그는 거짓말을 한 것은 아니었다. 그 여인은 어쨌든 더 럽혀지지 않은 여자이므로 여자를 가지고 싶어하는 그의 욕망을 이 여인에게 요구할 것도 없이 양심의 가책이 느껴지지 않는 손쉬운 방법을 택하고자 한 것이기 때문이다. 그녀는 지나치게 맑고 깨끗 했다. 첫눈에 보았을 때부터 화류계 여자와 이 여자와는 구별해 두고 있었다.

더구나 그는 여름철의 피서지를 찾으러 다니던 때였던지라 이 온천장으로 가족을 데리고 올까도 생각했다. 그리하면 여자는 다 행히 여염집 여자나 다름이 없으니 아내에게도 좋은 말벗이 되어 심심풀이로 춤 한 가지라도 배울 수 있지 않을까, 하고 정말로 그는 그렇게 생각하고 있었다. 여자에게서 우정 같은 것을 느꼈다고 할 지라도 그는 그 정도의 얕은 여울을 건너고 있었던 것이다.

물론 여기에도 시마무라의 저녁 풍경이 비쳐진 거울은 있었을 것이다. 지금 자신의 처지가 접대부와의 뒤탈을 싫어할 뿐만 아니라, 해질녘의 기차 유리창에 비치는 여자의 얼굴처럼 비현실적인 생 각을 하고 있었는지도 모른다.

그의 서양 무용에 대한 취미만 해도 그렇다. 시마무라는 도쿄의 빈촌에서 자라 어릴 때부터 가부키(歌舞伎)에 재미를 붙이고 있었 으나, 학생시절에는 취미가 춤이나 무용극에 기울어졌다. 그렇게 되자 대충 알아봐서는 못배기는 성격탓에 옛날 기록을 뒤적거리 기도 하고 그 방면의 종가를 찾아다니기도 하여 이윽고 일본 무용의 신인들과도 알게 되었고 연구 내지 비평 같은 글까지 쓰게 되었다. 그리하여 일본 무용의 전통이 잠들고 있는 데 대해서나 새로운 시도의 독선적인 경향에 대해서도 새로운 불만을 느끼고, 이젠 자기 자신이 실제로 무용 운동 속에 몸을 던져 활동하지 않으면 안 된다는 기분에 휩쓸리게 되고 일본춤의 젊은층들로부터 권유를 받았을 때 그는 갑자기 서양 무용으로 옮기고 말았다. 그 뒤로 일본 무용은 전혀 거들떠 보지도 않게 되었다. 그 대신 서양 무용에 관한 책과 사진을 수집하는 한편 포스터나 프로그램 등을 애써서 외국에서 입수했다. 그것은 결코 외국과 미지의 세계에 대한 호기심만은 아니었다. 여기서 새로이 발견한 즐거움은 눈으로 직접 서양인의 춤추는 장면을 볼 수 없다는 데 있었다. 그 증거로 시마무라는 일본인의 서양 무용은 거들떠보지도 않았다. 서양의 인쇄물에 의지해서 서양 무용에 관한 글을 쓰는 일만큼 손쉬운 일은 없었다. 보지 않는 무용 따위는 이 세상과는 동떨어진 딴세상의 얘기다. 그보다 더한 탁상공론은 없으며 그것은 곧 천국의 시인 것이다.

연구라고는 하지만 제멋대로 상상하는 것이어서 무용가의 살아 있는 육체가 춤추는 예술을 감상하는 것이 아니라, 서양의 말이나 사진에서 떠오르는 자신의 공상이 춤추는 환영(幻影)을 감상하고 있는 것이었다. 본 일도 없는 애인을 그리워하는 것과 같은 것이었다. 더구나 이따금 서양 무용을 소개하는 글을 쓴답시고 문필가의 말단에 끼어들기도 하였는데 그것을 그 자신은 스스로 냉소하면서 직업이 없는 그의 마음을 위로하는 것이 되기도 하였다.

그러한 일본춤 등에 관한 얘기가 여자로 하여금 그를 따르게 하는 데 도움이 된 것은 그 지식이 오래간만에 현실적으로 유용하게 쓰였다고도 할 수 있는 것이었지만, 역시 시마무라는 자신도 모르는 사이에 여자를 서양 무용 다루는 식으로 다루고 있었는지도 모른다. 그래서 자신의 어렴풋한 여수에 어리어진 말이 여인의 생활의 급소를 찌른 듯한 인상이 들자, 여인을 속여넘기지나 않았나 해서

마음이 꺼름칙해질 정도였으나,

"그리하면 이번에 내가 가족을 데리고 와서도 임자하고 기분좋게 놀 수 있거든."

"그래요, 그건 나도 잘 알겠어요." 하며 여자는 목소리를 가라앉혀 미소를 머금더니 조금 게이샤 티를 내며 들뜬 목소리로,

"나도 그렇게 하는 것이 아주 좋아요. 깨끗한 것이 오래 가는 거예요."

"그러니까 불러달란 말야."

"지금요 ?"

"응."

"어머나, 이런 대낮에 어떻게 그런 애길 해요 ?"

"찌꺼기가 남아 돌아오는 건 싫단 말야."

"어떻게 그런 말씀을 하세요. 이 고장을 막벌이 온천장으로 잘못 아시고 계시는 거예요. 마을의 모습만 보아도 알 수 있잖아요." 하고 여자는 자못 뜻밖이라는 듯 진지한 말투로 여기에는 그런 여자가 없다는 것을 되풀이하여 역설했다.

시마무라가 곧이듣지 않자 여자는 정색을 하고, 그러나 한발짝 수그러들며 그것은 어쨌든 게이샤 마음에 달려 있는 거고 다만 주인집의 양해없이 숙박하면 게이샤의 책임이어서 무슨 일이 일어나도 돌봐주지 않지만, 주인집 양해를 미리 얻어놓으면 주인집이 뒤를 돌봐준다는 것만이 다르다고 했다.

"책임이란 무어야 ?"

"임신을 하게 된다든지 몸이 나빠진다든지 하는 거 말예요."

시마무라는 자신의 바보 같은 질문에 쓴웃음을 지으면서 그 같은 한가로운 얘기도 이 산마을엔 있을지도 모른다고 생각했다.

무위도식하는 그는 자연히 보호색을 찾는 마음이 있어서 그런지 여행하는 지방의 인심에는 본능적으로 민감했다. 산에서 내려오자 곧 이 마을의 알뜰한 풍경 속에서 한가로운 인상을 받고, 여관에

들어가서 물어본즉 과연 눈고장 중에서도 가장 살기좋은 마을의 하나란 것이었다.

최근 철도가 개통되기 전에는 주로 농촌 사람들의 탕치장(湯治場)이었다고 한다. 게이샤가 있는 집은 요리집이니 단팥죽이니 하는 빛바랜 포장이 쳐져 있는데 오래된 창호지가 거무스름하게 그을은 것을 보면 이래 가지고도 손님이 있는 건지 의심스러울 정도이고, 일용품을 파는 잡화점이나 과자 가게에도 고용살이 하는 게이샤를 둔 데도 있는데 그 주인들은 가게 이외에도 밭에 나가 일을 하는 모양이었다. 선생집 아가씨긴 하겠지만 보건증이 없는 아가씨가 간혹 연회 같은 데에 거들어주러 나가도 책망하는 게이샤는 없는 모양이었다.

"그래 몇 명이나 있지?"

"게이샤 말예요? 열두서너 명 될까?"

"어떤 여자가 좋지?" 하고 시마무라가 일어서서 벨을 누르자,

"난 돌아갈래요."

"임자가 돌아가면 안 돼."

"싫어요." 하고 여자는 굴욕감을 떨쳐버리기라도 하듯이,

"돌아갈래요. 괜찮아요. 아무렇지도 않아요. 또 오겠어요."

그러나 하녀를 보자 아무렇지도 않은 듯이 다시 주저앉았다. 하녀가 누굴 부를까요, 하고 몇 번이나 물어도 여자는 이름을 대지 않았다.

그런데 잠시 후에 온 십칠팔 세의 게이샤를 한 번 보자마자 시마무라가 산에서 마을로 내려왔을 때의 여자를 갈망하던 마음은 어느새 사라지고 말았다. 살갗이 검은 팔이 앙상하게 드러나 있어서 어딘지 모르게 어리고 숫되어 순진해보였으므로 되도록이면 흥이 깨진 표정을 짓지 않으려고 게이샤 쪽을 바라보고 있었지만, 실은 그녀의 뒤쪽 창너머 신록의 산들이 눈에 비쳐 견딜 수가 없었다.

말하기조차도 꺼림칙해졌다. 확실히 시골 게이샤였다. 시마무라가

무뚝뚝하게 앉아 있자 여인이 알아차린 듯 잠자코 일어서서 나가
버려 한층더 좌석의 흥이 깨졌으며, 그러고서 한 시간 정도는 지났을
테니까 어떻게 해서든지 게이샤를 돌려보낼 궁리가 없나 하고 생
각하는 사이에 전보환(電報換)이 와 있는 것이 생각나서 우체국
시간을 핑계삼아 게이샤와 함께 방을 나왔다.

　그러나 시마무라는 여관 현관에서 신록의 향기가 짙게 풍겨오는
뒷산을 쳐다보더니 그것에 이끌리듯이 허둥지둥 올라갔다.

　무엇이 우스운지 혼자서 자꾸 웃어댔다. 적당히 피로해졌을 때쯤
해서 획하고 돌아서면서 유가타(浴衣)의 뒷자락을 걷어올리고는
단숨에 달려내려오니 발밑에서 노랑나비 두 마리가 날아갔다. 나
비는 서로 뒤얽히면서 이윽고 접경지대의 산보다도 더 높게 날아
오르더니 노란빛이 희어짐에 따라서 아득히 멀어졌다.

　"어떻게 된 거예요?"

　여인이 삼나무 숲 그늘에 서 있었다.

　"기쁜 듯이 웃고 계시는군요."

　"그만뒀어." 하고 시마무라는 또 까닭모를 웃음이 치밀어 올라,

　"그만뒀어."

　"그래요?"

　여자는 저쪽으로 돌아서더니 삼나무 숲속으로 천천히 걸어 들
어갔다. 그는 잠자코 따라갔다. 신사(神社)였다. 이끼낀 돌사자 옆에
있는 판판한 바위에 여인이 걸터앉았다.

　"여기가 제일 시원해요. 여름에도 찬바람이 불어요."

　"여기 게이샤는 모두 그런가?"

　"비슷할 거예요. 나이가 지긋한 게이샤 중에는 예쁜 게이샤도
있어요." 하고 고개를 숙인 채 쌀쌀맞게 말했다. 그녀의 목에 삼
나무의 어슴푸레한 빛이 비치는 것 같았다. 시마무라는 삼나무 가지
끝을 쳐다보았다.

　"이젠 됐어. 온몸의 힘이 단번에 빠져버려서 이상한 느낌이 드

는군.”

그 삼나무는 바위에 팔을 뒤로 하여 짚고 가슴까지 활짝 젖히지 않으면 끝이 눈에 닿지 않을 정도의 높이고 게다가 일직선으로 줄기가 늘어서 있고 짙푸른 잎들이 컴컴하게 하늘을 가리고 있어서 고요한 적막이 잠잠이 울려퍼지고 있었다. 시마무라가 등을 기대고 있는 줄기는 그 중에서도 가장 오래된 나무였는데 어찌된 셈인지 북쪽으로 뻗은 가지만이 꼭대기까지 바싹 말라 죽어서 그 남은 밑둥은 뾰족한 말뚝을 거꾸로 줄기에 나란히 박아놓은 것처럼 보여서 어쩐지 무서운 신의 무기와도 같았다.

“내가 잘못 생각했나봐. 산에서 내려왔을 때 처음으로 임자를 보았기 때문에 여기의 게이샤는 모두 예쁘겠지 하고 생각했던 모양이야.” 하고 웃으면서 칠일 동안 산에서 가꾼 정력을 간단하게 씻어내려고 마음먹었던 것도 실은 처음에 이 맑고 깨끗한 여인을 보았기 때문이었다는 것을 시마무라는 이제서야 알아차렸다.

석양에 비치어 반짝이는 먼 시냇물을 여인은 물끄러미 바라보고 있었다. 따분하고 무료한 느낌이 들었다.

“어머 깜박 잊고 있었어요. 담배 말씀이에요.” 하고 여인은 애써 싹싹하게,

“아까 방에 돌아가보았더니 벌써 안 계시잖아요. 어찌된 일인가 하고 살피는데 굉장한 기세로 혼자서 산에 오르시는 거예요. 창을 통해 보았어요. 우스웠어요. 담배를 잊고 오신 것 같아서 가지고 온 거예요.”

그리고는 그의 담배를 소맷자락에서 꺼내더니 성냥불을 켰다.

“그 색시에게 미안하게 됐어.”

“그런 건 손님들의 생각나름이에요. 언제 돌려보내건……”

돌이 많은 냇물의 물소리가 둥글고 달콤하게 들려 올 뿐이었다. 삼나무 사이로 건너편 산등성이가 그늘져가는 것이 보였다.

“임자에게 그다지 뒤지지 않는 여자가 아니면 나중에 임자와

만났을 때 어처구니 없잖아.”

“몰라요. 샘이 많은 분이군요.” 하고 여인은 비웃는 듯 말했지만 게이샤를 부르기 전과는 전혀 다른 감정이 두 사람 사이에 흐르고 있었다.

처음부터 오로지 이 여인만을 갖고 싶을 뿐이다. 그런데도 여지껏 애를 태우며 멀리 빙빙 돌고 있었다는 것을 시마무라가 확실히 알게 되자 자기 자신이 싫어지는 한편 여인이 한층 더 아름답게 보였다. 삼나무 숲 그늘에 앉아 있는 그녀는 소리라도 지를 것 같은 시원스런 모습이었다.

좁고 오똑한 코가 조금 쓸쓸해보이기는 했지만 그 밑에 자그마하게 오므러진 입술은 참으로 아름다워서 동그랗게 오므러진 거머리 몸처럼 탄력이 있고 부드러워, 다물고 있을 때도 움직이고 있는 듯한 느낌이 들 정도이다. 만일 주름이 잡힌다든지 혈색이 나쁘다든지 하면 불결하게 보일 테지만 그렇지 않고 촉촉히 젖어서 윤기가 흐르고 있었다. 눈초리가 내리붙지도 않고 올려붙지도 않았으며 일부러 똑바로 그은 듯한 눈은 어딘지 모르게 이상한 듯하면서도 짧은 털이 가득히 난, 아래로 처진 듯한 눈썹이 그것을 적당히 감싸고 있었다. 약간 가운데가 높은 동글동글한 얼굴은 그저 평범한 윤곽이지만 흰 도자기에 연분홍 빛을 입힌 듯한 살갗이고, 목덜미 아래 부분도 아직 살이 붙지 않아서 미인이라기보다는 청결했다.

술집 접대부로 일한 적도 있는 여자치고는 약간 여윈 새가슴이었다.

“어머나 어느 틈에 파리떼가 몰려들었네.” 하고 여인은 옷자락을 털고 일어섰다.

이대로 고요 속에 묻혀 있다가는 두 사람의 얼굴이 하릴없이 멋적어질 뿐이었다.

그리고 그날밤 열시 경이었을까? 여인이 복도에서 큰소리로 시마무라의 이름을 부르며 굴러들어오는 것처럼 그의 방에 들어왔다. 그리고는 느닷없이 책상에 넘어지더니 술 취한 손으로 그 위에 있는 것을 마구 집어던지며 벌컥벌컥 물을 마셨다.

지난 겨울 스키장에서 친해진 사나이들이 저녁때 산을 넘어와서 만났는데 그들에게 이끌리어 여관으로 가자 게이샤를 불러 한바탕 흥청거리는 바람에 술을 억지로 마시게 되었다는 것이다.

머리를 바로 가누지도 못하면서 혼자서 종잡을 수 없는 말을 한참 떠들고 나더니,

"미안하니까 갔다 오겠어요. 어찌됐나 하고 찾을 거예요. 나중에 또 올게요." 하고 비틀거리며 나갔다.

한 시간쯤 지나자 또 긴 복도에 어지러운 발걸음 소리를 내면서 여기저기에 부딪치기도 하고 쓰러지기도 하면서 오는 모양인지,

"시마무라 씨이——시마무라 씨이……." 하고 날카롭게 부르짖었다.

"아아 보이지 않아, 시마무라 씨이……."

그것은 틀림없이 여인의 가식없는 마음이 자기 사내를 부르는 소리였다. 시마무라는 뜻밖의 일이었으나 여관 안에 온통 울려퍼질 것임에 틀림없는 날카로운 외마디 소리였기 때문에 당황하여 일어서니 여인은 장지문 종이에 손가락을 쑤셔넣어 문살을 잡더니 그대로 시마무라의 몸 위로 푹 쓰러졌다.

"아아 있었군요."

여인은 그와 함께 쓰러지듯 앉더니 몸을 기대왔다.

"나 취하지 않았어요. 으음 취하다니요. 답답해요. 답답할 뿐예요. 정신은 말짱해요. 아~ 물마시고 싶어. 위스키하고 섞어 마신 것이 잘못이야. 아아앗 머리 아파, 그 사람들 싸구려를 사온 거예요. 그걸 모르고……."

이렇게 지껄이며 손바닥으로 연방 얼굴을 문지르고 있었다.

밖의 빗소리가 갑자기 세차게 들려왔다.

조금이라도 팔을 늦추면 여인은 금방 쓰러지려했다. 여인의 머리털이 그의 뺨에 눌려 으스러질 정도로 목을 안고 있어서 손은 품안에 들어가 있었다.

그가 바라는 말에는 대꾸도 하지 않고 여인은 양쪽 팔을 빗장처럼 끼고서 시마무라가 원하는 것의 위를 눌렀으나 취해 있는 탓으로 힘을 쓸 수 없었는지,

"뭐야 이런 것. 빌어먹을 망할 것, 고단해. 이런 것." 하고 갑자기 자기의 팔꿈치를 덥석 물었다. 그가 놀라 떼어놓고 보니 깊은 이빨자국이 나 있었다.

그러나 여인은 이미 그의 손바닥에 앞가슴을 내맡기고 그대로 낙서를 시작했다. 좋아하는 사람의 이름을 써보이겠다고 하며, 연극·영화배우 이름을 삼십 명이나 써넣은 다음 이번에는 시마무라라고만 수없이 써나갔다.

시마무라의 손바닥에 든 부드럽고 부푼 것은 점점 더 뜨거워졌다.

"아, 마음이 놓인다. 마음이 놓여." 하고 부드럽게 말하는 그에게 어머니 같은 느낌마저 들었다.

여인은 또 갑자기 괴로워하기 시작하며 몸을 바둥거리며 일어서더니 방 안 저쪽 구석으로 가서 푹 엎어졌다.

"안 돼, 안 돼. 가야 해, 가야 해."

"가긴 어떻게 가. 비가 막 쏟아지는데."

"맨발로 갈래요, 기어서라도 가야 해."

"위험해. 돌아가겠다면 바래다주지."

여관은 언덕 위에 자리잡고 있어서 험한 비탈길이 있었다.

"띠를 늦춰줄까, 좀 누워서 술을 깨는 게 좋을 텐데."

"그건 안 돼. 이러고 있으면 돼요, 버릇이 됐어." 하고 여인은 자세를 단정히 하고서 가슴을 폈으나 숨을 쉬기가 괴로워질 따름이었다. 창을 열고 토해보려고 해도 토해지지 않았다. 몸을 뒤틀며 뒹굴고 싶은 것을 억지로 이를 악물고 참는 모습이 계속되다가도

이따금 기운을 차리려는 듯이 가야지, 가야지, 하고 되풀이 하면서 어느덧 새벽 두 시가 지났다.

"당신은 주무세요. 어서 주무시라니까요."

"임자는 어떻게 할 거야."

"이러고 있죠, 술이 좀 깨면 갈래요. 날이 새기 전에 돌아가야 해요." 하고 무릎걸음으로 다가와서는 시마무라를 끌어당겼다.

"내 걱정은 마시고 주무시라니까요."

시마무라가 할 수 없이 잠자리에 들자 여인은 책상에 기대어 가슴을 흐트러뜨린 채 물을 마시고 나서,

"일어나요, 네, 일어나시라니까요." 하고 말했다.

"어쩌자는 거야?"

"아뇨, 그냥 주무세요."

"무슨 소릴 하는 거야." 하고 시마무라는 일어났다.

여인을 질질 끌고 갔다.

이윽고 얼굴을 이쪽저쪽으로 피해 돌리던 여인이 갑자기 세차게 입술을 내밀었다. 그러나 그 뒤도 고통을 호소하는 헛소리처럼,

"안 돼, 안 돼요. 친구로 사귀자고 당신이 말하지 않았어요." 하고 몇 번이나 되풀이 했는지 알 수 없다. 시마무라는 그 진지한 목소리에 감동되어 이맛살을 찌푸리며 기를 쓰고 자신을 억누르고 있는 의지 앞에서 싱겁게 흥이 깨어질 지경이어서 여인과의 약속을 지킬까 하고도 생각해봤다.

"나는 아무것도 아까울 게 없어요. 결코 아까워서 그러는 게 아니예요. 그러나 그런 여자는 아니예요. 난 그런 여자가 아니란 말예요. 반드시 오래 지속되지 않는다고 당신 자신이 말하지 않았어요."

취해서 반은 정신을 못 차리는 모양이었다.

"내가 나쁜 게 아니예요. 당신이 나빠요. 당신이 진 거예요. 당신이 약한 거예요. 난 그렇지 않아요." 하고 정신없이 중얼거리며 기쁨을

감추려고 소매를 잘근잘근 씹고 있었다.

한참동안 정신이 나간 것같이 조용했으나 문득 생각나서 푹 찌르는 듯한 말투로,

"당신 웃고 있군요, 나를 비웃는 거죠?"

"웃긴 누가 웃어."

"마음속으로 웃고 있죠. 지금 웃지 않아도 틀림없이 나중에 웃을 거예요." 하고 여인은 자리에 엎드려 흐느껴 울었다.

하지만 곧 울음을 그치고 자신을 내주듯이 태도를 부드럽게 누그러뜨려 정답게 이것저것 자기 신상에 관한 말을 시작했다. 취한 고통은 이제 씻은 듯이 가신 모양이었다. 지금 있었던 일은 한마디도 하지 않았다.

"어머, 얘기에 정신이 팔려 그만 깜박 잊었네." 하고 이번에는 빙그레 미소를 지었다.

날이 새기 전에 돌아가야 한다고 하고서는,

"아직도 어두운데요. 여기 사람들은 일찍 일어나요." 하고 몇 번이나 일어서서 창문을 열어봤다.

"아직 사람들이 보이지 않아요. 오늘 아침은 비가 오니까 아무도 밭에 나가지 않을 거예요." 빗속에 건너편 산이며 산기슭의 지붕이 떠오른 후에도 여인은 자리를 뜨기가 싫은 듯이 앉아 있었으나 여관집 사람들이 일어나기 전에 머리를 매만지고 나더니 시마무라가 현관까지 바래다주려고 하는 것도 남이 볼까봐 허둥지둥 달아나듯이 혼자서 빠져나갔다. 그리고 시마무라는 그날로 도쿄로 돌아갔던 것이다.

"임자는 그때 그렇게 말했었어. 그건 역시 거짓말이야. 그렇지 않으면 누가 연말에 이렇게 추운 고장엘 오나, 나중에도 웃진 않았지."

여자가 문득 얼굴을 드니까 시마무라의 손바닥에 눌러대고 있던

눈꺼풀에서 코의 양쪽가에 걸쳐 발그레하게 홍조를 띤 모습이 짙은 분화장 밑으로 비쳐보였다. 그것은 이 눈고장의 밤에 느껴지는 차가움을 연상시키며 머리털의 빛깔이 너무나도 새까맣기 때문에 따스하게 느껴졌다.

그 얼굴은 눈부신 듯이 미소를 머금고 있었는데 그러는 동안에도 '그때'를 회상하는지 마치 시마무라의 말이 그녀의 몸을 점점 물들여가는 듯했다. 여인이 시무룩하게 고개를 떨구자 옷깃에 벌어진 틈으로 등이 빨갛게 되어 있는 것까지 보여 마치 싱싱하게 젖은 발가숭이를 드러내놓은 듯했다. 머리털 빛깔과의 조화 때문에 더욱 그렇게 느껴졌는지도 모른다. 앞머리가 가늘게 빽빽히 나 있는 것도 아니었는데 머리카락이 사내의 머리털처럼 굵고 살점 하나없이 뭔가 새까만 광물(鑛物) 같은 묵직한 중량을 느끼게 하는 빛깔이었다.

조금 전 머리털이 손에 닿았을 때 이렇게 차가운 머리털은 처음이라고 놀란 것은 추위 탓이 아니라 이와 같은 머리털 때문이었나 싶어 시마무라가 다시 바라보고 있으니 여인은 고다쓰판 위에서 손가락을 꼽기 시작하였는데 그게 좀처럼 끝나지 않았다.

"무엇을 세고 있는 거야?" 하고 물어도 잠자코 한참 동안이나 손꼽아 세고 있었다.

"오월 이십삼일이군."

"그랬던가? 날짜를 세고 있었군. 칠월과 팔월은 계속 큰 달이지."

"그래요, 백구십구일 만이에요. 꼭 백구십구일 만이에요."

"그런데 오월 이십삼일이란 건 잘도 기억하고 있군."

"일기를 보면 곧 알아요."

"일기를? 일기를 보는 것은 즐거운 일예요. 무엇이나 숨김없이 그대로 적혀 있으니까 혼자서 읽고 있어도 부끄러워요."

"언제부터?"

"도쿄에서 술집 접대부로 나가기 조금 전부터요. 그 무렵은 돈도 없었어요. 그래서 일기장을 살 수가 없었죠. 이 전(錢)인가 삼 전인가 하는 노트에다 자를 대고 일일이 줄을 그어서 썼는데 그것이 연필을 가늘게 깎았던 모양으로 줄이 깨끗이 그어져 있어요. 그리고 노트 위쪽 끝에서부터 아래쪽 끝까지 자그마한 글씨가 빽빽이 쓰여져 있거든요. 이젠 내 돈으로 살 수 있게 되니 그렇게는 안 돼요. 물건을 아껴쓰지 않으니까. 붓글씨 연습도 전에는 헌 신문지에 쓰곤 했지만 요즘은 화선지에 직접 써요."

"줄곧 빼놓지 않고 일기를 쓰고 있나?"

"예, 열여섯 살 때 것과 금년 것이 제일 재미있어요. 언제나 손님 방에서 돌아와서 잠옷으로 갈아입고는 썼지요. 밤늦게 돌아오거든요. 여기까지 쓰다가 그만 잠들어버렸구나 하고 지금 읽어도 알 수 있는 대목이 있어요."

"그래?"

"하지만 매일매일 쓰는 게 아니고 쉬는 날도 있어요. 이런 산골인데다 손님 방에 나가봤자 뻔한 일 아네요. 금년엔 페이지마다 날짜가 들어간 것밖에 살 수가 없어서 실패했어요. 쓰기 시작하면 아무래도 길어질 때가 있거든요."

일기 이야기보다 한층 더 시마무라가 의외로 감동을 받은 것은 그녀가 십오륙 세부터 자기가 읽은 소설을 일일이 적어두었다는데 그 노트가 벌써 열 권이나 된다는 것이었다.

"감상을 적어두는 거군."

"감상 같은 건 못 써요. 제목과 작가와 그리고 등장인물의 이름과 그 사람들의 관계 정도죠."

"그런 것은 적어 두어봤자 소용이 없잖아?"

"소용없어요."

"헛수고로군."

"그래요." 하고 여인은 아무렇지도 않은 듯이 명랑하게 대답하면서 빤히 시마무라를 바라보고 있었다.

전혀 헛수고라고, 시마무라는 왠지 한 번 더 힘주어 말하려고 하는 순간 눈내리는 소리까지도 들릴 듯한 고요함이 온몸에 스며들었는데 그것은 여인에게 빨려들어가듯이 끌려들어갔기 때문이었다. 그녀에게 있어서는 그것이 헛수고가 아님을 알면서도 처음부터 헛수고라고 단정해버리자 오히려 그녀의 존재가 순수하게 느껴지는 것이었다. 이 여인의 소설 이야기는 일상 사용되는 문학이란 말과는 인연이 없는 것처럼 들렸다. 여성 잡지를 교환하여 읽는 정도밖에는 이 마을 사람들과의 사이엔 그다지 우정은 없으며 그 밖엔 전혀 고립해서 읽고 있는 듯했다. 선택할 것도 없고 별다른 이해도 없으며 여관방 같은 데서 소설책이나 잡지를 보게 되면 빌어다가 읽는 그런 정도인 것 같기는 했지만, 그녀가 생각나는 대로 얘기하는 새로운 작품이나 작가의 이름 같은 건 시마무라가 알지 못하는 것이 적지 않았다. 그러나 그녀의 말투는 마치 외국 문학의 먼 얘기를 하고 있는 것 같아 욕심없는 거지와도 같은 가련한 감동이 있었다. 자기 자신이 양서의 사진이나 글자에 의존해서 서양의 무용을 까마득하게 몽상(夢想)하고 있는 것도 이런 것일 거라고 시마무라는 생각해봤다.

그녀도 또한 보지 않은 영화나 연극 이야기를 즐거운 듯 지껄였다. 이러한 이야기 상대에 몇 달 동안이나 주린 나머지 이제 그 상대를 만난 기쁨에 젖어 있는 것같이 생각되었다. 백구십구일 전의 그때에도 이러한 이야기에 열중한 것이 자진해서 시마무라에게 몸을 던지게 된 계기가 된 것도 잊었는지 또다시 자기 말이 묘사하는 것으로 몸까지 훈훈해지는 것 같았다.

그러나 그러한 도시적(都市的)인 것에 대한 동경도 이제는 솔직한 체념에 싸여 무심한 꿈 같은 것이 되었기에 도시 생활에 패배한 실의의 인간 같은 교만한 불평이라기보다는 단순한 헛수고라는 느낌이 더 강했다. 그녀 자신은 그것을 서글퍼하는 기색도 없으나 시마무라의 눈에는 이상야릇하게도 가련하게 보였다. 그러한 생각에 빠져버린다면 시마무라 자신이 살고 있는 것도 헛수고라고 하는 먼 감상에 떨어지고 말 것이다. 그러나 눈앞에 있는 그녀는 산의 정기에 물들여진 싱싱한 혈색을 하고 있었다. 어쨌든 시마무라는 그녀를 달리 보게 된 셈이어서 상대가 게이샤가 된 지금은 도리어 말을 꺼내기가 어려웠다. 그때 그녀는 몹시 취해 있었고 마비되어 소용이 없는 팔을 안타까워하면서,

“뭐야 이런 것. 빌어먹을 망할 놈의 것, 아이 피곤해. 이따위 것.” 하고 팔꿈치를 세차게 물어버릴 정도였다. 다리가 서지질 않아서 몸을 데굴데굴 굴리면서,

“결코 아까워서 그러는 게 아녜요. 그러나 그런 여자는 아녜요. 나는 그런 여자가 아니란 말이에요.” 하고 말한 것도 생각이 나서 시마무라가 망설이고 있자니까 여인은 재빨리 눈치를 채고 내뱉듯이,

“열두시 상행열차예요.” 하고 마침 그때 들려온 기적 소리와 함께 일어서더니 난폭하게 장지문과 유리창을 열더니 난간에 몸을 내던지는 것처럼 창틀에 걸터앉았다. 찬바람이 방 안에 일시에 흘러들었다. 기차 소리가 멀어짐에 따라서 밤바람 소리같이 들렸다.

“이봐. 춥잖아. 얼빠진 사람같이.” 하고 시마무라도 일어나서 창가로 다가가니 바람은 불지 않았다.

일대의 눈이 얼어붙는 소리가 땅 속 깊숙이 울리는 것 같은 엄숙한 밤풍경이었다. 달은 없었다. 수많은 별들을 쳐다보고 있노라면 허망한 속도로 떨어져 내리고 있다고 생각될 만큼 초롱초롱 떠있었다. 별의 무리가 눈에 가까워짐에 따라 하늘은 더욱더 멀게, 밤의 빛깔을 한층 더 짙게 해주었다. 현경(縣境)의 산들은 이제 첩첩이 쌓인 모습도 분간되지 않고 그 대신 그만큼의 두께가 있음직한 그을린 검은 빛깔도 별이 뜬 하늘의 한쪽 자락에 무게를 드리우고 있었다. 모두가 냉랭하고 차분히 가라앉은 조화였다.

시마무라가 다가서는 것을 알자 여인은 난간에 가슴을 대고 엎

드렸다. 그것은 약한 것이 아니라 이러한 밤을 배경으로 하여 이것보다 더 완강한 것은 없다는 그런 모습이었다. 시마무라는 또 시작이로구나, 하고 생각했다.

그러나 산들의 빛깔은 검은데도 불구하고 어찌된 셈인지 하얀 눈빛으로 보였다. 그러자 산들이 투명하고 쓸쓸한 것같이 느껴졌다. 하늘과 산들은 조화 같은 건 되어 있지 않았다. 시마무라는 여인의 목젓 부근을 잡고,

"감기들어, 이렇게 찬데." 하고 뒤로 일으키려고 했다. 여인은 난간에 꼭 달라붙으면서 목멘 소리로,

"난 갈래요."

"돌아가려무나."

"좀더 이대로 놔둬요."

"그럼 난 목욕하고 올 거야."

"싫어요, 여기 계셔요."

"창문을 닫지."

"좀더 이대로 놔두어요."

마을은 사당(祠堂)이 있는 삼나무 숲에 반쯤 가려져 있으나 자동차로 십분도 안 걸리는 기차 정거장의 등불은 추위로 픽픽 소리를 내면서 꺼질듯이 깜박이고 있었다.

여인의 볼도 창문의 유리도 자기의 도테라(솜을 두껍게 넣어 만든 일본옷. 소매가 넓은 방한용의 실내복으로 잠옷으로도 사용한다) 옷소매도, 손에 닿는 것 모두 시마무라는 이런 추위는 처음이라 생각했다. 발밑 다다미까지 차가워져서 혼자서 목욕탕에 가려고 하니,

"기다려줘요, 저도 가겠어요." 하고 이번에는 여인이 고분고분 따라왔다.

그가 벗어던지는 것을 여인이 옷상자에 넣고 있을 때 남자 손님이 들어왔으나 시마무라의 가슴 앞에 쪼그리고 얼굴을 감춘 여인을 알아차리자,

"어, 실례했습니다."

"아니오, 들어오십시오. 우린 저쪽 탕으로 들어갈 테니까요." 하고 시마무라는 후다닥 말하고는 발가벗은 채 옷상자를 안고 옆의 여탕 쪽으로 갔다. 여인은 물론 부부인 체하며 따라왔다. 시마무라는 잠자코 뒤도 보지 않고 온천탕 안으로 뛰어들었다. 마음놓고 너털웃음이 치밀어 오르는 것을 탕물에 입을 대고 거칠게 양치질을 했다.

방에 돌아와서 여인은 옆으로 돌린 목을 가볍게 쳐들고 귀밑머리를 새끼손가락으로 가볍게 치켜올리면서,

"서글퍼요." 하고 한 마디 했을 뿐이었다.

여인이 검은 눈을 반만 뜨고 있는 것인가 하고 가까이 들여다보았더니 그것은 속눈썹이었다.

여인은 신경질적으로 한잠도 자지 않았다. 딱딱한 여자 허리띠를 잡아매는 소리에 시마무라는 눈을 떴다.

"일찍 깨게 해서 미안해요. 아직 어두워요. 좀 봐주시지 않겠어요?" 하고 여인은 전등을 껐다.

"내 얼굴이 보여요? 보이지 않아요?"

"보이지 않아. 아직 날이 새지 않았잖아."

"거짓말. 잘 보시지 않으면 안 돼요, 어때요?" 하고 여인은 문을 열어젖히고,

"못써요. 보이네요, 난 돌아갈래요."

새벽녘 추위에 놀라 시마무라가 베개에서 얼굴을 들어보니 하늘은 아직 밤의 빛깔인데 산은 벌써 아침이었다.

"괜찮아요, 지금은 농가가 한가하니까 이렇게 일찍 나다니는 사람은 없어요. 하지만 산에 가는 사람이 있을지도 몰라." 하고 혼자말을 하면서 여인은 매던 띠를 질질 끌고 걸음을 옮기더니,

"방금 들어온 다섯시 하행열차엔 손님이 없었죠. 여관 사람들은 아직 안 일어났을 거야."

띠를 다 매고 나서도 여인은 섰다 앉았다 하더니 이번에는 창쪽만 보고 서성거렸다.

그것은 야행동물(夜行動物)이 아침이 두려워서 초조해하며 서성거리는 불안정한 모습과도 같았다. 요사스런 야성이 홍분되는 모습과도 같았다.

그러는 동안에 방 안까지 밝아졌다. 여인의 빨간 뺨이 두드러져 보였다. 시마무라는 놀랄 만큼 산뜻하게 빨간 빛깔에 넋을 잃고 바라보다가,

"뺨이 새빨갛잖아, 추워서."

"춥진 않아요. 분화장을 지웠기 때문이에요, 난 잠자리에 들면 곧 발끝까지 후끈후끈해져요." 하고 머리맡 경대를 향해서 앉으며,

"이젠 아주 날이 새버렸어요. 돌아갈래요."

시마무라는 경대 쪽을 보고 얼른 목을 움츠렸다. 거울 속에 새하얗게 빛나는 건 눈(雪)이었다. 그 눈 속에 여인의 빨간 뺨이 떠 있다. 청결한 아름다움이었다.

벌써 해가 떠오르는지 거울 속 눈은 차갑게 불타는 듯한 광채를 더해갔다. 그와 함께 눈에 떠오른 여인의 머리털도 산뜻한 보라빛 광채가 나는 검정을 더욱더 짙게 드러냈다.

눈이 쌓이지 않게 하기 위해서겠지만 목욕통에서 넘치는 더운 물을 갑작스레 만든 도랑을 통해 여관의 벽을 따라 돌아 흐르게 만들어놓았는데, 현관 앞에서는 얕은 샘물처럼 넓게 퍼져 있었다. 검고 사나운 아키타 개(秋田犬 : 일본 아키타 현 특산의 개의 품종)가 그곳의 징검 다리를 타고서 한참 동안 더운 물을 핥고 있었다. 창고에서 꺼내온 듯한 손님용 스키가 말리기 위하여 쭉 늘여놓여 있는데 그 아련한 곰팡이 냄새는 햇볕을 받아 오히려 달콤해지고, 삼나무 가지에서 공동탕의 지붕 위에 떨어지는 눈덩어리도 따뜻한 물체인 양 형태가 흐트러졌다.

이윽고 연말에서부터 정월이 되면 저 길이 눈보라로 보이지 않게 된다. 게이샤들은 산바지(山袴 : 밑진빗솧함)에 장화, 망토를 입고 베일을 뒤집어 쓰고서 손님방에 다니지 않으면 안 된다. 그 무렵의 눈의 깊이는 열 자나 된다. 그런 말을 하면서 언덕 위의 여관집 창문에서 여인이 날이 새기 전에 내려다보고 있던 언덕을 시마무라는 지금 내려가고 있지만, 길가에 높이 널린 기저귀 밑으로 현경(縣境)의 산들이 보이는데 그 눈의 광채도 한가로웠다.

푸른 양파는 아직 눈에 파묻혀 있지는 않았다.

논에서는 동네 아이들이 스키를 타고 있었다.

큰길에 있는 마을에 들어가니 조용히 떨어지는 낙숫물 소리 같은 것이 들렸다.

처마 끝에는 조그마한 고드름이 귀엽게 빛나고 있었다.

지붕에 쌓인 눈을 쓸어내리는 사나이를 쳐다보고,

"여봐요. 하는 김에 우리 집 것도 좀 쓸어주지 않을래요 ?" 하고 목욕하고 돌아오는 여인이 눈부신 듯이 젖은 수건으로 이마를 닦았다. 스키철을 노리고 일찌감치 흘러들어온 여급이겠지. 옆집은 유리창의 색칠한 그림도 퇴색하고 지붕이 기울어진 카페였다.

대개의 지붕은 좁다란 판자로 이고 그 위에 돌이 줄지어 놓여 있다. 그것들의 둥근 돌은 햇볕이 닿는 반대쪽만 눈 속에서 검은 살을 보이고 있는데 그 빛깔은 축축이 젖었다고 하기보다는 오랜 풍설(風雪)에 바랜 검은 먹과도 같았다. 그리고 집들은 또 그들의 느낌과 흡사한 모습인데 낮은 집들이 늘어서 있는 모습은 북국답게 조용히 땅에 엎드려 있는 것 같았다.

아이들이 도랑의 얼음을 안아일으켜 길바닥에 내던지며 놀고 있었다. 얼음이 힘없이 깨지면서 튕겨나갈 때 번쩍이는 것이 재미있는 모양이었다. 햇볕 속에 서 있으니까 그 얼음의 두께가 거짓말처럼 여겨져서 시마무라는 한참 동안 바라보고 있었다.

열서너 살의 여자 아이 하나가 돌담에 기대서서 뜨개질을 하고 있었다. 산바지에 높은 게다를 신고 있었는데 버선은 신지 않았으며 빨개진 맨발의 뒤꿈치가 터져 있는 것이 보였다. 그 옆의 섶나무 다발 위에 얹혀진 세 살쯤 되어 보이는 여자아이가 무심히 털실 뭉치를 가지고 있었다. 작은 여자 아이로부터 커다란 여자 아이에로 당겨지는 한 오리의 흰 회색 털실도 따스하게 빛나고 있었다.

일고여덟 채 앞의 스키제작 목공소에서는 대패 소리가 들린다. 그 반대쪽 처마 밑에 게이샤가 오륙 명 모여 서서 이야기를 하고 있었다. 오늘 아침 여관집 하녀한테서 그 예명을 들은 바 있는 코마코(駒子)도 거기에 있지 않는가 했더니 역시 그녀는 그가 걸어오는 것을 보고 있었는지 혼자서 진지한 표정을 하고 있었다. 틀림없이 얼굴이 새빨개질 것이다. 모르는 척해주었으면 하고 시마무라가 생각할 사이도 없이 코마코는 벌써 목까지 새빨개져 버렸다. 그렇다면 뒤로 돌아서면 좋을 텐데 거북한 듯이 눈을 내리깔면서도 그의 걸음걸이를 따라서 그쪽으로 조금씩 얼굴을 돌리는 것이었다.

시마무라도 볼이 화끈 달아오르는 듯해서 얼른 지나가고 있는데 곧장 코마코가 뒤쫓아왔다.

"곤란해요, 저런 데를 지나가시면."

"곤란하다니, 이쪽이야말로 곤란해. 그렇게 떼로 몰려 있으면 겁이 나서 지날 수가 없잖아, 언제나 그런가?"

"그래요, 한낮이 지나면."

"얼굴을 붉히든지 통통거리며 쫓아오든지 하면 더욱더 곤란하지 않겠나?"

"상관없어요." 하고 똑똑히 말하면서 코마코는 또 얼굴을 붉히더니 그 자리에 멈춰서서 길가의 감나무를 붙잡았다.

"우리 집에 들러주십사 하고 달려왔어요."

"임자집이 여기인가?"

"네."

“일기를 보여준다면 들러도 좋지.”

“그건 태워버리고 죽을 거예요.”

“하지만 임자네 집엔 환자가 있잖아.”

“어마, 잘도 아시네요.”

“어젯밤 임자도 역에 마중나오지 않았나, 짙은 파란 망토를 입고서 말야. 나도 그 환자 바로 가까이에 타고 왔지. 정말 열심히 참으로 친절하게 환자를 돌보아주는 아가씨가 곁에 있었는데 그 사람이 부인인가? 아니면 여기서 마중나간 사람인가? 도쿄 사람? 어머니 같아서 나는 감동하여 보고 있었지.”

“당신 어젯밤에는 왜 나한테 그 얘길 하지 않았어요? 왜 가만히 있었죠?” 하고 코마코는 발끈 화를 냈다.

“부인이야?” 그러나 대답은 하지 않고,

“왜 어젯밤 말하지 않았어요, 이상한 분이셔.”

시마무라는 여인의 이러한 날카로운 성미를 좋아하지 않았다. 하지만 여인을 이런 식으로 날카롭게 만든 까닭은 시마무라에게도 코마코에게도 있을 리가 없다고 생각되어서 그러면 코마코의 성격의 표현인가 하고 생각해보기도 했다. 어쨌든 되풀이 해서 추궁을 당하고 보니 그는 급소를 찔린 듯한 느낌이 들기도 했다. 오늘 아침 눈에 비친 거울 속에서 코마코를 보았을 때도 물론 시마무라는 해질 무렵의 기차 유리창에 비친 아가씨를 생각했던 것인데 왜 그것을 코마코한테 말하지 않았을까?

“환자가 있어도 괜찮아요. 내 방에는 아무도 올라오지 않아요.” 하고 코마코는 낮은 돌담 안으로 들어갔다.

오른쪽은 눈을 뒤집어쓴 밭이고 왼쪽에는 감나무가 옆집 담을 따라서 줄지어 있었다. 집 앞은 꽃밭인 모양인지 그 한가운데 있는 연못의 얼음은 못가에 조금 있었고 붉은 잉어가 헤엄쳐 다니고 있었다. 감나무 줄기처럼 집도 낡아 있었다. 눈으로 덮혀 있는 지붕은 판자가 낡고 썩어서 처마에 물결을 그리고 있었다.

봉당에 들어서니 휭하니 냉기가 돌고 아무것도 보이지 않은 채 사다리 층계로 이끌려 올라가게 되었다. 그것은 진짜 사다리였다. 방도 진짜 지붕밑 다락방이었다.

"누에 치던 방이에요. 놀라셨죠?"

"이런데도 취해 돌아와서 용케도 사다리에서 떨어지지 않는군."

"떨어져요. 하지만 그런 때는 아래층 고다쓰에 들어가면 대개 그대로 잠들어버려요." 하고 코마코는 고다쓰 이불 속에 손을 넣어보고는 불을 가지러 아래층으로 내려갔다.

시마무라는 이상스런 방모습을 둘러보았다. 낮은 햇빛받이 창문이 남쪽에 한 개 있으나 문살이 자잘한 장지문은 새로 발라서 그 위로 햇살이 밝게 비쳐들었다. 벽에도 정성스럽게 반지(半紙)로 발라놓아서 헌 종이 상자 속에 들어 있는 기분이지만 머리 위는 지붕 밑이 그대로 드러나 창 쪽으로 낮게 처져 있기 때문에 검은 적막에 싸여 있는 것 같았다. 벽 저쪽은 어떻게 생겼을까 하고 생각하니 이 방이 공중에 매달려 있는 것 같은 생각이 들어서 어쩐지 불안정한 것 같았다.

그러나 벽이며 다다미는 낡았지만 매우 청결했다.

누에처럼 코마코도 투명한 몸으로 여기에 살고 있는 것같이 느껴졌다.

이동식 고다쓰에는 산바지와 같은 무명 줄무늬 이불이 덮혀 있었다. 장농은 낡았지만 코마코의 도쿄 살림의 흔적인지 나무결이 멋진 오동나무였다. 그것과는 맞지 않게 볼품없는 경대가 있었다. 붉은 칠을 한 재봉상자가 아직도 사치스러운 빛을 내고 있었다. 벽에 널빤지를 층층으로 질러댄 것은 책장일 텐데 메린스로 만든 커튼이 쳐져 있었다.

어젯밤의 나들이옷이 벽에 걸려 있는데 속옷의 빨간 안감이 젖혀져 보였다.

코마코는 부삽을 들고 부리나케 사다리를 올라오더니,

"환자 방에서 가지고 온 것이지만 불은 깨끗한 것이라고 하니까요." 하고 갓 빗은 머리를 숙이면서 고다쓰의 재를 쑤석거리더니, 환자는 장결핵에 걸렸는데 이제 고향으로 죽으러 돌아온 것이라고 얘기했다.

고향이라곤 하지만 아들은 여기에서 태어난 것이 아니다. 여기는 어머니의 고향이다. 어머니는 항구 도시에서 게이샤 노릇을 한 후에도 춤 선생이 되어 그곳에서 살고 있었으나, 아직 오십도 되기 전에 중풍에 걸려 요양도 할겸 이 온천으로 돌아온 것이다. 아들은 어린시절부터 기계를 좋아하여 일부러 시계방에 일하러 들어가 있었으므로 항구도시에 그대로 남겨두고 왔더니 얼마 안 가서 도쿄로 가, 야간학교를 다닌 모양이었다. 몸에 무리가 겹친 탓이겠지만 나이는 스물여섯이라고 한다.

그것만을 코마코는 단숨에 말하고는 아들을 데리고 돌아온 아가씨는 누구인가, 어째서 코마코가 이 집에 있는 건가 하는 것은 역시 한 마디도 꺼내지 않았다. 그러나 그것만으로도 허공에 매달린 듯한 이 방의 형편으로는 코마코의 목소리가 사방에 새어나갈 것만 같아서 시마무라는 마음이 불안해서 견딜 수 없었다. 문 밖을 나설 때 희끄무레한 것이 어른거려 돌아다보니 오동나무로 만든 샤미센 상자였다. 실제보다도 큼직하고 길쭉하게 느껴져서 이것을 손님 방에 메고 가겠구나 하고 생각하고 있는데 거무스름하게 그을린 장지문이 열리며,

"코마쨩, 이걸 넘어가면 안 돼?" 하는 소리가 났다. 맑고도 슬프도록 아름다운 목소리였다. 어디선가 메아리쳐 되울려 올 것만 같았다.

시마무라가 들어 기억하고 있는, 밤기차의 창에서 눈 속의 역장을 부른 요오코의 목소리였다.

"괜찮아." 하고 코마코가 대답하자 요오코는 산바지를 입은 채로 훌쩍 샤미센을 넘었다. 유리 요강을 들고 있었다.

역장과 아는 것 같은 어젯밤 말투로도, 이 산바지로도, 요오코가 이 근방의 아가씨인 것은 확실하지만 화려한 띠가 반은 산바지 위로 나와 있어서 산바지의 갈색과 검정과 뒤섞인 거친 무명 줄무늬는 선명하게 두드러져 보이고 메린스의 기다란 소맷자락도 마찬가지여서 요염하게 보였다. 산바지의 가랑이는 무릎 조금 위에서 갈라져 있어 훌렁훌렁해보이고 게다가 질긴 무명이 빳빳이 보여서 웬지 편안해보였다.

그러나 요오코는 흘낏 쏘는 듯이 시마무라를 한 번 보았을 뿐 아무 말도 없이 봉당을 지나갔다.

시마무라는 밖으로 나와서도 요오코의 눈길이 그의 이마 앞에 활활 타고 있는 듯해서 견딜 수가 없었다. 그것은 먼 등불과도 같이 차가웠다. 왜냐하면 기차의 유리창에 비쳐진 요오코의 얼굴을 바라보고 있는 동안 산과 들의 등불이 그녀의 얼굴 저쪽으로 흘러가고, 등불과 눈동자가 한데 겹쳐 발그레하게 밝아졌을 때 시마무라는 뭐라고 형용할 수 없는 인상을 생각하게 되기 때문이리라. 그것을 생각하게 되자 거울 속 가득히 비치던, 눈 속에 떠오른 코마코의 빨간 볼도 생각났다.

그리고는 걸음이 빨라졌다. 좀 통통하고 하얀 다리임에도 불구하고 등산을 좋아하는 시마무라는 산을 바라보며 길을 걸으니 방심상태가 되어 자신도 모르는 사이에 걸음이 빨라졌다. 언제나 방심의 상태로 곧잘 빠지는 그로서는 저녁 풍경 속의 거울이나 아침 눈이 비친 거울이 인공의 것이라고는 믿어지지 않았다. 자연의 것이었다. 그리고 먼 세계였다.

지금 막 나온 코마코의 방까지도 벌써 먼 세계처럼 생각되었다. 그러한 자신에 대해 놀라면서 언덕길을 올라가니 여자 안마사가 걸어가고 있었다. 시마무라는 뭔가 붙잡는 듯이,

"이봐, 안마사! 나좀 안마해주시겠소?"

"글쎄요. 지금 몇 시나 됐을까?" 하고 대나무 지팡이를 겨드

랑이에 끼더니 오른손으로 띠 사이에서 뚜껑이 달린 회중 시계를 꺼내어 왼쪽 손가락 끝으로 문자판을 더듬으면서,

"두시 삽십오분이 지났군요. 세시 반에 역 저쪽에 가지 않으면 안 되는데 조금 늦어도 괜찮을까……."

"용케도 시계를 보시는군요."

"예, 유리를 빼놓았으니까요."

"더듬어보면 글자를 알 수 있나요?"

"글자를 알 수 없습니다만." 하고 여자가 가지고 다니기에는 좀 큰 은시계를 다시 한 번 꺼내어 뚜껑을 열더니, 여기가 열두시, 여기가 여섯시, 그 한 가운데가 세시 라고 하는 식으로, 손가락으로 눌러보이고 나서,

"이런 짐작으로 일분까지는 알 수 없어도 이분까지는 틀림없이 알 수 있지요."

"그래요? 비탈길 같은 데 가다가 미끄러지진 않나요?"

"비가 오면 딸이 마중을 나옵니다. 밤에는 마을 사람을 안마하느라고 여긴 올라오지 않지요. 남편이 내보내지 않는 거라고 여관집 하녀들이 놀리는데 딱 질색이에요."

"아이들은 다 컸나요?"

"예. 맏딸은 열세 살입니다."

이런 이야기를 하면서 방에 들어와 한참 동안 잠자코 주무르고 있다가 먼 손님방에서 들려오는 샤미센 소리에 고개를 갸웃거렸다.

"누군가?"

"임자는 샤미센 소리만 듣고도 게이샤가 누구인지 알 수 있나?"

"알 수 있는 사람도 있고 그렇지 않은 사람도 있습니다. 손님은 부드러운 몸을 소유하셨군요."

"굳어져 있진 않지?"

"굳어 있긴 해요, 목덜미가. 알맞게 살이 쪘습니다만 술은 안 드시는 모양이군요."

"잘도 알아맞히는군."

"손님과 꼭 닮은 몸매를 가진 손님을 세 사람이나 알고 있거든요."

"아주 평범한 몸인데 뭘."

"아니예요. 그런데 술을 안 마시면 정말 재미있는 일이 없지 않아요? 뭐든지 다 잊어버릴 수 없으니까요."

"임자 남편의 술 좋아함을 보고 그리 말을 하는가보군."

"너무 마셔 큰일이에요."

"그나저나 누군가 서둘러 샤미센을 타는구먼."

"정말 그러네요."

"임자는 잘 타겠구먼."

"네, 아홉 살 때부터 스무 살 때까지 배웠으니까요. 하지만 남편을 만나고나서는 벌써 십오 년이나 타지 않았으니……."

장님은 나이에 비하여 젊게 보이는구나 하고 시마무라는 생각하면서,

"어렸을 때에 익혔구먼."

"손은 안마장이가 되어버렸습니다만 귀는 그나마 열려 있어요. 이렇게 게이샤들의 샤미센을 듣고 있노라면 따분해지기도 하고 해서 옛날의 내 자신으로 돌아간 듯한 기분이 들곤 해요." 하고 또 귀를 기울이며,

"이즈쓰야(井筒屋)의 후미짱인가? 제일 잘 타는 애와 제일 못 타는 애는 가장 잘 구별할 수 있죠."

"잘 타는 사람, 또 있나?"

"코마짱이라는 애는 나이는 어리지만 요즘 아주 잘 타더군요."

"흠, 그래?"

"손님께서 알고 계셨나보죠. 그야 잘 탄다고 해도 이런 산 중에서 하는 말이니까."

"아니 알진 못하지만 어제 춤 선생의 아들이 돌아올 때 같은 기차를 탔지."

"아, 그래요. 병이 나아서 돌아왔나요?"

"좋지 않은 것 같던데."

"네? 그 아드님이 도쿄에서 오랫동안 앓는 바람에 코마코라는 애가 올 여름 게이샤로 나와서까지 치료비를 부쳐 보낸 모양이던데 어찌 된 노릇일까요?"

"코마코라는……."

"하지만 뭐 할 만큼 해줬으면 그만이지, 약혼자라는 이유 하나만으로 언제까지나 두고두고……."

"약혼자라니 그게 사실인가?"

"그럼요. 약혼자라나봐요. 난 잘 모릅니다만 그런 소문이 나돌더군요."

온천여관에서 여자 안마사로부터 게이샤의 신상에 관한 얘기를 듣다니 너무나 평범해서 도리어 뜻밖의 일이기도 했지만 코마코가 약혼자를 위해 게이샤로 나왔다는 것은 너무나 평범한 줄거리인 듯해서 시마무라는 그대로 모든 것에 납득이 가지 않는 심정이었다. 그것은 도덕적 관념에서 비롯된 것인지도 모른다.

그는 이야기를 좀더 자세히 듣고 싶어했지만 안마사는 입을 다물어버렸다. 코마코가 아들의 약혼녀이며 요오코는 아들의 새로운 애인이라면……. 그러나 아들은 얼마 안 가서 죽는다고 한다면 시마무라의 머릿속에는 또다시 헛수고라는 말이 떠올랐다. 코마코가 약혼자와의 약속을 지킨 것도, 몸을 희생시키면서까지 요양시킨 것도 모두 헛된 일이 아니고 무엇이란 말인가.

코마코를 만나 대뜸 헛수고라고 말해주어야겠다고 생각하자 또다시 시마무라에게는 웬지 그녀의 존재가 순수하게 느껴졌다.

이 행동의 뒷면에는 파렴치한 위험이 도사리고 있어서 시마무라는 그것을 꾹 참고 새기면서 안마사가 돌아간 후에도 잠을 이루지 못하고 있었다. 불현듯 가슴이 차가워오는 것 같은 느낌이 들어 둘러보니 창문을 열어둔 채로 있었다.

산골짜기는 응달이 지는 것이 빨라 벌써 어스름한 황혼빛이 드리워져 있었다. 그 빛으로 말미암아 아직도 서녘해가 눈에 반사되는 먼 산들은 슬금슬금 가까이 다가온 것 같았다.

이윽고 산 하나하나의 원근과 고저에 따라 갖가지의 습곡이 잡힌 그늘을 짙게 드리우고 있고, 봉우리에만 엷은 양지를 남길 무렵이 되자 산꼭대기 눈 뒤에는 저녁놀이 지고 있었다.

마을의 시냇가·스키장·사당 등 여기저기 흩어져 있는 삼나무 숲이 거뭇거뭇하게 눈에 띄기 시작했다.

시마무라가 허탈감에 빠져 있을 때 따스한 등불이 켜진 것처럼 코마코가 들어왔다. 스키 손님을 맞이 할 준비위원회가 이 여관에서 있게 되자, 그 후의 연회에 불리웠다한다. 고다쓰에 들어오자 갑자기 시마무라의 뺨을 어루만지면서,

"오늘 저녁은 안 좋아보여요. 이상해요."

그리곤 주물러 터뜨릴 듯이 볼의 살을 잡고서,

"당신은 바보야."

이미 조금 취한 듯 했으나 연회를 마치고 왔을 땐,

"몰라. 이젠 몰라. 골치야. 아아, 너무나 힘이 든다." 하고 경대 앞에 쓰러지더니, 일시에 얼굴에 취기가 도는 것이었다.

"물 마시고 싶어, 물 좀 줘요."

얼굴을 양손으로 누르고 머리가 헝클어지는 것도 상관없이 무너지듯 기대어 있더니 이윽고 바로 고쳐앉아 크림으로 분화장을 지우자 이상할 만큼 새빨간 얼굴이 드러났으므로 코마코 스스로도 즐겁다는 듯이 웃어댔다. 그리고는 무척 빨리 술이 깼다. 추운 듯이 어깨를 떨며.

그리고 조용한 목소리로 8월 한달이 다가도록 신경쇠약증으로 지냈다는 등의 말을 하기 시작했다.

"미치지는 않을까 하고 걱정했어요. 어딘가에 열심히 몰두해도 무엇을 생각하는 건지 잘 모르겠는 거예요. 무섭기만 했어요. 수면을

조금도 취할 수 없었고. 그래도 손님과 함께 있노라면 제정신으로 되고요. 알 수 없는 꿈을 꾸며 밥도 입에 넣을 수가 없었어요. 낮만 되면 다다미를 바늘로 꼭꼭 찔렀다간 빼고. 그렇게 언제까지나요, 몹시 더웠는데도."

"게이샤로 나오게 된 것은 언제지?"

"유월에요, 어찌보면 지금쯤 하마마쓰(丙松)에 가 있어야 했을런지도요."

"살림을 내서?"

코마코는 고개를 끄덕이며, 하마마쓰에 사는 남자가 결혼하고 싶다며 졸라댔지만 괜히 마음에 들지 않아 망설였다고 한다.

"좋아하지도 않은 사람을 두고 망설일 필요는 없잖아."

"말도 안 돼요."

"결혼이란 것이 그토록 대단한가?"

"세상에(꼭 그렇다곤 볼 수 없지만)! 난 신변을 말끔히 해놓아야만 마음이 놓여요."

"그래."

"당신이란 분, 무책임하군요."

"그렇다면 하마마쓰의 남자와 무슨 일이 있었나보군?"

"있었다면 주춤거릴 필요가 없잖아요." 하고 내뱉듯이 말해버리고는,

"하지만 제가 이 고장에 있는 동안 그 누구와도 결혼할 수 없으며 무슨 행동을 보여서라도 방해하겠다는 거예요."

"하마마쓰같은 먼 곳에 있으면서도! 임자는 그런 걸 걱정했나?"

코마코는 오랫동안 잠자코 있다가 자기 체온을 음미하는 듯이 가만히 누워있다 문득 무심하게,

"임신한 줄 알았지 뭐예요. 호호 지금 생각하면 웃음이 터져서, 호호호." 하고 웃음을 지으며 몸을 꼭 움츠린 듯한 자세로 시마

무라의 옷깃을 어린애처럼 두 주먹으로 붙잡았다. 내리감은 짙은
속눈썹이 검은 눈을 반쯤 뜨고 있는 것처럼 보였다.

다음날 아침 시마무라가 눈을 떠보니, 코마코는 벌써 일어나
화로에 한쪽 팔꿈치를 기대고 묵은 잡지 뒤편에 낙서를 끄적거리고
있다가,
"이젠, 돌아가지도 못해요. 식모가 불넣으러 와봐서. 아이 꼴보기
싫어. 깜짝 놀라 일어나보니 벌써 햇빛이 장지에 비쳐들지 않겠어요.
어젯밤의 취기가 오늘 아침까지 계속 돼 그만 잠이 들었나봐요."
"몇 시인데?"
"벌써 여덟시나 되었어요."
"탕에 가볼까?" 하고 시마무라는 일어났다.
"싫어요, 복도에서 사람이라도 마주치게 되면……." 하고 마치
얌전한 여자가 된 듯이 시마무라가 탕에서 돌아왔을 때에는 수건을
멋있게 두르고서 바지런히 방청소를 하고 있었다. 책상다리며 화
로의 가장자리까지 극성스럽게 닦고 재를 다독거리는 모습까지도
익숙해보였다.
시마무라가 고다쓰에 발을 넣은 채 누워 담뱃재를 떨어뜨리자,
코마코는 손수건으로 그것을 살짝 닦아내고는 재떨이를 가져왔다.
시마무라는 아침처럼 웃어댔다. 코마코도 함께 웃었다.
"임자가 살림을 차린다면 남편은 걱정 소리만 듣겠는데."
"아무런 야단도 치지 않았잖아요. 빨래할 것까지 꼬박꼬박 챙겨
놓는다고 놀림을 받긴 했지만 타고난 성품인걸요."
"옷장 속을 보면, 여자의 성질을 알 수 있다고들 하던데."
방 안 가득하게 넘치는 햇볕을 따스이 쬐며 밥을 먹으면서,
"좋은 날씨예요. 일찍 가서 샤미센 연습이라도 하면 좋았을걸.
이런 날에는 소리 또한 한결 다르게 들려요." 코마코는 드높게 맑은
하늘을 쳐다보았다. 먼 산들은 눈에 안개가 낀 듯이 보드라운 우

유빛으로 싸여 있었다.

시마무라는 안마사의 말이 떠올라서, 여기에서 연습하면 좋겠다고 하니까 코마코는 냉큼 일어나 집으로 전화를 걸어 갈아입을 옷과 나가우타(長唄) 책을 갖다달라고 했다. 낮에 본 그 집에 전화가 있었나 하는 생각이 들자, 또 시마무라의 머리에는 요오코의 눈이 떠올라,

"그 처녀가 가져다주나?"

"그럴는지도 모르지요."

"임자는 그 집 아들의 약혼자가 된다면서?"

"아니, 언제 그런 소문을 들으셨어요?"

"어저께."

"우습기도 하시지. 들으면 들었다고 왜 어젯밤에 말하지 않았어요?" 하고, 그러나 어제 낮과는 달리 맑고 깨끗한 미소를 지었다.

"임자를 경멸하지 않는 한 말하기 곤란해."

"마음에도 없는 말일랑 하지 마세요." 도쿄 사람은 거짓말쟁이라 싫어요."

"거봐. 내가 말을 꺼내니까 딴전을 피우고 있잖아."

"딴전을 부리진 않아요. 정말 당신은 그걸 곧이 들었어요?"

"그럼."

"또, 또, 당신은 거짓말을 하는군요. 믿지도 않았으면서."

"물론 납득이 제대로 가진 않았지만 임자가 게이샤가 된 것은 약혼자의 요양비 때문이라고 하더구먼."

"아이, 기분 상해. 그런 신파극이 또 어디 있어요. 약혼자란 것은 거짓이에요. 그렇게 생각하고 있는 사람들이 많은 듯해요. 누굴 위해 특별히 게이샤가 된 것은 아니지만, 할 수 있는 일만큼은 해야 하지 않겠어요."

"수수께끼 같은 말만 하고 있군."

"확실하게 말하죠. 선생님이 아드님하고 나와 결혼을 하면 좋

겠다고 생각한 적이 있었을지도 몰라요. 마음속으로만 생각한 것이고 입 밖에는 한 번도 낸 적이 없지만. 그러한 선생님의 마음속을 나나 아드님이나 어렴풋이 느끼고 있었던 거죠. 그렇지만 우리는 아무것도 아니었고. 단지 그것뿐이에요."

"소꿉시절 친구로군."

"그렇죠. 하지만 떨어져 지내왔어요. 도쿄로 팔려갈 때, 그 사람 혼자만이 전송해주었지요. 지금은 가장 오래된 일기장의 맨 첫머리에 그 일이 적혀 있는 것을 간직하고 있어요."

"만일 두 사람이 항구 도시에 머물러 있었다면, 결혼했을지도 모르겠군."

"그런 일은 없었을 거예요."

"그랬을까?"

"남의 일에 대해 너무 걱정스러워하지 말아요. 얼마 안 있으면 죽을텐데."

"그렇지만 외박을 하는 건 좋지 않아."

"당신이 그런 말 하지 않았으면 해요. 하고 싶은 대로 하는 나를 죽어가는 사람이 어떻게 말리겠어요?"

시마무라는 더 이상 할 말이 없었다. 그러나 코마코가 요오코에 대해 여전히 한 마디도 없는 것은 무슨 이유에서일까? 또한 요오코도 기차 속에서 마치 어린 어머니처럼 자기자신의 모든 걸 잊고 돌보아주며 함께 온 사나이의 무엇인가가 되는 코마코에게 아침에 갈아입을 옷을 가져다주는 것은 무슨 연유에서일까? 시마무라가 시마무라답게 끝없는 공상을 하고 있는데,

"코마짱, 코마짱" 하고 나지막하면서도 맑은 음성의, 요오코의 아름다운, 부르는 소리가 들렸다.

"아유, 수고했어요." 하고 코마코는 옆의 산죠오방(三疊房)으로 가서

"요오코 상이? 어머, 이렇게 모두, 무거운데도!"

　　요오코는 아무 말 없이 돌아간 모양이었다. 코마코는 세 번째 줄을 손가락으로 튕겨 끊고 새로이 줄을 갈아끼운 다음 음정을 조절하기 시작했다. 그러고 있는 중에 벌써 그녀의 샤미센 솜씨가 훌륭함을 알았는데 고다쓰 위에서 큼직한 보자기를 들쳐 펴 보니, 보통 연습용 책 외에도 키노이에야시치(杵家彌七)의 샤미센 음보가 스무 권 가량 들어 있어서, 시마무라는 뜻밖이라는 듯 손에 들고,

　　"이런 걸로 연습을 해왔나?"

　　"그렇지만 선생님이 안 계시니 할 수 없잖아요."

　　"집에 계시잖아?"

　　"중풍이시거든요."

　　"중풍이라도 입으로 가르칠 수 있잖아."

　　"말조차도 하지 못하세요. 아직 춤은 움직이는 왼손으로 고쳐줄 수 있지만 샤미센은 소리만 요란할 뿐이에요."

　　"이걸 보면 알 수 있나?"

　　"그럼요."

　　"여염집 아낙이라면 몰라도 게이샤가 이렇듯 깊은 산 중에서 기특하게시리 연습을 하고 있으니 악보 장수도 좋아하겠는걸."

　　"접대하는 데는 춤이 으뜸이라 그 후에 도쿄에서 배운 것도 춤이었어요. 샤미센은 겨우 조금 알 뿐이죠. 잊어버리게 되면 다시 가르쳐줄 사람도 없는 지경이고 해서 악보에만 매달리게 돼요."

　　"노래는?"

　　"안 해요. 노래는 춤 연습을 할 때 귀에 익은 것은 겨우 부를 수 있겠지만, 새로운 것은 라디오나 주위에서 얻어들은 것이라, 웬지 잘 모르겠어요. 내 나름대로 부르는 것이어서 아주 우스울 거예요. 더군다나 단골손님 앞에 서면 소리가 나오질 않아요. 모르는 사람 앞이라면 큰소리로 노래 부를 수 있지만." 하고 약간 수줍은 표정을 지으며 노래를 기다리는 모습으로 자! 하고 몸을 가다듬고 시마무라의 얼굴을 바라보았다. 시마무라는 흠칫 기가 질렸다.

"그는 도쿄의 빈민가 출신이어서 어렸을 적부터 가부키라든가 일본 춤 같은 것과 친숙했으므로 나가우타의 구절쯤은 익히 알고 있고 절로 귀에 익었지만 직접 배우지는 않았었다. 나가우타라고 하면 곧 춤추는 무대가 연상 되었지, 게이샤의 술좌석은 생각나지 않았다.

"싫어요. 제일 으시대는 손님이셔." 하고 코마코는 아랫입술을 지그시 깨물며 샤미센을 무릎 위에 올려놓더니 다른 사람이 된 듯 순순히 악보를 펴고서,

"올 가을, 악보를 보며 익혔어요." 칸진쵸오였다.

별안간 시마무라는 볼이 소름 끼칠 만큼 시원해지더니 뱃속까지 맑아지는 것이었다. 어이없이 텅 빈 듯한 머릿속 가득히 샤미센의 가락이 울려퍼졌다.

정말로 그는 놀랐다고 하기보다는 녹초가 되도록 얻어터진 듯한 기분이었다. 경건한 생각에 감동되고 회한의 정으로 씻겨져갔다. 자신은 이제 아무런 힘도 없게 되어 코마코의 힘이 인도하는 대로 휩싸여 흘러가는 것을 기꺼워하며 몸을 푸욱 맡긴 채 떠내려가는 수밖에 없었다.

열아홉이나 스무 살 된 시골 게이샤의 샤미센쯤은 별거 아니지 않은가! 손님방인데도 마치 무대 위에서 연주하듯이 타고 있지 않은가, 혹 나 자신의 산에 대한 감상에 지나지 않는 것인지 시마무라는 생각해보았다. 일부러 코마코는 아무 억양없이 구절을 단조롭게 읽기도 하고, 여기는 느리다느니 귀찮다느니 하며 훌쩍 건너뛰기도 하다가, 점점 신바람이 나는 듯 노랫소리가 높아지자, 발목(撥木) 소리가 어디까지 세차게 맑아지는 것인가 하여 시마무라는 두려워져 오히려 처세를 부리 듯이 팔베개를 하고 누웠다.

칸진쵸오가 끝나자 시마무라는 안도의 한숨을 내쉬며 아, 이 여인은 나에게 반했구나, 하고 생각했는데 그것이 또한 어리석었다.

"이러한 날엔 샤미센 소리가 달라져요." 하고 눈이 그친 맑은

하늘을 쳐다보며 코마코가 말할 만도 했다. 공기가 다른 것이리라. 극장의 벽이며, 청중도 없으며 도시의 먼지조차도 없고 다만 소리만이 순수한 겨울 아침에 드맑게 울려퍼져서 먼 눈덮인 산까지 똑바로 퍼져갔다.

언제나 자신도 깨닫지 못하는 사이에 산골짜기의 커다란 자연을 벗삼아 고독하게 연습하는 것이 그녀의 습관이었으리라, 당연히 발목(撥木)이 세어지는 것이었다. 그 고독이 애수를 무너뜨리고 야성의 의지력을 깃들게 한 것이었다. 얼마쯤의 소질이 있다고는 하나, 복잡스러운 곡을 악보에만 의존하여 익히고 악보없이도 샤미센을 잘 탈 수 있게끔 되기까진 강력한 의지와 노력이 두껍게 쌓여갔음에 틀림없다.

시마무라에게는 아무것도 아닌 헛수고라고 생각되는, 머나먼 동경일 뿐이어서 애처롭게만 여겨지는, 코마코의 생활 태도가 그녀 스스로에의 가치로써 당당하게 발목 소리에 맑게 넘쳐흐르는 것이리라.

갸날픈 손으로 능숙하게, 그리고 재치있게 타는 샤미센 소리는 귀에 설고, 그저 음률의 감정만을 짐작하는 정도인 시마무라가 코마코에게는 딱 맞는 청중이리라.

세 번째 곡으로 미야코 도리를 타기 시작했을 때는 그 곡의 요염하고 부드러운 맛도 있어, 시마무라는 이젠 소름 끼치는 듯한 느낌이 사라지고 따뜻하며 평안해져서 코마코의 얼굴을 바라보았다. 그러자 마음속 깊은 곳에서 육체에 대한 친근감이 느껴져 왔다. 날씬하게 높은 코는 약간 쓸쓸한 인상을 주지만 볼이 신선하게 상기되어 있어 나는 여기 있어요, 하고 속삭이는 듯했다. 아름답고 새빨간 매끄러운 입술을 조그맣게 오므릴 때에도 거기에 비치는 빛을 부드럽게 만드는 듯하고 그러면서도 노래를 따라 입을 크게 벌려도 또한 슬픈 듯이 곧 오므라지는 것이 그녀의 육체의 매력 그 자체였다. 아래로 처진 듯한 눈썹 아래 눈초리가 치오르지도

54

내려가지도 않은 채 일부러 정확하게 그린 듯한 눈은 촉촉히 젖어 빛을 발하고 있어 어리게 보였다. 분을 바른 흔적도 없고 도시의 물장사로 트인데다가 산의 빛이 흡수되었다고나 할 백합이나 양파의 뿌리를 벗겨놓은 것 같은 싱싱한 피부는 목덜미까지 피빛으로 발그레하게 물들어 있어 그 무엇보다도 맑고 순결하게 보였다.

자세를 바르게 하여 단정히 앉아 있는 모습이 여느 때와는 달리 처녀처럼 보였다.

마지막으로 현재 연습 중이라면서 악보를 보며 신곡 우라시마(新曲浦島)를 타고 나더니 잠자코 발목을 줄 밑에 끼우고 편안한 자세로 앉았다.

갑작스레 교태가 넘쳐 흘렀다.

시마무라는 무어라 말도 못했으나 코마코도 시마무라의 비평에 대해서는 전혀 신경을 쓰지 않는 듯 그저 즐거운 표정이었다.

"임자는 이곳 게이샤의 샤미센 소리만 듣고도 누구인지 알 수 있나?"

"그러믄요, 알고말고요. 이십 명도 채 안 되거든요. 도도이쓰(都都逸)가 제일 알아맞히기 쉬워요. 그 사람의 특성이 가장 잘 나타나거든요."

그리곤 또 샤미센을 들더니 오른발을 굽힌 채 그 장딴지에 샤미센의 몸통을 얹은 후 허리를 왼편으로 빼면서 몸은 오른편으로 기울여,

"어렸을 적에 이렇게 하고 배웠어요." 하며 샤미센의 줄이 메워져 있는 길쭉한 부분을 들여다보면서,

"쿠·로·카아·미이·노……." 하고 어린 목소리로 부르면서 톡톡 튕겼다.

"쿠로카미(黑髮)를 제일 처음으로 배웠나?"

"아아뇨." 하고 코마코는 어린 시절에 하던 몸짓으로 머리를 흔들었다.

그 후로는 자고 가는 일이 생기더라도 코마코는 굳이 날 새기 전에 돌아가려고 하지 않았다.

"코마코짱" 하고 말 끝을 올리며 복도 멀리에서 부르는 여관집 여자아이를 고다쓰 속에 안아다가 들여놓곤 아무런 생각없이 놀고 나서 정오가 되면 그 세 살짜리 여자애와 같이 목욕탕에 가기도 했다. 목욕 후에 머리를 빗겨주면서,

"이 애는, 게이샤만 보면 코마코짱이라고 말 끝을 올리며 불러 대는 거예요. 사진이나 그림에 일본 머리만 나오면 코마코짱이라는 거예요. 난 어린애를 워낙 좋아하는데 그걸 느끼는가 봐요. 키미짱, 코마코짱네로 놀러갈까?" 하며 일어 섰으나 또 복도의 등의자에 한가로이 걸터앉아,

"도쿄 건달들이에요. 벌써 지치고 있어요."

산기슭의 스키장을 바로 옆쪽에서 남쪽을 향하여 바라볼 수 있 도록 높직한 지대에 이 방이 있었다.

시마무라도 고다쓰에서 돌아다보니 비탈은 눈이 얼룩져 있어 검은 스키복 차림의 대여섯 명이 저쪽 아래의 밭 가운데를 지치고 있었다. 그 계단식 밭두렁은 아직 눈에 덮여 있지 않았고 꽤 경 사지지도 않아, 도무지 탈 만한 곳이 못 되었다.

"학생들 같은데 일요일인가 보군? 저래도 재미있을까?"

"그렇지만 저건 좋은 자세로 미끄러지고 있는 거예요." 하며 코마코는 혼자하는 말로,

"스키장에서 게이샤에게 인사를 받으면, 아니, 이거, 임자 아냐 하면서 손님은 놀란다나요. 새까맣게 눈에 탄 얼굴을 하고 있으니 알아보지 못하는 거예요. 밤에는 화장을 하고 있으니 말예요."

"역시 스키복을 입고서."

"산바지. 아유 신물 나. 손님방에서요. 그럼 내일 또 스키장에서 하고 말할 때가 곧 다가오는군요. 올해엔 스키 타는 걸 그만둘까 봐. 안녕히 계셔요. 자, 키미짱, 어서 가자. 오늘 밤은 눈이 와요.

눈오기 전날 밤은 추워져요."

시마무라가 코마코가 앉았던 등의자에 기대니, 스키장 바깥 언덕길로 키미코의 손을 잡고 돌아가고 있는 코마코의 모습이 보였다. 구름에 가리워 그늘이 진 산과 아직도 햇볕을 받고 있는 산이 마주 겹쳐져서 응달과 양달이 시시각각 변해가는 것은 좀 우울한 풍경이었으나, 어느덧 스키장에도 그늘이 졌다. 창 아래쪽으로 눈을 돌리니 시든 국화 울타리에 우무와 같은 서릿발이 서 있었다. 그러나 지붕 위에 쌓인 눈이 녹아내리는 물받이 소리는 끊임없이 들려왔다.

그날 밤에 눈은 내리지 않고 싸라기 눈이 내린 뒤 비가 왔다. 돌아가기 전의 달밝은 밤, 공기가 무섭게 차가워 진 후에 시마무라는 다시 한 번 코마코를 불렀다. 그랬더니 두 시 가까이나 되었는데 산책을 나가자고 졸라댔다. 웬일인지 그를 거칠게 안아일으켜 억지로 데리고 나갔다.

길은 얼어붙어 있었다. 마을은 한기(寒氣) 속에 고요히 침묵하고 있었다. 코마코는 옷자락을 걷어 띠에 찔러 넣었다. 달은 마치 파르스름한 얼음 속의 칼날처럼 맑게 비치고 있었다.

"역까지 가는 거예요."

"미친 모양이군. 왕복 십 리나 돼."

"당신, 언제 도쿄로 가실 거죠? 그 전에 역을 보러 가는 거예요."

시마무라는 어깨서부터 넓적다리까지 온통 추위로 저렸다.

방으로 돌아오자 갑자기 코마코는 풀이 죽은 듯 있더니 고다쓰에 깊숙이 양 팔을 넣고 고개를 떨구며 전과는 다르게 탕에도 들어가지 않았다. 고다쓰 덮개는 그대로 즉, 이불과 그것이 겹쳐져 요의 한쪽 자락이 고다쓰 가장자리에 닿도록 잠자리 하나가 깔려 있었는데 그녀는 옆으로 고다쓰를 끼고 앉아 잠자코 고개를 숙이고 있었다.

"왜 그러는 거지 ?"

"돌아갈까 봐요."

"바보 같은 소리."

"괜찮아요. 당신은 푹 주무셔요. 난 이렇게 있고 싶으니까."

"근데 왜 돌아간다고 했지?"

"안 돌아갈 거예요. 그저 날이 샐 때까지 여기 있겠어요."

"쓸데없는 일에 고집 부리지마."

"고집 같은 건 부리지 않아요."

"그러면?"

"음. 괜히 고달파져서 그래요."

"뭐야, 그런 걸 가지고. 조금도 상관할 것 없어." 하고 시마무라는
웃으면서,

"아무런 짓도 안 할거야."

"싫어요."

"그런데 바보같이 그렇게 마구 걷나."

"가겠어요."

"가지 않아도 돼."

"괴로워요. 저, 그만 도쿄로 돌아가주세요. 힘이 들어요." 하고
코마코는 고다쓰 위에 얼굴을 파묻었다.

괴롭다는 것은 나그네에게 깊이 빠져들어갈 것만 같은 불안감
에서일까? 아님 이러한 때에 꼭 참고 견디어야만 하는 안타까움
에서일까? 여인의 마음이 그 정도에까지 와 있는 걸까, 하고 시
마무라는 한동안 묵묵히 있었다.

"언제 돌아가실 거예요?"

"사실은 내일 가려고 해."

"어머, 왜 돌아가셔요?" 하며 코마코는 금새 잠이 깬 듯한 얼굴로
쳐다보았다.

"계속 있어 보았자 내가 임자를 어찌 해줄 수도 없지 않소."

멍하니 시마무라를 보고 있는가 싶더니 갑자기 거친 어투로,

"그게 나빠요. 당신, 그 점이 나쁘단 말예요." 하며 안달이 난듯 다가오더니, 갑자기 시마무라의 목에 매달려 흔들며,

"당신, 그런 말 하는 거 나빠요. 일어나요, 일어나라니깐요." 하며 정신없이 지껄여대더니 제풀에 쓰러져 미친 듯 체면이고 뭐고 다 잊어버린 것 같았다. 그리곤 따뜻하게 젖은 눈을 뜨더니,

"정말로 내일 돌아가셔요?" 하며 조용히 묻고는 머리카락을 줍는 것이었다.

시마무라는 다음날 오후 세시에 떠나기로 하고 옷을 갈아입고 있는데 여관 지배인이 코마코를 살그머니 불러냈다. 그러세요, 열 한 시간쯤으로 해놓으세요, 하는 코마코의 대답이 들려왔다. 열 여섯 시간이나 일곱 시간은 너무나 길다고 지배인이 생각한 때문인지도 모른다.

계산서를 보니, 아침 다섯시에 돌아간 것은 다섯시까지 이튿날 열두시에 돌아간 것은 열두시까지 모두 시간 계산이 되어 있었다.

코마코는 코트에 흰 목도리를 두르고 역까지 배웅하러 나와주었다. 개다래나무 열매의 장아찌며 버섯 통조림 등 시간을 보내기 위해 선물을 사고서도 아직 이십분이나 남아 역 앞의 자그마하고도 높직한 광장을 거닐면서, 사방 천지가 눈쌓인 산으로 둘러싸인 좁은 마을이구나, 하며 주욱 보고 있노라니, 코마코의 새까만 머리가 그늘진 산골짜기의 쓸쓸함으로 말미암아 오히려 애처롭게 느껴졌다.

멀리 바라다보이는 강 하류의 산허리에 한 줄기 엷은 햇살이 비치고 있는 곳이 있었다.

"내가 온 뒤로 눈이 많이 녹았는걸."

"하지만 이틀 동안 내리면 금방 여섯 자는 쌓이는걸요. 계속 내리면 전신주의 전등이 눈 속에 파묻혀버려요. 당신을 생각하며 걷다간 전선에 목이 걸려 몸이 상할 거예요."

"그렇게까지 쌓이는가?"

"요 앞 동네의 중학교에서는, 큰 눈이 온 아침에 기숙사의 이층 창에서 알몸으로 눈 속에 뛰어든대요. 몸이 눈 속에 푹 빠져들어가면 보이질 않아 물 속에서 헤엄칠 때처럼 눈의 아랫바닥을 걸어다닌다는 거예요. 저봐요, 러셀이 있어요."

"눈 구경하러 오고 싶은데. 정월엔 여관이 붐빌거야. 참, 기차는 눈사태에 파묻히진 않나?"

"당신도 참 사치스러워요. 그런 생활만 하시나요?" 하며 코마코는 시마무라의 얼굴을 물끄러미 보고 있다가,

"수염은 왜 기르지 않으셔요?"

"으응, 이젠 길러볼까 해." 하며 푸르스름하게 짙은 면도 자국을 쓰다듬더니 자신의 입가에 한 줄기의 근사한 주름이 있어서 부드러운 뺨을 예리한 멋이 나도록 해주기 때문에 코마코도 자신을 과대평가하고 있는지도 모른다고 생각하다가,

"임자는 거 뭐랄까, 분화장이 끝나고 난 뒤면 방금 면도를 한 것 같은 얼굴이더군."

"기분 나쁘게 까마귀가 울고 있네요. 어디서 우는 걸까. 아이, 추워." 하며 코마코는 하늘을 쳐다보곤 양쪽 팔꿈치로 겨드랑이 부근을 꼭 눌렀다.

"대합실의 난롯불이나 쬘까?"

그때 큰길에서 정거장으로 꺾이는 넓은 길을 허겁지겁 달려오는 산바지 차림의 요오코가 보였다.

"아아, 코마코짱, 유키오(行男) 상이, 코마코짱." 하며 요오코는 숨을 헐떡거리며 마치 무서움으로부터 벗어난 어린아이가 어머니에게 매달리듯이 코마코의 어깨를 붙잡고는,

"빨리 함께 가요. 환자가 이상해요. 빨리요."

코마코는 어깨의 아픔을 참기라도 하듯이 눈을 꼭 감더니, 금방 얼굴빛이 싹 가셨으나 뜻밖에도 또렷이 고개를 흔들었다.

"손님을 전송해야 되기 때문에 난 못 돌아가."

시마무라는 놀라며,

"전송이라니, 그런 건 상관없어."

"안 돼요. 당신이 이젠 영영 안 오게 될지도 모르잖아요."

"올거야, 온대도."

요오코는 그런 말이 조금도 들리지 않는 듯 서두르면서,

"조금 전에 여관으로 전화를 걸었더니 역에 갔다기에 달려온 거예요. 유키오 상이 찾고 있어요." 하며 코마코를 잡아당기는데도 꼼짝도 않다가 갑자기 뿌리치면서,

"싫어."

그 순간 두세 발자국 비틀거린 코마코는 웩하고 구역질을 했으나 입에서는 아무것도 나오질 않고 눈가가 젖더니 뺨에 소름이 돋아났다.

요오코는 멍하니 몸이 굳어진 채 코마코를 지켜보고 있었으나 얼굴 표정은 너무 진지한 까닭으로 화가 난 것인지, 놀란 것인지 슬퍼하는 것인지 종잡을 수 없는 가면과도 같이 단순하게 보였다. 그런 표정으로 돌아서더니 갑자기 시마무라의 손을 붙잡곤,

"죄송합니다만 이 사람을 돌려보내주셔요. 네?" 하며 한결같이 높은 목소리로 매달리며 졸랐다.

"네, 돌려보내야죠." 하고 시마무라는 큰소리로 말했다.

"빨리 돌아가, 바보 같으니라구."

"당신이 무슨 참견이에요?" 하며 코마코는 시마무라에게 말하면서 요오코를 그에게서 밀쳐내고 있었다. 시마무라가 역 앞의 자동차를 가리키려고 하자 요오코에게 힘껏 붙잡혀 있던 손 끝이 저려왔다.

"저 차로 지금 곧 돌려보낼 테니 당신은 먼저 가는 게 좋겠소. 사람들의 눈도 있고 하니."

요오코는 꾸벅 고개를 끄덕이곤,

"빨리 와야 해요, 빨리요." 하고 말이 끝나기가 무섭게 달리기

시작했다. 어이없는 일이긴 했으나 멀어지는 뒷모습을 바라보고 있으려니, 저 처녀는 어째서 언제나 저렇듯 진지한 것일까 하고 이 상황과 어긋나는 의문이 시마무라의 마음을 스쳐갔다.

요오코의 슬프도록 아름다운 목소리는 눈 덮인 산에서 메아리쳐 돌아올 것처럼 그의 귓전에 여운으로 남았다.

"어딜 가는 거예요?" 하며 코마코는 시마무라가 자동차 운전수를 찾으려 하자 되돌아 서게 하고는,

"싫어요, 돌아가지 않겠어요." 했다. 그 순간 시마무라는 코마코에게서 육체적 증오를 느꼈다.

"너희 세 사람 사이에 어떤 일이 있는지 알 수 없지만, 그 집 아들은 지금 죽어가고 있는지도 몰라. 그래서 보고 싶어해 부르러 온 게 아니겠어? 순순히 돌아가. 평생 후회할는지도 모르잖아. 이렇게 말하고 있는 순간에 숨이 끊어지면 어떡하려고. 고집 부리지 말고, 어서."

"그게 아니예요. 당신, 오해하고 계시는 거예요."

"임자가 도쿄로 팔려갈 때 유일하게 혼자서 전송해준 사람이 아니던가? 가장 오래된 일기의 맨 첫부분에 쓰여 있는 그 사람의 최후를 함께 해야 하는 거 아닌가? 그 사람의 마지막 페이지를 임자가 차지할 수 있도록 가야만 해."

"싫어요. 사람 죽어가는 모습 보는 건."

차가운 박정이라 하기엔 너무 뜨거운 애정으로 들려서 시마무라가 망설이고 있노라니까,

"일기 같은 건 이젠 쓸 수 없게 되어버렸어요. 태워버리고 싶어요." 하며 코마코가 중얼거리는 사이에 웬일인지 뺨이 발그레 물들여지며,

"당신은 참 순진한 분이세요. 이런 분이라면 제 일기를 다 부쳐드려도 되겠어요. 당신, 날 비웃진 않겠죠?"

시마무라는 까닭모를 감동에 사로잡혀 그렇다, 나만큼 솔직한

사람은 없을 것이라는 마음이 들어 더 이상 코마코에게 굳이 돌아가라고 하지 않았다. 코마코도 더 이상 말을 하지 않고 입을 다물고 있었다. 여관의 역전 출장소에서 지배인이 나와 개찰을 알려주었다. 음산한 겨울 옷차림의 시골 사람 너댓 명이 말없는 가운데 오르고 내렸을 뿐이다.

"역내론 들어가지 않겠어요. 안녕히 가세요." 하며 코마코는 대합실 창 쪽에 서 있었다. 창의 유리문은 닫혀 있었다. 기차 안에서 내려다보니, 그것은 초라한 한촌(寒村)의 과일가게에 놓여 있는 더러운 유리상자 속의 이상한 과일이 단 한 개 잊혀진 채로 있는 것과도 같았다.

기차가 움직이자 대합실의 유리가 번쩍 빛나면서 코마코의 얼굴이 그 빛 속에 환하게 타오른다고 느껴졌다. 이미 사라졌지만 이것은 그날 아침 눈에 비친 거울 속의 얼굴과 마찬가지로 발그스레한 뺨이었다. 또다시 시마무라에겐 현실이라는 것과 이별을 고하는 순간의 빛깔이기도 하였다.

현 접경의 산을 북쪽에서 올라가다가 긴 터널을 빠져나가니 겨울 오후의 엷은 빛이 땅 속의 어둠에 흡수되어버린 듯하고, 낡은 기차는 밝은 껍질을 터널 속에 벗어놓고 나온 듯 벌써 봉우리와 봉우리의 겹쳐진 곳에 어스레한 저녁빛이 깃들기 시작하는 산골짜기를 내려가고 있었다. 이곳에는 아직 눈이 보이지 않았다.

강물을 따라 넓은 들판으로 나오자 산의 정상은 재미있게 잘라 깎아놓은 듯 보이고, 거기에서 아름답게 완만한 사선이 먼 기슭까지 뻗어 산 끝에 달이 채색되어 있는 듯했다. 들판 끝에 있는 산 전체를 엷은 석양빛의 하늘이 짙은 푸른빛으로 물들였다. 달은 아직 연한 빛을 띠고 있지만 겨울밤의 맑고 차가운 느낌은 없었다. 새 한 마리도 눈에 띄지 않았다. 완만한 산기슭이 경사진 들판에 막힘없이 탁 트인 좌우에 널리 뻗쳐 강기슭에 닿는 곳에 수력발전소 비슷한 건물이 있었다. 모든 것이 겨울 차창에 반영되는 쓸쓸한 풍경이었다.

기차 안의 스팀의 훈훈함으로 창이 뿌옇게 되기 시작하고 창 밖으로 보이는 들녘이 어슴푸레해지면서 승객의 모습이 반쯤 유리창에 비쳤다. 저녁 풍경도 거울의 한 장난이었다. 토오가이도오선 (東海道線)도 다른 나라의 기차같이 낡고 색바랜 구식 객차로 서너 차량 정도 연결되어 있는 것이리라. 전등불도 어두웠다. 시마무라는 비현실적인 것에 몸을 맡겨 시간이나 거리감마저도 사라진 채 허망스럽게 그저 가는 듯한 방심상태로 되자, 단순한 차바퀴 소리가 여인의 목소리로 들려왔다.

그 소리들은 짧게 끊어지면서도 여인이 힘껏 살고 있다는 표지 같아 듣기가 괴로워 잊지 못하는지도 모르지만, 이렇듯 멀어져만 가는 지금의 시마무라에게 향수를 더해주는 것뿐인, 이제는 벌써 먼 음성일 뿐이었다.

바로 이때쯤 유키오(行異)가 숨이 끊어진 것은 아닐까? 어째서 코마코는 그토록 돌아가려 하지 않았을까? 그녀는 유키오의 마지막 순간을 보지 못한 것은 아닐까?

기차 안의 사람은 음산하리만치 적은 숫자였다.

오십 대를 넘긴 어느 사나이와 뺨색깔이 유난히도 빨개보이는 처녀가 서로 맞은편에 바라보는 자세로 앉아 쉼없이 대화를 나누고 있을 뿐. 살이 두리둥실 쪄서 통통해진 어깨에 검은색 목도리를 두른 아가씨는 참으로 불타는 듯한, 보기좋은 혈색을 가지고 있었다. 앞으로 가슴을 쑥 들이내민 채 열심으로 들으며 즐거운 듯이 대답하기도 했다. 장거리 여행을 목적으로 올라 탄 사람들처럼 보였다.

그런데 제사공장의 굴뚝이 보이는 정거장에 기차가 멈추자 재미있게 앞 자리의 아가씨와 애기하던 그 사나이가 선반에서 허둥거리며 버들고리를 내려 창 밖 플랫폼으로 떨어뜨리며,

"자 그럼, 언젠가 인연이 있으면 또 보게 되겠지." 하며 그 아가씨에게 한 마디 작별을 남기곤 내려갔다.

그 순간 시마무라는 눈물이 흐를 것 같아 스스로도 적잖이 놀랐다.

그제서야 시마무라도 여인과 작별하여 돌아가고 있는 쓸쓸하고 외로운 길임을 느꼈다.

우연히 한 기차 안의 서로 맞은편 자리에 앉았을 뿐인 두 사람이라고는 전혀 생각지 못했는데. 아마도 그 사나이는 행상을 다니는 그런 사람이었겠지, 하고 생각되었다.

나방들이 알을 까는 시기이므로 함부로 양복을 횃대나 벽에 그냥 걸어두어서는 안 된다고, 도쿄를 떠날 때 아내가 말하던 일이 기억났다. 과연 여관방 추녀 끝에 매달린 장식등에는 옥수수빛의 큼직한 나방들이 예닐곱 마리나 달라붙어 있었고 바로 옆방의 산쵸오방(三疊房) 횃대에도 징그러울 정도로 통통하게 살이 찐 작은 나방이 붙어 있었다.

창가에는 여름에 쳐두었던 방충망이 그대로 있었고, 그 방에 일부러 붙여둔 것처럼 역시 나방 한 마리가 적갈색의 작은 깃털같이 생긴 촉각을 내밀고 있었다. 그러나 날개만큼은 투명한 연두빛이어서 여자의 손가락 길이만 했다. 저쪽 건너편에 늘어서 있는 접경의 산들은 지는 해의 빛을 받아 가을색으로 물들어 있어, 이 조그만 점 같은 연두빛은 도리어 죽음처럼 보였다. 유독 앞날개와 뒷날개가 겹쳐져 있는 부분만큼은 짙은 초록빛이어서 가을바람이 노닐면 그대로 엷은 종이처럼 팔랑팔랑 한들거렸다.

살아 있는 것 같아, 시마무라는 일어나서 방충망의 안쪽을 손가락으로 튕겨보았지만 나방은 미동조차 하지 않았다. 주먹으로 툭 치니까 그제서야 나뭇잎처럼 사뿐이 떨어지다가 다시 가볍게 날아올랐다.

유심히 살펴보니, 건너편 삼나무 숲에 잠자리떼가 날아다니고 있는데 꼭 민들레의 솜털이 날고 있는 것 같았다.

산기슭을 가로지르는 시냇물은 삼나무의 가지 끝에서 새어나오는 것처럼 보였고 흰 싸리꽃을 뭉쳐놓은 듯 꽃들이 낮은 산허리에

만발해, 은빛으로 발하고 있는 광경을 시마무라는 시간가는 줄 모르고 바라보며 있었다.

탕에서 나왔을 때 러시아 여자인 도부장수가 눈에 띄었다. 이렇게 깊은 산골까지 찾아들어오는가 싶어 시마무라는 신기한 듯 그녀에게로 다가갔다. 흔해빠진 일본제 화장품과 머리장식품 등이었다.

사십을 벌써 넘긴 듯한 얼굴엔 잔주름이 찌들어 있었지만 굵은 목덜미만큼은 하얗게 살이 올라 있었다.

"당신, 어디에서 왔소 ?" 하고 시마무라가 물어보자,

"어디에서 왔냐구요 ? 난 어느 곳에서 왔을까 ?" 하며 러시아 여인은 무슨 대답을 해야될지 모르겠다는 듯 보따리를 챙기면서도 생각하는 표정이었다. 그리곤 그저 큰 보따리를 둘러메고 일어서는데, 더러운 천으로 엉성하게 이은 듯한 스커트는 이미 양장 스타일이라는 기분이 들지 않았다. 그러나 신발은 신고 있었으며 일본 생활에 많이 익숙해진 모습이었다.

함께 옆에서 전송을 해주던 여관집 아주머니에게 이끌려 시마무라가 사무실에 들어가니 화롯가에 웬 커다란 몸집의 여인이 앉아 있었다. 여인은 옷자락을 잡으며 일어 섰는데 검은색 몬스끼(紋附)를 입고 있었다.

스키장의 선전사진에 나들이 옷을 입고 위에 무명 산바지를 걸친 후 코마코와 나란히 스키를 타고 있던, 시마무라도 한 번 본 기억이 있는 게이샤였다. 포동포동 살이 붙은 의젓한 분위기의 삼십 대 여인이었다.

여관집 주인은 부젓가락을 화로 위에 걸쳐놓곤 타원형 모양의 좀 큼직한 만두를 굽고 있었다.

"축하선물로 만든 건데 이거 심심풀이로 하나 드셔보시죠."

"방금 그 여자 그만두었나요 ?"

"네."

"좋은 게이샤였나 보군요."

“네, 이제 기한이 다 되어 인사드릴 겸 찾아온 거죠. 인기가 좋 았었는데.”

따끈따끈한 만두를 호호 불어가며 한입 베어먹으니 뻣뻣한 껍 질의 묵은 냄새로 약간 시큼했다.

창 바깥으로는, 지는 햇빛에 빨갛게 익은 감의 물들은 모양이 자재걸이(自在鍵)의 대나무통에 반사되는 듯했다.

“저렇듯 긴 것도 있었구먼. 저거 참억새요?” 하고 시마무라는 놀라며 언덕길을 쳐다보았다. 짊어 이고 가는 할머니의 키보다 두 배나 더 컸으며 길다란 이삭이 달려 있었다.

“네, 저건 억새예요.”

“억새요? 저게 정말 억새예요?”

“철도성의 온천 전람회 때 찻집 비슷한 것을 만들곤 이곳의 억 새로 이었지요. 정확히는 모르지만 도쿄의 어느 분이 그대로 몽땅 사 갔다나 봐요.”

“억새였군요?” 하고 시마무라는 또 한 번 혼잣말처럼 중얼거 리더니

“산에 피어 있는 것이 억새였군요. 싸리꽃인 줄 알았어요.”

시마무라가 기차에서 내렸을 때 첫눈에 띈 것이 산의 흰 꽃이었다. 급경사진 산허리 꼭대기 부근에 온통 은빛으로 눈이 부실 정도였 으니까.

그것은 산을 흠뻑 적셔주고 있는 가을 햇살 같아서 아! 하고 감탄하지 않을 수 없었던 것이다. 그래서 그는 그것을 흰 싸리라고 생각했던 것이다.

그러나 가까운데서 보이는 억새의 모양은 먼데서 바라보던 감 상과는 전혀 달랐다. 커다란 다발은 짊어진 여자들의 모습을 완전히 가리고, 언덕길 양편에 있는 돌담을 스쳐지나갈 때에는 사르륵사 르륵 소리를 내는 탐스러운 이삭무더기였다.

십 촉 전등이 희미하게 켜진 방에 들어서보니 몸통이 통통하던

나방이 검은 칠을 한 횃대에 알을 까놓고 기어다니고 있었으며 처마 끝의 나방도 장식등에서 바스락바스락 소리를 내며 부딪쳤다.

벌레는 대낮부터 요란스레 울어댔다.

코마코는 조금 뒤늦게 들어왔다.

복도에 서 있는 채로 시마무라를 쏘아보며,

"당신 무엇하러 왔어요. 이런 곳에 무엇하러 왔느냔 말예요?"

"임자가 보고 싶어 왔지."

"마음에도 없는 소리. 도쿄 사람들은 거짓말도 잘 하셔."

그러면서 앉고는 말소리를 부드럽게 가라앉히고,

"이젠 전송하는 것이 두려워요. 뭐라고 말할 수도 없을 기분이 들어요."

"그래? 그렇다면 이번엔 말없이 돌아가야겠군."

"싫어요. 정거장에만 안 가겠다는 말이에요."

"그 사람, 유키오는 어찌 됐나?"

"죽었어요."

"임자가 나를 전송하러 나온 그 사이에?"

"하지만 그것과는 상관될 게 아녜요. 오히려 전송이란 게 무척 마음 아픈 것이라는 걸 알았어요."

"음."

"당신, 이월 십사일엔 어찌 된 일이에요? 얼마나 기다린 줄 알아요? 앞으론 거짓말만 하는 당신의 말 따위는 믿지 않을 테니 알아서 하시라구요."

이월 십사일은 새쫓기 축제가 있는 날이다. 역시 눈고장다운 어린이들의 연중 행사 놀이이다. 마을 어린이들은 벌써 열흘 전부터 짚신을 신고 눈을 밟아 다져 그것으로 된 널조각을 두 자 사방쯤 되게 떠내어 겹겹으로 쌓아올려 사방 세 칸에 높이 열 자 남짓되는 눈사당을 만들었다. 십사일 밤에는 집집의 인줄을 모아가지고서 사당 앞에다 환하게 모닥불을 피운다. 이 마을의 정월설날이 이월 초하루이니 인줄이 넉넉하게 마련이었다. 그렇게 하여 어린이들은 눈사당의 지붕 위로 올라가 새쫓기 노래를 부른 다음 안으로 들어가 등불을 켜고 밤샘을 시작한다. 그런 후 다시 한 번 십오일 새벽에 눈사당 지붕 위에서 새쫓기 노래를 부르는 것이다.

때마침 그 시기엔 눈이 제일 많이 내릴 때니 시마무라는 새쫓기 축제를 꼭 보러오겠다고 약속해두었었다.

"난 이월경에 장사를 쉬고 집에 갔었어요. 틀림없이 당신이 오실거라고 믿곤 부리나케 십사일에 돌아왔잖아요. 차라리 더 천천히 간호하다가 왔더라면 좋았을걸."

"누가 아팠나?"

"선생님께서 항구로 가셨다가 폐렴에 걸렸어요. 내가 마침 우리 집에 있을 때 전보가 와서 간호해드릴 수 있었어요."

"다 나으셨나?"

"아뇨."

"그거 참 안됐군." 하며 시마무라가 약속을 어긴 것이며, 선생의 아파하는 것까지 모두 미안하고 슬퍼하듯이 말하니까,

"으응." 하며 코마코는 갑작스레 조용하게 고개를 내젓고는 손수건을 가지고 책상을 톡톡 털면서,

"지독한 벌레로군."

밥상에서 다다미 위까지 자질구레한 날벌레들이 허옇게 떨어져 내렸으며 작은 나방이 수없이 전등 주위로 몰려들었다.

방충망 밖에서도 몇 종류인지 분간할 수 없는 나방들이 다닥다닥 달라붙어 밝게 비치는 달빛 위로 드러났다.

"위가 결려요. 위가……." 하며 코마코는 양 손을 띠 사이로 푹 집어넣더니 시마무라의 무릎 위에 엎드렸다.

옷깃이 벌어져 짙은 분화장내가 나는 목덜미에 모기보다도 작은 벌레들이 눈깜짝할 사이에 떼지어 날아들더니 죽어서 그곳에서

꼼짝하지 않는 것도 있었다.

목덜미 아래는 작년보다 통통하게 기름살이 올라 있어 어느덧 스물한 살이 되었구나, 하고 시마무라는 생각했다.

그의 무릎으로 미지근한 훈기가 스며들어왔다.

"저보고 동백실로 가보라고 하면서 사무실에서 싱글싱글 웃잖아요. 어유 꼴보기 싫어. 언니를 기차역까지 전송하고 돌아와 편안하게 잠으로 빠져들어갈까 하는데 여기서 찾는다고 하잖아요. 모든 일이 귀찮아져 그만둘까도 생각해봤어요. 어젯밤엔 언니의 송별회 관계로 너무 과음을 했어요. 방금도 사무실에서 웃고만 있길래 그냥 와보니 당신이 계시는 거예요. 우리 일 년만이죠. 당신이라는 분은 일 년에 한 번 오는 사람인가요?"

"음. 송별회용 만두 나도 먹었지."

"그랬어요?" 하며 코마코는 시마무라의 무릎 위에 눌러대고 있던 뺨을 들었다. 그 부분만이 유난히 빨개져서 갑자기 어리게 느껴졌다.

그 나이든 게이샤를 여기서부터 두 번째 정거장되는 데까지 배웅해주고 왔노라고 했다.

"여기도 많이 변했어요. 전에는 뭐든지 마음들이 맞아 재미가 있었는데 점점 개인주의적이 되어 뿔뿔이 흩어져요. 키큐유우(菊勇) 언니는 인기도 제일 좋아 육백본(本)이 안 되는 때가 없어 주인도 소중히 여겼었고 무슨일이든지 언니가 중심이 되었었는데 가버리니까 난 너무 쓸쓸해요."

키큐유우 언니가 기한이 다 돼 태어난 동네로 돌아간 것이라는 말을 듣고 시마무라는 그 여자가 결혼을 할 것인가 계속 물장사를 할 것인가를 물었다.

"언니는 전에 한 번 결혼에 실패하고 이곳으로 온건데 참으로 불쌍한 사람이에요." 하며 코마코는 그 다음 얘기가 있는 눈치더니 우물쭈물 주저하다가 달빛이 환히 비치고 있는 계단식 밭의 아래

쪽을 내려다보곤,

"저 언덕 중간쯤에 새로 지은 듯한 집이 보이세요?

"키쿠무라라고 불리는 요리집?"

"네. 원래는 저 집으로 들어갈 예정이었는데 언니가 처신을 잘 못하는 바람에 저까지 어렵게 되었어요. 자기를 위해 집까지 지어 주었는데 막상 들어갈 시기가 되자 애인이 생겼다며 포기해버린 거예요. 그 애인과 결혼할 예정이었는데 알고보니 사기를 당했던 거예요. 사랑에 빠지면 사기를 당하고 있는지 어쩌는 건지도 모르게 되나 봐요. 그 상대자가 달아났다고 해서 새삼스럽게 요리집 주인에게 사과를 하며 화해를 해 다시 그 가게를 달랄 수도 없게 되었고 이 마을에 남아 있으려니 망신스럽기도 해서 다른 곳으로 돈벌이를 하러 가는 거예요. 생각해보면 안됐어요. 우리도 자세한 사연은 잘 모르지만 세상에는 별별 사람이 다 있나봐요."

"사내가 한 댓 명쯤 되었나?"

"글쎄요." 하며 코마코는 미소를 머금곤 얼굴을 옆으로 돌렸다.

"언니도 참 마음이 약했어요. 지지리도 못난 사람이었죠."

"어쩔 수 없었겠지."

"하지만 그렇지 않아요. 사랑을 받는다는 것이 무언데요?" 하며 고개를 숙여 머리 장식으로 머리를 긁어댔다.

"전송하러 가는 도중에 가슴이 아파 혼났어요."

"그랬나? 그럼 애써 만들어놓은 가게는 어찌됐어?"

"본처가 와서 하고 있나봐요."

"본처가 하고 있다니 그거 재미있군그래."

"개업일이 눈앞에 닥쳤는데 어떡해요. 그렇게라도 하는 수밖에 없잖아요. 결국 어린애들을 모두 데리고 이사를 올 수밖에요."

"아니, 집은 어떡하고?"

"할머니 한 분만 남아 계시대요. 원래 주인이 농사꾼이었는데 이런 장사를 좋아한대요. 참 재미있는 분이에요."

"난봉꾼이구만. 꽤 나이도 많을 텐데."

"젊어요. 서른두셋이나 됐을까?"

"허, 저런 첩이 본처보다 나이가 더 많을 뻔했구만."

"스물 일곱 동갑이래요."

"그러면 키쿠무라(菊村)란 키쿠유우(菊勇)의 키쿠(菊)를 딴 것이겠지. 그래 그것을 본처가 경영한단 말이지?"

"기왕에 내건 간판을 다른 걸로 갈아치울 수 없으니 그렇겠죠."

시마무라가 옷깃을 여미자 코마코는 일어나 창문을 닫으며

"언니는 당신을 알고 있더군요. 오셨다고 아까 알려주던걸요."

"우연히 사무실에서 인사하러 왔을 때 마주쳤지."

"무슨 얘기라도 나눴어요?"

"아니."

"아, 당신이 지금의 내 기분 아실까요?" 하며 코마코는 다시금 닫았던 장지문을 활짝 열곤 창 쪽으로 내던지 듯이 걸터앉았다. 시마무라는 잠시 후에,

"하늘의 별빛이 도쿄와는 다르군. 정말 공중에 떠 있는 듯해."

"달밤이라 덜한 편이에요. 세상에, 올해 겨울은 눈이 지독하게 많았어요."

"기차도 가끔 연착했던 모양이던데."

"네, 너무나 무서울 정도였어요. 자동차가 다니게 된 것도 다른 해보다도 한 달 가량이나 늦어진 오월이었어요. 스키장의 매점 이층을 눈사태가 덮치고 지나갔는데 아래층 사람들은 이상한 소리가 나길래 그저 쥐가 갉아먹으려니 하고 있다가, 이층으로 갔었는데 온통 눈투성이로, 덧문이고 뭐고 눈이 모두 쓸어가버린 거예요. 표층(表層) 눈사태라는 것으로 라디오에서 크게 방송한 탓인지 겁을 먹은 스키 손님들의 발길이 뜸해요. 저도 올해는 스키를 타지 않으려고 장비를 남에게 주었는데 그래도 두세 번 탔나봐요. 나 변하지 않았어요?"

"선생님이 돌아가신 후 어떻게 지냈나?"

"남의 이야기는 하지 마세요. 이월에는 틀림없이 여기 와서 기다리고 있었어요."

"항구에 돌아갔으면 그렇다고 편지를 보내지 그랬어?"

"싫어요. 그런 처량한 짓은 하기 싫어요. 부인에게 보여줘도 괜찮을 편지 따위는 쓰기 싫어요. 눈치를 봐가며 거짓말을 해야 한다는 것이 비참하잖아요."

코마코는 재빨리 내뱉는 듯한 투로 말했다. 시마무라는 고개를 끄덕였다.

"그런 벌레들 속에 앉아 있지말고 전등을 꺼요."

여인의 귀바퀴까지 또렷한 그림자가 새겨질 정도로 밝은 달빛이 방 안 깊숙이 비쳐들어 다다미(畳)에 푸른빛이 감도는 듯했다. 코마코의 입술은 매끈하게 빛나 아름다웠다.

"싫어요. 보내주셔요."

"여전하군." 하며 시마무라는 약간은 우스꽝스럽기도 한 오똑하고 둥근 얼굴을 가까이서 바라보았다.

"현재나, 오래 전 열일곱에 여기 왔을 때나 조금도 달라진 데가 없다고들 말해요. 생활도 매양 마찬가지지만요."

북극 소녀의 뺨에 어린 홍조는 짙게 남아 있었고, 게이샤다운 살결이 달빛으로 인해 조가비 같은 윤기를 흐르게 했다.

"나 이사한 거 아세요?"

"선생님이 돌아가신 후, 그 누에치던 방에서 떠났군. 이번엔 진짜 포주집인가?"

"진짜 포주집이냐고요? 그런 셈이죠. 그 집에서 과자며 담배 등을 팔고 있으니까요. 이번 역시 혼자 살아요. 진짜 고용살이니까 밤이 깊어지면 촛불을 켜고 책을 읽어요."

시마무라가 어깨를 끌어안으며 웃으니,

"전기를 낭비하면 미안하거든요."

"그렇겠군."

"그렇지만 고용살이라는 생각이 들지 않을 정도로 소중하게 대해줘요. 어린아이가 울면 아주머니가 미안해 하며 밖으로 업고 나가세요. 아무런 불만도 없지만, 밤늦게 들어갔을 때 이부자리 깔아놓은 모양만큼은 보기 흉해요. 그렇다고 다시 깔 수도 없고요. 친절의 고마움 때문에."

"임자, 살림하면 고생깨나 하겠어."

"다른 사람들도 그렇게 말해요. 하지만 타고난 성품이 원래 그런 걸요. 집에 조그만 어린애들이 넷이나 되는데, 지저분하게 어질러놓아요. 나는 하루종일 치우고 어린애들은 다시 어질러놓고, 그러나 그대로 둘 수는 없잖아요. 가능한 한 깨끗이 해놓고 싶어요."

"그럴테지."

"정말로 당신 내 기분 아시겠어요?"

"암, 알고말고."

"안다면 말해보세요. 어서." 하며 코마코는 갑작스레 절박함으로 대들었다.

"거봐요. 말 못 하잖아요. 거짓말만 하시고. 당신처럼 사치스러운 생활을 하신 분이 나 같은 걸 알기나 하겠어요."

그리고는 목소리를 가라앉히며,

"슬퍼져요. 내가 바보였어요. 당신, 내일 돌아가세요."

"그렇게 임자처럼 캐묻는다고 분명히 말할 수 있는 게 아니잖아?"

"왜 말을 못해요? 당신은 그 점이 나빠요." 하며 코마코는 계속 격해 있더니 어느 새 조용히 눈을 감곤 시마무라가 그래도 자기를 어딘가 생각해주고 있다는 걸 알았다는 듯한 표정을 지으며,

"일 년에 단 한 번만이라도 들러줘요. 내가 여기 있는 동안만이라도."

아직도 사 년은 더 있어야 한다고 말했다.

"집으로 내려갈 땐 다신 이런 데서 장사하지 않으려고 스키까지 남에게 줘버린 건데. 지금은 고작 담배 끊은 것 외에는 다 부질없는 짓이었어요."

"그래, 하긴 전에 많이 피웠었지."

"네, 손님방에 들어가면 주는 것들을 소매 속에 넣곤 했더니, 돌아올 때면 몇 개고 나오는 거예요."

"그런데, 사 년이라면 너무 긴데."

"금방 지나갈 거예요."

"아, 따뜻해." 하며 시마무라는 가까이 다가오는 코마코를 그대로 안아올렸다.

"따뜻한 것만큼은 타고났나봐요."

"벌써 아침 저녁으론 꽤 쌀쌀해."

"내가 이곳에 온 지 오 년이나 됐는걸요. 처음엔 허전해 어떻게 지내나 싶었지요. 더군다나 기차가 개통하기 전엔 얼마나 쓸쓸했는지. 하긴 당신이 오기 시작한 지도 어느덧 삼 년째이니."

삼 년이 채 되기도 전에 세 번의 방문이 있었지만 그때마다 코마코의 처한 생활이 달랐었던 것을 그는 생각하게 되었다.

철써기 여러 마리가 갑자기 울어댔다.

"아이 싫어." 하며 코마코는 그의 무릎에서 떨어졌다.

북풍이 몰아치자 방충망의 나방들이 일제히 날아갔다.

짙은 속눈썹을 내리감은 탓에 검은 눈이 살짝 떠 있는 것처럼 보이는 것임을 이미 알고 있는 시마무라이지만 또 가까이에서 들여다보았다.

"담배를 입에 안 댄 후로 살이 쪘어요."

보니, 배에 비계층이 두꺼워져 있었다.

눈에서 멀어져 있을 때는 생각조차 안 나더니 이렇게 마주앉아 서로를 보니 새로운 정다움이 다시 되살아났다. 코마코는 슬그머니 가슴 위로 손바닥을 대더니,

"한쪽만 커졌어요."

"바보, 그 사람의 버릇인가보군."

"아이, 듣기 싫어요. 짓궂은 분이서." 하며 코마코는 갑작스레 돌변했다. 이거였구나, 하고 시마무라는 생각했다.

"양쪽의 크기를 고르게 하라고 이제부턴 그렇게 말해."

"고루고루? 고르게 해달라고 말하란 말예요?" 하며 코마코는 부드럽게 뺨을 가져다댔다.

이층에 있는 방임에도 불구하고 두꺼비가 울며 돌아다녔는데 한 마리도 아닌, 두세 마리나 되는 모양이었다. 오랫동안 쉬임없이 울어댔다.

탕에서 올라오니 코마코는 가지런히 앉아 마음이 편안한 듯 조용한 음성으로 신상에 관한 얘기를 시작했다.

이곳에서 처음 시험을 받을 땐 동기(童妓) 때와 같은 요령으로 상반신만 벗자 모두의 웃음거리가 되어 울어버렸다는 이야기까지 하여 시마무라가 묻자,

"난 참 정확한 편이죠. 이틀씩만 빨라지니까요."

"그렇다 하더라도 손님방에 가는 데는 지장이 없나?"

"어머나 어떻게 그런 걸 다 아세요?"

뜨겁기로 유명한 온천에 매일 들어가고 구 온천과 신 온천과의 사이를 술자리 따라 왔다갔다 하게 되면 십 리나 걷게 될 게고. 밤을 새는 일도 적은 산골 생활이어서 건강하게 살이 찐 단단한 몸이지만 게이샤 등에게서 흔히 볼 수 있는 허리가 좀 움츠러든 모습이었다. 가로로는 조붓하고 세로로는 두툼하다. 그런데도 시마무라가 멀리서도 이곳을 오게 되는 까닭은 여인에게 마음속 깊이 측은히 여겨지는 점이 있었기 때문이리라.

"나 같은 사람은 어린애도 못낳을 거 아녜요?" 하고 코마코는 진심으로 물었다. 한 사람하고만 교제하면 부부 같지 않느냐는 것이었다.

코마코에게 그런 사람이 있는 것을 시마무라는 비로소 알았다.

열일곱 살부터 오 년 동안 계속하고 있다는 것이다. 시마무라가 전부터 의아하게 여기고 있던 코마코의 무지하고도 전혀 무경계한 까닭을 그것으로 알았다.

동기(童妓)로 있을 때 몸값을 치러주고 몸을 빼내준 사람과는 사별을 하고 항구로 돌아오자 곧 그 애기가 있었던 탓인지 코마코는 처음부터 오늘날까지 그 사람이 싫어서 마음을 터놓지 못한다고 한다.

"오 년 동안이나 계속됐다면 지극한 편이잖아?"

"헤어질 기회가 두 번이나 있었어요. 여기 게이샤로 나오게 됐을 때하고, 선생님 댁에서 지금의 집으로 옮길 때죠. 하지만 의지가 약한 탓으로 그러지를 못했어요."

그 사람은 항구에서 산다고 한다. 그 동네에 두기가 거북해서 선생이 이 마을로 오는 김에 맡겨보냈다고 한다. 친절한 사람인데도 한 번도 몸을 허락할 마음이 안 나는 것은 슬픈 일이라고 한다. 나이의 차이가 심해서 어쩌다가 한 번씩밖에는 오지 않는다고 한다.

"어떻게 해야 사이가 끊어질까 참다못해 못된 짓을 저질러버릴까 하고 마음먹을 때가 가끔 있어요. 진심으로 그렇게 생각했어요."

"못된 짓은 좋지 않아."

"못된 짓은 할 수 없어요. 역시 타고난 천성이라 안 돼요. 나의 살아 있는 몸이 귀여워요. 작정만 하면 사 년의 기한을 이 년으로 줄일 수도 있지만 무리는 안 하죠. 몸이 소중하니까요. 무리를 하면 수입이 꽤 오르겠죠. 기한제이니까 주인에게 손해만 끼치지 않으면 되는 거예요. 원금이 달로 쪼개어 얼마, 이자가 얼마, 세금이 얼마, 거기에다 자기가 먹는 식비를 계산에 넣으면 알 수 있겠죠. 그 이상 무리해서 일할 필요도 없어요. 귀찮은 술좌석이어서 마음이 내키지 않으면 지체없이 돌아와버리곤 해요. 또 단골 손님이 부르는 것이 아니라면 여관에서도 밤늦게 부르진 않아요. 자기가 사치를 하려고 들면 한이 없겠지만 그럴 필요도 없구요. 마음내키는 대로 나가서 벌고 있으면 그걸로 끝나는 거예요. 벌써 원금을 절반 이상 갚았는걸요. 아직 일 년도 안 됐는데요. 그래도 용돈이니 뭐니해서 한 달에 삼십 원은 들어요."

한 달에 일백 원을 벌면 된다고 했다. 지난달 가장 적은 사람이 삼백본(本)에 육십 원이라고 했다. 코마코는 술좌석 수가 구십 몇 개로 가장 많고 한 자리에 한 개가 자기 차지가 되어서 주인에게는 손해지만 자꾸자꾸 술좌석을 돌아다닌다고 했다. 이 온천장에는 빛이 늘어 기한을 연기한 사람은 한 사람도 없다고 했다.

이튿날 아침 코마코는 역시 일찌감치 일어나,

"꽃꽂이 선생님 하고 이 방을 청소하고 있는 꿈을 꾸다가 잠이 깨버렸어요."

창가에 자리한 경대에는 단풍 든 산이 비치고 있었다. 거울 속에는 가을 햇살이 밝았다. 과자 가게의 여자아이가 코마코가 갈아입을 옷을 가지고 왔다.

"코마쨩." 하고 슬프도록 맑은 목소리로 장지문 뒤에서 부르는 요오코는 아니었다.

"그 처녀는 어떻게 됐지 ? "

코마코는 흘끗 시마무라를 보고는,

"산소에만 다니고 있어요. 스키장의 기슭에, 저 봐요, 메밀밭이 있죠. 하얀 꽃이 피어 있는 그 왼쪽에 무덤이 보이잖아요 ? "

코마코가 돌아가고 난 후에 시마무라도 마을로 산책을 하러 나갔다.

하얀 벽이 있는 처마 밑에서 아주 새로운 붉은 프란넬의 산바지를 입은 여자아이가 고무공을 치면서 놀고 있는 모습이 참으로 가을임을 느끼게 했다.

다이묘오(大名 : 에도시대에 넓은 영지(領地)를 가졌던 지방 영주(領主).)가 드나들던 무렵부터 있었으리라고 여겨지는 고풍스러운 정취를 자아내어주는 집들이 많았다. 처마에 이어 댄 차양이 유난히 넓고 깊었다. 이층의 창문은 높이 한 자 정도밖에 안 되는데 가느다랗고 길었다. 처마 끝에는 띠로 엮은 발에 드리워져 있었다.

흙담 위에는 참억새풀을 심은 울타리가 있었는데 연두빛의 꽃이 한창 피어 있었다. 그 가느다란 잎이 한 줄기씩 아름답게 분수처럼 펼쳐져 있었다.

그리고 길가 양지 쪽에 거적을 깔고 앉아 팔을 털고 있는 여자는 요오코였다.

마른 팥 넝쿨에서 팥이 은화처럼 반짝반짝 빛나며 튀어 나왔다.

수건을 둘러쓰고 있어서 시마무라가 보이지 않는지 요오코는 산바지의 무릎을 벌리고 팥을 털면서 슬프도록 맑게 울려 메아리칠 것만 같은 목소리로 노래를 부르고 있었다.

나비 나비 잠자리랑 여치랑
산에서 우는
청귀뚜라미 방울벌레 철써기.

삼나무를 훌쩍 떠난 저녁 바람 속을 날아가는 까마귀가 크기도 하네, 하고 부르는 노래와 함께 창가에서 내려다보이는 삼나무 숲 앞에는 오늘도 잠자리떼가 날아다니고 있다. 저녁이 되어감에 따라 그들의 날아다니는 속도가 황망히 빨라지는 듯했다.

시마무라는 출발하기 전에 역 매점에서 이 근방의 산 안내서가 새로 나온 것이 있길래 사 가지고 왔다. 그것을 이리저리 뒤적이며 읽고 있노라니 이 방에서 바라다보이는 접경의 산들 중, 그 중에 하나인 산꼭대기 근처에 아름다운 못과 늪을 두루 연결시켜주는 좁은 산길이 있는데 그 일대의 습지에는 온갖 고산 식물의 꽃들이 어지럽게 피어 있고 여름철이면 무심히 고추잠자리들이 날아와

모자며 손이며 때로는 안경테에까지 앉는 한가로운 풍경은 학대받는 도시의 잠자리와는 천지차이라고 쓰여져 있었다.

그러나 눈앞의 잠자리떼는 어쩐지 막다른 곳으로 쫓기는 듯이 보였다. 해가 저물 무렵 거무스름해지는 삼나무 숲의 빛깔에 자기 모습이 감춰질세라 초조하게 굴고 있는 것처럼 보인다.

먼 산이 석양을 받으니 산 봉우리에서부터 단풍이 물들어 내려옴을 뚜렷이 구별할 수 있었다.

"인간이란 저항력이 약한가봐요.. 머리에서부터 발끝까지 완전히 엉망으로 부서져 있었는데요. 곰 같은 건, 훨씬 높은 암벽에서 떨어져도 몸은 조금도 다치지 않는 모양이던데요." 하고 오늘 아침 코마코가 말한 것을 시마무라는 생각해냈다. 암벽을 타다 조난사고가 일어난 산을 가리키며 한 말이었다.

곰 같은 단단한 피부를 가졌다면 인간의 육체에 대한 감정은 상당히 달라졌을 것임에 틀림없다. 인간들은 부드럽고 매끄러운 피부를 서로 사랑하고 있음이리라. 그런 생각을 하며 지는 햇빛에 반사된 산을 보니 시마무라는 문득 사람의 살결이 그리워졌다.

"나비, 나비, 잠자리, 여치랑……."라는 노래를 서투른 샤미센 솜씨로 부르면서 이른 저녁 식사 중인 게이샤가 보였다.

산 안내서에는 등산로, 일정, 숙박소 비용 등이 간단히 씌여 있어 도리어 공상하기에는 자유로웠다. 시마무라가 처음으로 코마코를 만나게 된 때도 잔설의 여운 위에 신록이 싹트는 산을 타고 이 온천 마을에 내려와서의 일이었으니, 자신의 발자국이 남아 있을 산을 바라보는 감격으로 가을 등산 계절의 산에 마음이 끌렸다. 놀며 먹고 지내는 그가 하릴없이 고생이랍시고 산을 탄다는 것이 말짱 헛수고라는 생각도 들긴 했지만 그건 그 자체로 비현실적인 듯한 매력도 있었다.

멀리 있을 때는 그리도 보고 싶던 코마코임에도 막상 가까이서 대하면 뭔가 허전해졌다. 아마도 벌써 그녀의 육체와 친근해진 탓인지는 몰라도. 그리하여 사람의 살결에 대한 그리움과 산을 동경하는 생각이 똑같은 성질의 꿈인 듯이 느껴졌다. 어젯밤, 코마코가 묵고 간 후라서 이런 생각을 하는지도 모른다. 그러나 혼자 있게 되면 찾지 않아도 코마코가 올 것만 같아 우두커니 기다리게 된다. 소풍 온 여학생들의 재잘재잘 떠드는 소리를 들으며 한잠 푹 들어야겠다며 마음먹고 이부자리에 누웠는데 별안간 가을 소나기가 쏟아지는 것 같았다.

이튿날 아침, 눈을 뜨니 하오리(羽織)까지 거친 비단으로 만든 평상복을 입고 단정히 앉아 책을 읽고 있던 코마코가,

"잠이 깨셨어요?" 하며 조용히 이쪽을 바라보았다.

"웬일이야?"

"잠이 다 깨셨나봐요."

무의식중에 여기까지 와서 잠이 들었나 싶어 시마무라는 잠자리를 둘러보며 시계를 보니 아직도 여섯시 반이었다.

"꽤 이른데."

"그렇지만 하녀는 벌써 불을 넣으려고 왔는걸요."

주전자의 김은 아침임을 나타내듯 하얗게 내뿜고 있었다.

"일어나세요." 하며 코마코는 다가와 가정주부다운 몸짓으로 그의 머리맡에 앉았다. 시마무라는 크게 기지개를 켜며 그녀의 무릎 위에 놓인 손을 잡곤 조그마한 손가락에 박힌 샤미센 발목의 못을 만지작거리며,

"아유, 졸려. 이제 막 날이 샜을 뿐이잖아?"

"혼자 잘 잘 수 있었어요?"

"그럼."

"어, 당신 역시 수염을 기르지 않았군요."

"저런, 전에 헤어질 때 말했었지. 수염을 길러보라고."

"잊어버렸다 해도 상관없어요. 그래도 항시 파르스름하게 깨끗이 밀고 다니시니까요."

 "임자 역시 늘 화장 지운 뒤는 방금 면도를 끝낸 모습 같은걸."
 "얼굴살이 너무 찐 것 같아요. 살결이 희어 주무시고 계실 땐 수염이 없는 게 이상하고 밋밋해보여요."
 "부드럽게 느껴져 좋잖아."
 "믿음직스러워 보이지 않아요."
 "기분이 좀 안 좋은데. 찬찬히 들여다보았다는 얘기 아냐?"
 "그래요." 하고 코마코는 고개를 끄덕이며 생긋 웃는가 싶더니 그 미소에 불이 붙은 듯 웃음을 터뜨리며 자신도 모르는 듯 그의 손가락을 쥔 손에 힘을 주며 말을 했다.
 "벽장 속에 숨어 있었어요. 하녀도 전혀 눈치채지 못했나봐요."
 "언제? 언제부터 숨어 있었어?"
 "방금 전부터요, 하녀가 불을 가지고 왔을 때부터요."
 그리곤 자신이 한 짓이 우스워 못 견디겠다는 표정이었으나 별안간 귀 밑까지 빨개지더니 얼버무리는 듯이 이부자리를 들고 부채질을 하면서,
 "일어나세요. 제발 빨리 일어나세요." 하며 재촉했으나 시마무라는 춥다면서 이불을 끌어안곤,
 "여관집 사람들이 벌써 일어났나?"
 "모르죠. 뒤꼍으로 올라왔으니."
 "뒤꼍?"
 "네, 삼나무 숲이 있는 곳으로 기다시피 올라왔어요."
 "그런 길도 있나?"
 "길은 아니지만 가깝거든요."
 시마무라는 놀란 표정으로 코마코를 보았다.
 "내가 온 걸 아무도 모를걸요. 부엌에서 무슨 소리가 나긴 했지만 현관은 아직도 열려 있었거든요."
 "역시 임자는 부지런하구먼."
 "사실 어젯밤 잠을 못 잤거든요."

 "소나기가 지나간 것도 알겠군?"

 "그랬어요? 저기 얼룩 조릿대가 축축한 건 비 때문이었군요. 돌아가야겠어요. 한잠 더 푹 주무세요."

 "알았어, 일어날게." 하며 시마무라는 그녀의 손을 붙잡은 채로 이부자리를 걷어찼다. 그녀가 올라왔다는 주위를 보니 관목 등이 무성하게 우거진 아래쪽에 얼룩 조릿대가 요란스럽게 널려 있었다. 그곳은 삼나무 숲으로 된 언덕의 중턱이었다. 창문 바로 아래의 밭에는 무우·고구마·파·토란 등의 평범한 야채가 아침 햇빛을 받아 저마다 빛깔이 다른 잎으로 보이는데 자못 기분이 상쾌했다. 탕으로 가는 복도가의 연못에서 잉어에게 먹이를 주고 있는 지배인을 만났다.

 "날씨가 추워 그런지 먹성들이 전같지 않아요." 하며 지배인은 누에번데기가루 먹이가 떠 있는 못을 한동안 바라보고 있었다.

 맑고 깨끗한 모습으로 앉아 있던 코마코는 탕에서 돌아온 시마무라에게,

 "이렇듯 조용한 데서 바느질이나 하며 살았으면."

 방은 금방 청소를 하고 난 뒤였고, 약간 낡은 다다미 위엔 가을 아침 햇살이 내리비치고 있었다.

 "바느질 할 줄 아는가?"

 "그럼요, 무슨 말씀을. 제가 자라날 무렵에 우리 집안 형편이 가장 어려운 때여서 형제들 중에서 가장 많이 고생했어요." 하고 혼잣말 하듯이 있더니 갑작스레 바쁜 어투로,

 "어머, 코마쨩, 언제 왔어? 하며 식모가 의아한 표정을 지었어요. 언제까지 벽장 속에 숨어 있을 수도 없는 노릇이긴 했지만 그래도 난처해졌어요. 이젠 돌아가야겠어요. 몹시 바쁘거든요. 잠이 오지 않을 때 머리를 감아두었어야 했는데, 아침 일찍 감아두지 않으면, 마를 때까지 있다가 머리를 빗겨주는 사람에게 가니까 늦어져 낮의 연회시간에 맞춰 갈 수 없거든요. 여기에서도 연회가 있는 모양

이던데 어젯밤 늦게야 알려주는 거예요. 이미 다른 데 승낙한 후고, 토요일이니 틈이 없어 놀러오지도 못할 거예요.”

이런 말을 하면서도 코마코는 일어날 기미가 없었다.

머리 감는 일을 그만두고 시마무라를 뒷마당으로 데리고 가 아까 숨어들어온 건물과 건물 사이의 복도 아래 코마코의 젖은 게다와 다비(足袋)가 있는 곳에서 섰다. 그녀가 고생하며 올라온 얼룩 조릿대가 우거진 곳으론 도저히 갈 수도 없을 것 같아 밭을 따라서 시냇가로 내려가니 깊은 낭떠러지로 이어져 있고 밤나무 위에서는 어린애들의 목소리가 들려왔다. 발밑의 풀 속에서도 밤송이 몇 개가 떨어져 있어 코마코는 게다로 밟아 뭉개 잘디잔 밤알을 꺼냈다.

맞은편 급경사가 진 산기슭에, 일제히 가득 차게 핀 억새이삭이 눈부시도록 은빛으로 흔들리고 있었다. 그것은 가을 하늘을 날고 있는 투명한 무상함과도 같았다.

“저쪽으로 가볼까? 임자 약혼자의 무덤이 보이는…….”

시마무라를 똑바로 서서 노려보던 코마코는 힘껏 발돋움을 하더니 한 줌의 밤을 그의 얼굴에 내던지고선,

“도대체가. 당신, 날 비웃는 거예요?”

시마무라가 피할 사이도 없이, 이마에서 딱 소리가 나며 아파왔다.

“당신과 무슨 인연이 닿았다고 무덤을 본다는 거예요.”

“왜 그렇게 정색을 하지?”

“그러한 일도 나에겐 진지한 부분이에요. 당신같이 사치스러운 기분으로 살고 있는 것과는 달라요.”

“누가 사치스러운 기분으로 살고 있다고 그러는 거야.” 하며 그는 맥빠진 음성으로 중얼거렸다.

“그러면 왜 자꾸 약혼자 운운 하세요? 약혼자가 아니란 건 전에 자세하게 말씀드렸잖아요. 잊으셨나요?”

시마무라가 잊은 건 아니었다.

“선생님이 아드님과 내가 결혼하면 좋겠다고 생각한 적이 있었죠.

84

마음속으로만 생각하셨을 뿐이지, 입 밖으로 한 번도 꺼내지 않으셨어요. 그런 선생님의 마음을 아드님이나 나나 어슴푸레 알았을 뿐 우린 따로 떨어져 살아 아무런 일도 없었어요. 그리곤 도쿄로 팔려갈 때 그 사람 혼자서 전송해준 것 뿐이고요.”

시마무라는 코마코가 그렇게 말한 것을 기억하고 있었다. 그 남자가 위독하다는데도 그녀는 그의 방에서 함께 자면서,

“내가 하고 싶은 대로 하는 걸 죽어가는 사람일지라도 어떻게 알리겠어요?” 하며 몸을 내던지듯이 말한 적도 있었다.

게다가 코마코가 시마무라를 역에서 전송하고 있을 때, 마침 그 사내의 병이 위급하다며 요오코가 데리고 왔을 때도 코마코가 한 사코 돌아가지 않아 그 사내의 임종을 못 본 것까지, 시마무라는 그 유키오라는 사내가 마음에 걸렸다.

코마코는 언제나 유키오의 얘기를 피하려고 했지만, 약혼자가 아닌 사람을 위해 요양비를 대주려고 여기에서 게이샤로 일한 걸 보면 ‘진지한 일’이었음에 틀림없을 것이다.

밤알로 얻어맞은 그가 화를 내지 않자 코마코는 의외라는 듯 가만히 있더니 갑자기 힘없이 무너지듯 매달리며,

“당신은 착한 분이로군요. 웬지 슬퍼지세요?”

“나무 위에서 어린애들이 보고 있소.”

“신경쓰지 말아요. 도쿄 사람은 생각도 복잡해 주위가 소란스러우면 마음마져 산란해지나보죠?”

“모든 것이 어수선해졌어.”

“이젠 삶까지도 어수선해질 거예요. 무덤을 보러 가시겠어요?”

“글쎄.”

“그것 보세요. 무덤 같은 건 조금도 보고 싶지 않으면서…….”

“오히려 임자 쪽이 더 구애받고 있는 거 아냐.”

“나는 한 번도 찾아간 적이 없어요. 왜 구애를 받아요? 지금은 선생님도 함께 묻혀 있으니 선생님께 죄송스럽다는 생각은 들지만,

새삼스레 찾아뵐 수도 없잖아요. 괜히 속이 빤히 들여다보이는 것
같고.”

“임자 편이 훨씬 복잡하군.”

“아니오. 살아 있는 상대에게 결심한 대로 분명히 할 수 없으니
하다못해 죽은 사람에게나마 해두는 거죠.”

고요함이 차가운 이슬이 되어 떨어질 듯한 삼나무 숲을 빠져나가
스키장 아래쪽 철길을 따라가보니 바로 묘지가 나왔다. 논두렁의
약간 높다란 한쪽 귀퉁이에 해묵은 돌비석 여남은 개와 지장보살의
석상이 서 있을 뿐, 꽃 한 송이 없는 초라한 무덤이었다.

그러나 지장보살상 뒤쪽의 얕은 나무 그늘에서 뜻밖에도 요오
코의 모습이 보였다. 그녀는 순간 무표정하게 찌르는 듯 불타는
눈으로 이쪽을 보았다. 시마무라는 구부정하게 인사를 하곤 그대로
멈춰 섰다.

“요오코 상, 빨리도 왔어. 난 머리 빗느라고…….” 하며 코마코가
막 얘기를 꺼냈을 때 획 하고 새까만 돌풍에 불려 날아가 듯이
시마무라도 그녀도 몸을 움츠렸다. 까만 화차가 무척이나 큰소리를
요란하게 울리며 바로 옆을 지나갔던 것이다.

“누나아.” 하고 외치는 소리가 그 요란한 굉음을 뚫고 흘러나왔다.
바로 열차의 문가에 웬 소년이 모자를 흔들며 있었다. “사이치로오
(佐一郎) 사이치로오.” 하는 요오코의 목소리를 뒤로 하면서.

눈이 온통 모든 걸 덮었던 예전의 그 신호소에서 역장을 부르던
목소리, 들리지도 않을, 먼 배 위에 타고 있는 사람을 부르는 듯
슬프도록 아름다운 음성이었다.

화물열차가 자나가버리자 시원하게 앞이 트인 철도 건너편에
빨간 줄기 위로 일제히 피어 있는 메밀꽃이 선명하게 보이는 풍경은
참으로 평화로웠다.

두 사람이 요오코를 만나게 된 것이 너무나 뜻밖이었으므로 기
차가 오는 것조차 느끼지 못하고, 약간은 어색한 감정으로 남아

있던 것들이 화물열차에 실려가버렸다.

그런 후에도 차바퀴 소리보다도 갸날픈 요오코의 음성이 여운으로 남아 있는 듯한 기분이 들었다. 순결한 사랑이 넘치는 메아리가 울려퍼질 것만 같았다.

열차가 멀리 가고 난 뒤, 요오코는,

"동생이 타고 있는 걸 보았으니 역으로 가볼까 해요."

"그러나 열차는 기다리고 있지 않아요." 하며 코마코가 웃었다.

"하긴 그렇겠군요."

"난 유키오 상의 무덤 앞에 참배하지 않겠어요."

요오코는 말없이 고개만 끄덕이며 잠시 망설이더니 묘 앞에 무릎을 모으곤 두 손을 합장했다.

코마코는 우두커니 서 있기만 할 뿐이었다.

시마무라는 눈을 돌려, 긴 얼굴이 삼면에 새겨져 있고 가슴 위에 합장한 한쌍의 팔 이외에 좌우에 두 개씩의 손이 있는 지장보살을 보았다.

"머리를 빗어야겠어." 하며 코마코는 요오코에게 말하고 논두렁길을 따라 마을 쪽으로 내려갔다.

이 고장 사투리로 '핫테'라고 하는, 나무의 줄기와 줄기 사이에 대나 막대기를 바지랑대처럼 여러 층으로 잡아매어 볏단을 걸쳐서 말리는 모양이 마치 볏단을 높다란 병풍으로 세워놓은 것처럼 보이는 것으로——시마무라 일행이 지나가는 길가 편에서도 농부들이 핫테라고 하는 볏가리를 만들고 있었다.

산바지차림의 처녀가 허리를 획획 비틀며 볏단을 던져올리면 높은 곳의 사내가 재빠른 동작으로 받아서 두 갈래로 잡아훑 듯이 쩍 갈라 장대에 걸쳐놓곤 하는 익숙해진 기계적 동작이 정확하게 되풀이되고 있었다. 볏가리 아래로 숙어진 이삭을 소중한 무엇이라도 되는 듯 코마코는 손바닥에 올리고 좌우로 흔들어 올리면서,

"꽤 탐스럽게 여물어 만져만 보아도 기분이 좋아요. 작년과는

딴판이에요." 하며 이삭의 감촉을 느끼는 듯 지그시 눈을 감았다. 그 위의 하늘엔 나지막하게 참새 떼들이 어지럽게 날고 있었다.

'모내기 인부의 임금을 구십 전으로 협정. 일일 임금과 식사 제공. 여자 인부는 이상의 육할.' 이라고 쓰여진 낡고 헐은 벽보가 길가에 남아 있었다.

큰길에서 조금 들어간 밭 끝의 요오코네 집 마당의 왼쪽, 옆집의 하얀 벽을 따라 줄지어 늘어선 감나무에 높다란, 작년에 코마코가 살던 그 누에방의 창문도 가려져 있었다.

요오코는 화가 난듯 머리를 숙여 벼이삭이 늘어져 있는 입구로 들어갔다.

"이 집에서 혼자 살고 있나?" 하고 시마무라는 약간 등이 굽은 듯한 뒷모습을 쳐다보며 물었다.

"그렇지도 않을걸요." 하며 코마코는 퉁명스럽게 내뱉었다.

"아이 속상해. 이젠 머리 빗는 것도 그만둘까봐. 괜히 당신이 쓸데없는 말을 하시는 바람에 저 애의 성묘만 방해했잖아요."

"무덤가에서 마주치기 싫은 건 임자의 자존심이겠지."

"당신은 내 마음을 너무도 몰라요. 어찌됐든 나중에 틈이 나면, 지쳐서 못 갈지도 모르지만 머릴 감으러 갈 거예요."

어느덧 새벽 세시가 되었다.

장지를 밀어젖히며 세게 여는 소리에 시마무라가 눈을 뜨자 가슴 위로 털썩 길게 주저앉는 코마코가 보였다.

"온다고 했으니 온 거예요." 하며 배를 들먹거리면서 거친 숨을 내쉬었다.

"몹시 취했군."

"보셔요. 내가 온다면 오는 거라구요."

"아, 그래 그래."

"도대체가 이곳으로 오는 길이 안 보여서 혼났어요. 후, 괴로워……."

"그러고서도 잘도 언덕길을 올라왔군."

"몰라요. 이젠 몰라." 하며 코마코가 벌떡 누워 뒹구는 바람에 시마무라는 답답함을 못 이겨 일어나려 했으나, 갑작스레 잠을 깨는 바람에 비틀거리며 쓰러지다가 뜨거운 것에 닿아 소스라치게 놀랐다.

"세상에, 불덩이잖아. 바보 같으니라고."

"그래요. 불 같은 내 몸을 베개삼아 누우면 불에 데어버리죠."

"정말야." 하며 눈을 감으니 그 열이 머릿속으로 스며들어 시마무라는 자신이 살아 있다는 실감이 나기 시작했다. 코마코의 가쁜 숨결을 따라 꿈이 아니라는 느낌이 들었다. 그것은 그리운 회한과도 같아, 이제는 단지 체념한 체 복수를 기다리고만 있는 심정 같았다.

"온다고 했으니 온 거예요." 하며 코마코는 자꾸만 이 말을 되풀이하곤,

"이제 얼굴을 봤으니까 돌아갈래요. 늦었지만 머리를 감아야겠어요."

그리곤 기어가서 물을 벌컥벌컥 마셨다.

"그런 몸으로 어떻게 돌아가려고 ?"

"돌아가야해요. 동행이 있거든요. 목욕도구가 어디 있지 ?"

시마무라가 일어나 전등을 켜자 코마코는 얼굴을 가리고 다다미 위에 엎드렸다.

"싫어요." 겐로쿠 소매(元祿袖)의 화려한 메린스 겹옷에 검은 깃이 달린 잠옷 위에 속띠를 매고 있어서 속옷의 깃은 보이지 않고 맨발의 가장자리까지 취기로 인해 숨듯이 몸을 웅크리고 있는 모습이 이상하게도 귀엽게 보였다.

목욕도구를 내동댕이친 듯 비누며 빗이며 여러 가지가 흩어져 있었다.

"잘라줘요. 가위 가져왔으니."

"무얼 ?"

"이거요." 하며 코마코는 머리 뒤로 손을 올려,

"집에서 머리끈을 자르려 하니 제대로 되어야 말이죠. 그래 당신께 부탁하려고 왔어요."

시마무라는 그녀의 머리를 헤치고 머리끈을 끊었다. 한 군데가 잘려질 때마다 코마코는 머리를 흔들어 늘어뜨리면서 약간은 가라앉은 모습으로,

"지금 몇 시쯤 됐을까요?"

"벌써 세시가 넘었는걸."

"어머, 시간이 그렇게 빨리 지나가다니. 제 머리카락은 자르지 않도록 조심하세요."

"많이도 매어 있군."

그가 잡고 있는 머리카락의 아랫부분이 후끈하도록 따스했다.

"벌써 세시나 지났어요? 손님방에서 돌아와 그대로 잠이 들었나 봐요. 친구와 약속했더니 집으로 부르러 왔더군요. 지금쯤 어딜 갔나 할 거예요."

"그럼 기다리고 있는 건가?"

"공동탕에 있어요, 셋이서. 술자리가 여섯 군데가 있었지만 네 군데 밖에 참석하지 못했어요. 다음 주엔 단풍 구경 때문에 손님들이 많아져 바쁠 거예요. 참, 고마워요." 하며 풀어진 머리채를 빗다간 얼굴을 들어 눈부시도록 아름다운 미소를 띠우며,

"몰라요. 호호, 아이 우스워라."

그러더니만 별 수 없다는 듯 머리카락을 주워들곤,

"친구들에게 미안하니 이제는 가야겠어요. 그리고 돌아갈 땐 들르지 않겠어요."

"길이 보이긴 하는가?"

"보여요."

그러나 순간 옷자락을 밟으며 비틀거렸다.

새벽 여섯시와 세시, 이렇듯 이상한 시간에 그것도 하루에 두

번이나 찾아온 걸 보니 시마무라는 심상치 않은 느낌이 들게 되었다.

단풍을 구경하러 온 손님들을 환영하는 의미로 이것을 카도마쓰(門松)처럼 여관 지배인들이 문간에 장식하고 있었다.

늘 철새입죠, 하며 스스로를 비웃으며 건방진 말투로 지시하고 있는 사람은 임시로 고용한 지배인이었다. 그들은 신록의 계절부터 단풍철까지 이 근처의 산 속에 있는 온천에서 일하고 겨울에는 아타미(熱海)나 나가오카(長岡) 등 이즈(伊豆)의 온천에서 돈벌이를 시작한다. 그러한 사내 중의 한 사람이었다. 그들은 매해마다 같은 여관에서 일하고 있다곤 할 수 없으나 그 사내는 이즈의 번화한 온천에서의 경험담을 늘어놓으며 이 근처의 손님 접대에 대해 험담만 하고 있었다.

지나칠 정도로 굽히며 끈덕지게 손님을 모셔가긴 해도 자못 성의 없이 기계적으로 구걸하는 듯한 인상이 들 때도 있었다.

"손님, 으름을 아십니까? 드시겠다면 따다 올리죠." 하며 산책 길에서 돌아오는 시마무라에게 말하곤, 산에서 베어와 처마 끝에 닿을 만큼의 크기인, 환하고 밝은 빛깔로 산뜻한 주홍색을 띠며 하나하나의 잎사귀도 놀랄 만큼 큼직한 단풍나무 가지에 그 으름을 매달았다.

시마무라는 으름의 차디찬 열매를 만지다가 얼핏 사무실 쪽의 화롯가에 앉아 있는 요오코를 보았다.

주인아주머니는 도오코(銅壺)에 술을 데우고 있었으며, 산바지도 하오리도 없이 갓 빨아입은 듯한 명주옷차림의 요오코가 아주머니와 마주앉아 무슨 말인가를 들으면서 분명하게 고개를 끄덕이고 있었다.

"도와주러 온 사람인가?" 하고 시마무라가 무심한 듯이 지배인에게 물으니,

“예, 요즘에는 일손이 딸려서요.”

“그럼 자네와 같은 처지로구먼.”

“네, 그렇긴 하지만 마을처녀이고 매우 특별난 데가 있는 아가씨이지요.”

요오코는 부엌일만 하는지 손님방에는 나가지 않는 모양이었다. 부엌에서 일하는 하녀들도 손님이 많아 바빠질 때면 음성이 높아지고 격해지건만 요오코의 아름다운 목소리는 들을 수가 없었다. 시마무라의 방을 담당한 하녀 이야기론 잠자기 전의 요오코는 목욕통 속에서 노래를 부르는 버릇이 있다고 했다. 이런 얘기를 그는 처음 들었다.

그런데 요오코가 이 집에 있다고 생각되니 시마무라는 코마코를 부르는 것이 어쩐지 거북스러웠다. 코마코의 모든 애정이 그에게 쏠려 있는 것을 알면서도 그것은 한낱 아름다운 헛된 일인 것처럼 느껴지는 자신이 허망스러웠으나, 도리어 코마코의 살고자 하는 욕망이 발가벗은 살갗처럼 부대껴오는 듯한 느낌마저 들었다. 그는 코마코를 측은히 여기면서 자기 스스로도 처량하게 느껴졌다. 이런 심정을 꿰뚫어보는 듯한 눈이 요오코에게 있는 것처럼 느껴져서 시마무라는 그녀에게 마음이 쏠리기 시작했다.

그러나 시마무라가 부르지 않아도 코마코는 물론 자주 드나들었다.

얼마 전 계곡 속의 단풍을 구경하러 가는 길에 그는 코마코집 앞을 지나친 적이 있었는데, 그녀가 귀에 익은 자동차 소리를 듣고 뛰어나와, 그가 뒤도 돌아보지 않고 가는 걸, 인정머리 없는 사람이나 하는 짓이라고 말할 정도였으니. 게다가 그녀는 여관에 일이 있어 오기만 하면 시마무라의 방에 들르지 않고는 못배기는 정도였고 탕에 갈 때에도 들렀다. 연회가 있을 땐 한 시간이나 일찍 나와 하녀가 부를 때까지 그의 방에서 놀곤 하였다. 손님방에서 곧잘 빠져나와 경대 앞에서 얼굴 손질을 한 다음,

"이제부턴 일하러 가요. 자꾸만 장사 욕심이 생겨서 말이에요. 자아, 돈버는 거다, 돈……." 하면서 나가곤 했다.

하오리라든가 발목주머니라든가 뭐든 가지고 온 것은 그의 방에다 놓고 가려했다.

"어젯밤엔 글쎄 부엌을 살그머니 뒤져 아침에 먹던 된장국에 밥을 말아 매실 장아찌와 먹었죠. 몹시 차갑더군요. 오늘 아침엔 집에서 깨워주질 않아 일어나보니 열시 반. 일곱시에 일어나 오려고 했는데 그만 늦었지 뭐예요."

이런저런 얘기를 비롯해 어느 여관에서 어느 여관의 술좌석에 참석했다는 별별 일들을 보고 형식으로 말하였다.

"또 올게요." 하고 물을 마신 후 일어서며,

"어쩌면 오지 못할지도 모르겠어요. 글쎄 서른 명이나 되는 술 자리에 게이샤는 단 세 명밖에 안 되지 뭐예요? 무척 바빠져서 빠져 나오기도 힘이 들 거예요."

그러나 얼마 시간이 흐르지도 않았는데 어느 새 와서는,

"아이, 힘들어. 그나마 셋이 있지만 제일 나이 많은 사람과 어린 사람이니 중간에서 내가 제일 부대껴요. 틀림없이 무슨 여행단체일 거예요. 이렇듯 째째하게 구는 걸 보면. 서른 명의 인원엔 적어도 여섯 명은 있어야 될 텐데……. 어쨌든 실컷 마시고 한바탕 골려주고 다시 올게요."

매일같이 이러한 일이 반복된다면 어찌 살아가나 하고 코마코는 몸이며 정신까지 다 숨겨놓고 싶어했지만 어쩐지 그런 고독해보이는 모습이 더 요염하게 느껴졌다.

"복도의 발자국 소리가 유난히 커서 아무리 살금살금 걸어도, 부엌 옆을 지나갈 때면 코마쨩, 또 동백실이냐며 킬킬거리는 것예요. 이렇게 부끄럽고 창피스러울 줄은 생각도 못해봤어요."

"이곳 바닥이 좁아서 곤란하겠군."

"이젠 모두들 알고 있다는 눈치던걸요."

"그럼 곤란할 텐데."

"하긴 그래요. 조금이라도 나쁜 소문이 퍼지면 이런 바닥에서는 끝장이거든요." 하며 말하다가 곧 얼굴에 미소를 띠우며,

"그래도 상관없을 듯해요. 우리들이야 어디로 간들 일자리는 있을 테니."

그 솔직하며 현실적인 생각은 상속재산으로 놀고먹는 시마무라에겐 의외였다.

"참말이에요. 어디에서 일해도 모두 같으니 걱정할 필요가 없어요."

그렇게 아무렇지도 않은 듯이 말했지만 시마무라는 그녀의 속마음을 엿볼 수 있었다.

"그것으로 족할 수 있어요. 진실로 남을 사랑하는 마음이 들 때 여자라는 느낌이 강해지니까요." 하며 코마코는 고개를 숙였는데 얼굴이 약간씩 발그스레해졌다.

옷깃이 벌어져 훤히 보이는, 등에서부터 어깨까지 하얀 부채를 편듯한 분내가 짙게 풍기는 살결은 어쩐지 슬프도록 피어올라 마치 잘 짜놓은 모직물 같기도 하고 어찌보면 동물처럼 느껴지기도 했다.

"요즘의 현실이 그렇지." 하고 시마무라는 쉽게 중얼거렸으나 그 말의 공허함에 온몸이 빈 듯했다.

그러나 코마코는 단순히,

"언제나 그랬는걸요." 하며 얼굴을 들어 넋빠진 사람처럼 멍한 표정으로,

"당신은 그것도 모르나요 ? "

등에 달라붙어 있던 빨간 속옷이 가려졌다.

시마무라는, 발레리와 알랭 그리고 또 러시아 무용이 번성하던 시절의 프랑스 문인들이 써놓은 무용론을 번역하고 있었다. 호화 양장본인 적은 부수로 출판을 낼 작정이었는데 오늘날의 일본 무용계엔 아무런 도움도 되지 않을 듯 싶은 게 오히려 그를 안심시

컸다. 스스로의 일로써 자신을 비웃는 것을 짜릿한 즐거움으로 아는 데서 그의 가련한 몽환적 세계가 탄생되는지도 모를 일이다. 여행 도중에 서두를 필요는 조금도 없음이리라.

날씨가 차가워짐에 따라 그의 방에 있는 다다미 위로, 매일같이 죽어가는 곤충들의 괴로워하는 꼴을 그는 자세히 관찰하고 있었다. 날개가 발달한 벌레는 벌렁 나동그라지면 다시는 일어나지 못했다. 벌은 조금 기어가다가 자빠지고 다시 기어가다가는 쓰러져버렸다. 계절이 바뀌는 자연의 법칙에 따라 쓰러져가는 고요한 죽음의 장소로써 팔조 다다미는 무척 넓은 곳처럼 보였다.

시마무라는 죽은 것을 버리려고 손가락으로 집어들다가 집에 남아 있는 어린 자식들을 얼핏 떠올리는 때도 있었다.

창문 밖의 방충망에 달라붙어 있는 나방은 실상 죽은 것이라 가랑잎처럼 떨어지는 때도 있었다. 벽에서 떨어지는 것도 있어, 손 위에 놓고 시마무라는 어째서 이렇듯 아름다운 것일까 하고 생각하기도 했다.

벌레를 막던 방충망도 치워졌고 어느덧 벌레 소리마저 들리지 않았다.

현 접경의 산들은 지는 해를 받으면 적갈색이 짙어져 약간 차가운 광석처럼 빛나고 여관은 단풍의 탐승객(探勝客)으로 북적댔다.

"아아 오늘은 못 올 거예요. 이 지방 사람들의 연회이니." 하며 코마코는 밤에 시마무라 방을 다녀갔다. 이윽고 넓은 방으로 북이 들어가고 여자들의 톤 높은 목소리도 들려왔는데, 뜻밖에도 가까운 곳에서 맑게 울리는 듯 "실례합니다."라는 요오코의 음성이 들렸다.

"저, 코마장의 부탁으로 이걸……."

우체부 아저씨처럼 서서 손을 불쑥 내밀더니 빨리 무릎을 꿇은 요오코는 시마무라가 쪽지를 펴보는 사이에 무슨 말을 할 겨를도 없이 훌쩍 가버렸다.

"지금 대단히 유쾌하게 술을 마시며 떠들고 있어요."라는 취한 글씨로 휴지에 적혀 있었다.

　그러나 채 십분도 되지 않아 취한 걸음걸이의 코마코가 찾아왔다.

　"방금 요오코가 뭘 가져왔죠?"

　"그랬지."

　"갖다줬어요?" 하곤 매우 기분이 좋은 듯 눈을 가늘게 뜨며 말했다.

　"호호, 아이 신나. 술 가지러 갔다 오겠다고 하곤 살짝 빠져나오다가 지배인에게 들켜 혼났지만, 꾸중을 들어도 발소리가 나도 신경이 쓰이지 않아요. 역시 술은 좋아. 그런데 여기 오기만 하면 갑자기 취기가 돌아요. 아! 괴로워. 그렇지만 또 일하러 가야 해요."

　"이런, 손가락 끝까지 좋은 빛깔인걸."

　"뭐, 다 그놈의 돈벌이 때문이죠. 그 애가 아무 말도 안하던가요? 요오코 말이에요. 무서운 질투쟁이인거 아세요?"

　"아니 왜?"

　"죽일 거예요."

　"저 처녀도 거들어주고 있군."

　"술병을 들고 복도 한편에서 뚫어지게 노려보는 거예요. 마구 눈을 번뜩이면서 당신, 아마 그런 눈을 좋아하죠?"

　"한심스러운 광경이라 구경하고 있었던 게지."

　"그래 이것을 가져다드리라고 적어보낸 거예요. 아이, 목말라. 물 좀 주세요. 하여튼 여자란 어느 편이 한심스러운지 다그치고 따져들지 않고선 모르는 법이에요. 나 취한 것 같아요?" 하곤 쓰러질 듯이 경대끝을 꼭 잡고 거울을 들여다본 후 차림을 단정히 하고 나갔다.

　어느덧 연회도 끝나 사방은 조용하고 사기그릇 소리만이 멀리서 들려오는데, 코마코는 손님들에게 이끌려 아마도 다른 여관으로 이차 연회에 갔겠지, 생각하고 있는 중에 요오코가 또다시 코마코의 쪽지를 전해주러 왔다.

"산풍관연회는 그만두고 이제부턴 매화실입니다. 가는 길에 들를 터이니 주무십시오."

시마무라는 조금 멋적은 듯 웃으며

"너무 고맙고 미안하군. 일을 도와주러 왔나?"

"네." 하고 고개를 끄덕이며 요오코는 꿰뚫는 듯한 아름다운 눈으로 시마무라를 흘낏 쳐다보았다. 그는 웬일인지 당황스러웠다.

이제껏 여러 번 마주칠 적마다 늘 감동적인 인상을 남겨준 이 처녀가 볼일없이 그의 앞에 앉아 있는 것이 이상하게도 불안하였다. 그 처녀의 지나치리만큼 진지한 행동이 언제나 알 수 없는 사건의 소용돌이 속에 있는 것같이 보였다.

"꽤 바쁜 모양이야."

"네, 그렇긴 하지만 전 아무것도 할 줄 몰라요."

"아가씨완 자주 부딪쳤지? 처음의 만남이 아마 그 사람을 간호하며 돌아오는 기차 안에서 역장님께 동생을 부탁할 때였을 거야. 생각나나?"

"네."

"잠들기 전 탕 속에서 노래한다던데?"

"어머, 세상에. 아이 망칙해라. 싫어요." 하는 그 음성이 놀랄 만큼 아름다웠다.

"아가씨 일이라면 자세히 다 알고 있는 듯한 느낌이 드는군."

"그러세요?" 하며 요오코는 슬그머니 옆으로 고개를 돌리며,

"코마짱은 좋은 사람이지만 불쌍하기도 한 여자지요. 잘 돌봐주세요."

빠르게 말하는 음성의 끝이 약간 떨렸다.

"그렇다고 해도 나는 아무것도 해줄 수가 없어."

요오코는 이제 몸까지 떨리는 듯 위험한 빛을 발하는 것만 같은 얼굴로 있어 시마무라는 눈을 돌려 웃으면서,

"빨리 도쿄로 돌아가는 편이 나을지도 모르겠지만."

"저도 도쿄로 갈 거예요."

"언제 ?"

"아무 때나 좋아요."

"그럼 갈 때 데려다줄까 ?"

"네, 데려다주세요." 하며 서슴없이 천연덕스럽게 그러나 너무나 진지한 목소리로 말을 해서 시마무라는 깜짝 놀랐다.

"아가씨 집안에서 허락한다면."

"집안이라곤 제 동생뿐이니 모든 건 제가 결정하면 돼요."

"그럼 도쿄에 아는 사람이 있나 ?"

"아니오."

"그 사람과는 말해봤나 ?"

"코마짱하고요 ? 코마짱하곤 의논 같은 거 안 해요."

긴장이 풀린 듯 약간 젖은 눈으로 그를 보는 요오코에게 시마무라는 이상한 매력을 느꼈지만 오히려 코마코에 대한 애정이 거세게 타올랐다. 그리 잘 알지도 않는 처녀와 사랑의 도피 비슷한 걸로 돌아가버리는 것은 코마코에 대해 너무 심한 방법이 아닐까 하는 생각과 함께 뭔가 형벌 같게도 느껴졌다.

"아가씨는 모르는 남자와 같이 가는 게 두렵지 않나 ?"

"뭐가 두려워요 ?"

"아가씨가 도쿄에서 당장 자리잡고 있을 자리도 없고 무엇을 하고 싶은지도 결정내리지 않았다면 위험하지 않겠어 ?"

"제 한 몸쯤 살 곳이 없을라구요." 하며 요오코는 상냥스럽게 치켜 말하곤 시마무라를 빤히 쳐다본 채,

"절 하녀로 쓰는 게 어떻겠어요 ?"

"뭐 ? 하녀 ?"

"하녀가 싫긴 하지만요."

"아니, 전에 도쿄에선 뭘 했나 ?"

"간호사요."

"병원이나 학교에서 말인가?"

"아뇨. 그저 되고 싶을 뿐이었어요."

시마무라는 기차 안에서 선생의 아들을 간호하던 모습을 생각하며 그런 진지함 속에 소망이 깃들어 있었던가 하고 미소지었다.

"그럼 이번 역시 간호사 공부를 하고 싶겠군."

"간호사는 이젠 안 될 거예요."

"그렇듯 왔다갔다 하면 안 될 텐데."

"어머, 변덕스러워 보이나요?" 하며 요오코는 퉁겨내듯이 웃었는데 그 소리가 슬프도록 아름답게 울려 백치처럼 들리지는 않았다. 그러나 그의 마음을 공허하게 두드리고 사라져갔다.

"뭐가 그렇게 우스운가?"

"음, 전 한 사람밖엔 간호하지 않아요."

"그래."

"이젠 할 필요도 없고요."

"그런가?" 하고 시마무라는 느닷없는 소리에 조용히 말했다.

"매일 아가씨는 메밀밭 아래의 그 무덤을 찾아가는 모양이더군."

"네."

"앞으로 일생 동안 다른 환자를 돌보는 일도 남의 무덤가에 참배하는 것도 안 하리라 생각한 건가?"

"네."

"그런데도 무덤을 두고 도쿄로 갈 수 있을까?"

"그렇지만, 죄송하지만 저를 꼭 데려가주시길 부탁합니다."

"아가씨가 질투를 무섭게 한다던데, 그 사람은 코마코의 약혼자가 아닌가."

"유키오 상이? 거짓말이에요."

"코마코가 밉다는 건 웬 까닭인가?"

"코마짱?"

　꼭 지금 같이 있는 사람을 부르듯 말하곤 요오코는 시마무라를
초롱한 눈빛으로 쏘아보았다.
　"코마짱에게 잘 대해주세요."
　"난 아무것도 해주질 못해."
　요오코는 눈에 눈물이 고이자 다다미 위에 떨어진 작은 나방을
손에 집고 흐느껴 울며,
　"코마짱은 제가 미쳐버릴 거래요." 하며 훌쩍 방에서 뛰어나갔다.
　시마무라는 갑자기 추위를 느꼈다.
　요오코가 집었던 나방을 버리려고 창을 여니 취한 코마코가 손
님을 몰아세우는 듯한 엉거주춤한 자세로 가위바위보를 하는 것이
보였다. 하늘은 흐려 있었다. 그대로 그는 탕으로 갔다.
　옆의 여탕으로 요오코가 여관집 아이를 데리고 왔는데 옷을 벗
기거나 씻겨주는 것이 여간 자상한 것이 아니어서 나이어린 어머
니의 달콤한 목소리를 듣는 듯이 정감스러웠다.
　그리곤 서럽도록 맑은 음성으로 노래를 부르기 시작했다.

　　…………
　　…………
　　뒤꼍에 나가보니
　　배나무 세 그루
　　삼나무 세 그루
　　모두 여섯 그루
　　밑둥에선 까마귀가
　　집을 짓는다
　　위에선 참새가
　　집을 짓는다
　　숲속의 귀뚜라미
　　무어라고 울고 있나

오스키(市杉) 동무 무덤
성묘 가세
성묘 가세

공놀이 노래의 앳되고도 **빠른** 곡조가 상큼하게 들려오는 가락이
시마무라로 하여금 방금 전 요오코는 꿈에서 보았나, 하고 생각하게
만들었다.

요오코가 쉬임없이 어린애에게 말하고 돌아간 후에도 그 목소
리의 여운이 피리음처럼 아직도 남아 있는 듯해, 검은 빛으로 반
들거리는 해묵은 현관의 한쪽에 세워져 있는 오동나무로 만든 샤
미센 상자의 깊은 가을밤 같은 고요함에 어쩐지 마음이 끌려 샤미센
임자인 게이샤의 이름을 읽고 있으려니, 그릇 씻는 소리가 나는
편에서 코마코가 나왔다.

"뭘 한참 동안이나 보고 계세요?"

"이 샤미센 주인은 여관에 있나?"

"누구요? 아! 이거요? 참 당신도 바보네요. 그런 걸 일일이
들고 다닐 수 없어 며칠이고 팽개쳐둘 경우가 있죠." 하고 웃음
짓는가 싶더니 고통스러운 숨을 내쉬면서 눈을 감고 옷자락을 놓
으며 시마무라를 향해 다가왔다.

"이보세요. 좀 바래다줘요."

"돌아갈 필요 없잖아."

"안 돼요, 돌아가야 해요. 이 고장 연회여서 모두 이차모임에
갔는데 나만 여기에 술좌석이 남아서 있긴 하지만 친구들이 가는
길에 목욕가자고 들렀다가 집에 내가 없으면 곤란해져요."

몹시 취했음에도 코마코는 험한 언덕길을 잘도 올라갔다.

"저 아일 당신이 울렸죠."

"그러고 보니 좀 미친 것 같더군."

"남의 일을 그런 식으로 보다니. 재미있으세요?"

“임자가 말했다며? 미쳐버릴 거라고. 임자에게서 들은 걸 생각하곤 분해서 울었나보던데.”

“그래도 좋아요.”

“하지만 십분도 못 되어 탕에 들어가 고운 음성으로 노래를 부르던데.”

“탕 안에서 노래 부르는 건 그 애의 버릇이에요.”

“임자를 잘 돌보아달라고 진지하게 부탁하던데.”

“바보 같으니. 구태여 그런 말을 당신이 나에게 수고스럽게 하지 않아도 되잖아요.”

“수고스럽다고? 임자는 그 아이 얘기만 나오면 공연히 심술을 부리는군.”

“당신 그 아이 갖고 싶어요?”

“이봐, 그런 말은 왜 하는 거야?”

“농담하는 거 아니예요. 그 앨 보고 있으면 웬지 불길한 일이 나에게 생길 것만 같아요. 어쩐지 그런 기분이 들어서, 당신도 만약 저 앨 좋아한다고 생각하고 한 번 잘 살펴보세요. 틀림없이 저와 같은 생각이 들 거예요.” 하며 코마코는 시마무라의 어깨에 손을 얹고 정답게 기대어 오다가 갑자기 고개를 내저으며,

“아냐. 당신 같은 분이 돌봐주게 되면 아마도 저 앤 미치지 않을지도 몰라요. 어찌됐든 내 짐 좀 가져가지요?”

“어지간히 해두지.”

“취중에 말하는 건 줄 아세요? 그 애가 당신 옆에서 귀염받으며 있다고 생각하면 난 이 산에서 신세를 망치게 되겠죠. 조용히 유쾌한 기분으로.”

“이봐.”

“가만히 내버려두세요.” 하며 종종걸음으로 달아나 덧문에 부딪쳤는데 마침 코마코네 집이었다.

“이젠 아예 돌아오지 않는 줄로 아나보군.”

"아니예요. 열려요."

바싹 마른 소리가 나는 문 아래쪽을 들어올리듯이 당기면서 그녀는 속삭였다.

"들렀다 가세요."

"이 밤중에?"

"이젠 집안 사람들도 다 잠들었으니 괜찮아요."

시마무라는 그래도 망설였다.

"그럼 제가 바래다드릴까요?"

"난 신경쓰지마."

"그럴 수 있어요? 지금 살고 있는 제 방에 한 번도 안 오셨었잖아요."

"부엌문으로 들어가면서 보니 집안 사람들의 잠자는 모습이 각양각색이었다. 이 근방의 산바지 같은 무명이 그나마 빛이 바래고 뭉쳐진 이불을 가지고 주인 내외와 열일곱 내지 여덟쯤의 딸을 비롯한 대여섯 명의 어린애들이 침침한 등불 아래서 제멋대로 아무렇게나 몸을 두고 잠들어 있는 모습은 서글퍼보이면서도 억센 삶의 의지가 있어 보였다.

시마무라는 잠들어 있는 숨결의 평화로움에 밀려나듯 엉겁결에 밖으로 나오려고 했으나 이미 코마코가 뒷문을 잠그고 발소리를 죽일 생각도 없이 마룻바닥을 밟으며 가는 바람에 그는 어린애들의 머리 사이로 살금살금 빠져나가면서 이상스런 쾌감을 느꼈다.

"여기서 기다리세요. 이층에 올라가 불을 켜야 하니."

"괜찮아." 하고 시마무라는 어두컴컴한 층계를 밟으며 올라갔다. 문득 뒤를 돌아보니 소박하게 잠들어 있는 얼굴들 저편으로 과자 가게가 보였다.

농가에 맞는 다다미로 된 이층은 네 칸 넓이의 방이었다.

"나 혼자서 쓰려니 꽤 넓어요." 하며 코마코는 말했으나 맹장지를 모두 터놓고 집 안의 헌 세간들을 쌓아두었으며 어질러진 장지 안에 코마코의 잠자리 하나가 조그맣게 널려 있고 벽에 나들이옷이 무질서하게 걸려 있는 광경은 늙은 여우나 너구리 굴 같았다.

코마코는 이부자리 위에 털썩 앉고는 한 장뿐인 방석을 시마무라에게 권하며,

"어머나, 새빨갛잖아 ? " 거울을 들여다보며,

"이렇게 많이 취했었나 ? "

그리곤 장농 위를 살펴보더니,

"이것이 일기예요."

"무척 많은 양인데."

그 옆에 색종이를 바른 조그만 상자를 꺼내자 여러 가지 종류의 담배가 가득 담겨 있었다.

"손님이 주는 걸 소매나 허리띠에 끼워넣고 돌아오니 이렇듯 구겨졌지만 더럽지는 않아요. 그대신 웬만한 것은 다 갖춰져 있지요." 하며 시마무라 앞에 손을 짚곤 상자 속을 뒤적뒤적 했다.

"어머, 성냥이 없네. 내가 담배를 끊어버린 탓에 갖고 있질 않아요."

"아니 괜찮아. 바느질 하고 있었나 ? "

"네, 그러나 단풍 관광객들로 인해 통 바느질이 잘 안 돼요." 하며 코마코는 옷장 앞에 있는 바느질감을 치웠다.

코마코의, 도쿄 생활에서의 흔적처럼 보이는 나무결이 근사한 옷장이며 붉은 칠을 한 사치스런 바느질 상자는 선생네 집의 헌 종이 상자와 같은 지붕 아래 다락방에 있던 때와 같았지만 이 지저분한 이층에서 웬지 처량해 보였다.

전등으로부터 가느다란 끈이 베개 위까지 늘어져 있었다.

"책을 읽다가 잠이 들 때면 이 끈을 당겨서 불을 끄지요." 하며 코마코는 가정주부처럼 얌전히 앉아 뭔가 수줍은 듯한 표정으로 그 끈을 만지작거렸다.

"여우가 시집간 것 같군."

“정말 그래요 ? ”

“앞으로 사 년 동안 이 방에서만 내내 ? ”

”네, 하지만 벌써 반 년 지났는걸요. 금방 다 지나갈 거예요.”
아래층의, 잠자는 사람들의 숨소리가 들려오는 듯하고 이야기할
것도 없어서 그는 총총히 일어섰다.

코마코는 문을 닫으며 목을 내밀어 하늘을 쳐다보면서,

“눈이 올 것 같네요. 이젠 단풍철도 마지막이에요.” 하며 또 밖
으로 나와선,

“이 근처는 깊은 산골이라 그런지 단풍이 있는데도 눈이 와
요.”

“그럼, 들어가서 자야지.”

“바래다드리죠. 여관집 현관까지만이라도.”

그러나 코마코는 시마무라를 따라 여관으로 들어와서는,

“주무세요.” 하곤 어디론가 사라지더니 얼마 후에 컵에 가득 채운
두 잔의 차가운 술을 들고 그의 방으로 들어와서 거칠게 말했
다.

“자 마세요. 한번 마셔보는 거예요.”

“여관은 다들 잠이 들어 조용한데 어디서 가져왔나 ? ”

“으음, 있는 곳을 알거든요.”

코마코는 술통에서 따를 때도 마신 모양인지 전의 취기가 다시
올라오는 듯 눈을 가늘게 뜬 채 컵에서 술이 넘치는 걸 지켜보며,

“그렇지만 어두운 곳에서 혼자 마시는 술은 맛이 안 나요.”

가져다놓은 컵의 찬술을 시마무라는 어렵잖게 들이마셨다. 이
정도의 술로 취할 리가 없는데도 밖을 돌아다녀서 피로해진 탓인지
갑자기 가슴이 아프고 머리가 어지러웠다. 얼굴이 창백해지는 것을
스스로도 느낄 수 있어서 눈을 감고 눕자, 코마코는 당황하여 간
호하기 시작했다. 얼마 후 시마무라는 여인의 따뜻한 몸에 자신을
완전히 어린애처럼 내맡겼다.

코마코의 웬지 어설픈 몸짓이 아직 어린애를 길러본 일이 없는 처녀가 남의 아기를 안는 것 같은 몸짓이 되었다. 어린애의 고개를 쳐들고 잠자는 모습을 지켜보고 있는 것 같았다.

시마무라가 잠시 후에 찬찬히 말했다.

"임자는 좋은 사람이야."

"왜요. 어디가 좋아요?"

"어찌됐든 좋은 사람이야."

"그래요? 이상한 분이서. 무슨 말씀 하시는 건지……. 정신 좀 차리세요." 하고 코마코는 외면을 하며 그를 흔들어대면서 딱딱 자르듯이 말하고는 굳게 입을 다물었다.

그리곤 혼자서 웃음을 머금고,

"마음이 안정되질 않아요. 괴로우니 살던 곳으로 돌아가주세요. 이제는 입을 옷마저도 없어요. 당신이 올 적마다 새 옷으로 갈아입고 싶어도 이젠 돈이 다 바닥나서 오늘 입은 이것도 친구에게 빌려 입은 거니까요. 저 나쁜 애죠?"

시마무라는 아무 말도 할 수가 없었다.

"그런 저를 좋다고 하시는 거예요?" 하며 코마코는 조금 울먹이는 소리로,

"당신을 처음 만났을 땐 뭐 이런 사람이 다 있나 했어요. 그렇게 실례되는 말을 하는 사람이 어딨어요. 정말 기분이 상했다고요."

시마무라는 끄덕였다.

"그런 걸 지금껏 내가 입을 다물고 있었던 거예요. 아시겠어요? 여자에게 이런 말을 듣게 되면 끝장이라구요."

"괜찮은데."

"그래요?" 하며 코마코는 다시 지난 날의 자신을 돌이켜 보는 듯 한동안 잠자코 있었다. 한 여인의 따뜻한 삶이 진솔하게 그의 마음에 전해져왔다.

"하여간 임자는 좋은 여자야."

“어떻게 좋아요?”

“그냥 좋은 여자야.”

“우스운 분이셔.” 하며 부끄러운 듯이 얼굴을 가렸으나 무슨 생각이 들었는지 갑자기 뾰로통한 표정으로 한쪽 팔꿈치를 세우고 고개를 들더니,

“그건 무슨 뜻이죠? 네, 무슨 뜻에서 그러냐구요?”

시마무라는 놀라 그녀를 보았다.

“말해줘요. 그렇게 적당히 넘어갈 것 같아요? 당신, 날 비웃는 거죠? 역시 비웃고 있었던 거죠?”

몹시 흥분하여 시마무라를 노려보며 다그쳐 묻는 사이에 코마코의 어깨는 심한 분노로 떨리더니 갑자기 창백해지며 눈물을 뚝뚝 흘리는 것이었다.

“분해라, 아이 분해.” 하며 데굴데굴 뒹굴더니 뒤돌아 앉았다.

시마무라는 코마코가 오해한 것을 깨닫자 웬지 뜨끔하며 가슴이 시려왔지만 눈을 감고 잠자코 있었다.

“서글퍼요.” 코마코는 혼잣말처럼 중얼거리고는 몸을 동그랗게 움츠리며 엎드렸다.

그리곤 울다가 지친 몸으로 은으로 된 머리꾸미개로 다다미를 푹푹 찌르더니 갑자기 방을 나가버렸다.

시마무라는 따라갈 수 없는 자신을 생각했다. 코마코의 말을 듣고 보니 충분히 마음에 걸리는 부분이 있었다.

그러나 곧 발소리를 죽이며 살그머니 돌아온 코마코는 장지 밖에서 높고 예리한 음성으로 그를 부르며,

“저어, 탕으로 오시지 않겠어요?”

“응, 그래.”

“죄송합니다. 생각을 고쳐 다시 돌아왔어요.”

복도에 숨어 서서 방 안에 들어올 것 같지 않아 시마무라가 수건을 들고 나가보니, 그녀는 눈이 마주치는 것조차 꺼려하며 약간은

고개를 숙인 채 앞장 섰다. 괜한 잘못이 드러나 끌려가는 듯한 기분이었으나 탕에서 몸이 풀어짐에 따라 이상하게도 마음이 들떠서 잠을 이룰 수가 없을 것 같았다.

그 다음날 아침 시마무라는 우타이 노래 소리에 눈을 떴다.

잠시 조용히 듣고 있자니 코마코가 경대 앞에서 보고 빙그레 미소지으며,

“매화실 손님이에요. 어젯밤 연회가 끝난 후 불려가서 봤거든요.”

“우타이 회의 단체 여행길인가？”

“네, 그런가봐요.”

“눈이 오는 중인가？”

“네.” 하며 코마코는 일어나서 활짝 장지를 열었다.

“어느덧 단풍도 모두 졌어요.”

창으로만 한정되어진 잿빛 하늘에서 큼직큼직한 함박눈이 촘촘히 공간을 뒤덮으며 떠다니고 있었다. 어쩐지 고요한 환상적 분위기를 만들어내는 듯한 모습이었다. 시마무라는 잠이 덜 깬 흐릿한 눈으로 창 밖을 바라보고 있었다.

우타이 사람들은 북을 치고 있었다.

시마무라는 지난 해 연말의 그 아침녘에 눈이 비치던 거울 생각이 나서 경대 쪽을 보니, 거울 속에 함박눈의 차가운 꽃잎이 한결 선명하게 흩어져 옷깃을 벌려 목부분을 털고 있는 코마코의 둘레에 하얀 선을 그리고 있었다.

그녀의 살결은 갓 태어난 듯 맑고 깨끗하며 시마무라의 사소한 말 따위를 오해하지 않을 여인이라고 생각되어지는데도 오히려 부정할 수 없는 슬픔이 배여 있는 듯했다. 시일이 흐를수록 단풍의 암갈색이 짙어져 어두운 분위기만 자아내던 산은 첫눈으로 인해 산뜻하게 되살아났다.

엷게 눈으로 채색된 삼나무 숲은 그 나무의 하나하나가 선명하게 드러나 예리하게 하늘을 가리키면서 살아 있는 듯 땅 위에 내린

눈을 딛고 서 있었다.

눈 속에서 실을 뽑고, 눈 속에서 베를 짜며, 눈의 물로 씻고, 눈 위에서 바랜다. 실을 뽑기 시작하여 다 짤 때까지 모든 일이 눈 속에서였다. 눈이 있는 다음에 치지미(縮 : 바탕에 조그만 잔주름이 생기도록 짠 옷감)가 있으니 눈은 치지미의 어버이라고 말해야 한다고 옛사람의 책에 적혀 있었다.

마을 여인들이 눈에 갇힌 기나긴 시간 동안의 길쌈, 이 눈고장의 삼(麻)으로 만든 치지미는 시마무라도 헌 옷가게에서 찾아내어 여름 옷으로 입고 있었던 것이다. 춤 관계로 노오(能 : 일본 전통 가면극) 의상의 고물을 취급하는 가게도 알고 있어서 바탕이 좋은 치지미가 나오면 언제든지 보여달라고 부탁해둘 정도로 이 치지미를 좋아하여 홑겹 쥬방(일본 옷의 웃도리 안에 받쳐 입는 속옷)으로도 썼다.

눈이 많이 내리는 지방에서는 집 주위를 짚이나 가마니 따위로 에워싸던 눈막이의 발을 걷어치우고 눈이 녹는 봄철이되면 옛날엔 치지미의 첫 장이 섰다고 한다. 멀리서 치지미를 사러오는 삼도(三都 : 도쿄, 교토, 오사카)의 포목 도매상들의 단골 여관까지도 있었고, 처녀들이 반년 동안 정성으로 길쌈하는 것도 이 첫 장에 내다 팔기 위한 것이므로 멀고 가까운 마을 남녀들이 몰려드는 구경거리나, 도부 장수들도 즐비하게 늘어서서 마을 축제 때처럼 보였다고 한다. 치지미에는 짠 사람의 이름과 주소를 쓴 꼬리표를 붙여서 짠 사람의 성적을 일등, 이등,……하는 식으로 등급을 매겼다. 그것은 며느리를 고르는 조건이 되기도 했다. 열 대여섯부터 스물 너댓 살까지의 젊은 여자가 아니고선 질이 좋은 치지미가 짜지지 않았다. 나이를 먹으면 차츰 짜지는 옷감의 윤기도 없어졌다. 처녀들은 손꼽히는 직녀(織女) 축에 들려고 솜씨를 연마했을 것이며 더구나 온갖 정성을 쏟았을 것이다.

음력 시월부터 실을 잣기 시작하여 이듬해 이월 보름까지 자아야만 바래는 일을 끝마친다고 한다. 달리 할 일도 없는 눈에 갇힌 나날의 길쌈일이니까 정성을 들여 짰을 것이며 생산품에 대한 애착도 깃들여 있을 것이다.

시마무라가 입은 치지미 중에도 메이지(明治) 초기부터 메도(江戶) 말기까지의 처녀가 짠 것도 있을지도 모른다.

시마무라는 치지미를 지금도 '눈바램'에 내놓는다. 누가 살갗을 댔을지도 모르는 헌 옷을 해마다 바래달라고 생산지에 보내는 것은 귀찮은 노릇이지만 오래 전의 어느 처녀가 눈에 갇힌 계절에 쏟았던 정성을 생각하고 역시 그 직녀(織女)의 고장에서 바래고 싶었던 것이다.

깊은 눈 위에서 바랜 흰 모시에 아침 햇살이 내리비치어 눈이나 천이 불그레하게 물들여질 것을 생각만 하여도 여름의 더러움이 빠질 것 같아 자신의 몸이 바래지는 것처럼 기분이 상쾌해진다. 그러나 도쿄의 헌 옷가게에서 취급해주는 것이므로 옛날 방법 그대로 바래는지는 모를 일이었다.

바래는 집은 옛부터 있었다. 짜는 사람이 제각기 자기 집에서 직접 바래는 일은 드물었고, 대개가 바래는 집에 맡겨서 바래곤 했다. 흰 치지미는 짜고 나서 바로 바래고, 색이 있는 치지미는 자아낸 실을 실패에 걸어서 바래고, 흰 치지미는 눈 위에 직접 펴놓고 바랜다. 음력 정월부터 이월에 걸쳐 바래기 때문에 논이나 밭을 덮어버린 눈 위를 바래는 장소로 쓰기도 한다는 것이다.

천이든 실이든 밤새도록 잿물에 담가놓았던 것을 이튿날 아침 몇 차례고 물로 헹군 다음 힘껏 짜서 바랜다. 이런 일을 며칠이고 되풀이 하는 것이다. 그리하여 드디어 다 바래져서 흰 치지미가 되었을 때 아침 해가 떠올라 흰빛이 밝게 반사되는 광경은 무엇에도 비할 만한 것이 없으며, 따뜻한 고장에 사는 사람들에게 보이고 싶다고 옛날 사람들이 기록해놓았다.

또한 치지미를 다 바랬다는 것은 눈고장의 봄이 다가왔다는 것을 뜻하는 것이기도 했을 것이다.

치지미의 생산지는 이 온천장에서 가깝다. 산골짜기가 조금씩 넓어져가는 강줄기 아래쪽 벌판이 그곳인데 시마무라의 방에서도 보일 것만 같았다. 옛날에 치지미장이 섰었다고 하는 마을에는 모두 역이 생겨서 지금도 방직업의 고장으로 유명하다. 그러나 시마무라는 치지미를 입는 한여름에도 치지미를 짜는 한겨울에도 이 온천장에 와본 적이 없기 때문에 코마코에게 치지미 이야기를 해줄 기회가 없었다.

그런데 요오코가 탕 속에서 부르고 있던 노래를 듣고 이 처녀도 옛날에 태어났었더라면 물레나 베틀 앞에 앉아 저렇게 노래했을지도 모른다는 생각이 문득 떠올랐다. 요오코의 노래는 확실히 그러한 음조였다.

털실보다도 가는 삼실은 천연적인 눈의 습기 없이는 다루기가 어렵고, 그늘지고 차가운 계절이 좋다고 하는데 추위 속에서 짠 삼이 더위 속에서 입을 때 살결에 서늘한 느낌을 주는 것은 음양(陰陽)의 자연스런 이치라고 하는 말을 옛사람들은 하고 있다. 시마무라에게 매달리는 코마코에게도 어쩐지 그 본바탕에 서늘함이 있는 듯했다. 그 때문에 더욱더 코마코의 몸 안에 있는 뜨거운 한군데가 시마무라에겐 애처롭게 여겨졌다.

하지만 그런 애착은 한 장의 치지미만한 확실한 모습도 남기지 못하리라. 몸에 입은 천은 공예품 중에서도 수명이 짧은 편에 속하기는 하나 소중히 다루기에 따라 오십 년도 훨씬 더 된 치지미가 색도 바래지지 않은 채 입을 수가 있다. 그러나 인간의 몸에 덧붙은 관습은 치지미만큼의 수명도 없구나, 하고 멍하니 생각하고 있노라니, 다른 사내의 어린애를 낳고 어머니가 된 코마코의 모습이 불현듯 떠올라서 시마무라는 소스라치게 놀라며 주위를 둘러 보았다. 피곤한 탓인가, 하고 생각했다.

아내와 자식이 있는 집으로 돌아가는 것조차 잊어버린 듯 오랫동안 머무른 느낌이었다. 돌아가기 싫어서도 아니고 헤어지기 싫어서인 것도 아니지만, 코마코가 자주 만나러 오는 것을 기다리는 것이 버릇처럼 되어버렸다. 그리고 코마코가 안타깝게 다가오면 다가올수록 시마무라는 자신이 살아 있다는 느낌이 희박하여 양심의 가책이 점점 더 심해지는 것이었다. 말하자면 자신의 공허함을 바라보면서 그저 허망스럽게 사는 것이었다. 코마코가 자신 속에 빠져들어오는 것이 시마무라로서는 이해할 수 없는 일이었다. 코마코의 모든 것이 시마무라에게 전해져오는데도 시마무라의 어느 것도 코마코에게는 전해져 있는 것 같지 않았다. 코마코가 공허한 벽에 코마코의 부딪치는 메아리와 같은 소리를 시마무라는 자신의 가슴속에 눈이 내려쌓이듯 들었다. 이처럼 제멋대로 구는 시마무라의 태도가 언제까지나 계속될 수는 없었다.

이번에 돌아가면 이제 다시는 이곳에 올 수 없으리라는 생각을 하면서 시마무라는 눈의 계절이 다가오는 화로에 기대고 앉았다. 그곳엔 여관집 주인이 특별히 내어준 교토 제품인 오래된 쇠주전자에서 부드러운 솔바람 소리가 나고 있었다. 은으로 채색된 화조(花鳥)가 정교하게 아로새겨져 있었다. 솔바람 소리는 이중으로 겹쳐져서 가까이서 나는 것과 멀리서 나는 것으로 구분되어 들렸다. 멀리서 나는 솔바람의 조금 저편 쪽에 조그마한 방울이 희미하게 계속 울리고 있는 것만 같았다. 시마무라는 쇠주전자에 귀를 가져다 대고 그 방울 소리를 엿들었다. 방울이 끊임없이 울리고 있는데 저 멀리서 방울 소리만큼 종종걸음으로 걸어오는 코마코의 조그마한 발이 불현듯 시마무라에게 보였다. 시마무라는 깜짝 놀라며 이젠 여기를 떠나지 않으면 안 되겠다고 생각했다.

그래서 시마무라는 치지미의 생산지에나 가볼까 하고 생각했다. 이 온천장에서 떠날 구실을 만들 속셈이기도 했다.

그러나 강 아래쪽의 여러 마을 중에서 어느 마을로 가야 할 것인지 시마무라는 알 수가 없었다. 현재 방직업지대로 발전해가고 있는 커다란 읍내를 보고 싶지는 않았으므로 시마무라는 쓸쓸해보이는 역에 내렸다. 한참 걸어가노라니 옛날의 역참(驛站)이었던 것처럼 보이는 거리가 나왔다.

집들의 처마에 내어 단 차양이 길게 뻗어나오고, 그 끝을 받치는 기둥이 거리에 줄지어 있는 것이 타나시타(店下 : 상점의 처마) 하고 비슷해서 이 고장에서는 옛날부터 강기(雁木 : 눈이 많이 내리는 지방에서, 처마에서 차양을 밖으로 길게 내어달아 그 밑을 통로로 사용하는 것)라고 불렀는가본데 눈이 깊이 쌓이는 겨울 동안에는 사람들이 다닐 수 있는 길이 되기도 했다. 한쪽으로는 처마를 가지런히 하여 이 차양이 잇달아 줄지어 있었다.

옆집에서 옆집으로 연달아 이어져 있기 때문에 지붕의 눈을 길의 한복판으로 쓸어내리는 방법 외에는 달리 버릴 곳이 없다. 실제로는 큰 지붕에서 길 위로 만들어진 눈의 뚝 위로 던져올리는 것이다. 맞은편으로 건너가기 위해서는 눈의 뚝을 군데군데 구멍을 뚫어 터널을 만든다. 이 고장에선 이것을 태내(胎內) 구멍이라고 부르는 것 같다.

같은 눈고장 중에서도 코마코가 있는 온천장에는 처마가 잇달아 이어져 있지 않기 때문에 시마무라는 이 거리에서 처음으로 강기를 보는 셈이었다. 신기한 듯이 잠깐 그 속을 걸어다녀보았다. 오래된 차양의 그늘은 어두웠다. 기울어진 기둥의 밑부분이 썩어 있기도 했다. 선조 대대로 눈에 파묻힌 침울한 집 속을 기웃거리며 가는 듯한 느낌이 들었다.

눈 속에서 끈기있게 길쌈에 열중했던 베 짜는 아가씨들의 생활은 그 제작품인 치지미만큼 시원하고 밝은 것은 아니었다라는 생각이 들기에 충분한 옛거리인 듯한 인상을 주었다.

치지미에 관해 적은 옛날 책에도 당(唐)나라 진도옥(秦韜玉)의 시 등이 인용되어 있는데 길쌈하는 여자들을 고용해서까지 길쌈을 한 집이 없었던 이유는 한 필의 치지미를 짜는 데 상당히 많은 고용비가 들어서 수지 타산이 맞지 않기 때문이라고 한다.

그런 고생을 한 무명(無名)의 공인(工人)들은 벌써 예전에 죽고 그 아름다운 치지미만이 남아 있다. 여름철에 서늘한 촉감으로 인해 시마무라와 같은 사람들에게 사치스러운 옷이 되어 사랑을 받고 있다. 그다지 이상할 것도 없는 일이 시마무라에겐 불현듯 이상하게 여겨졌다. 정성들인 사랑의 행위는 어디선가 사람을 채찍질하여 격려하는 것일까? 시마무라는 강기 밑에서 큰 길로 나왔다. 역참(驛站)의 큰길답게 똑바로 길게 뻗어 있는 거리였다.

온천장과 이어져 있는 오래된 길이겠지. 판자로 이은 지붕 위의 막대기나 얹어놓은 돌이 온천장과 다를 바가 없었다.

차양 기둥이 엷은 그림자를 드리우고 있었다. 어느덧 저녁 무렵이 되었다.

아무것도 볼 만한 것이 없어서 시마무라는 다시 기차를 타고 또 다른 읍에 내려보았다. 아까 본 읍과 비슷했다. 역시 그저 어슬렁거리다가 추위를 이기려고 우동을 한 그릇 훌쩍훌쩍 마셨을 뿐이었다.

우동집은 냇가에 있었는데 이것도 온천장에서부터 흘러나오는 물줄기일 것이다. 여승이 두세 사람 짝을 지어 앞서거니 뒤서거니 하며 다리를 건너가는 모습이 보였다. 짚신을 신고 있었는데 그 중에 만두 모양의 삿갓을 등에 매단 중도 있는 것으로 보아 탁발을 하고 돌아가는 길인 모양이었다. 까마귀가 보금자리를 찾아 서둘러 돌아가는 느낌이었다.

"여승들이 많이 지나가는군요?" 하고 시마무라는 우동집 여자에게 물어보았다.

"네, 이 안쪽에 절이 있어요. 앞으로 눈이 내리면 산에서 나다니기가 어려워지죠."

다리의 저편에로 저물어가는 산은 벌써 하얗다.

이 고장은 낙엽이 지고 바람이 차질 무렵이 되면 을씨년스럽게 흐린 날이 계속된다. 눈을 재촉하는 흐린 날씨인 것이다. 멀리 가까운 높은 산들이 희어진다. 이것을 타케마와리(嶽廻)라고 일컫는다. 또한 바다가 있는 고장에선 바다가 울고 산이 깊은 곳에서는 산이 운다. 먼 우뢰 소리와도 같은 것으로 이것을 도오나리(胴鳴)라고 한다. 타케마와리를 보고 도오나리를 듣고서 머지 않아 눈이 내릴 것임을 짐작한다고 고서에 그렇게 쓰여져 있는 것을 시마무라는 생각해 냈다.

시마무라가 아침 잠자리에서 단풍 손님의 우타이(謠 : 일본 고유의 가면 음악극인 노오가꾸(能樂)의 가사나 이것을 노래하는 사람)를 듣던 날에 첫눈이 내렸다. 금년에는 벌써 바다나 산이 운 것일까. 시마무라는 혼자서 여행을 온 온천에서 코마코와 계속 만나고 있는 사이에 청각등이 이상하게 날가로워졌는지 바다나 산의 우는 소리를 생각하는 것만으로도 그 먼 울음소리가 귓속을 스쳐지나가는 것만 같았다.

“스님들도 이제부턴 겨우살이군요. 몇 분이나 계시나요?”

“글쎄요, 많을 거예요.”

“여자 스님들만 모여서 몇 달 동안이고 눈 속에서 뭘하고 있을까요? 옛날처럼 이 근방에서 짰던 치지미라도 절에서 짜는 게 어떨지…….”

호기심 많은 시마무라의 말에 우동집 여자는 배시시 웃었을 뿐이었다.

시마무라는 역에서 돌아가는 기차를 두 시간 가까이나 기다렸다. 엷은 해가 지면서부터는 별을 맑게 닦아내듯이 한기가 들면서 쌀쌀해졌다. 발도 시렸다.

뭘하러 나다녔는지도 모른 채 시마무라는 온천장으로 되돌아왔다. 차가 늘 다니는 건널목을 지나 사랑이 있는 삼나무 숲 근처에 왔을 때 눈앞에 등불이 비치는 집 한 채가 보이자 시마무라는 후유하고 안도의 한숨을 내쉬었다. 그것은 조그만 요리집인 키쿠우라로 문 앞에서 게이샤 서너 명이 이야기하며 서있었다.

코마코도 있겠거니 하는 생각이 들 겨를도 없이 코마코가 보였다.

차의 속력이 갑자기 떨어졌다. 시마무라와 코마코와의 관계를 이미 알고 있는 운전기사가 무심코 천천히 몰았던 모양이다.

시마무라가 얼핏 코마코와 반대방향인 뒤쪽을 보니 타고 온 자동차의 바퀴자국이 밝은 별빛으로 인해 뚜렷이 남아 있는 것이 멀리까지 보였다.

차가 코마코 앞에 닿자 코마코는 순간 눈을 감는가 싶었는데 휙하고 뛰어올랐다. 차는 멈추지 않은 채 그대로 조용히 언덕길을 올라갔다. 코마코는 문 밖의 발판에 발을 올려놓고 몸을 구부려 문의 손잡이를 붙잡고 매달린 채였다.

달려들어 착 들어붙은 모양인데도 시마무라는 따뜻한 것이 살며시 달라붙은 듯해서 코마코가 하고 있는 행동에 부자연스러움도 위험도 느끼지 않았다. 코마코는 창을 안을 듯이 한쪽 팔을 들자 소맷자락이 흘러내려 긴 쥬방의 빛깔이 두꺼운 유리창 너머로 넘쳐 흘러 추위로 굳어진 시마무라의 눈꺼풀에 스쳤다.

코마코는 유리창에 이마를 갖다대면서,

"어딜 갔었어요, 네? 어딜 갔었어요?" 하고 앙칼진 목소리로 물었다.

"위험하잖아, 무지막지한 짓을 하는군." 하며 시마무라도 큰소리로 대답했으나 달콤한 장난이었다.

코마코가 문을 열고 옆으로 쓰러지듯이 들어왔다. 그러나 그때 차는 이미 산기슭에 닿아 멎어 있었다.

"글쎄, 어딜 갔다왔느냐니까요?"

"응, 저."

"어디?"

"어디랄 것도 없어."

코마코의 옷자락을 여미는 손놀림이 게이샤다운 점이 시마무라에겐 문득 신기한 것처럼 보이곤 했다.

운전수는 잠자코 있었다. 길이 막혀 정지해 있는 차 속에 계속

타고 있는 것은 우스운 노릇이라고 시마무라는 깨닫자,

"내리세요." 하고 시마무라의 무릎 위에 코마코가 손을 포개어 얹더니,

"어머, 이렇게 차가울 수가……어째서 난 안 데리고 갔어요?

"그랬었군."

"뭐예요? 우스운 분이셔."

코마코는 즐거운 듯이 웃고는 가파른 돌층계로 된 좁은 길을 올라갔다.

"당신이 나가시는 걸 난 다 봤어요. 두신가 세신가 전이었죠?"

"응."

"차소리가 나서 나가봤죠. 당신은 뒤도 돌아보지 않았죠?"

"응."

"안 봤어요? 왜 돌아보지 않았죠?"

시마무라는 놀랐다.

"당신 내가 전송하고 있는 것도 몰랐었군요?"

"몰랐는데."

"그것보세요." 하고 코마코는 역시 재미있다는 듯이 웃음을 머금었다. 그리고 어깨를 기대어 왔다.

"어째서 나를 데리고 가지 않았나요? 식어졌어요. 싫어요."

갑자기 가까이에서 불이 났음을 알리는 종소리가 들리기 시작했다. 두 사람은 돌아다보자마자,

"불, 불이에요."

"불이 났군."

불꽃이 아랫마을 한복판에서 솟아오르고 있었다. 코마코는 뭐라고 두세 마디 외치고는 시마무라의 손을 붙잡았다.

검은 연기나 뭉게뭉게 치솟는 가운데 불꽃이 혓바닥을 날름거리고 있었다. 그 불꽃은 옆으로 기어서 처마를 핥으며 돌아가고 있는 것 같았다.

"어디야, 임자가 전에 있던 선생댁 근처 아냐?"

"아니예요."

"어디쯤이야?"

"훨씬 더 위쪽이에요. 정거장 옆이에요."

불꽃이 지붕을 뚫고 치솟았다.

"어머! 고치 창고예요, 고치 창고예요, 고치 창고가 타고 있어요." 하고 어깨에 볼을 대고 꽉 눌렀다.

"고치 창고예요. 고치 창고예요."

불길은 세차게 타오르고 있는데 높은 곳에서 커다란 별빛 하늘 아래서 내려다보니 마치 장난감 화재같이 조용했다. 그 와중에도 무섭게 타오르는 불꽃 튀는 소리가 들리는 듯한 두려움이 전해져 왔다. 시마무라는 코마코를 꼭 끌어안았다.

"무서울 것 없잖아."

"싫어, 싫어. 싫어." 하고 코마코는 고개를 내젓고는 울기 시작했다. 그 얼굴이 시마무라의 손바닥에 어느 때보다도 작게 느껴졌다. 굳은 관자놀이가 떨리고 있었다.

불을 보고 울기 시작한 것이지만 시마무라는 왜 우느냐고 의아하게 여기지도 않은 채 안고 있었다. 코마코는 갑자기 울음을 그치더니 얼굴을 떼고,

"어머나, 그랬군요. 고치 창고에서 영화 상영을 하고 있었을 거예요. 오늘밤에요. 사람들이 가득 차 있었을 텐데……."

"그거 큰일이군."

"부상자가 나올 거예요. 죽은 사람도 있을 거예요."

두 사람은 부리나케 돌층계를 뛰어올라갔다. 위쪽에서 떠들썩한 소리가 들렸기 때문이었다. 쳐다보니 높직한 여관집의 이층이건 삼층이건 방들은 대개 다 장지가 열려진 채 밝은 불이 켜지고 복도에까지 사람들이 나와서 불구경을 하고 있었다. 뜰가에 늘어선 국화의 말라 시들어진 줄기들이 여관의 불빛 때문인지 별빛 때문

인지 그 윤곽이 떠오르고 있는데 순간 불꽃이 비치는가 싶더니 그 국화의 뒤쪽에서 사람들이 서 있었다. 두 사람이 있는 곳으로 여관의 지배인이 서너 명 쓰러질 듯이 내려왔다. 코마코는 소리를 질러,

"이봐요, 고치 창고죠?"

"고치 창고야."

"다친 사람은? 다친 사람은 없어요?"

"계속 구출해내고 있어. 활동 사진 필름에서 펑하고는 단번에 불이 불었대. 불길이 삽시간에 퍼지는 모양이야. 전화로 들었지, 저것 봐." 하고 지배인은 그 말을 전하면서 쭉 팔을 치켜들어보이며 내려갔다.

"어린애들은 이층에서 휙휙 내던진대."

"어머 저를 어쩌지?" 하고 코마코는 지배인을 쫓아가듯이 돌 층계를 내려갔다. 뒤에서 내려오는 사람들이 앞질러 달려갔다. 코 마코는 덩달아 뛰어가고 있었다. 시마무라도 뒤쫓아갔다. 돌층계 아래에선 인간에 가려져서 불길의 끝밖에 보이지 않는데다가 화 재를 알리는 종소리가 계속 울려퍼지기 때문에 한층 더 불안이 커져서 마구 뛰어갔다.

"눈이 얼어붙어 미끄러우니까 주의하세요." 하고 코마코는 시 마무라를 돌아보다가 그 바람에 멈춰 서서,

"당신은 오시지 않아도 괜찮아요. 저는 마을 사람들이 걱정이 돼서 가는 거예요."

그 말에 일리가 있었다. 시마무라는 맥이 빠졌다. 발 밑에 철로가 보였다. 건널목 앞까지 와 있었던 것이다.

"은하수가 참 아름답군요."

코마코는 하늘을 쳐다본 채 중얼거리더니 또다시 뛰기 시작했다.

아! 은하수, 하고 시마무라도 우러러보는 순간에 은하수 속으로 몸이 불현듯 떠올라가는 듯했다. 은하수의 밝은 빛이 시마무라를 떠올릴 듯이 가까웠다. 나그네 길에 나섰던 바쇼오(芭蕉 : 松尾芭蕉에도 전기의 사람

^이_름)가 거친 바다 위에서 본 것은 이처럼 선명한 은하수였을까? 발가벗은 듯한 은하수는 밤의 대지를 알몸으로 휘감으려고 바로 거기에 내려와 있었다. 실로 무서운 아름다움이었다.

시마무라는 자기의 왜소한 그림자가 땅 위에서 거꾸로 은하수에 비쳐져 있는 것처럼 느껴졌다. 은하수에 가득 찬 별들이 하나하나 보일 뿐만 아니라 군데군데 공운(光雲)의 은모래도 한알 한알 보일 만큼 맑게 개어 있었고, 게다가 은하수의 끝도 없는 깊이가 시선을 빨아들였다.

“이봐, 이봐.”

시마무라는 코마코를 불렀다.

“이봐, 이리 와.”

은하수가 드리워지는 어두운 산 쪽으로 코마코는 달려가고 있었다.

옷자락을 치켜들고 있는 모양인지 그 팔을 흔들 때마다 빨간 옷자락이 무척 펄럭거렸다. 밝은 별빛이 내리비치는 눈 위에서 붉은 빛깔임을 알 수 있었다.

시마무라는 쏜살같이 뒤쫓아갔다. 코마코는 발걸음을 늦추더니 옷자락을 놓고 시마무라의 손을 붙잡았다.

“당신도 가시겠어요?”

“응.”

“호기심도 많네요.” 하고 눈 위에 떨어져 있는 옷자락을 집어 올리고는,

“내가 놀림을 당하니까, 돌아가주세요.”

“응, 저기까지만.”

“민망스럽잖아요? 불난 곳까지 당신을 데리고 가다니요. 마을 사람들에게 민망해요.”

시마무라가 고개를 끄덕이며 걸음을 멈췄는데도 코마코는 시마무라의 옷소매를 가볍게 붙잡은 채 천천히 걷기 시작했다.

"어디서든지 기다려주세요. 곧 돌아올게요. 어디가 좋아요?"

"어디든 좋아."

"그럼요, 그럼 조금만 더 저쪽으로." 하고 코마코는 시마무라의 얼굴을 들여다보다가 갑자기 고개를 내젓고는,

"싫어요, 이젠."

코마코는 휙 몸을 부딪쳤다. 시마무라는 한 발짝 비틀거렸다. 길가의 엷은 눈 속에서 파가 줄지어 늘어서 있었다.

"한심해요."

그리고 코마코는 빠른 말로 대들었다.

"당신, 나를 좋은 여자라고 했었죠? 가버릴 사람이 왜 그런 말을 일러주시는 거예요?"

코마코가 머리핀으로 다다미 바닥을 푹푹 찌르던 것을 시마무라는 생각해냈다.

"울었어요. 집에 돌아가서도 울었어요. 당신과 헤어지는 게 무서워요. 하지만 이젠 빨리 가버리세요. 그런 얘길 듣고 울었던 것도 잊지 못할 거예요."

코마코가 말을 잘못 들음으로 해서 생긴 오해로 여자의 뼈에 사무친 말을 듣고 보니 시마무라는 미련으로 목을 꽉 졸리우는 듯했다.

갑자기 화재 현장에서 사람들이 아우성치는 소리가 들려왔다. 또다시 새로운 불길이 불꽃을 뿜어올렸다.

"어머나, 또 저렇게 타오르네. 저것봐요. 불길이 치솟아요."

두 사람은 불현듯 구원받은 듯이 달리기 시작했다.

코마코는 잘 달렸다. 얼어붙은 눈 위를 게다로 스치는 것이 날으는 듯이 보였는데, 팔도 앞뒤로 흔든다고 하기보다는 양 겨드랑이에서 날개짓을 하는 듯한 모습이었다. 가슴 근처에 힘을 준 모습인데 의외로 조그만 몸집이라고 시마무라는 생각했다. 약간 통통한 시마무라는 코마코의 모습을 보면서 달렸기 때문에 한층 더 일찍 숨

결이 가빠졌다. 코마코도 갑자기 숨이 차서 시마무라에게 비틀거리며 다가왔다.

"눈동자가 시려서 눈물이 나와요."

볼은 화끈하게 달아오르는데 눈만이 시라다니, 시마무라도 눈꺼풀이 젖었다. 눈을 깜박이면 은하수가 눈 안에 가득 찼다. 시마무라는 눈물이 떨어지려는 것을 참고,

"매일 밤 이런 은하순가?"

"은하수? 참 곱군요. 매일밤 그렇지는 않겠죠. 오늘밤은 맑게 개었기 때문이죠."

은하수는 둘이 달려온 뒤쪽에서 앞으로 흘러내리는데, 코마코의 얼굴은 은하수 속에 투영되는 것처럼 보였다.

그러나 코의 모양도 분명치 않으며 입술의 빛깔도 지워져 있었다. 하늘 가득히 가로지르는 불빛층이 이렇게도 어두운 것인가 하고 시마무라는 믿어지지 않았다. 어슴푸레한 달밤보다도 엷은 별빛이겠지만, 보름달이 뜬 어떤 하늘보다도 은하수는 밝았고 지상에는 아무런 그림자도 없는 아련함 속에 코마코의 얼굴이 낡은 가면과도 같이 떠올라 여인의 정취를 풍기는 것이 신기했다.

쳐다보고 있으면 은하수는 또다시 이 대지를 끌어안으려고 내려오고 있는 것처럼 생각되었다.

거대한 극광(極光)과도 같은 은하수는 시마무라의 몸을 흠뻑 적시며 흘러 땅 끝에 서 있는 것처럼 느껴지기도 했다. 쥐죽은 듯 고요하게 차가워지는 허전함이면서도 뭔가 아름다운 놀라움이기도 했다.

"당신이 가시면 난 성실하게 살 거예요." 하고 코마코는 말하고 걷기 시작하더니 느슨하게 늘어진 트레머리에 손을 댔다. 대여섯 발짝 걷다가 돌아다보았다.

"왜 그래요? 싫어요."

시마무라는 선 채로 가만히 있었다.

“그렇다면 기다려주세요. 나중에 같이 들어가요.”

코마코는 약간 왼손을 올리고 달려갔다. 뒷모습이 어둔 산허리로 빨려들어가는 듯했다. 은하수는 그 산 능선이 서로 갈라지는 곳에서 옷자락을 펼치고 또 반대로 거기서부터 화려하고 커다랗게 하늘로 퍼져가는 듯 했으므로 산은 더욱더 어둡게 가라앉아보였다.

시마무라가 걷기 시작하자 이내 코마코의 모습은 길가의 집들에 가려졌다.

“영차, 영차, 영차.” 하는 소리가 들리고, 펌프를 끌고 가는 광경이 보였다. 잇따라 사람들이 달려가고 있는 모양이었다. 시마무라도 서둘러 큰길로 나섰다. 두 사람이 온 길은 T자 모양으로 큰길에서 서로 만나게 된 것이었다. 또 펌프가 왔다. 시마무라는 비켜서서 통과시키고 그 뒤를 딸라 달려갔다.

손으로 누르는 낡은 펌프였다. 긴 밧줄을 앞에서 끄는 사람들 외에 펌프 주위에도 소방대원들이 둘러싸고 있는데 우스울 정도로 펌프는 조그마했다.

그 펌프가 오는 것을 코마코도 길가에 비켜서서 보고 있었다. 시마무라를 발견하자 같이 뛰었다. 펌프를 피하여 길가에 서 있던 사람들이 펌프에 이끌리듯이 뒤를 따랐다. 이젠 두 사람도 화재 현장으로 달려가는 군중의 한 사람에 지나지 않았다.

“오셨군요. 호기심도 많으시지.”

“응, 허술한 펌프로군. 메이지 이전 거야.”

“그래요. 넘어지지 마세요.”

“미끄럽군.”

“그래요. 앞으로 눈보라가 밤새도록 휘날릴 때 한번 와보세요. 못 오시죠? 꿩이랑 토끼가 인가로 도망쳐 내려와요.” 하고 코마코가 말했는데 소방대원들의 일하는 소리라든지 사람들의 발걸음 소리에 섞여서 밝게 들뜬 목소리였다. 시마무라도 몸이 가벼웠다.

불꽃 튀는 소리가 들리더니 눈 앞에서 불길이 치솟았다. 코마코는 시마무라의 팔꿈치를 붙잡았다. 큰길의 낮고 검은 지붕이 불빛으로 푸우푸우 숨쉬듯이 떠올랐다가 다시 희미해졌다. 발밑의 길바닥에 펌프물이 흘러넘쳤다.

시마무라와 코마코는 울타리처럼 늘어선 사람들 속에 자연히 멈춰섰다. 불타는 단내에 고치를 찌는 듯한 냄새가 섞여 있었다.

영화 필름에서 불이 났다느니, 구경하러 간 어린애들을 이층에서 휙휙 떨어뜨렸다느니, 부상자는 없었다느니, 지금은 고치도 쌀도 들어있지 않아서 다행이었다느니, 사람들은 여기 저기서 비슷한 말들을 목청껏 지껄이고 있는데 불을 향해서만은 모두 아무런 말도 못하고, 혼이 빠져나간 듯한 적막이 화재 현장을 하나로 융화시키고 있었다. 불타는 소리와 펌프 소리에만 귀를 기울이고 있다는 모습들이었다.

이따금 뒤늦게 달려온 마을 사람들이 집안 식구의 이름을 부르고 다닐 뿐이었다. 대답하는 사람이 있으면 기뻐서 얼싸안고 외쳤다. 그런 소리들만이 생생하게 울려퍼졌다. 화재를 알리는 종소리도 이젠 그쳤다.

동리 사람들의 이목도 있고 해서 시마무라는 코마코로부터 살그머니 떨어져나가 한 무더기의 어린애들 뒤에 가서 섰다. 불 기운 때문에 얼굴이 뜨거워지자 아이들은 뒷걸음질을 쳤다.

발 밑의 눈도 약간 녹는 듯했다. 사람의 울타리 앞에 있는 눈은 불과 물로 인해 녹아서 분주히 오가는 발자국 때문에 질퍽질퍽해졌다.

그곳은 고치 창고의 옆쪽에 있는 밭이었는데 시마무라 일행과 같이 달려온 마을 사람들은 대개 그곳에 있었다.

불은 영사기를 놓아둔 입구 쪽에서 난 모양인데 고치 창고의 절반쯤은 이미 지붕이고 벽이고 불타 떨어지고 있었으나 기둥이나 대들보 등의 뼈대는 연기를 내면서 서 있었다. 판자지붕, 판자벽에 판자마루뿐, 텅 비어 있었으므로 창고 속에는 그다지 연기도 오르고

있지 않고 흠뻑 물을 뒤집어쓴 지붕도 불타고 있는 것 같지 않는데도
불길이 번져 나가는 기세는 멈추어지지 않는 모양인지 뜻하지 않는
데서 불꽃이 또 솟았다. 석 대의 펌프물이 허둥지둥 불을 끄러
대들자 삽시간에 불꽃을 뿜어올리고는 검은 연기가 솟았다.

그 불꽃은 은하수 속으로 퍼져올라 흩어지고 시마무라는 또 은
하수 속으로 떠올려져 가는 것 같았다. 연기가 은하수를 향해 흐르는
것과는 반대로 은하수가 획하고 흘러내려왔다.

지붕을 빗나간 펌프의 물줄기 끝이 흔들려서 물연기가 되어 희
미한 것까지 은하수의 빛이 비치는 것처럼 보였다.

어느 틈에 다가왔는지 코마코가 시마무라의 손을 잡았다. 잠자코
있었다. 코마코는 불 쪽을 바라본 채로 약간 상기된 진지한 얼굴로
불꽃에 호흡이 흔들거리는 듯이 보였다. 시마무라의 가슴에 세찬
것이 치밀어 올라왔다. 코마코의 트레머리는 느슨해지고 목은 쭉
뻗쳐 있었다. 그 근처에 손을 대고 싶어서 시마무라의 손가락 끝이
떨렸다. 시마무라의 손도 따뜻해졌지만 코마코의 손은 더욱더 뜨
거웠다. 어쩐지 시마무라는 이별할 시간이 다가온 것 같은 느낌이
들었다.

입구 쪽의 기둥인지 뭔지에서 또다시 불길이 일어나 타오르기
시작하여 펌프의 물이 불을 쫓아 뿌려지자 마룻바닥과 대들보가
치익치익 김을 내면서 기울어지기 시작했다. '앗' 하고 둘러선
사람들이 숨을 죽인 채 여자의 몸이 떨어지는 것을 보았다.

고치 창고는 이층에 연극 같은 것도 공연될 수 있도록 형상만
갖춰놓은 객석이 마련되어 있었다. 이층이라고는 하지만 나즈막
했다. 그 이층에서 떨어진 것이어서 지상까지는 눈깜짝할 순간이
었지만 떨어지는 모습을 똑똑히 눈으로 쫓아갈 수 있는 만큼의
시간은 있었던 것처럼 보였다. 인형 같은 이상한 모습으로 떨어진
탓인지도 모른다. 첫눈에 보아도 실신해 있음을 알 수 있었다. 아래에
떨어져서도 소리는 나지 않았다. 물이 끼얹혀진 곳이라서 먼지도

일어나지 않았다. 새로 불타 옮아가는 불길과 타다 남은 불더미에서 일어나는 불길과의 중간쯤에 떨어진 것이었다.

타다 남은 불을 향해서 펌프 한 대가 비스듬히 활 모양의 물줄기를 내뿜고 있었는데 그 앞에 퍼뜩 여자의 몸이 떠올랐다. 그리고 그대로 떨어졌다.

여자의 몸은 공중에서 수평이었다. 시마무라는 가슴이 덜컥 내려앉는 듯했지만 그 순간 위험도 공포도 느껴지지 않았다. 비현실적인 세계의 환영과도 같았기 때문이다. 뻣뻣이 굳어 있던 몸이 공중에 내던져져 부드러워졌으나 인형 같은 무저항적이고, 생명이 통해 있지 않는 자유로움과 삶도 죽음도 정지한 듯한 모습이었다.

시마무라의 뇌리에 스친 불안을 말한다면 수평으로 뻗은 여자의 머리 쪽이 아래로 처지지는 않을까? 허리나 무릎이 굽어지지나 않을까? 하는 등의 황당한 것이었다. 그리되기 쉬운 듯이 보였으나 수평인 채 떨어졌다.

"아앗!"

코마코가 날카롭게 부르짖고 눈을 가렸다. 시마무라는 눈도 깜빡이지 않고 보고 있었다.

떨어진 여자가 요오코라는 것을 시마무라가 안 것은 언제일까? 사람들이 '앗' 하고 숨을 죽인 것도, 코마코가 '앗' 하고 부르짖은 것도, 실은 같은 순간인 듯싶었다. 요오코의 장딴지가 지상에서 경련을 일으킨 것도 같은 순간이었나보다.

코마코의 부르짖음은 시마무라의 몸 속을 꿰뚫고 지나갔다. 요오코의 장딴지가 경련하는 것과 함께 시마무라의 발 끝까지 차가운 경련이 지나갔다. 무엇인가 허무한 고통과 비애에 젖어 가슴이 심하게 요동했다.

요오코의 경련은 눈에 띄지 않을 만큼 약했고 곧 멈췄다. 이 경련보다도 먼저 시마무라는 요오코의 얼굴과 빨간 화살무늬의 옷을 보고 있었다. 요오코는 반듯하게 누운 채 떨어졌다. 한쪽 무릎 조금 위까지 옷자락이 걷혀져 있었다. 땅에 부딪쳤어도 장딴지가 경련했을 뿐이고 실신한 채인 듯했다.

시마무라는 웬일인지 죽음을 느끼지 않았지만 요오코의 내적 생명이 변형되는 갈림길 같은 것을 느꼈다. 요오코를 떨어뜨린 이층 관람석에서 나무가 두서너 개 기울어져 요오코의 얼굴 위에서 타기 시작했다. 요오코는 그 찌르는 듯한 아름다운 눈을 감고 있었다. 턱을 내밀고 있어서 목의 선이 뻗어 있었다. 불빛이 창백한 얼굴 위를 아롱거렸다.

몇 해 전인가 시마무라가 이 온천장에 코마코를 만나러 오는 기차 속에서 요오코의 얼굴 한가운데에 들판의 등불이 켜졌을 때의 모습이 불현듯 생각나서 시마무라는 또다시 떨려왔다. 일순간 코마코와의 지난 세월이 투영되는 듯했다. 뭔가 허망스러운 괴로움과 비애가 있었다. 코마코가 시마무라 옆에서 뛰쳐나가고 있었다.

코마코가 부르짖고 눈을 가린 것과 거의 같은 순간인 듯했다. 사람들이 '앗' 하고 숨을 죽인 바로 그때였다. 물에 젖어 검게 타다 남은 등걸들이 흩어진 가운데 코마코는 게이샤의 긴 옷자락을 끌며 비틀거렸다. 요오코를 가슴에 안고 돌아오려고 했다. 그 필사적으로 힘껏 버틴 얼굴 밑에 요오코의 승천할 듯이 멍해진 얼굴이 늘어져 있었다. 그녀는 자신의 희생인지 형벌인지를 알고 있는 듯이 보였다.

사람들이 저마다 소리를 지르며 흐트러지기 시작하더니 갑자기 두 사람을 둘러쌌다.

"비켜, 비켜줘요." 코마코의 부르짖음이 시마무라에게 들렸다.

"이 애가 미쳤어요, 미쳤어요."

그렇게 미친 듯한 목소리로 말하는 코마코에게 시마무라가 가까이 다가가려고 하다가 요오코를 코마코로부터 받아 안으려는 사나이들에게 밀려서 비틀거렸다. 발에 힘을 주며 버티고 선 채 눈을 쳐든 순간 쏴아 하고 소리를 내며 은하수가 시마무라에게 일제히 떨어지는 것만 같았다.

센바즈루(千羽鶴)

센바즈루(千羽鶴)

1

가마쿠라(鎌倉) 원각사(円覚寺) 경내에 들어와서도 기쿠지(菊治)는 다회(茶会)에 갈 것인지, 안 갈 것인지 망설이고 있었다. 시작 시간에는 이미 늦었다.

원각사 깊숙한 안쪽에 있는 다실에서 구리모토(栗本) 지카코의 모임이 있을 때마다 기쿠지는 안내를 받았지만, 아버지가 돌아가신 후엔 한 번도 간 적이 없다. 작고한 아버지에 대한 의리를 지키기 위한 안내에 지나지 않는다고 생각해서 묵살했던 것이다.

그러나 이번 안내장에는 제자 한 사람의 딸을 만나주었으면 하는 사연이 덧붙여 있었다.

이것을 읽었을 때 기쿠지는 지카코의 반점을 생각했다.

기쿠지가 여덟인가 아홉 살 때였을까. 아버지를 따라 지카코의 집에 갔을 때, 지카코는 다실에서 가슴을 드러내놓고 반점의 털을 작은 가위로 자르고 있었다. 반점은 왼쪽 유방에 반쯤 걸쳐 명치끝 쪽으로 번져 있었다. 손바닥만한 크기였다. 그 검은 보라색 반점에 털이 나는지, 지카코는 그 털을 가위로 가지런히 깎고 있었다.

"어머, 아기와 함께 오셨군요?"

지카코는 놀란 듯이 옷깃을 여미려고 하다가, 허둥지둥 감춘다는 것이 오히려 볼썽사나웠는지 무릎을 돌리며 돌아앉아서 옷깃을 바로 여미는 것이었다.

아버지 때문에 놀란 것이 아니라, 기쿠지를 보고 놀란 것 같다. 하녀가 현관까지 나와서 맞이했으니까 지카코는 기쿠지의 아버지가 왔다는 것을 알고 있었을 것이다.

아버지는 다실로 들어가지 않았다.

옆방으로 가서 앉았다. 응접실인데 문하생들의 공부방으로 쓰고 있다.

아버지는 도코노마(일본식 객실에 바닥을 한층 높게 만들고 벽에 족자를 걸어놓은 곳)의 족자를 보면서,

"한 모금 마셔볼까." 하고 무심코 말했다.

"네." 하고 대답은 했지만, 지카코로 금세 일어서 오지는 않았다. 지카코 무릎 위에 있는 신문지에, 남자의 수염 같은 털이 떨어져 있는 것을 기쿠지는 보고 말았다.

한낮인데도 천장에서 쥐들이 떠들고 있다. 툇마루 가까이에 복숭아꽃이 피어 있다.

방바닥 한가운데에 있는 화로 옆에 앉고 나서도 지카코는 어딘지 넋을 잃은 모양으로 차를 다리고 있다.

그로부터 열흘이 지난 후에 기쿠지는 어머니가 짐짓 놀라운 비밀이라도 밝히 듯이, 지카코는 가슴에 반점이 있어서 결혼하지 않는 거라고 아버지에게 얘기하는 걸 들었다. 어머니는 아버지가 모르는 줄로 생각하고 있다. 어머니는 지카코를 동정한 모양인지 애처로운 얼굴을 하고 있다.

"홍, 그래?" 하고 아버지는 놀란 듯이 맞장구를 쳤지만,

"하지만 남편에게는 보여줘도 상관없잖아. 알고 장가를 들면 말야."

"저도 그렇게 말해줬지요. 하지만 여자의 몸이니까, 제게는 가슴에 커다란 반점이 있어요, 하고 말할 순 없지요."

"이젠 젊은 처녀도 아닌데."

"역시 말하기 거북할 거예요. 혹 남자라면 결혼한 후에 알아도

웃어넘길 수 있을지 모릅니다만.”

“그래, 그 반점을 임자에게 보여줬나?”

“설마, 그런 엉뚱한 말씀이 어디 있어요?”

“얘기만 들었군.”

“오늘 다회 공부시간에 여러 가지 애기가 나왔는데……. 아마 밝히고 싶었던 것 같아요.”

아버지는 말없이 가만히 있었다.

“결혼했을 때 남자의 기분이 어떨까요?”

“싫고, 기분이야 나쁘겠지. 그렇지만 그런 비밀도 즐거움이 돼서 매혹적일 수도 있겠지. 열등감이 있으니까 좋은 곳이 나올 수도 있을 테고, 실제로는 큰 흠이랄 건 없어.”

“저도 흠이 되지 않는다고 위로해주었어요. 하지만 반점이 유방에 걸쳐 있다니까요.”

“흐흥.”

“아이가 생겼을 때 젖을 먹이는 걸 생각하면 그것이 제일 괴로운가봐요. 남편이야 그래도 괜찮지만 애기를 위해선, 글쎄요.”

“반점이 있으면 젖이 안 나오는가?”

“그렇진 않지만……. 젖을 먹을 아이에게 보이는 것이 괴롭다는 거예요. 저도 거기까지는 생각지 못한 일인데, 아마 당사자가 돼보면 별의별 생각이 다 떠오를 테죠. 아기가 태어난 날부터 빨아야 하는 젖, 눈에 보이기 시작하는 날부터 보아야 하는 것인데 엄마의 그 젖에 흉칙한 반점이 있는 거예요. 이 세상의 첫인상, 엄마에 대한 첫인상이 유방의 흉칙한 반점으로 그 아이의 일생을 두고 심각하게 따라다닐 테지요.”

“응, 하지만 그건 다 지나친 생각이야.”

“그러고 보니 우유로 키워도 좋고, 또 유모도 있을 텐데.”

“반점이 있더라도 젖이 나오면 되잖아.”

“그러나 꼭 그런 것만은 아녜요. 저는 그 말을 듣고 눈물을 흘렸어요. 과연 그럴 수도 있겠구나, 하고 생각했어요. 우리 기쿠지도 그런 반점이 있는 젖을 먹이고 싶지는 않은 걸요."

"하긴 그렇군."

기쿠지는 시치미를 떼는 아버지가 밉살스러웠다. 기쿠지도 지카코의 반점을 보았는데, 그 기쿠지를 무시하는 아버지에 대해서 증오심을 느꼈다.

그러나 지금, 그로부터 20년 가까이 지난 지금에 와서야 기쿠지는, 그때 아버지도 곤혹스러웠을 거야, 하며 쓴웃음을 짓지 않을 수 없었다.

그러나 한편으론, 기쿠지가 열 살을 넘어섰을 때, 반점이 있는 젖을 먹고 자란 이복 남동생이나 여동생이 생기면 어쩌나 하고 불안에 떨기도 했던 어머니의 얘기가 자주 떠오르곤 했다.

다른 집에 형제가 태어난다는 것이 겁이 날 뿐 아니라, 그런 어린이 자체가 무서운 생각이 들었다. 그 커다란 반점에 털이 난 젖을 먹은 아기는 어쩐지 악마처럼 느껴져서, 기쿠지는 견딜 수가 없었다.

다행스럽게도 지카코는 아이를 낳지 않은 것 같다. 억측을 해 본다면, 아버지가 낳지 못하게 했는지도 모르며 어머니의 눈물을 흘리게 한 반점과 아기에 관한 것 역시, 아버지로 하여금 아기를 낳지 못하게 지카코에게 말하도록 했는지도 모르겠다. 어쨌거나 아버지의 생전에도 그렇고 죽은 후에도 지카코의 아이는 나타나지 않았다.

아버지와 기쿠지에게 반점을 들키고 나서 곧, 지카코가 기쿠지 어머니에게 고백하러 온 것은 기쿠지가 어머니에게 고해바치기 전에 선수를 치려고 그랬는지도 모른다.

오래도록 지카코는 결혼도 하지 않았는데 역시 그 반점이 일생을 지배한 것일까?

그런데 기쿠지도 그 반점의 인상을 지워버릴 수가 없었으므로 그의 운명과 연관이 이어지지 않는다고는 말할 수 없을 것이다.

다회를 빙자해서 규수를 보여주고 싶다고 지카코가 말해왔을 때도 그 반점이 기쿠지 눈앞에 떠올라서 그런 지카코가 소개하느니만치, 털끝만큼의 기미도 없는 구슬 같은 피부를 가진 규수일까, 하고 갑자기 기쿠지는 생각해보기도 했다.

아버지는 지카코의 가슴에 있는 반점을 가끔 손가락으로 꼬집어보지는 않았을까? 아버지는 그 반점을 입으로 깨문 적도 있을지 모른다. 기쿠지는 그런 망상을 해보았다.

지금도 테라야마(寺山) 산의 새들이 지저귀는 속을 걸으면서 그런 망상이 머리를 스쳐갔다.

그러나 기쿠지에게 반점을 들키고 난 2~3년 후부터, 지카코는 어쩐지 남성화해서 지금은 아예 완전한 중성이 되고 말았다.

오늘도 다회에서 민첩하게 행동하겠지만, 그 반점이 있는 유방도 이제는 쭈굴쭈굴 오므라들었는지도 모른다. 그런 것을 생각하며 기쿠지가 히죽 웃으려고 할 때, 두 아가씨가 뒤에서 급히 왔다.

기쿠지는 길을 비켜주려는 듯 멈추며,

"구리모토 씨의 다회는 이 길로 가면 됩니까?" 하고 물었다.

"네."

두 아가씨가 동시에 대답했다.

묻지 않아도 알고 있으며 아가씨들의 옷으로 다회에 가는 길이라는 걸 알고 있지만, 기쿠지는 자기 자신을 확실하게 다회에 가도록 하기 위해 일부러 말한 것이었다.

분홍색 깔깔이 천에 센바즈루(千羽鶴 : 종이로 접은 학무늬)의 보자기 짐을 가진 아가씨는 아름다웠다.

2

두 아가씨가 다실로 들어가기 전에 다비(足袋 : 일본식 버선)로 바꿔

신고 있을 때, 기쿠지가 왔다.

아가씨 뒤에서 안을 들여다보니까 8쪽(다다미가 8쪽 깔린 방. 다다미의 한쪽은 (3×6)자 넓이임)인가본데, 무릎을 맞대고 앉을 정도로 가득 모였다. 화려한 옷차림의 사람들만 앉아 있는 것 같았다.

지카코가 기쿠지를 발견하고 깜짝 놀란 듯이 다가왔다.

"어머, 어서 와요, 귀한 손님. 정말 잘 왔어요. 그쪽으로 올라와요, 괜찮으니까". 하면서 도코노마에 가까운 장지문을 가리켰다.

안에 있는 여자들이 모두 돌아다보는 바람에 기쿠지는 얼굴을 붉히며,

"모두 부인들이시군요."

"그래요. 남자분도 계셨지만 지금은 돌아가시고 기쿠지 씨가 홍일점."

"특별대우는 싫은데……."

"기쿠지 씨는 특별의 자격이 있어요. 괜찮다니까."

기쿠지는 손을 흔들며 저쪽 입구로 들어가겠다고 알려주었다.

여기까지 신고 온 다비를 센바즈루 보자기에 싸면서, 기쿠지를 먼저 들어가게 하려고 아가씨는 단정하게 서 있었다.

기쿠지는 옆방으로 올라갔다. 과자상자와 나라온 다기(茶器) 상자, 그리고 손님의 짐이 아무렇게나 흩어져 있으며, 안쪽의 부엌에서 하녀가 뭔가 빨고 있었다.

지카코가 들어오더니 기쿠지 앞으로 다가와서는 무릎을 꿇듯 하고 앉아서,

"어때요? 좋은 아가씨죠?"

"센바즈루 보자기의 주인말입니까?"

"보자기? 보자기 같은 건 모르겠는데. 방금 여기에 서 있던 예쁘장한 아가씨말예요. 이나무라 씨 댁의 아가씨예요."

기쿠지는 얼떨결에 고개를 끄덕였다.

"보자기라니, 이상한 것에 눈독을 들이고, 정말 방심할 수가 없

군요. 함께 온 줄 알고 솜씨가 좋다고 놀랐어요.”

“무슨 말씀이에요 ?”

“오면서 벌써 만났으니까 인연이라고 할 수밖에요. 이네무라 씨는 아버님께서도 알고 계시니까요.”

“그렇습니까 ?”

“요코하마에서 생사상회를 경영하는 집안이죠. 따님에게는 오늘의 일을 말하지 않았으니까, 그렇게 알고 잘 보기나 해요.”

지카코의 음성이 커서 혹시 장지문 한 겹으로 칸을 막고 있는 다실에 들리지나 않을까 싶어 기쿠지가 입을 다물고 있으려니까 지카코가 얼굴을 바싹 갖다대며,

“그런데 약간 곤란한 게 있어요.” 하고 음성을 낮추었다.

“오호다 부인이 왔어요. 따님과 같이.”

그리고 기쿠지의 안색을 살피며,

“오늘은 초대한 것도 아닌데……. 하지만 이런 자리는 지나던 사람 누구나 참석해도 무방한 걸로 되어 있고, 조금 전에는 미국인 두 쌍이 다녀간 정도였으니까요. 미안하군요. 오호다 씨가 들어도 할 수 없는 일이죠. 그러나 기쿠지 씨에 관한 건 물론 모르고 있으니까 안심해요.”

“나도 오늘의 일은…….”

기쿠지는 선을 볼 생각이 없다고 말하려고 했지만, 입 밖으로 나오지 않았다. 목구멍이 굳어진 모양이다.

“형편이 딱한 것은 부인 쪽이니까 기쿠지 씨는 태연한 얼굴로 있기만 하면 돼요.”

기쿠지는 지카코가 그렇게 말하는 것 자체가 비위에 거슬렸다.

구리모토 지카코와 아버지와의 교섭은 가볍고도 짧았던 모양이다. 아버지가 작고할 때까지 지카코는 마음대로 드나들 수 있는 여자로서 계속 집에 출입하고 있었다. 다회의 모임뿐 아니라, 여느 손님이 왔을 때도 부엌에 와서 일을 하는, 그런 식이었다.

　남성화해서 어머니가 굳이 질투한다는 것이, 이제는 쓴웃음으로 넘겨버려야 할 웃음거리로 되고 말았다. 아버지가 지카코의 반점을 보았다는 것을 어머니도 나중에는 틀림없이 알았을 것이다. 그러나 그때는 이미 바람이 지나간 뒤니까, 지카코는 말끔히 잊은 얼굴로 어머니 뒤에 서 있었다.

　기쿠지도, 지카코를 가볍게 대하며 버릇없이 구는 사이에 어렸을 때 숨막힐 정도로 미워하던 증오심도 사라진 것 같았다.

　지카코가 남성화한 것도, 기쿠지 집의 부리기 쉬운 일꾼노릇을 한 것도 지카코의 살아가는 방법이었는지 모른다.

　기쿠지의 집을 근거로, 지카코는 다회의 강사로서 약간의 성공을 거두었다.

　지카코는 오직 한 번, 기쿠지 아버지와의 덧없는 교제만으로 자신의 ‘여성’을 억제해버렸을 거라고, 기쿠지는 아버지가 사망한 후 생각하게 되자 옅은 동정심까지 솟아올랐다.

　어머니가 지카코에 대해서 별로 적개심을 품지 않았던 것은, 한편으로 오호다 부인의 문제로 견제당했기 때문이기도 했다.

　다회의 한동아리였던 오호다가 죽고 나서, 기쿠지의 아버지는 차도구의 처분을 맡고 미망인에게 접근했다.

　그 사실을 재빨리 어머니에게 고해바친 사람이 지카코였다.

　물론 지카코는 어머니 편이 되어 일했다. 지나칠 정도로 일했다. 지카코는 아버지에게 미행을 붙이기도 했고, 미망인 집에 종종 강경한 의견을 말하러 들르기도 했는데, 그녀 자신의 바닥에 깔린 실투가 복받치는 듯했다.

　내성적인 어머니는 지카코의 쉴 사이 없는 성화에 오히려 마음이 끌렸는지 소문에 속을 썩혔다.

　지카코는, 기쿠지가 있는 앞에서까지 오호다 부인을 매도했다. 어머니가 싫어하니까, 오히려 기쿠지에게도 들려줘야 한다고 말했다.

"요전번에 갔을 때도 제가 심한 말로 뭐라고 말하는 것을 아이가 엿듣고 있었어요. 옆방에서 갑자기 훌쩍거리며 우는 소리가 들려왔어요."

"여자아이였나?" 하고 어머니가 양미간을 찌푸렸다.

"그렇습니다. 열두 살이 되었다고 하더군요. 오호다 부인은 어딘가 좀 모자라요. 나는 야단을 칠줄 알았는데, 글쎄 일부러 다가가서 어린애를 안고 오더니, 제 앞에서 무릎에 앉히는 거였어요. 게다가 어린애와 같이 울기 시작하는 거예요."

"어린애가 가엾지 않아요?"

"그러니 어린애를 다그쳐야 합니다. 어린애는 제 어머니의 일을 분명히 알고 있을 테니까요. 둥근 얼굴의 귀여운 애지만." 하고 말하면서 지카코는 기쿠지를 보며,

"우리 기쿠지 씨도 아버님께 뭐라고 좀 여쭈면 좋을 텐데요."

"너무 험담을 늘어놓지 말아요." 하고 어머니는 역시 타일렀다.

"부인께서 험담을 가슴속에 담아두시니까 안 돼요. 시원하게 털어놓으시는 게 좋아요. 부인께서는 이렇게 말라가시는데 저쪽은 반지르르하게 살만 찌는 겁니다. 좀 모자라서 그럴 테지만, 어린 애처럼 울기만 하면 된다고 생각해서……. 첫째 이 댁 주인어른을 맞이하는 자리에, 어쩌자구 죽은 남편의 사진을 눈에 띄도록 장식해놓는 거죠? 이 댁 주인어른께서 정말 무던하시니까 아무 말씀도 안 하시는 거라고 생각합니다."

그렇게 입에 오르내리던 부인이 기쿠지의 아버지가 죽은 후, 딸까지 데리고 지카코의 다회에 참가하고 있다.

기쿠지는 냉랭한 것을 느꼈다.

지카코의 말대로 오늘은 초대를 받지 않았다고 하지만, 지카코와 오호다 부인과는 아버지가 죽은 후에 교제해왔구나 하고, 기쿠지는 생각하게 되었다. 딸까지 지카코에게 다도를 배우게 하고 있는지도

모르겠다.

"거북하면 오호다 부인을 먼저 돌려보낼까요?" 하면서 지카코는 기쿠지의 눈치를 살폈다.

"나는 괜찮은데요. 저쪽에서 돌아가겠다면 그렇게 하시죠."

"그렇게 눈치가 있는 사람이라면 아버님과 어머님께서 고생하시지 않으셨죠."

"하지만 따님이 함께 있잖아요?"

기쿠지는 미망인의 딸을 본 적이 없다.

오호다 부인과 같은 자리에서 센바즈루 보자기의 아가씨를 만나는 것은 좋지 않다고, 기쿠지는 생각했다. 그리고 오호다의 딸과 여기서 첫대면하는 것은 더욱 싫었다.

그러나 귓전에서 맴도는 듯한 지카코의 음성이 기쿠지의 신경을 건드렸는지,

"하여간에 내가 온 것을 상대가 알고 있을 테죠? 숨을 수도 없잖아요." 하며 일어섰다.

도코노마에 가까운 쪽으로 해서 다실로 들어갔다. 들어간 곳의 상좌에 자리를 잡고 앉았다.

지카코가 따라와서,

"미다니 씨. 미다니 씨 댁의 아드님이십니다." 하고 기쿠지를 소개했다.

기쿠지는 그에 따라 다시 인사를 하고 얼굴을 들고 나서야 아가씨들을 확실히 볼 수 있었다.

기쿠지는 좀 흥분한 것 같았다. 일본옷의 화사한 색채가 보기에 넘쳐흘러서 처음에는 한 사람, 한 사람 분간할 수가 없었다.

그러다가 정신을 가다듬고 보니, 기쿠지는 오호다 부인과 마주 앉아 있다는 것을 깨닫게 되었다.

"어머!" 하고 부인이 입을 열었다. 그 자리에 앉았던 사람 모두가 들을 수 있었던, 아주 반가워하는 솔직한 소리였다.

"정말 오랜만이군요." 하고 부인이 말했다.

그리고 옆에 있는 딸의 소매 끝을 잡고 빨리 인사드려라 하듯이, 가볍게 잡아당기고 있었다. 딸은 당황했는지 얼굴이 빨개지면서 머리를 숙였다.

기쿠지는 참으로 의외였다. 부인의 태도는 조금도 적의를 품었거나 악의를 품은 것 같지 않았다. 정말 반가워하는 눈치였다. 기쿠지와 뜻밖에 만나게 된 것이 기뻤던 모양이다. 부인은 실내의 모든 사람들 중에서 자기 자신이 어떠한 입장에 놓여 있는지 까맣게 잊은 것처럼 보일 뿐이었다.

딸은 줄곧 고개를 떨군 채로 있다.

정신을 되찾자 부인의 볼도 빨갛게 물들기 시작했지만 마치 기쿠지의 옆으로 오고 싶은 듯한, 뭔가 말하고 싶은 듯한 눈초리로 기쿠지를 보고 있더니,

"역시 다도를 배우고 계신가요?"

"아뇨, 나는 전혀……."

"그렇군요. 하지만 혈통이 있으시니까."

부인은 가슴이 메이는 듯 눈시울을 적시고 있었다.

기쿠지는 아버지의 고별식 때 이후로 오호다의 미망인을 만나지 않았다.

그 4년 전과 조금도 달라진 것 같지 않았다.

살결이 흰 길쭉한 목과 그에 걸맞지 않는 둥근 어깨도 마찬가지지만, 나이에 비해 젊어보이는 몸집이었다. 눈에 비해 코와 입은 작은 편이었다. 작은 코를 자세히 보니까 모양이 예쁘장해서 웃음을 자아내게 했다. 말할 땐 어떻게 보면 주걱턱으로 보였다.

딸도 길쭉한 목과 둥근 어깨가 어머니를 닮았다. 입은 어머니보다 크고 굳게 다물고 있다. 딸의 입에 비해 어머니의 입술이 작은 것이 어쩐지 우습게 보였다.

어머니보다 더 검은 딸의 눈이 슬퍼보이기도 했다.

지카코가 화로의 숯을 들여다보고 나서,

"이네무라 씨, 어때요? 미다니 씨에게 한 잔 해드리지 않을래요? 이제 이네무라 씨의 솜씨를 보이는 것이 좋을 것 같은데."

"네." 하고 센바즈루 보자기의 아가씨가 일어나서 화로 쪽으로 갔다.

이 아가씨가 오호다 부인 옆에 앉아 있는 것을 기쿠지는 알고 있었다.

그러나 기쿠지는 오호다 부인과 그 딸을 보고 난 다음부터, 이네무라 아가씨에게 시선을 돌리지 않았다.

지카코는 이네무라 아가씨에게 다도의 순서를 가르치며 기쿠지에게 보여주려는 생각인 듯했다.

아가씨는 솥 앞에서 지카코를 돌아다보며,

"찻잔은?"

"글쎄요. 그 오리베(織部 : 도자기를 구어내는 곳의 상호를 딴 이름)가 좋을 것 같군요." 하고 지카코가 말했다.

"미다니 씨의 부친께서 애용하시던 찻잔인데, 제가 아버님께 선물로 받은 것이니까요."

아가씨가 앞에 놓은 찻잔은 기쿠지도 본 기억이 나는 찻잔이었다. 아버지가 쓰던 것이 틀림없는데, 그것은 아버지가 오호다 부인에게 얻은 찻잔이었다.

죽은 남편이 아끼던 것이 기쿠지의 아버지를 거쳐 지카코에게로 넘어가서, 그것이 이 자리에 나온 것을 오호다 부인은 어떤 기분으로 보고 있을까?

기쿠지는 지카코의 무신경한 마음씨에 놀랐다.

신경이 둔한 것을 말한다면, 오호다 부인도 꽤 둔하다고 생각하지 않을 수가 없다.

중년 아낙네의 과거가 타오르는 앞에서, 차를 청결하게 다리는 아가씨가 기쿠지에게는 아름답게 느껴졌다.

3

센바즈루의 보자기 아가씨를 기쿠지에게 선보이려고 하는 지카코의 의도를 그 아가씨는 모르는 모양이다.

아가씨는 실수하지 않고 차를 다려냈다. 그리고 스스로 기쿠지 앞으로 차를 가져왔다.

기쿠지는 차를 마시고 나서 찻잔을 잠시 바라보았다. 검정 오리베 찻잔으로, 정면의 하얀 유약 부분에, 역시 검정색으로 조생고사리를 그렸다.

"본 기억이 있지요?" 하고 건너편에서 지카코가 말했다.

"글쎄요……."

기쿠지는 엉거주춤 대꾸하면서 찻잔을 내려놓았다.

"그 고사리싹에 산촌의 느낌이 잘 나타나 있지요. 봄철에 걸맞는 찻잔으로, 아버님께서도 애용하셨어요. 이제서 꺼낸다는 것이 좀 시기에 늦은 감이 있지만 마침 기쿠지 씨에게 드리는 데 좋을 것 같아서……."

"아니, 제 아버지가 얼마 동안 가졌었다는 건 이 찻잔에는 아무 의미도 없습니다. 하지만 리큐(利休 : 16세기 일본의 다도회를 이끈 사람)가 살던 모모아마(桃山) 시대부터 전해온 찻잔이지요? 몇백 년 동안 많은 사람들이 소중히 전해온 것이군요. 우리 아버지 같은 분이야……." 하고 말하면서 기쿠지는 이 찻잔의 유래를 잊으려고 했다.

오호다로부터 오호다 미망인에게로, 미망인으로부터 기쿠지의 아버지에게로, 그리고 아버지에서 아들에게로, 그런데 오호다와 기쿠지의 아버지 두 남자는 죽고 여자 두 사람은 여기에 있다. 이것만으로도 기구한 운명의 찻잔이었다.

그 오랜 찻잔을 여기서 오호다 미망인과 그 딸이, 지카코와 이네무라의 아가씨가, 그리고 다른 아가씨들까지도 입술에 대기도 하고 손으로 만지고 문지르기도 했던 것이다.

"그 찻잔으로 나도 한 잔 마시고 싶군요. 아까는 다른 잔으로 마셨으니까." 하며 오호다 부인이 불쑥 말했다.

기쿠지는 고개를 숙이고 있는 오호다의 딸이 가엾어서 볼 수가 없었다.

오호다 부인을 위해 이네무라의 아가씨가 차를 다렸다. 모두 그쪽을 바라보고 있었다. 이 아가씨는 아마 검정 오리베 찻잔의 유래를 모를 것이다. 배운 형식대로 차를 다려내고 있다. 특이한 습관이 없는 자연스런 동작이었다. 자세가 바르고 가슴에서 무릎까지 고귀한 기품이 보였다.

나뭇잎의 그림자가 아가씨의 뒤에 있는 장지문에 비쳐서, 화사한 긴 소매의 어깨 쪽과 소매자락에 부드럽게 반사해오는 것처럼 느껴졌다. 머리도 빛나고 있는 것 같았다.

다실치고는 좀 지나치게 밝은 것 같지만, 그것이 아가씨의 젊음을 빛내고 있었다. 아가씨 같은 빨간 후쿠사(袱紗 : ^{행주})도 천박한 느낌이 아니라 싱싱한 느낌이었다. 아가씨의 손이 빨간 꽃을 피우고 있는 것 같았다.

아가씨 주위에 작고도 하얀 센바즈루가 훨훨 날고 있는 것처럼 느껴졌다.

오호다 미망인은 오리베 찻잔을 손바닥으로 받쳐들고,

"이 검은 잔에 파란 차는 마치 봄의 초록색 싹이 튼 것 같군요." 하고 말했지만, 죽은 남편의 소지품이었다는 것은 차마 입 밖에 내지 못했다.

그 뒤에 여러 모양의 다구(茶具)를 구경하며 설명을 들었다. 아가씨들은 다구에 관한 건 자세히 모르니까 대체로 지카코의 설명을 듣기만 했다. 주전자와 물뜨개(^{국자처럼 생겼음})도 기쿠지의 아버지가 쓰던 것이었는데 지카코와 기쿠지는 아무말도 하지 않았다.

아가씨들이 일어나서 돌아가는 모습을 보며 기쿠지가 앉아 있으려니까, 오호다 부인이 다가왔다.

"아까는 실례가 많았어요. 화가 나셨겠지만, 나는 만나뵙는 순간 반가운 마음이 앞서서……."

"네……."

"정말 훌륭히 변했기 때문에."

부인의 눈에는 눈물이라도 배어낼 것 같았다.

"아, 그래요. 어머님께서도……. 장례식에 참석해야 한다고 생각은 했지만 그만 가지 못했어요."

기쿠지는 얼굴을 찌푸렸다.

"아버님에 이어 어머님께서도……쓸쓸하시겠군요."

"네."

"돌아가시지 않겠어요 ?"

"네, 잠시……."

"언젠가 여러 가지 말씀을 드리고 싶은데, 어떨지……."

옆방에서 지카코가 부르는 소리가 들려왔다.

"기쿠지 씨 !"

오호디 부인은 아쉬운 듯이 일어섰다. 딸은 마당으로 나가서 기다리고 있었다.

어머니와 함께 기쿠지에게 절을 하고 사라졌다. 딸은 뭔가 호소하는 듯한 눈초리였다.

옆방에서는 지카코가 가까운 제자 서너 명과 하녀를 데리고 정리하고 있었다.

"오호다 부인이 뭐라고 그래요 ?"

"별로……. 아무것도 아녜요."

"저 사람은 주의하세요. 얌전한 것처럼 보이며 언제나 자기는 죄가 없는 듯한 얼굴을 하고 있지만 뭣을 생각하고 있는지 모르니까요."

"하지만 구리모토 씨의 다회에는 자주 참가하지요 ? 언제부터

인지……." 하며 기쿠지는 약간 비웃듯이 말했다.

이곳의 어색한 분위기를 피하기라도 하듯 밖으로 나왔다.

지카코가 따라오면서,

"어땠어요? 좋은 아가씨죠?"

"좋은 아가씨군요. 하지만 구리모토 씨나 오호다 씨, 그리고 아버지의 망령이 관계하지 않는 곳에서 만났더라면 더 좋았을 거예요."

"그런 것에 신경을 썼어요? 오호다 부인은 그 아가씨와 아무 관계도 없어요."

"나는 아가씨에게 좋지 않을 거라고 생각했을 뿐예요."

"왜 좋지 않다고 그러세요? 오호다 부인이 온 것이 기분상했다면 사과할게요. 하지만 오늘 일부러 부른 건 아닙니다. 이네무라 아가씨는 특별히 생각하세요."

"어쨌든 오늘은 이만 실례할게요." 하면서 기쿠지는 멈춰섰다. 얘기를 하면서 걸으면 지카코가 떨어질 것 같지가 않았다.

기쿠지는 혼자 남게 되자, 눈앞 산기슭에 진달래 꽃봉오리가 달린 나무들이 보였다. 깊은 심호흡을 했다.

지카코의 편지를 받고 오게 된 스스로의 자기혐오 같은 걸 느꼈지만 센바즈루 보자기의 아가씨에 대한 인상만은 선명했다.

같은 자리에서 아버지의 두 여자를 만난 것이 별로 우울한 기분이 들지 않게 된 것은, 역시 아가씨의 덕인지도 모른다.

그러나 두 여자가 현재 살아서 아버지에 대한 얘기를 했다는 걸 생각하고, 한편으로 어머니가 죽었다는 걸 생각하니까 기쿠지는 뭔가 울분 같은 것이 솟구치기도 했다. 지카코의 가슴에 있는 반점이 눈에 떠오르기도 했다.

저녁바람이 잎새들을 타고 전해오는데 기쿠지는 모자를 벗고 천천히 걸었다.

산문 뒤켠에 오호다 부인이 서 있는 것이 멀리 보였다.

기쿠지는 딴 길로 갈까 하고 갑자기 둘레를 살펴보았다. 좌우의 얕은 산으로 올라가면 산문을 지나지 않고도 갈 것 같았다.

그러나 기쿠지는 산문 쪽으로 걸어갔다. 약간 얼굴이 굳어진 느낌이었다.

미망인이 기쿠지를 보자 오히려 다가왔다. 얼굴을 붉히고 있었다.

"한 번 더 만나고 싶어서 기다리고 있었어요. 염치없는 여자라고 생각하겠지만 그대로 헤어진다는 것이 나로서는 아무래도……. 게다가 오늘 헤어지면 언제 또 만나게 될지 모르니까요."

"따님은 어떻게 되었죠?"

"후미코는 먼저 돌아갔어요. 제 친구와 함께 왔으니까요."

"그럼 따님은 어머니께서 날 기다리신다는 걸 알고 있습니까?" 하고 기쿠지가 물었다.

"네……." 하고 부인은 대답하며 기쿠지의 안색을 살폈다.

"그럼 따님이 싫어하지 않아요? 아까 다회에서도 따님은 나와 만나기 싫어하는 눈치여서 민망했었는데."

노골적으로 들을 수도 있고, 완곡하게 들을 수 있도록 말한 셈인데 부인은 진지한 투로,

"그 애는 기쿠지 씨를 뵙기가 아주 괴로웠을 테죠."

"내 아버지가 따님을 무척 괴롭혔을 테니까요."

오호다 부인 때문에 나도 괴로웠다고 기쿠지는 말하고 싶었다.

"그렇지 않아요. 후미코는 아버님께 아주 귀염을 받았어요. 언젠가 그런 얘기를 자세히 말씀드리고 싶었는데, 그 애도 처음에는, 아버님께서 귀여워해주셨는데도 조금도 따르지 않았어요. 그러다가 전쟁이 끝날 무렵, 공습이 심해지니까 뭘 생각했는지 태도가 싹 변했어요. 그 애도 제나름대로 아버님께 정성을 다했어요. 정성을 다했다고 하지만, 아직 어린 소녀였기 때문에 닭고기나 생선을 아버님께 드리고 싶어서 사러가는 것이 고작이었지만, 그래도 꽤

위험한 일도 당했답니다. 아주 열심이었지요. 공습 중에 먼 곳에서 쌀도 운반해왔고…… 갑자기 잘 하니까 아버님도 놀라신 거예요. 나도 딸의 변한 모습을 보는 순간 뭔가 가슴이 찡하는 것이 있었고 가엾은 생각이 들어서 가책을 받고 괴롭기도 했답니다.”

기쿠지는 어머니와 자신도 오호다의 아가씨 덕을 보았구나, 하고 비로소 생각하게 되었다. 그 무렵, 가끔 아버지가 의외의 선물을 들고 오곤 했는데 그게 모두 오호다 아가씨가 사들인 것이었단 말인가.

“왜 딸이 갑자기 변했는지 난 잘 몰랐지만, 아마 언제 죽을지 모른다고 매일 생각했던 모양이에요. 분명히 내가 불쌍하게 느껴졌던 거예요. 아주 필사적으로 아버님께 정성을 바쳤던 거지요.”

그 전쟁의 패전 속에서 기쿠지 아버지와의 사랑 때문에 필사적으로 매달렸던 어머니의 모습을, 딸은 확실히 지켜보았을 것이다. 하루하루 현실이 격해지기만 하는 속에서 죽은 자신의 아버지를 생각하는 과거를 떠나서 어머니의 현실 생활을 보았을 것이다.

“아까 후미코가 끼고 있던 반지를 보았어요?”

“아뇨.”

“아버님께 받은 거예요. 아버지는 여기에 오셨다가도 공습경보가 울리면 꼭 댁으로 돌아가셨어요. 그러면 후미코가 바래다드린다면서 고집을 부리곤 했지요. 도중에 아버지 혼자서 무슨 일을 당하기라도 하면 어떻게 하느냐면서. 그런데 바래다드린다는 후미코가 돌아오지 않는 거예요. 도중에서 둘이 죽었으면 어떡하나, 하고 걱정을 했답니다. 아침에 후미코가 돌아왔길래 물어보았더니, 댁의 문 앞까지 갔다가 발길을 돌렸다는 거예요. 혼자 오다가 어느 방공호로 들어가서 밤을 샜다는 겁니다. 그 다음 아버지께서 오셨을 때 ‘후미코 지난번에는 고마웠다.’ 하시면서 반지를 주셨답니다. 그 반지를 기쿠지 씨에게 보이는 것이 그 애는 부끄러운 생각이 들었을 거예요.”

기쿠지는 얘기를 들으면서 슬그머니 혐오감 같은 것이 솟구쳤다. 기쿠지가 당연히 동정할 거라고 생각하고 있는 것 자체가 괴상하게 느껴졌다.

그러나 부인을 확실하게 증오하거나 경계할 생각은 없었다. 뭔가 따뜻하게 무방비 상태로 방심하게 하는 것이 부인한테는 있었다.

딸이 필사적으로 아버지를 바래다드린 것도, 어머니가 딱한 생각이 들어서 그랬는지도 모른다.

부인은 딸얘기를 하면서 실은 자신의 애정을 얘기하고 있는 것처럼 기쿠지에게는 들렸다.

부인은 벅찬 가슴으로 하소연하고 있는 것 같았는데, 극단적으로 말해서 기쿠지의 아버지와 기쿠지를 분별하지 못하는 것 같았다. 아주 반가운 기분으로 마치 아버지에게 말하듯 기쿠지에게 얘기하고 있는 것 같았다.

전에 어머니와 기쿠지가 함께 오호다 부인에게 품고 있던 적개심이 지워질 수는 없지만, 그래도 팽팽했던 경쟁심은 많이 누그러졌다. 잘못하다간 이 여자에게 사랑을 받던 아버지를 자기 자신 속에서도 느낄 것만 같았다. 이 여자와 오래 전부터 친숙해진 듯한 착각에 빠질 것만 같았다.

아버지가 지카코와는 곧 헤어지고, 이 여자와는 죽을 때까지 계속 교제했던 것도 알고 있지만, 지카코는 오호다 부인을 무시하고 있는 것이 틀림없다고 기쿠지는 생각했다. 기쿠지도 얼마간 잔인한 마음이 싹터서, 부인을 아무렇지도 않게 구박할 수 있을 것 같은 유혹도 느껴보았다.

"구리모토 씨의 다회에는 자주 출석하십니까? 옛날에는 상당히 구박을 받지 않았던가요?" 하고 기쿠지가 말했다.

"네, 아버님께서 돌아가시고 나서 그분에게 편지를 받고 아버님이 그립기도 했고, 혼자 쓸쓸했기 때문에……." 하고 부인이 중얼거렸다.

"따님도 함께 출석합니까?"

"후미코는 싫지만 그냥 나를 위해 따라오는 것뿐이죠."

철도 건널목을 넘어서 북가무쿠라 역을 지나 원각사 절과는 반대쪽 산이 있는 곳으로 걷고 있었다.

4

오호다 미망인은 적어도 45세 전후이니까 기쿠지보다는 20세 가까이 연상일 테지만, 기쿠지로 하여금 연상이라는 느낌을 잊어버리게 했다. 기쿠지는 마치 연하의 여자를 품안에 안은 기분이었다.

부인의 경험에 의한 기쁨을 기쿠지도 더불어 만끽한 것은 틀림없지만, 경험이 얕은 독신자로서의 서툰 것은 어디에서도 느낄 수가 없었다.

기쿠지는 처음으로 여자를 안 것 같은 생각이 들었고, 또 아울러 남자라는 것도 안 것 같았다. 자신이 남자라는 것에 눈을 뜨게 된 것을 깨닫고 놀라기도 했다. 여자라는 것이 이처럼 야들야들한 수동체이고, 따라오면서 유인해가는 수동체이며, 포근한 향기에 싸인 수동체라는 것을 기쿠지는 지금껏 몰랐던 것이다.

독신자인 기쿠지는 그 후에 뭔가 모르지만 꺼림칙한 것을 느낄 때가 많았는데, 그 중에서도 가장 꺼림칙해야 할 지금은, 오히려 막연하지만 평온한 기분이 들었다.

이런 경우 기쿠지는 무뚝뚝하게 떠나고 싶은 것이 보통인데, 따뜻하게 옆에 같이 있으면서 정신을 차리지 못한 것도 이번이 처음이었다. 여자의 파도가 이렇게 뒤따르게 된다는 것을 미처 몰랐었다. 그 파도에 몸을 맡기고 기쿠지는 정복자가 졸면서 노예에게 발을 씻게 하는 듯한 만족감을 느꼈다.

또 모성애 같은 느낌도 들었다. 기쿠지는 목을 움츠리며,

"구리모토의 여기에 커다란 반점이 있는 것 알고 있어요?" 하고

말했다. 갑작스럽게 듣기 싫은 말을 꺼냈구나, 하고 스스로 생각했지만, 머리가 복잡해서인지 지카코에게 미안하다는 생각은 들지 않았다.

"전에 걸쳐서, 여기에 이렇게 말예요." 하며 기쿠지는 손을 내밀었다.

기쿠지의 머릿속에서 그런 말을 하고 싶은 충동이 일어났다. 자신에게 뭔가 거역하고 싶은, 상대를 멸시하고 싶은 겸연쩍은 기분이 든 것이다. 그런 것을 보고 싶어하는 은근한 수치심을 감추고 싶어서인지도 모른다.

"싫어요, 기분이 나빠요." 하며 부인은 옷깃을 살짝 여미기는 했지만 뭔지 찜찜한 생각이 들었는지,

"그런 얘기 처음 들었는데, 하지만 옷을 입으면 보이지 않잖아요?" 하고 불쑥 물어왔다.

"안 보일 것도 없어요."

"어머, 어떻게?"

"하지만 여기에 있으면 보이잖아요?"

"어머 징그러. 나한테도 반점이 있는 줄 알고 찾고 있는 거예요?"

"그렇진 않지만, 만약 있다고 하면 어떤 기분이 들까?"

"여기에 말인가요?" 하며 부인도 자신의 가슴을 보더니,

"왜 그런 말을 하죠? 그런 건 어쨌든 아무 상관도 없잖아요?"

부인은 반응도 없이 덤덤히 말했다. 기쿠지가 자극하는 말이 부인에게는 조금도 통하지 않는 것 같다. 그러자 그 화가 오히려 기쿠지에게 되돌아오는 모양인지,

"어쨌든 좋은 건 아니지요. 내가 여덟 살인가 아홉 살 때, 그 반점을 한 번 본 것뿐인데 지금도 가끔 눈앞에 떠오르거든요."

"왜 그렇죠?"

"부인도 그 반점 때문에 앙갚음 당했을 거예요. 어머니와 나를 대신해서 하는 척하면서, 구리모토가 부인에게 트집을 잡으러 간

적이 있지요?”

　부인은 고개를 끄덕이더니 몸을 움츠렸다. 기쿠지는 팔에 힘을 주며,

　“그런 경우에 자신의 가슴에 있는 반점을 의식하며, 틀림없이 더욱 심술을 부렸을 거에요.”

　“어머, 정말 겁나는 얘길 하는군요.”

　“약간은 아버지에게 복수한다는 기분이 작용했는지도 몰라요.”

　“어떤 복수말인가요?”

　“반점 때문에 항상 업신여김을 당했고, 또 그 때문에 버림을 당했다고 하는 곡해가 있지 않겠어요?”

　“반점 얘기는 이제 그만 해요. 기분이 나빠질 뿐이니까요.”

　그러나 부인은 그 반점을 상상해보려고도 하지 않았다.

　“구리모토 씨는 이제는 그런 반점 따위에 신경을 쓰지 않고 살아갈 테죠? 이젠 지나간 과거의 고민이니까요.”

　“고민이 지나가면 흔적을 남기지 않습니까?”

　“지나치면 그리워질 때도 있어요.” 하며 부인은 아직도 꿈에 도취한 듯한 기분으로 말했다.

　기쿠지는 이것만은 말하지 않겠다고 한 것까지도 입 밖으로 내고 말았다.

　“아까 다회에서 부인 옆에 앉았던 아가씨말예요.”

　“네, 유키코 씨말이군요. 이네무라 씨의 따님이지요?”

　“그 아가씨를 내게 보여주고 싶어서 나를 불렀던 거예요.”

　“어머!”

　부인은 커다란 눈을 번쩍 떴다. 기쿠지를 쭈빗쭈빗 바라보았다.

　“맞선을 본 거예요? 조금도 그런 눈치를 채지 못했는걸요.”

　“선본 것은 아니죠.”

　“그래요? 선을 보고 나서 돌아가는 길에 나하고…….”

　부인의 눈에서 베개로 눈물줄기가 주르륵 흘렀다. 어깨가 떨리고

150

있었다.

“나빠요, 정말 못됐어요. 왜 미리 그런 말을 하지 않았죠?”

부인은 얼굴을 파묻고 울었다.

기쿠지는 오히려 아무렇지도 않았다.

“선을 보았든 안 보았든 나쁘다면 그냥 나쁜 거예요. 그것과 이것과는 아무 관계도 없어요.”하고 기쿠지가 말했다. 사실이 그렇다.

그러나 이네무라 씨의 딸이 차를 다려내던 모습이 눈에 떠올랐다. 그 센바즈루의 분홍색 보자기도 떠올랐다.

그러자 울고 있는 부인의 몸뚱아리가 추악하게 보였다.

“아, 나빠요. 어쩌면 그렇게 깊은 죄를 지었을까요? 정말 나는 나쁜 여자군요.”하며 부인은 어깨를 들썩이며 떨었다.

기쿠지도 만약 후회가 된다면 추악한 느낌이 들 것이 틀림없다. 맞선을 본 것은 별도로 치더라도, 상대가 아버지의 여자였기 때문이다.

그러나 기쿠지는 그때까지 후회도 하지 않았을 뿐더러 추악한 느낌도 들지 않았다.

기쿠지는 부인과 어쩌다 이런 일이 일어났는지 확실하게 알 수가 없었다. 그만큼 자연스러웠다. 지금 부인이 한 말에 의하면, 자기 자신이 기쿠지를 유혹했다고 후회하고 있는지도 모르겠지만, 아마 부인은 유혹할 생각은 없었을 것이며 기쿠지도 유혹당했다는 생각은 전혀 들지 않았다. 또 기쿠지는 기분상으로 아무 저항도 하지 않았고 부인도 역시 아무 저항도 하지 않았다. 도덕의 장막 같은 건 어디에고 걸쳐 있지 않았다고 말할 수 있을 것 같다.

원각사와는 반대쪽 언덕에 있는 여관으로 들어가서 두 사람은 저녁식사를 했다. 기쿠지의 아버지에 관한 얘기가 끊이지 않았기 때문이었다. 기쿠지가 꼭 들어야 할 이유도 없었고, 더욱이 잠자코 듣는다는 것도 우스운 일인데도 부인은 그런 것에는 아랑곳하지 않고 반갑다는 듯 열심히 애기했다. 기쿠지는 들으면서 편안한 생각이 들었고 호의를 느끼게 되었다. 부드러운 애정에 감싸이는 듯한 느낌이 들었던 것이다.

아버지가 행복했구나, 하는 생각이 들기도 했다.

그것이 잘못이었다면 잘못이었을 것이다. 부인을 뿌리치지 않고 마음이 내키는 대로 그냥 몸을 맡겼던 것이다.

그러나 가슴 한 구석에 검은 구름이 도사리고 있기 때문에, 기쿠지는 독설을 뱉어내기라도 하듯, 지카코와 이네무라 아가씨의 얘기를 꺼냈는지도 모른다.

그 효과가 지나치게 일어난 것이다. 후회하면 추악하기만 하니까, 기쿠지는 부인에게 더욱 잔인한 것을 말한 것 같은 자기혐오가 무럭무럭 피어올랐다.

“자, 잊읍시다. 아무것도 아니니까.” 하고 부인이 말했다.

“이런 것 아무렇지도 않았어요.”

“부인은 아버지를 생각했을 뿐이죠?”

“어머!”

부인은 놀라서 얼굴을 들었다. 베개에 엎드려 울었기 때문에 눈두덩이가 발개졌다. 흰자도 약간 흐려져서 뜨고 있는 눈동자엔 아직도 여성다운 나른한 모습이 남아 있는 걸 기쿠지는 알아차렸다.

“그런 말을 들어도 할 수 없지만, 나는 슬픈 여자죠?”

“거짓말 하지 말아요.” 하고 기쿠지는 거칠게 가슴을 벌리며,

“반점이라도 있으면 잊지 않겠지만, 인상적이어서……”

기쿠지는 자신이 한 말에 놀랐다.

“싫어요. 그렇게 자세히 봐도 난 젊은 여자가 아닌걸요.”

기쿠지는 이를 드러내며 다가갔다.

부인의 아까와 같은 파도가 되살아났다.

기쿠지는 안심하고 잠이 들었다.

꿈결 속에서 새 우는 소리가 들려왔다. 새 우는 소리를 들으며

잠을 깨는 일을 기쿠지는 처음 느껴보는 것 같았다.

아침안개가 파란 나무들을 촉촉히 적시는 듯한 느낌이 들어, 기쿠지의 머릿속도 깨끗이 씻겨지는 것 같았다. 아무런 생각도 떠오르지 않았다.

부인은 기쿠지에게 등을 돌리고 자고 있었다. 어느새 돌아누웠는가 싶어서 기쿠지는 우스운 생각이 들어, 한쪽 무릎을 세우고 희미한 속에서 부인의 얼굴을 들여다보았다.

5

다회가 있은지 반 달쯤 지나서, 오호다의 딸이 기쿠지를 찾아왔다.

응접실로 안내하고 와서 기쿠지는 뛰는 가슴을 진정시키기 위해, 자신이 찻장을 열고 접시에 과자를 담아보기도 했지만, 딸이 혼자 왔는지 혹은 어머니가 기쿠지의 집에 들어오기가 거북하니까 대문 밖에서 기다리고 있는지조차도 판단 내릴 수가 없었다.

기쿠지가 응접실의 문을 여니까 딸이 의자에서 일어섰다. 푹 숙인 얼굴에 아랫입술을 다물고 있는 주걱턱입의 모습이 기쿠지의 눈에 비쳤다.

"오래 기다리셨습니다."

기쿠지는 딸의 뒤로 돌아가서 마당 쪽으로 난 유리문을 열었다.

딸의 뒤로 돌아갈 때, 화병에 있는 흰 모란꽃에 은은한 향기가 피어올랐다. 딸은 둥그스름한 어깨를 앞쪽으로 숙이고 있었다.

"자, 드시죠." 하며 기쿠지가 먼저 의자에 앉았더니 이상하리만큼 안정을 되찾았다. 딸에게서 어머니의 모습을 발견했기 때문이다.

"갑자기 찾아뵙는 것이 실례인 줄 압니다만." 하고 딸은 고개를 숙인 채 말했다.

"아뇨. 잘 찾으셨군요."

"네……."

기쿠지는 생각이 떠올랐다. 이 아가씨는 공습을 당했을 때, 아버지를 모시고 온 적이 있었다. 원각사에서 부인에게 들었던 것이다.

기쿠지는 그 사실을 말하려고 했지만 그만두었다. 그리고 딸을 바라보았다.

그러자 그때 오호다 부인의 따뜻한 온정이 더운 물처럼 되살아났다. 기쿠지는 부인이 모든 것을 정답게 용서했던 것을 생각해냈다. 기쿠지는 마음이 놓였다.

그때 안심이 되었던 탓인지, 기쿠지는 딸에 대한 경계심이 풀어지는 듯했지만, 그렇다고 정면으로 얼굴을 쳐다볼 수는 없었다.

"저는……." 하고 딸은 입을 열면서 얼굴을 들었다.

"어머니의 일로 부탁이 있어서 찾아왔어요."

기쿠지는 숨이 막혔다.

"어머니를 용서해주셨으면 합니다."

"네? 용서라뇨?" 하고 기쿠지는 되물으면서도, 부인이 자신과의 일을 딸에게 털어놓았구나, 하고 지레짐작했다.

"용서를 받을량이면 내 쪽이 받아야죠."

"아버님과의 일도 용서를 받고 싶구요."

"아버지의 일로 용서를 받는다면, 오히려 아버지 쪽이 용서를 빌어야 하는 것 아닙니까? 어머니기 지금 생존해 계신 것도 아니고, 누가 누구를 용서한단 말입니까?"

"아버님께서 그렇게 일찍 돌아가신 것도 어머니탓인가 싶은 생각이 들어요. 거기다 어머님께서도……. 그에 대해서 제 어머니에게도 말했어요."

"그건 지나친 생각이에요. 어머니가 동정이 되는군요."

"제 어머니가 먼저 돌아가셨더라면 더 좋았을 거예요."

딸은 부끄럼 때문에 견딜 수 없는 것처럼 보였다.

기쿠지는 자신과의 일을 딸이 말하고 있구나, 하고 느꼈다. 그 일이 딸을 얼마나 창피하게 만들었을까.

"어머니를 용서해주셨으면 합니다." 하고 또다시 딸은 필사적으로 용서를 비는 것 같았다.

"용서구 뭐구 간에 나는 어머님께 감사하고 있어요." 하고 기쿠지도 분명히 말해주었다.

"어머니가 나빠요. 어머니는 막무가내이니까 신경을 쓰지 않으셨으면 합니다. 제발 어머니에게 신경을 쓰지 마세요."

딸은 떨리는 음성으로 말했다.

"부탁드립니다."

기쿠지는 용서해달라는 딸의 말뜻을 알 수 있었다. 어머니에게 신경을 쓰지 말라는 뜻도 포함되어 있는 것이다.

"전화도 이제는 걸지 않으셨으면……."

이렇게 말하면서 딸은 얼굴을 붉혔다. 그 수치심을 이겨내기라도 하듯이, 오히려 머리를 들고 기쿠지를 바라보았다. 눈물을 머금고 있었다. 새까만 빛으로 떠 있는 그 눈엔 악의라고는 조금도 없고, 애틋한 표정으로 호소하는 듯이 보였다.

"잘 알았습니다. 미안하게 되었습니다." 하고 기쿠지가 말했다.

"부탁드리겠어요."

딸의 부끄러운 듯한 무안한 빛이 점점 짙어져서 갸름한 희멀건 목까지도 물들고 있었다. 긴 목의 아름다움을 돋보이게 하기 위해서인지 양복 깃에 하얀 장식품이 달려 있었다.

"전화로 약속하고도 어머니가 오지 못한 것은 제가 말렸기 때문이에요. 무슨 일이 있어도 외출하겠다는 걸 제가 꼭 껴안고 놓지 않았어요." 하며 딸은 마음이 홀가분해졌다는 듯 음성을 낮추어가며 차근차근 말했다.

기쿠지가 오호다 미망인을 불러낸 것은 그 일이 있고 사흘째 되는 날이었다. 부인은 몹시 기뻐하는 음성이었는데 약속한 다방에는 오지 않았다.

그 한 번의 전화만으로 그쳤을 뿐, 그리곤 기쿠지는 부인과 만나지 않았다.

"나중엔 어머니가 가엾은 생각이 들었지만, 그때는 아무래도 한심한 것 같아서 정신없이 말렸어요. 그리고 저더러 거절하라고 해서 전화있는 곳으로 갔지만, 역시 저도 말이 나오지 않았어요. 어머니는 전화를 한참 바라보더니 눈물을 뚝뚝 떨어뜨리며 우는 거예요. 어머니는 전화 속에 미다니 씨가 계신 거로 생각한 거죠. 우리 어머니는 그런 사람이에요."

두 사람 모두 말없이 가만 있다가 기쿠지가 먼저 입을 열었다.

"그 다회가 끝난 후, 어머니가 나를 기다리고 계셨을 때, 댁은 왜 먼저 가셨지요?"

"어머니가 나쁜 사람이 아니라는 것을 미다니 씨께서 알아주셨으면 해서지요"

"그야 너무 좋은 분이죠."

딸은 눈을 내리깔았다. 예쁘장한 모양의 작은 코 아래쪽에 주걱턱의 아랫입술이 보였고, 둥그스름한 상냥스런 표정의 얼굴은 어머니를 닮았다.

"그전부터 나는, 어머니에게 따님이 있다는 걸 알고 있었는데, 그 따님하고 아버지의 얘기를 나누고 싶다는 공상을 해본 적이 있지요."

딸은 고개를 끄덕이며 수긍했다.

"저도 그런 걸 생각한 적이 있어요."

기쿠지는 오호다 미망인과의 사이에 아무 일도 없이, 이 딸과 구애받지 않고 아버지의 얘기를 나누었더라면 얼마나 좋았을까 하고 생각했다.

그러나 마음속으로 미망인을 용서하고, 아버지와 미망인과의 일을 용서할 마음이 생긴 것은, 기쿠지가 미망인과의 사이에 아무 일도 일어나지 않은 것이 아니기 때문이었다. 이상한 일이라고 해야 할까?

딸은 너무 오래 있었다고 느꼈는지, 당황한 표정으로 일어섰다. 기쿠지가 바래다주었다.

"우리 아버지의 얘기도 그렇고, 언젠가 댁하고 어머님의 아름다운 인품에 대해서 얘기를 나눌 수 있는 시간이 오면 좋겠는데요."

기쿠지는 일방적인 의사라고 생각했지만, 한편으로는 그렇게 느끼기도 했다.

"네. 하지만 그 사이에 결혼하시겠죠?"

"내가 말입니까?"

"네, 어머니가 그러던데요? 이네무라 유키코 씨하고 선을 보셨다고……."

"그게 아녜요."

문을 나서면 곧 언덕길이었다. 언덕길 중간쯤에서 길이 굽어졌기 때문에, 거기서 돌아다보면 기쿠지 집에 있는 정원수의 우듬지만이 보였다.

딸이 한 말 때문에 기쿠지는 센바즈루 아가씨의 모습을 문득 생각해냈는데 바로 그때 후미코가 멈춰서며 이별을 고하는 인사를 해왔다.

기쿠지는 딸과는 반대로 언덕길을 올라갔다.

숲속의 저녁해

1

회사에 있는 기쿠지에게 지카코로부터 전화가 왔다.

"오늘은 곧장 귀가하는 거예요?"

곧장 귀가할 예정이었지만 기쿠지는 못마땅한 얼굴을 하고,

"글쎄요."

"오늘은 그냥 귀가하세요, 아버님을 위해서 말예요. 해마다 있던 아버님의 다회의 모임이 있는 날이니까요. 그걸 생각하니 난 가만있을 수가 없었어요."

기쿠지는 아무 말도 없었다.

"다실말인데요, 다실을 청소하고 있으려니까 갑자기 요리를 만들고 싶은 생각이 드는 거예요."

"지금 어디에 있는 거죠?"

"댁, 댁에 와있어요. 미안해요, 미리 말씀드리지 못해서……."

기쿠지는 놀랐다.

"생각해보니까 그냥 있을 수가 없었던 겁니다. 그래서 다실 청소라도 해드리면 마음이 가라앉을 것 같은 생각이 들어서……. 미리 전화를 거는 것이 좋겠지만, 그렇게 되면 기쿠지 씨가 거절할 것이 뻔하니까요."

아버지가 죽은 후부터는 다실이 무용지물이 되었다.

　어머니가 생존했을 때는, 그래도 어머니가 가끔 혼자 들어가서 앉아 있곤 했다. 그러나 화로에 불을 지피는 일은 한 번도 없었고 그저 쇠주전자에 끓인 더운 물을 들고 들어갔다. 기쿠지는 어머니가 혼자 다실에 들어가는 것을 좋아하지 않았다. 거기서 쓸쓸하게 어머니 혼자 무엇을 생각하는지 마음에 걸렸기 때문이었다.

　다실에 혼자 있는 어머니를, 기쿠지는 살짝 들여다보고 싶었지만, 본 적은 결코 없었다.

　아버지가 생존했을 때 다실의 용무는 지카코가 맡아서 했다. 어머니가 다실에 들어가는 일은 전혀 없었다.

　어머니가 죽고 나서 다실은 아예 닫아놓고 있었다. 아버지 때부터 함께 살던 늙은 가정부가 1년에 몇 번쯤 통풍을 시키는 정도로 사용했다.

　"언제부터 청소를 하지 않았죠? 다다미를 아무리 닦아도 곰팡이 냄새가 진동해서 견딜 수가 없어요." 하고 지카코의 음성이 뻔뻔스러워졌다.

　"청소를 하고 있으려니까 요리를 만들고 싶어지더군요. 갑자기 떠오른 생각이어서 재료가 갖추어지진 않았지만, 그런대로 준비하고 있어요. 곧장 귀가해주시기를 바라면서요."

　"허, 정말 놀랍군."

　"기쿠지 씨, 혼자서는 쓸쓸할 테니까 회사친구 서너 명을 모시구 오는 게 어떻겠어요?"

　"그건 안 되겠는걸요. 차를 마시는 걸 좋아하는 사람이 없어요."

　"준비를 엉터리로 했으니까 소탈한 분을 모시고 오세요. 편한 마음으로 모시고 오세요."

　"안 된다니까요." 하고 기쿠지는 내뱉듯이 말했다.

　"그래요? 실망했어요. 그럼 어쩌죠? 저, 누군가 아버님의 다회에 모이는 친구분은……초대할 수도 없으니까요. 그럼 이네무라 씨의 아가씨를 부를까요?"

“천만의 말씀. 제발 그러지 말아요.”

“왜요? 괜찮지 뭘 그래요? 그 얘기 말인데, 저쪽은 맘에 있으시다니까 아가씨를 다시 한 번 보시기로 하고, 대화도 나누면 좋지 않겠어요? 오늘 불러내서 만약 아가씨가 오면 그쪽은 좋다는 뜻이 되니까요.”

“그런 건 싫다니까요.”

기쿠지는 가슴이 답답해져서,

“제발 그러지 마세요. 난 돌아가지 않을 테니까.”

“네, 이런 얘기 전화로는 할 수 없지요. 나중에 하기로 하죠. 어쨌든 그런 줄 아시고 빨리 돌아오세요.”

“그런 줄 알라니 무슨 뜻이죠? 나하곤 아무 관계가 없는 일이에요.”

“좋아요. 제가 멋대로 한 일이니까요.” 하고 말했는데, 지카코의 어거지를 부리는 듯한 말이 가슴에 와닿았기는 했다.

지카코 유방에 반이나 차지하고 있는 커다란 반점이 머리에 떠올랐다.

그러자 기쿠지는, 지카코가 쓰는 다실의 빗자루 소리가 자신의 머릿속을 쓰는 듯한 소리로 들리기도 하고 가장자리를 훔치는 걸레로 자신의 머리를 만지는 것 같은 느낌이 들기도 했다.

그런 혐오감이 먼저 떠오르는데도, 지카코가 빈 집에 들어가서 자기 마음대로 요리까지 한다니 참으로 괴상한 얘기였다.

아버지를 생각해서 다실을 말끔히 치우고 꽃이라도 꽂아놓고 돌아간다면 그런대로 용서할 수 있다.

그러나 기쿠지의 그 메스꺼운 혐오 속에서도 이네무라 아가씨의 모습이 한 가닥의 빛살처럼 번득였다.

아버지가 죽고부터는 지카코와 자연스럽게 멀어졌는데, 이네무라 아가씨를 미끼로 해서 기쿠지에게 새로이 접근하려는 것인지도 모르겠다.

지카코의 전화는 평소에 그렇듯이 재미있는 성격과 쓴웃음을 자아내며 방심하게 하는 면이 있지만, 경우에 따라선 억지로 밀어붙이는 강박감을 느끼도록 들리기도 했다.

강박감을 느끼도록 받아들이는 것은 자기 자신에게 약한 점이 있기 때문이라고 생각했다. 약해져서 겁을 먹고 있으니까 지카코의 무례한 전화에 대해서 화를 낼 수도 없었다.

지카코는 기쿠지의 약점을 파악했기 때문에, 이거야말로 잘됐다고 마구잡이로 대하는 것인지도 모른다.

기쿠지는 회사일을 끝내고 나와서는 긴자(銀座)에 있는 좁아터진 술집에 들렀다.

지카코가 말한 대로 귀가해야만 되겠지만, 자신의 약한 성미에 눌려서 아직도 괴로울 뿐이었다.

원각사의 다회를 끝내고 돌아오는 길에 기쿠지가, 오호다 미망인과 북가마쿠라의 여관에서 잤다는 것을 지카코는 알 턱이 없다 그렇다면 그 뒤에 미망인하고 만난 적이 있는 것일까?

전화로 우격다짐해가며 밀어부치는 폼이, 지카코의 뻔뻔스러운 성미 때문만은 아닌 것 같은 의심이 든다.

아니, 어쩌면 아가씨와의 얘기를 지카코다운 방법으로 밀어붙이려 하는 것인지도 모른다.

기쿠지는 술집에서도 마음이 안정되지 않아서 귀갓길에 오르려고 전차를 탔다.

전차가 유라쿠초(有樂町)를 지나 도쿄 역으로 가고 있는 사이에 높다란 가로수가 늘어선 행길을 기쿠지는 전차의 창너머로 내려다보고 있었다.

그 거리는 전차길과는 거의 직각으로 엇갈리고 있어 서쪽의 해와 마주치고 있었다. 금속판처럼 눈부시게 빛나고 있었다. 그러나 가로수는 그 서쪽의 해가 비추는 뒤쪽을 보는 셈이 되어 초록색이 거무튀튀하게 보이고 나무 그늘이 시원하게 느껴졌다. 가지가 넓게

퍼졌고 넓은 옆이 탐스럽게 달려 있다. 거리의 양쪽에는 반듯한 양옥(洋屋)들이 서 있다.

행길에 이상하게도 행인들이 없다. 황거(皇居 : 임금이 사는 궁정을 말함)의 해자 끝의 맞닥뜨리는 곳까지 훤히 내다보였다. 눈부시게 빛나는 차도(車道) 역시 조용했다.

몹시 붐비는 전차 안에서 내려다보니까 그 거리만이 저녁 나절의 기묘한 시간에 들떠 있는 듯한, 어쩐지 외국 같은 느낌이 들었다.

그 가로수 그늘에, 센바즈루가 있는 분홍색 깔깔이 보자기로 싼 보따리를 안은 이네무라 아가씨가 걸어가는 모습이 보이는 것처럼 느껴졌다. 센바즈루의 보자기가 똑똑히 보이는 것 같았다.

기쿠지는 신선한 기분이 들었다.

지금쯤 그 아가씨가 집에 도착한 것을 생각하니까, 기쿠지는 가슴이 뛰었다.

그런데 지카코가 기쿠지에게 전화로 친구를 데리고 오라고 했다가 기쿠지가 싫은 눈치를 보이자 이네무라 아가씨를 초대하겠다고 말한 것은 도대체 어쩌자는 것일까? 처음부터 그 아가씨를 부를 작정이었을까? 기쿠지는 역시 알아낼 수가 없었다.

집에 돌아가자 지카코가 급히 현관으로 나오더니,

"혼자세요?"

기쿠지는 고개를 끄덕였다.

"혼자 오신 게 잘 되었어요. 지금 와서 안에 있어요." 하며 지카코가 다가와서 기쿠지의 가방과 모자를 받으면서,

"어디 들렀다 오셨군요?"

기쿠지는 얼굴에 아직 술기운이 남아있는가, 하고 생각했다.

"어디에 갔었죠? 나중에 다시 회사로 전화를 걸었더니 벌써 퇴근하셨다는 거예요. 그래서 귀가시간을 재고 있었던 거지요."

"놀랍군요."

지카코는 제멋대로 이 집에 들어와서 마음대로 행동하고 있는

데 대한 인사는 하지 않았다.

거실까지 따라와서 가정부가 내놓고 간 갈아입을 옷을 입혀줄 것처럼 보였다.

"이제 됐어요. 그럼 실례하고 옷을 갈아입겠어요."

기쿠지는 윗도리를 벗은 채로 지카코를 뿌리치듯 옷을 두는 방으로 들어갔다. 그 방에서 옷을 갈아입고 나왔다.

지카코는 앉아 있는 자세로,

"홀아비 생활, 참으로 감탄했어요."

"그래요."

"부자유한 생활을 이젠 적당히 그만두세요."

"아버지를 보고 있노라니 넌더리가 났기 때문에."

지카코는 기쿠지를 흘끗 쳐다보았다.

지카코는 가정부의 요리복을 빌려입고 있었다. 원래는 이것도 기쿠지의 어머니가 입었던 것이다. 소매를 걷어붙이고 있다.

손목에서 위쪽으로는 어울리지 않을 만큼 살결이 희고 토실토실 쪘으며, 뒤꿈치 안쪽에는 팔을 묶을 것 같은 힘줄이 보였다. 기쿠지는 생각밖이었지만 긴장해서 두툼한 고기처럼 굳어졌다.

"역시 다실이 좋겠지요? 응접실에 안내해두었지만." 하고 지카코는 약간 마음을 누그러뜨리며 말했다.

"한데 다실에 전기가 들어오는지 모르겠는걸. 불을 켜고 쓰는 것을 본 적이 없으니까."

"그렇다면 촛불이라도 켤까요? 오히려 재미있을 것 같으니까."

"그건 안 돼요."

지카코가 생각난 듯이 말했다.

"참 그래요. 조금 전에 이네무라 씨에게 전화를 드렸더니, 어머니와 함께 초대하느냐고 묻기에, 두 분이 함께 오시면 더욱 좋다고 했지요. 그러나 어머니는 다른 일이 생겨서 아가씨만 오게 된 거예요."

"오게 되다뇨? 부인이 그렇게 만든 것 아녜요? 갑자기 당장에 오라고 했을 테니, 그야말로 실례가 되었을 겁니다."

"그거야 그렇지만, 아가씨가 저기 와계셔요. 오시기만 하면 이쪽의 실례가 씻어지는 것 아닙니까?"

"어째서 그렇죠?"

"그렇잖아요? 오늘 오신 이상은 아가씨도 이번에 있었던 얘기를 더 진척시킬 의사가 있다고 보아야죠. 진행순서가 약간 기발한들 어떻습니까? 얘기가 잘 돼서 좋은 열매만 맺게 되면, 구리모토란 여자는 기발한 짓을 하는 사람이라고, 두 분이 웃어넘기면 그것으로 되는 거지요. 일단 꺼낸 얘기는 어떻게 하든 결실을 보는 거죠. 제 경험으로 보면 말입니다."

지카코는 이쪽을 깔보며 기쿠지의 뱃속을 훤히 들여다보는 듯한 말투였다.

"선방에 얘기를 했어요?"

"네. 얘기했지요."

확실한 태도를 보이세요, 하고 말하는 것처럼 느껴졌다.

기쿠지는 응접실을 향해 마루를 넘어가고 있었는데, 커다란 석류나무가 있는 곳에서 표정을 바꾸려고 애썼다. 무뚝뚝한 표정을 이네무라 아가씨에게 보이고 싶지 않았던 것이다.

거무스름한 석류의 뒤쪽을 보는 순간, 지카코의 반점이 머리에 떠올랐다. 기쿠지는 머리를 절레절레 흔들었다. 응접실 앞에 있는 정원석에 석양이 조그맣게 비치고 있었다.

장지문이 활짝 열려 있고, 아가씨는 방 가장자리에 앉아 있었다.

넓은 응접실의 어두컴컴한 안쪽에, 밝은 아가씨의 빛이 훤히 밝혀주는 듯한 느낌이 들었다.

도코(^{응접실의}_{도코노마})의 물쟁반에는 창포꽃으로 꽃꽂이를 해놓았다.

아가씨도 붓꽃무늬가 있는 띠를 매고 있었다. 우연이라고 하겠지만, 실은 계절적으로 있음직한 철이니까 우연이 아닐지도 모른다.

도쿄에 있는 꽃은 붓꽃이 아니라 창포이기 때문에 잎과 꽃을 높다랗게 꽂아놓았다. 지카코가 조금 전에 꽂아놓았다는 걸, 싱싱한 꽃의 느낌으로 알 수 있었다.

2

그 이튿날의 일요일은 비가 내렸다.

오후에 기쿠지는 혼자서 다실로 들어갔다. 어제 썼던 다구를 정돈하기 위해서였다.

그리고 이네무라 아가씨의 체취가 그리워서였다.

가정부에게 우산을 가져오게 하여, 응접실에서 뜰에 있는 징검돌로 내려서려고 하니까, 추녀의 홈통이 깨져서 석류나무 앞에 빗물이 주룩주룩 떨어지고 있었다.

"저기를 고쳐야 되겠는걸." 하고 가정부에게 말했다.

"그래야 되겠어요."

비오는 밤은 잠자리에 들어가서도, 그 물소리가 아주 오래 전부터 마음에 걸렸었다는 걸 기쿠지는 생각해냈다.

"하지만 고치기 시작하면 이것저것 한이 없을 거요. 너무 헐기 전에 차라리 팔아버리는 것이 좋겠어요."

"큰 집을 지닌 분들은 모두 그런 말씀을 하시더군요. 어제도 그 아가씨가 너무 넓다고 놀라셨어요. 아가씨는 여기로 오실 작정이신가요?"

팔지 말라고 가정부는 말하고 싶은 모양이다.

"구리모토 선생이 그런 말을 했어요?"

"네, 아가씨가 오니까 선생님이 집 안 구석구석을 안내하며 설명했습니다."

"그래요? 정말 질색이군."

어제 아가씨는 기쿠지에게 그런 걸 말해주지 않았다.

기쿠지는 아가씨가 응접실에서 다실로 갔다고 생각해서, 오늘 자기 스스로도 무심코 응접실에 있다가 다실로 가려고 했던 것이다.

기쿠지는 어젯밤 잠을 이루지 못했다.

다실에 아가씨의 체취가 남아 있을 것 같아서 한밤중에 일어나서 다실로 가고 싶은 충동을 느꼈다.

'영원히 저쪽 사람이다'라는 식으로 이네무라 아가씨를 생각하며 잠을 청했다.

그 아가씨가 지카코에게 끌려다니며 집 안을 구경했다니, 기쿠지에게는 참으로 뜻밖의 일이었다.

기쿠지는 가정부에게 다실에 숯불을 피워라고 일러놓고 징검돌을 따라 건너갔다.

어젯밤 지카코는 북가마쿠라까지 가야 했기 때문에 이네무라 아가씨와 함께 갔는데 그 뒷설거지는 가정부가 마쳤다.

다실 한 구석에 늘어놓은 도구를 기쿠지는 그냥 넣어두기만 하면 되는데도 어디에 두어야 하는지를 몰랐다.

"구리모토가 알고 있겠지." 하고 기쿠지는 중얼거리며 도코노마에 있는 가선화(歌仙畫)를 바라보았다.

홋쿄 소타쓰(法橋宗達)의 소품으로, 엷은 먹색으로 선을 그리고 담채(淡彩)를 곁들였다.

"누구를 그린 거죠?" 하고 어제 이네무라 아가씨가 물었을 때 기쿠지는 대답할 수가 없었다.

"글쎄요, 누굴까요? 시가 없으니까 난 누군지 모르겠는걸요. 이런 식의 그림은 모두 같은 시늉을 하고 있으니까 분간할 수가 없어요."

"무네유키가 아닐까요?" 하고 지카코가 말참견을 했다.

"시는 '영원한 솔잎의 푸르름도 봄에는 한결 더 아름다우리'라는 것인데 계절에는 좀 늦은 감이 들지만 아버님께서 좋아하셔서 봄에 자주 걸어놓으셨던 거예요."

"어쩐지 무네유키인지 쓰라유키인지 그림만으로는 구별할 수가 없군요." 하고 기쿠지가 말했다.

오늘 보아도, 그야말로 누구인지 식별되지 않는 펑퍼짐한 얼굴이었다.

그러나 몇 가닥 되지 않는 선의 작은 그림이지만 커다란 모습이 느껴진다. 그리고 얼마 동안 쳐다보고 있으려니까 상큼한 공기가 감도는 듯했다.

이 시선의 그림에서도, 또 어제의 응접실 창포의 꽃꽂이에서도 기쿠지는 이네무라 아가씨를 생각하게 되었다.

"물을 끓이는 바람에 좀 늦었어요. 좀 끓여서 가져오는 것이 좋을 것 같이 생각되어서요." 하며 가정부가 숯불과 물을 끓인 주전자를 들고 왔다.

다실이 습기가 차서 기쿠지는 숯불이 필요하다고 생각했을 뿐이었다. 솥을 걸어놓을 생각은 없었다.

그런데 기쿠지가 숯불이라고 말한 것을 지레짐작해서 가정부는 물까지 준비한 모양이다.

기쿠지는 숯불을 되는 대로 아무렇게나 피워넣고 솥을 걸었다.

기쿠지는 어려서부터 아버지를 상대로 차를 마셨기 때문에 차를 끓이는 데 익숙했지만 자기 혼자 마실 생각은 없었다. 아버지도 다도를 배우라고 권하지는 않았다.

오늘도 물이 끓기 시작하자 솥뚜껑을 약간 열어놓기만 하고, 기쿠지는 멍하니 앉아 있었다.

곰팡이 냄새가 감도는 것 같았다. 다다미도 습기가 찬 모양이다.

희미한 색깔의 벽이 어제는 이네무라 아가씨의 모습을 돋보이게 하더니 오늘은 어둡기만 했다.

양옥(洋屋)에 사는 사람이 일본옷을 입고 온 듯한 느낌이 들어서,

"구리모토가 갑자기 이런 식으로 초대해서 오히려 폐가 되었는지 모르겠군요. 다실에서 만나자는 것도 구리모토가 혼자서 마음대로

생각한 것이어서……." 하고 어제 기쿠지는 아가씨에게 말했었다.

"아버님께서 다회를 여시던 날이라고 선생님한테 들었습니다."

"그런 모양입니다. 나는 그런 걸 까맣게 잊고 있었고 생각조차 하지 않았는데……."

"그런 날에 저같이 버릇없는 사람을 불러주셨으니 선생님이 놀리신 거나 아닌지 모르겠어요. 요즘엔 다회 공부도 별로 하지 못했거든요."

"구리모토 역시 오늘 아침에서야 생각이 나서 부랴부랴 다실을 청소하러 왔다는 거예요. 그래서 아직 곰팡이 냄새가 풍기고 있는 거죠." 하며 기쿠지는 말끝을 맺지 못하다가,

"하지만 기왕 아는 사이가 될 바에는 구리모토의 소개가 없었던 편이 더 좋았을 걸 그랬어요. 이네무라 씨에게 미안하다고 생각합니다."

아가씨는 의아한 표정으로 기쿠지를 쳐다보았다.

"왜 그렇죠? 선생님이 아니었더라면 우리를 만나게 해주실 분이 없는데요."

참으로 간단한 항의였지만 진실인 것만은 사실이었다.

지카코가 없었더라면 확실히 두 사람은 이 세상에서 서로 만날 수가 없었을 것이다.

기쿠지는 정면에서 반짝이는 빛의 회초리를 얻어맞는 것 같았다.

그리고 아가씨가 하는 말은 기쿠지와의 혼담을 승낙한다는 뜻으로 들렸다. 기쿠지는 그렇게 생각된 것이다.

아가씨의 의아한 눈초리가 기쿠지에게 빛으로 느껴진 것은 그 때문이기도 했다. 그러나 기쿠지가 지카코를 '구리모토'라고 함부로 부르는 것을 아가씨는 어떻게 듣고 있을까? 짧은 기간이었지만 기쿠지아버지의 여자였다는 것을 과연 알고 있을지 의문스럽다.

"내게는 구리모토에 대한 좋지 않은 기억도 있으니까요."

기쿠지는 음성이 떨릴 것 같았다.

"그 여자에게 운명을 맡기고 싶지 않아요. 그 여자에게 이네무라 씨를 소개받았다는 것이 믿어지지 않는 거예요."

지카코가 자신의 상을 들고 옆으로 왔다. 그래서 얘기는 끊어지고 말았다.

"저도 끼어주세요." 하며 지카코는 앉더니, 서성거리며 일하던 숨결을 가라앉히기라도 하듯, 가슴을 약간 숙이고 아가씨의 안색을 살폈다.

"손님이 한 분이라 외로우시겠지만 아마 아버님께서도 기뻐하실 거예요."

아가씨는 다소곳이 눈을 내리감으며,

"저는 아버님 다실에 들어갈 자격이 없어요."

지카코는 그 말을 못 들은 척하고 기쿠지 아버지가 생전에 이 다실을 어떤 식으로 이용했는가를 생각나는 대로 마구 지껄였다.

지카코는 이 혼담이 성립된다고 결정하고 있는 듯했다.

돌아갈 즈음,

"기쿠지 씨도 한 번 이네무라 씨의 댁을 방문하시는 것이……. 다음번에 날짜를 잡으셔서." 하고 지카코가 말하자 아가씨는 고개를 끄덕였다. 뭔가 말하려고 했지만 목소리로 내지는 않았다. 온몸 전체에 갑자기 본능적인 부끄럼이 나타났다.

기쿠지는 뜻밖이었다. 아가씨의 체온과 같은 것을 느꼈다.

그러나 기쿠지는 어둡고 보기에 흉칙한 막으로 둘러싸인 것 같아서 견딜 수가 없었다.

오늘까지도 그 막은 걷히지 않은 것 같았다.

이네무라 아가씨를 소개해준 지카코가 불결할 뿐 아니라, 기쿠지 자신에게도 불결한 점이 있었다.

지카코 가슴에 있는 반점을 누런 이를 드러내놓고 질경질경 씹고

있는 아버지를 상상해보곤 했다. 그 아버지의 모습이 자신의 모습과
이어지곤 했다.

아가씨는 지카코에게 아무런 저항도 느끼지 않지만 기쿠지는
느끼고 있었다. 기쿠지가 비겁하고 우유부단한 것은 반드시 그
때문만은 아닐 테지만, 그것도 원인이 되었던 것 같다.

기쿠지는 지카코를 겉으로는 미워하는 것처럼 행동하면서 이네
무라 아가씨와의 혼담을 지카코가 강제로 밀어붙이는 것처럼 행
동하고 있다. 그리고 지카코는 그런 식으로 이용하기에 편리한
여자였다.

바로 이런 점을 아가씨가 꿰뚫어 본 것이 아닐까 하고, 기쿠지는
매를 맞는 것 같은 느낌이 들었던 것이다. 기쿠지 자신이 그때,
그러한 자신의 모습을 발견하고 아연실색했었다.

요리를 다 먹고 지카코가 차를 준비하기 위해 자리를 떴을 때
기쿠지는 다시,

"구리모토가 우리를 움직일 수 있는 운명이라면 그 운명을 보는
견해에 대해서 이네무라 씨와 나하고는 상당한 차이가 있는 셈이
군요." 하고 말했는데 여기에는 어떤 변명의 낌새가 엿보였다.

아버지가 죽은 후, 어머니 혼자서 이 다실에 들어가는 것을 기
쿠지는 좋아하지 않았다.

지금도 생각하는 일이지만 아버지와 어머니와 자기 자신이 각자
한 사람씩 이 다실에 혼자 있을 때는 제각기 다른 것을 생각하고
있었던 모양이다.

빗방울이 나뭇잎을 때리고 있었다.

그 속에서 빗물이 우산을 치는 소리가 가까워지더니 문 밖에서,
"오호다 님께서 오셨습니다." 하고 가정부가 말했다.

"오호다 씨가? 아가씨가 왔어요?"

"부인이십니다. 편치않으신지 몹시 수척하신 모습으로……."
기쿠지는 순간 벌떡 일어섰지만 그냥 서 있었다.

“어디로 모실까요?”

“여기로 모셔요.”

“네.”

오호다 부인은 우산도 받지 않고 온 것이다. 현관에 놓아둔 모양이다.

얼굴에 비를 맞았나 하고 생각했지만, 그것은 눈물이었다.

끊임없이 눈에서 볼로 흘러내렸기 때문에 눈물이란 걸 알았다.

비를 맞았나 하고 생각했을 정도로 처음 기쿠지는 바보스러웠지만,

“아 어떻게 된 겁니까?” 하고 외치듯 다가갔다.

부인은 물기가 홍건한 툇마루에 앉더니 두 손으로 짚었다.

기쿠지를 향해 슬그머니 꼬꾸라지는 것처럼 보이기도 했다.

툇마루의 문지방 근처가 질펀하게 젖었다.

기쿠지가 빗방울로 생각했을 정도로 눈물은 계속 흘러내리고 있었다.

부인은 기쿠지에게서 눈을 떼지 않은 채, 넘어지지 않으려고 버티고 있는 듯이 보였다. 이 시선을 돌리면 뭔가 위험하다는 걸 기쿠지도 느낄 수 있었다.

눈언저리는 움푹 파이고 잔주름이 잡혔으며, 눈 아래는 검은빛이 감돌았다. 그리고 묘하게도 병적인 쌍꺼풀이 졌는데 속절없이 호소하는 듯한 눈빛은 촉촉히 윤기가 돌아 빛나고 있었다.

“미안합니다. 만나고 싶어서 그냥 견딜 수가 없었어요.” 하며 부인은 붙임성있는 투로 말했다.

다정한 마음씨를 그 모습에서도 엿볼 수 있었다.

이 다정한 마음씨가 없다면 기쿠지가 정면으로 바라볼 수 있을 만큼 부인은 초췌한 모습이었다.

기쿠지는 부인의 고통 때문에 가슴이 찡하게 멍들었다. 그리고

그 고통이 자기 때문이라는 걸 알면서도 부인의 다정한 마음씨에 끌려서 자신의 고통이 덜어지는 듯한 착각을 느꼈다.

“비를 맞으니 빨리 올라오세요.”

기쿠지는 갑자기 부인을 등 뒤에서 부둥켜안고 끌어올렸다. 좀 지나칠 만큼 부인을 마구 대한 것 같았다.

부인은 자기의 발을 딛고 혼자 서려고 버둥거리며,

“놓으세요. 놓으라니까. 아주 가볍죠?”

“글쎄요.”

“가벼워졌어요. 요즈음 말랐으니까요.”

갑자기 부인을 안아올린 자신을 깨닫고 기쿠지는 약간은 놀랐다.

“따님이 걱정하지 않아요?”

“후미코말이죠?”

부인의 말투로 후미코도 여기까지 온 것이 아닌가 싶어,

“따님도 함께 오셨어요?”

“그 애가 모르게…….” 하며 부인은 울음을 터뜨릴 듯이,

“그 애가 눈을 떼지 않는 거예요. 밤에 자다가도 내가 움직이기만 해도 눈을 뜨는 거예요. 그 애도 나 때문에 이상해졌는지, 엄마는 왜 나 하나만 낳았죠? 미다니 씨의 아이라도 좋았을 것 아녜요? 하며 엄청난 소리를 하곤 했어요.”

말하는 동안 부인은 앉음새를 고쳤다.

기쿠지는 부인의 말투에서 딸의 슬픔을 느낄 수 있었다.

그것은 어머니의 슬픔을 외면할 수 없는 후미코의 슬픔일 것이다.

그러나 기쿠지 아버지의 아이라도 하고 말했다는 것이, 기쿠지를 뜨끔하게 찌르고 있었다

부인은 그때까지 기쿠지를 뚫어지게 바라보았다.

“오늘도 저를 쫓아올는지 모르죠. 그 애가 집에 없는 사이에 빠져 나왔으니까……. 비가 오니까 내가 외출하지 못할 것으로 생각했을 거예요.”

"비가 오는 날이어서 ? "

"네, 비가 오는 날엔 외출하지 못할 정도로 내가 쇠약해진 것으로 생각하고 있을 거예요."

기쿠지는 그저 고개만 끄덕일 뿐이었다.

"저번에 후미코가 여기까지 찾아왔었죠 ? "

"왔었습니다. 어머니를 용서해주세요, 하고 따님이 말하는 바람에 나는 뭐라고 대답해야 할지 당황했어요."

"그 애의 기분을 잘 알면서도, 나는 어째서 이렇게 찾아왔을까요 ? 아, 두려워요."

"그러나 나는 부인에게 감사하고 있었어요."

"감사합니다. 그것만으로 만족해야 했는데……. 나중에 제가 괜히 고민하고 해서 미안합니다."

"하지만 부인을 구속하는 건 아무것도 없을 겁니다. 있다면 내 아버지의 망령이라고나 할까요 ? "

기쿠지의 그런 말을 들으면서도 부인의 안색은 변하지 않았다. 기쿠지는 허공을 잡은 것 같았다.

"잊으세요." 하고 부인은 중얼거리며,

"구리모토 씨의 전화를 받고 왜 그렇게 화를 냈는지 부끄럽군요."

"구리모토가 전화를 했습니까 ? "

"네, 오늘 아침에. 이네무라 씨 댁의 유키코 씨와 정혼하셨다구요……. 왜 알려주셨는지 궁금해요."

오호다 부인은 다시 눈을 적셨지만 갑자기 미소를 머금었다. 그것이 울면서 웃는 것이 아니라, 참으로 천진난만한 미소였다.

"혼담은 아직 마무리지은 건 아녜요." 하고 기쿠지는 부정하고 나서,

"부인은 나하고 있었던 일에 대해서 구리모토에게 뭔가 느끼지 못했어요 ? 그 뒤로 구리모토를 만나지 않았던가요 ? "

"만나지 못했어요. 하지만 무서운 사람이니까 알고 있는지도

모르죠. 오늘 아침의 전화에서도 분명히 이상하게 생각했을 거예요. 제가 주책이 없는 거죠. 넘어질 것 같아서 뭐라고 소리를 지른 것 같아요. 전화이긴 했지만 저쪽에서 안 것 같았어요. 부인 방해하지 마세요, 하고 말하더군요."

기쿠지는 미간을 찌푸렸다. 갑자기 아무 말도 나오지 않았다.

"방해를 했다니, 그럴 수가……. 저는 유키코 씨와의 혼담에 대해선, 제가 잘못했다고 뉘우치고 있는데, 오늘 아침부터 구리모토 씨가 두려워서 소름이 끼치고 그냥 집에 들어앉아 있을 수가 없었어요." 하며 부인은 무엇엔가 홀린 것처럼 어깨를 떨고 있었다. 입술이 한쪽으로 일그러져서 위로 끌려올라갈 것만 같았다. 나이가 많다는 추태가 엿보이는 듯했다.

기쿠지는 일어나 부인에게로 다가가서 부인의 어깨를 누르듯 팔을 뻗었다. 그 손을 잡고 부인은,

"무서워요, 정말 두려워요." 하고 주위를 둘러보며 떨고 있더니 갑자기 힘없는 말투로,

"여기가 다실?"

무슨 뜻으로 하는 말인지, 기쿠지는 어안이 벙벙해서 그저,

"네, 그렇습니다." 하고 애매한 대답을 했다.

"좋은 다실이군요."

죽은 남편이 종종 초대를 받았던 일을 부인은 생각하는 것일까? 아니면 기쿠지 아버지를 생각하는 것일까?

"처음입니까?" 하고 기쿠지가 물었다.

"네."

"뭣을 보고 계시죠?"

"아뇨, 아무것도 아니예요."

"소타쓰의 시선의 그림입니다."

부인은 고개를 끄떽이고는 그대로 고개를 푹 숙였다.

"전에 집에 오신 적이 있었나요?"

“아뇨, 한 번도……..”

“그랬던가요?”

“아뇨, 꼭 한 번, 아버님의 고별식 때…….” 하고 부인은 말꼬리를 흐렸다.

“물이 끓었는데 어때요? 피로가 풀릴 거예요. 나도 마시고 싶은데.”

“네. 괜찮겠어요?” 하며 부인은 일어서려고 하다가 비틀했다.

한쪽 구석에 늘어놓은 상자에서 기쿠지는 찻잔을 꺼냈다. 어제 이네무라 아가씨와 같이 마셨던 다기라는 걸 알았지만, 그래도 내놓았다.

부인이 솥뚜껑을 잡으려고 했지만 손이 떨려서 뚜껑이 솥에 닿는 바람에 잔잔한 소리가 울려퍼졌다. 국자를 들면서 가슴이 기우니까 부인의 눈물이 솥전을 적셨다.

“이 솥도 아버님께서 사주신 거예요.”

“그래요? 그걸 미처 몰랐군요.” 하고 기쿠지가 말했다.

죽은 남편이 가졌던 솥이라고 부인이 말하는데도 기쿠지는 반발 같은 것을 조금도 느끼지 않았다. 솔직하게 그것을 말하는 부인이 이상하게 느껴지지도 않았다.

부인은 차를 끓이고 나서,

“가져갈 수가 없어요. 이리로 오세요.”

기쿠지는 솥 옆으로 가서, 거기서 차를 마셨다.

정신을 잃은 듯이 부인이 기쿠지의 무릎으로 쓰러졌다.

기쿠지가 어깨를 안으니까 부인은 등골이 꿈틀거리더니 숨결이 잔잔해졌다. 그리고 어린애를 안은 것처럼 부인의 체감은 부드럽기만 했다.

3

　“부인!” 하고 기쿠지는 거친 솜씨로 부인을 흔들었다.

　목을 죄는 듯한 형상으로 목구멍 언저리에서 가슴에 있는 뼈에 걸쳐, 기쿠지는 두 손으로 거머잡고 있다. 가슴의 뼈가 요전보다도 나와 있는 것을 알았다.

　“부인은 아버지와 나를 구분하고 있는 겁니까?”

　“정말 잔인하군요. 싫어요, 그런 말.”

　눈을 감은 채 부인은 달콤한 소리로 말했다.

　부인은 별세계로부터 금세 돌아오려고 하지 않는 것 같았다.

　기쿠지는 부인에게 말했다기보다는 오히려 자신의 마음속 깊은 불안한 감정에 대해서 말했던 것이다.

　기쿠지는 순순히 별세계로 말려들고 말았다. 별세계라고 생각할 수밖에 없었다.

　거기에서는 아버지와 기쿠지와의 구별 같은 건 없는 듯 싶었다. 그와 같은 불안은 나중에서야 싹트는 정도였다.

　부인은 인간이 아닌 여자인가 싶은 생각이 들기도 했다. 인간 이전의 여자, 혹은 인간의 마지막 여자인가 하는 생각도 들었다.

　부인이 별세계에 빠지면 죽은 남편, 기쿠지의 아버지, 기쿠지를 구별 못 하는 것이 아닌가 하는 의아한 생각이 들기도 했다.

　“부인은 아버지를 생각하게 되면, 이미 아버지와 나를 하나로 혼돈하는 게 아닙니까?”

　“용서하세요. 아——무서워. 정말 얼마나 죄많은 여자입니까, 나는.”

　부인의 눈꼬리에서 눈물이 주르륵 흘렀다.

　“아, 죽고 싶어, 죽고 싶어요, 정말. 지금 이대로 죽는다면 얼마나 행복할까요? 지금 기쿠지 씨는 내 목을 죄려고 한 것 아녜요?

왜 죄지 않았죠?”

“무슨 말씀. 하지만 그런 말을 들으니 정말 죄고 싶은걸.”

“그래요? 정말 감사한 일이죠.” 하며 부인은 길쭉한 목을 내밀었다.

“말랐으니까 죄기가 편할 거예요.”

“따님을 남겨두고는 죽을 수 없을 것 아닙니까?”

“아뇨, 이러다가 결국은 말라죽을 것 아녜요? 후미코는 기쿠지 씨에게 부탁하겠어요.”

“따님이 부인 같다면 괜찮겠죠.”

부인은 눈을 반짝 떴다.

기쿠지도 자신이 한 말에 움찔했다. 그야말로 뜻밖에 튀어나온 말이었다.

부인은 어떻게 들었을까?

“보세요, 맥박이 이렇게 마구 뛰어요. 이제 얼마 남지 않았어요.”

하면서 부인은 기쿠지의 손을 젖가슴에 댔다.

기쿠지가 한 말 때문에 가슴이 뛰고 있는 것인지도 모르겠다.

“기쿠지 씨 지금 몇이죠?”

기쿠지는 대꾸하지 않았다.

“서른 살 전이죠? 짓궂군요. 나는 가엾은 여자예요. 내게는 알 수가 없어요.”

부인은 한 손을 짚고 반쯤 몸을 일으키고 발을 구부렸다.

기쿠지는 일어나 앉았다.

“저말예요, 기쿠지 씨하고 유키코 씨의 결혼을 더럽히려고 온 게 아니예요. 그러나 이젠 마지막이에요.”

“결혼하기로 정한 건 아니지만 그런 말을 들으니까 오히려 부인은 내 과거를 씻어주었다고 생각돼요.”

“그러세요?”

“중매를 하겠다는 구리모토 역시 과거의 아버지 여자였어요. 그 사람은 과거 지사를 물고 늘어지고 있어요. 부인은 아버지의 마지막 여자였는데, 아마 아버지는 행복했을 거라고 나는 생각하고 있어요.”

“유키코 씨하고 빨리 결혼하는 것이 좋겠어요.”

“그건 내가 결정할 일이지…….”

부인은 멀거니 기쿠지를 바라보고 있었는데, 핏기가 가시는지 이마를 만졌다.

“어지럽고 현기증이 나요.”

꼭 돌아가겠다고 우기는 바람에 기쿠지는 자동차를 불러서 자기도 함께 타고 갔다.

부인은 눈을 감고 자동차 한 구석에 몸을 기대고 있었다. 의지할 곳 없는 모습으로 목숨이 위험한 것처럼 보였다.

기쿠지는 부인의 집에까지 들어가지는 않았다. 차에서 내릴 때, 부인의 싸늘한 손가락이 기쿠지의 손바닥 안에서 슬그머니 스러져가는 듯한 느낌이었다.

그날 밤 두시경, 후미코한테서 전화가 걸려왔다.

“미다니 씨입니까? 어머니가 조금 전에……”

여기서 끊겼지만, 확실하게 말했다.

“돌아가셨어요.”

“네? 어머니가 어떻게 되셨다구요?”

“돌아가셨어요. 심장마비를 일으킨 거예요. 요즈음 수면제를 많이 먹었거든요.”

기쿠지는 할 말이 없었다.

“저, 미다니 씨에게 부탁이 있는데요…….”

“말해보세요.”

“미다니 씨가 잘 아시는 의사선생님이 계시면, 가능하시다면 모시고 오실 수 있을지요?”

“의사선생님? 급하시겠죠?”

의사가 오지 않았는가 싶어 기쿠지는 놀랐지만 갑자기 생각나는 것이 있었다.

부인이 자살한 것이다. 그것을 숨기려고 후미코는 기쿠지에게 부탁하고 있는 것이다.

"알았어요."

"부탁드립니다."

후미코는 꽤 생각한 끝에 기쿠지에게 전화를 건 것이 틀림없다. 그래서 짤막하게 용건만 말했을 것이다.

기쿠지는 전화 옆에 앉아서 눈을 감았다.

북가마쿠라의 여관에서 오호다 미망인과 자고 돌아오는 길에 전차 안에서 본 저녁놀이, 문득 기쿠지의 머리에 떠올랐다.

이케가미의 혼몬지(本門寺)에 있는 숲에서 비춘 저녁놀이었다.

붉은 저녁놀은 마치 숲의 우듬지를 스치며 흘러가듯이 보였다.

숲은 저녁놀이 화한 하늘에 검게 떠올리고 있었다.

우듬지를 흘러가고 있는 저녁놀이 피로한 눈에 스며드는 것 같아서 기쿠지는 눈을 내리감았다.

눈 속에 남아 있는 저녁놀이 깔린 하늘에 이네무라 아가씨의 보자기에서 본 하얀 센바즈루가 날고 있는 것처럼, 갑자기 느껴졌다.

백자(白瓷)

1

기쿠지는 오호다 부인이 죽은 지 첫이레가 되는 다음날에 갔었다.

회사 일을 끝내고 귀갓길에 들르면 저녁때가 되니까 조퇴를 할 작정이었다. 그러나 당장 가보겠다고 마음을 진정시키지 못하고 서성거렸으면서도, 기어이 그날이 끝날 때까지 떠나지 못했다.

현관에 후미코가 나왔다.

"어머!"

후미코는 두 손을 단정하게 짚고 기쿠지를 올려다보았다. 어깨가 움직이고 있는 것을 두 손으로 받치고 있는 것 같았다.

"어제는 꽃다발 정말 감사했습니다."

"별말씀을"

"꽃다발을 보내주셨기 때문에 못 오실 것으로 생각했습니다."

"그렇습니까? 하지만 꽃을 먼저 보내고 나서 나중에 찾아오는 일도 있을 것 아닙니까?"

"하지만 그렇게 생각하지는 않았어요."

"어제도 근처의 꽃가게까지는 왔었습니다만……."

후미코는 얌전히 고개를 끄덕이고는,

"꽃다발에 성함은 없었지만 저는 금세 알 수 있었어요."

기쿠지는 어제, 꽃가게의 여러 가지 꽃사이에 서서 오호다 부인을 추억했던 일을 생각해냈다.

꽃향기가 기쿠지의 두려운 죄책감을 풀어주던 일을 생각하기도 했다.

지금 후미코도 기쿠지를 부드럽게 맞이해주고 있다.

후미코는 하얀 무명옷을 입고 있었다. 화장도 하지 않았다. 약간 튼 입술에 엷게 루즈를 칠했을 뿐이다.

"어제는 문상을 하지 않는 편이 좋다고 생각했습니다." 하고 기쿠지가 말했다.

어서 올라오라고 하듯이, 후미코는 옆으로 빗겨 앉았다.

후미코는 울지 않으려고 현관에서 깍듯이 예의를 지키며 말했지만 이번에는 똑같은 자세로 뭔가 말했다가는 울음이 터질 것만 같았던 모양이다.

"꽃다발을 받는 것만으로도 얼마나 기뻤는지 몰라요. 어제도 오셔서 정말 기뻤어요." 하고 후미코는 기쿠지의 뒤에서 따라오며 중얼거렸다.

기쿠지는 일부러 가벼운 말투로,

"친척되시는 분들에게 혐오감을 드리면 안 될 테니까요."

"저는 이제 그런 걸 생각하지 않아요." 하고 후미코는 분명히 말했다.

응접실에는 뼈를 담는 납골 항아리가 있고 그 앞에 오호다 부인의 사진이 세워져 있었다.

꽃은 어제 기쿠지가 보낸 것뿐이었다.

기쿠지는 정말 뜻밖이었다. 기쿠지의 꽃만 남겨놓고 다른 꽃들은 후미코가 치워버린 것이 아닐까?

그러나 쓸쓸한 첫이레를 맞이했는지도 모르는 일이다. 기쿠지는 그렇게 느꼈던 것이다.

"물병이군요."

기쿠지가 꽃꽂이를 말하고 있다는 걸 후미코는 알아듣고,

“네. 마침 잘 되었다 싶은 생각이 들어서요.”

“훌륭한 백자인 것 같군요.”

물병치고는 좀 작은 편이었다.

꽃은 백장미와 엷은 색깔의 카네이션이었는데 그 꽃다발이 물병에 잘 어울렸다.

“어머니도 종종 꽃을 꽂곤해서 팔지 않고 남겨두었어요.”

기쿠지는 뼈를 넣어둔 납골 항아리 앞에 앉아서 향을 태웠다. 합장하고 눈을 감았다.

기쿠지는 죄를 빌었다. 그러나 부인의 사랑에 대한 고마운 생각이 들어서 자칫 마음이 흔들린 것 같았다.

부인은 죄책감에 쫓기다가 피할 수가 없어서 죽은 것일까? 사랑에 쫓겨서 억제할 수 없이 그냥 죽어버린 것일까? 부인을 죽게 한 것이 사랑인지 죄인지 기쿠지는 일주일 동안 갈피를 잡을 수가 없었다.

부인의 뼈 앞에서 눈을 감고 있는 지금, 부인의 지체(肢體)는 머리에 떠오르지 않는데도 체취에 취할 것 같은 촉감이 기쿠지를 따뜻하게 감싸고 있다. 이상한 일이지만 기쿠지에게 부자연하지 않게 느껴졌던 것은 부인의 덕분이기도 했다. 촉감이 되살아난다고 해도 그것은 조각적인 느낌이 아니라 음악적인 느낌이었다.

부인이 죽은 뒤로 기쿠지는 밤에 잠을 이루지 못해서 술에다 수면제를 곁들여 복용했다. 그런데도 자주 잠에서 깨고 꿈을 많이 꿨다.

그러나 악몽에 시달리는 건 아니었고 꿈을 갓 깨고 나면 감미로운 분위기에 도취하기도 했다. 눈을 뜨고도 기쿠지는 황홀한 꿈에 잠겨 있곤 했다. 죽은 사람인데도 꿈에서까지 껴안는 실감을 느끼게 한다는 것이 이상했다. 기쿠지의 얕은 경험으로는 생각할 수도 없는 일이었다.

“얼마나 죄가 많은 여자인가요?” 하고 부인이 북가마쿠라의 여관에서 기쿠지와 함께 잤을 때도, 기쿠지의 집에 와서 다실에 들어갔을 때도 말했지만, 그것이 오히려 부인의 시원스런 전율과 눈물을 자아내게 한 것과 마찬가지로 지금 기쿠지가 뼈 앞에 앉아서 부인을 죽게 한 것이 무엇이었나를 생각해보니 그것은 역시 죄라고 말했던 부인의 음성이 귓전에서 되살아나는 것이었다.

기쿠지는 눈을 떴다.

뒤에서 후미코가 흐느끼고 있었다. 울음을 억지로 참고 있다가 소리를 내어 운 다음 다시 울음을 참으려고 안간힘을 쓰는 것 같았다.

기쿠지는 그 자리에서 움직이지 않고,

"언제 사진입니까?" 하고 물었다.

"오륙 년은 되었을 거예요. 작은 것을 확대한 것입니다."

"그래요? 차를 다리는 사진인 것 같군요."

"어머, 잘 아시네요."

얼굴을 크게 확대한 사진이었다. 옷깃이 맞물린 바로 밑에서 잘렸고, 양 어깨 끝에서 잘린 사진이었다.

"어떻게 다회에서 찍은 사진이라는 걸 아셨죠?" 하고 후미코가 물었다.

"그런 느낌이 들었어요. 눈을 약간 내리깔고 뭔가 하고 계신 표정아닙니까? 어깨가 보이진 않지만 몸에 긴장감이 깃든 모습을 알 수 있지요."

"약간 옆 모습으로 찍은 사진이어서 처음엔 망설였지만 어머니가 좋아한 사진이었어요."

"조용하고 참 잘 된 사진이군요."

"하지만 옆 모습으로 찍힌 것이 역시 좋지 않아요. 분향할 때, 분향하는 분을 보지 않잖아요."

"네? 그럴 수도 있군요."

"모른 척하며 외면하고 있는 거예요."

"그렇군요."

죽기 전날에 부인이 차를 끓이던 모습을 기쿠지는 생각했다.

물국자를 가진 부인의 눈에서 떨어진 눈물이 솥전을 적셨다. 기쿠지 쪽에서 다가가서 찻잔을 집어들었다. 차를 다 마실 때까지 솥전의 눈물은 말끔히 말라버렸다. 찻잔을 내려놓는 순간 부인이 기쿠지 무릎에 쓰러졌다.

"그 사진을 찍은 때는 어머니도 살이 쪘었지요." 하고 후미코는 말하고 나서,

"게다가 나하고 비슷한 사진을 내놓기는 너무도 창피하거든요."

기쿠지는 갑자기 돌아다보았다.

후미코는 눈을 내리깔고 있었다. 조금 전부터 기쿠지의 뒷모습을 지켜보고 있던 눈이었다.

기쿠지는 궤연 앞에서 일어나 후미코와 마주앉아야만 한다.

그러나 후미코에게 사과할 말이 나올 수 있을까?

꽃꽂이를 할 백자물병이 있는 것을 다행스럽게 생각한 기쿠지는 그 앞에서 가볍게 손을 짚고 다기를 보듯 들여다보았다.

하얀 유약 속에 선명한 붉은 색이 부각되어 차가우면서도 따뜻한 것처럼 윤기가 흐르는 표면을 기쿠지는 손으로 만져보았다.

"부드럽고 꿈결 같은 훌륭한 백자는 우리도 좋아하죠."

부드럽고 여자의 꿈과 같다고 말하려고 하다가 '여자의'란 말은 빼고 말았다.

"좋으시다면 어머니를 추억하는 기념품으로 드리겠어요."

"아뇨."

기쿠지는 당황해서 머리를 들었다.

"좋으시다면 가져가세요. 어머니도 기뻐할 거예요. 그렇게 하등품은 아니 것 같으니까요."

"물론 좋은 것일 테죠."

"어머니도 그런 말을 했기 때문에, 보내주신 꽃을 거기다 꽂은

거예요.”

기쿠지는 갑자기 뜨거운 눈물이 솟구치는 걸 느낄 수 있었다.

“그럼 얻어갈까요?”

“어머니도 좋아할 거예요.”

“하지만 나는 물병으로 쓸 일이 별로 없을 겁니다. 그냥 꽃병으로 쓸 겁니다.”

“어머니도 그냥 꽃병으로 썼으니까요.

그것도 좋을 거예요.”

“꽃도 다회 때 꽂는 것이 아닙니다. 다구들이 다회에 모임과 거리가 멀어진다는 건 서운한 일이죠.”

“저도 다회에 나가지 않으려고 해요.”

기쿠지는 돌아다본 것을 계기로 해서 일어섰다.

도코노마 가까이 있는 방석을 툇마루 쪽으로 밀어놓고 앉았다.

후미코는 지금까지 기쿠지의 뒤에서 떨어진 자리에 방석도 없이 조심스럽게 앉아 있었다.

기쿠지가 움직이는 바람에 후미코는 응접실 한가운데에 남아 있는 꼴이 되고 말았다.

손가락을 가지런히 해서 무릎 위에 얹고 있는 손을 가볍게 떨며 주먹을 쥐더니,

“미다니 씨, 어머니를 용서해주세요.” 하고 후미코는 말한 다음, 고개를 푹 숙였다.

그 바람에 후미코의 몸이 앞으로 고꾸라지는 것 같아서 기쿠지는 깜짝 놀랐다.

“무슨 말입니까? 용서를 받고 싶은 쪽은 내 쪽입니다. 용서해 달라는 말이 나오지도 않는 거예요. 사죄도 어떻게 해야 좋은지 모르고, 후미코 씨가 부끄러워서 만날 수가 없어요.”

“부끄러운 건 저예요.”

그 부끄러움을 후미코는 색깔로 나타냈다.

"꺼져버리고 싶을 정도예요."

화장기가 없는 뺨에서 갸름한 하얀 목에 이르기까지 빨개지는 후미코의 초췌한 모습을 볼 수 있었다.

그 엷은 혈색은, 오히려 후미코의 빈혈을 느끼게 했다.

기쿠지는 마음이 안되어서,

"나를 얼마나 미워하실까 하고 생각했습니다."

"미워하다뇨, 그럴 수가? 어머니가 미다니 씨를 미워했을까요?"

"글쎄요, 하지만 내가 어머니를 돌아가시게 만든 것 아닙니까?"

"어머니는 스스로 목숨을 끊은 거예요. 저는 그렇게 생각해요. 어머니가 죽고 일주일 동안 내내 혼자서 생각하고 있었어요."

"그때부터 댁에 혼자 계셨던가요?"

"네, 전부터 어머니와 나하고, 그렇게 살아왔는걸요."

"그런 어머니를 내가 돌아가시게 했군요."

"스스로 목숨을 끊은 거예요. 미다니 씨가 죽게 했다고 말씀하신다면, 오히려 제가 어머니를 죽게 만든 것이 되는 거죠. 어머니가 죽었기 때문에 누군가를 미워해야 한다면, 제 자신을 미워해야 하겠지요. 하지만 다른 사람이 책임을 느낀다거나 후회해야 한다면, 어머니의 죽음은 어두운 것이 되고 불순하게 됩니다. 뒤에 남아 있는 사람의 반성이나 후회는 죽은 사람의 무거운 짐이 될 것 같은 생각이 드는걸요."

"그거야 분명 그런지 모르지만 내가 어머니를 만나지 않았더라면……."

기쿠지는 말을 더 이을 수가 없었다.

"죽은 사람은 용서해주기만 하면 그것만으로 좋다고 생각해요. 어머니도 용서를 받고 싶어서 죽었는지도 모르죠. 어머니를 용서해 주시는 거죠?"

후미코는 이렇게 말하더니 일어서서 나갔다.

기쿠지는 후미코의 말을 듣고, 머릿속에 있는 장막 하나가 걷히는 듯한 느낌이 들었다.

죽은 사람의 짐을 덜어주는 일도 있는가, 하고 생각해보았다.

죽은 사람 때문에 번민하는 것은 죽은 사람을 저주하는 거나 다름없기 때문에 천박한 오해가 많은 것일까? 죽은 사람은 살아 있는 사람에게 도덕 같은 것을 강요하지는 않는다.

기쿠지는 다시 부인의 사진을 지켜보았다.

2

후미코가 차쟁반을 들고 들어왔다.

빨간 토기와 검정 토기의 찻잔이 쟁반에 놓여 있었다.

검정 토기를 기쿠지 앞에 놓았다.

엽차였다.

기쿠지는 찻잔을 집어들고 바닥에 있는 낙관을 들여다보며,

"누구의 것이죠?" 하며 불쑥 물었다.

"뇨뉴(了入)라는 사람이 만든 것으로 생각합니다."

"빨간색 역시?"

"네."

"한 짝이 된 것이로군요?" 하며 기쿠지는 빨간 찻잔을 보았다.

후미코는 그 잔을 무릎 앞에 놓아둔 채 집어들지 않았다.

엽차를 마실 때 흔히 보는 찻잔이지만, 기쿠지는 좋지 않은 상상이 떠올랐다.

후미코의 아버지가 죽고 기쿠지의 아버지는 살아 있을 때, 기쿠지의 아버지가 후미코의 어머니를 찾아오는 경우 이 한 쌍의 토기 찻잔을 엽찻잔 대신으로 쓴 것은 아니었는지 모르겠다. 기쿠지 아버지에게 검정 잔을 주고 후미코 어머니는 빨간 잔을 쓰며 부부 찻잔으로 쓴 것은 아니었는지 모르겠다.

뇨뇨라면 별로 아까울 것도 없으니까 두 사람이 서로 바꿔가며 마시는 찻잔이었는지도 모른다.

만약 그렇다면 그것을 알고 있는 후미코가 기쿠지에게 지금 그 찻잔을 내놓았다는 것은, 지나친 장난이라고 해석할 수도 있다.

그러나 기쿠지는 일부러 보여주기 위해 비꼬는 것도 아니고, 계획된 행동도 아니라고 느꼈다.

처녀다운 단순한 감상으로 받아들였다.

그 감상이 기쿠지에게까지 옮겨오는 것 같았다.

후미코도 기쿠지도, 후미코 어머니의 죽음에 말려들어 그와 같은 색다른 감상을 물리칠 수 없는지는 모르지만, 그 한 쌍의 토기 찻잔은 기쿠지에게 후미코와 공통되는 슬픔에 깊이 감기게 했다.

기쿠지 아버지와 후미코 어머니와의 관계, 그리고 어머니와 기쿠지와의 관계, 그리고 또한 어머니의 사망을 후미코는 샅샅이 알고 있다.

후미코 어머니의 자살을 숨기려고 은폐한 것 역시 두 사람만이 저지른 공범이었다.

후미코는 엽차를 끓이면서 울었는지 눈이 빨갛게 충혈되었다.

"오늘 잘 찾아왔다고 생각합니다." 하고 기쿠지가 말했다.

"아까 후미코 씨의 말은, 죽은 사람과 살아 있는 사람과는 이미 용서하고 받는 처지가 아니라는 뜻으로 받아들여지는데, 그럼 내가 어머니의 용서를 받고 싶다고 생각을 고쳐먹어 볼까요?"

후미코는 고개를 끄덕이고 있었다.

"그렇지 않고는 이머니가 용시받지 못힐 거에요. 어머니는 자기 자신을 용서하지 않았을 테지만……."

"그러나 내가 여기에 와서 후미코 씨와 이렇게 마주앉아 있는 것이 두려운 일인지도 모르겠군요."

"왜 그렇게 생각하시죠?" 하며 후미코는 기쿠지를 바라보았다.

"죽은 것이 나쁘다는 건가요? 저도요, 어머니가 죽었을 때는 어머니가 어떠한 오해를 받더라도 죽는 것만은 안 된다고 몹시 안타깝게 생각했어요. 죽음이란 모든 이해를 거부하는 것이 되거든요. 아무도 그것을 용서할 방법이 없잖아요?"

기쿠지는 아무말도 하지 않았지만, 후미코도 이제 죽음이란 비밀에 맞닥뜨리게 되었구나, 하고 생각했다.

죽음은 모든 이해를 거부한다는 말을 후미코에게서 듣게 된 것은 참으로 뜻밖이었다.

지금 당장에 기쿠지가 이해하는 부인과 후미코가 어머니로서 이해하는 것과는 상당한 차이가 있을 것이다.

후미코는 여자로서의 어머니를 알 턱이 없다.

용서를 하든 용서를 받든 기쿠지는 여자의 몸이 파도치는 황홀한 것을 맛보고 나서의 일이었다.

검정과 빨강의 토기 찻잔에서도 기쿠지는 꿈 속에서의 그 황홀한 느낌이 감도는 것 같았다.

후미코는 그러한 어머니를 알지 못한다.

어머니 몸에서 태어난 어린이가 어머니의 몸을 모른다는 것이 미묘한 것 같지만, 어머니 몸의 형상은 딸에게로 옮겨지는 것이다.

후미코가 현관에서 맞이해줄 때부터 기쿠지가 부드러운 느낌을 받게 된 것도, 후미코의 상냥한 둥근 얼굴에서 어머니의 면모를 찾아볼 수 있었기 때문이었다.

부인이 기쿠지에게서 아버지의 옛 모습을 발견하고 과오를 저지른 것이라면, 기쿠지가 후미코를 어머니와 닮았다고 생각하는 것은 끔찍한 일처럼 생각되지만 기쿠지는 솔직히 마음이 끌렸다.

후미코의 주걱턱에 달린 작은 입술을 보기만 해도 이 사람하곤 다툴 것이 없다고 생각하게 되었다.

'어떻게 해주어야 이 아가씨는 저항하지 않게 될까?'

기쿠지는 그런 생각이 들어서,

"어머니도 너무 얌전하셔서 그냥 살아갈 수가 없으셨던 모양이군요.” 하고 말했다.

“하지만 나는 어머니에게 잔인했어요. 나 자신의 도덕적인 불안감을 그러한 형태로 어머니에게 부딪쳐간 점도 없지 않아요. 나는 겁쟁이고 비겁하니까요…….”

“어머니가 잘못한 거예요. 어머니는 구제불능의 사람이었지요. 기쿠지 씨 아버님과의 일도 그렇고, 기쿠지 씨와의 일도 나는 어머니의 정상적인 성격이라고 생각하지 않거든요,”

후미코는 말을 더듬으며 얼굴이 발개졌다. 좀 전보다도 혈색이 더 따뜻했다.

기쿠지의 시선을 피하기라도 하듯 얼굴을 옆으로 숙였다.

“하지만 어머니가 죽은 이튿날부터, 나는 어머니가 점점 아름답게 생각하게 되었지요. 내가 생각했다기보다는, 어머니가 혼자서 아름다워진 것일까요?”

“어느 쪽도 마찬가지겠지요, 죽은 사람의 입장에서는.”

“어머니는 자신의 추한 모습에 견딜 수가 없어서 죽었는지도 모르지만…….”

“그렇지는 않다고 생각합니다.”

“그리고 애달픈데다 견디기 어려우니까.”

후미코는 눈물을 머금었다. 어머니가 품었던 기쿠지에 대한 애정을 말하고 싶은 모양이었다.

“죽은 사람은 우리의 마음가짐에 달렸으니까 소중히 간직합시다.” 하고 기쿠지가 말했다.

“한데 모두가 너무 빨리 죽었어요.”

기쿠지와 후미코의 두 양친을 두고 하는 말이라는 것을 후미코도 알아차린 것 같다.

“후미코 씨도 나도 모두 외톨이가 되었군요.” 하고 기쿠지는 계속 말했다.

자기가 말한 그 말에서 깨달은 것이지만 오호다 부인에게 이 후미코라는 딸마저도 없었다면 부인과의 일로 해서 보다 어둡게 비뚤어진 생각으로 꽉 막혔을지도 모른다.

"후미코 씨는 우리 아버지에게도 친절하게 대해주셨다면서요? 어머님한테 들었습니다."

기쿠지는 기어코 입 밖으로 말해버렸다. 자연스럽게 말할 작정이었다.

아버지가 오호다 부인을 애인으로 삼고, 이 집을 드나든 일을 후미코와 함께 얘기를 나누어도 좋을 것 같은 생각이 들었다.

그러나 후미코는 갑자기 두 손으로 바닥을 짚고,

"용서해주세요. 어머니가 너무 가엾어서……. 그 무렵부터 어머니는 당장에라도 죽을 것 같았어요." 하며 털썩 엎드리며 가만히 있더니 기어코 울음을 터뜨렸으며, 어깨의 힘이 빠진 것처럼 보였다.

기쿠지가 갑자기 찾아온 바람에 후미코는 양말을 신지 못했다. 두 발바닥을 엉덩이 밑으로 감추려고 하니까 그야말로 몸을 움추린 모습이 되었다.

"다다미에 대고 있는 머리카락에 닿을까 말까한 위치에 빨간 토기 찻잔이 놓여 있었다.

후미코는 눈물로 덮인 얼굴을 두 손으로 감싸고 나가버렸다.

얼마 동안 기다려도 돌아오지 않아서,

"오늘은 이만 실례하겠어요." 하면서 기쿠지는 현관으로 나갔다.

후미코는 보따리 하나를 들고 왔다.

"짐스럽지만 이거 가져가세요."

"뭐죠?"

"백자예요."

꽃을 뽑아내고 물을 쏟아버린 다음, 물기를 깨끗이 훔쳐내고 상자에 넣고 싸는 후미코의 잽싼 솜씨에 기쿠지는 어안이 벙벙할 정도로 놀랐다.

"굳이 오늘 가져가야 합니까? 꽃이 담겨져 있었는데도?"

“아뇨, 꼭 가져가셔야 해요.”

후미코가 너무도 슬퍼서 잽싸게 썼는지도 모른다고 기쿠지는 생각하면서,

“그렇다면 얻어가겠습니다.”

“가져가시면 기쁩니다. 한데 찾아뵙지는 못할 거예요.”

“어째서죠?”

후미코는 아무 대답도 하지 않았다.

“그럼 안녕히 계십시오.”

기쿠지가 나가려고 하자,

“감사했습니다. 저, 어머니는 상관마시고 빨리 결혼하시도록 하세요.” 하고 후미코가 말했다.

“뭐라구요?”

기쿠지는 돌아다보았지만, 후미코는 얼굴을 들지도 않았다.

3

얻어가지고 온 백자 물병에, 역시 기쿠지도 백장미와 엷은 색의 카네이션을 꽂았다.

기쿠지는 오호다 부인이 죽고 나서 부인을 사랑하기 시작한 듯한 기분에 사로잡혔다.

더욱이 그 자신의 사랑이 부인의 딸인 후미코에 의해서 확실하게 깨달은 것처럼 생각되었다.

일요일에 기쿠지는 후미코에게 전화를 걸었다.

“역시 댁에 혼자 계셨군요.”

“네, 쓸쓸하긴 하지만…….”

“혼자 계시면 안 되는데요.”

“네…….”

“조용한 댁의 분위기가 전화로도 알 수 있을 것 같군요.”

후미코는 작은 소리로 웃었다.

"누군가 친구라도 초대하는 것이 어떻겠어요?"

"하지만 남이 오면, 어머니의 일이 탄로날까 싶어서요……."

기쿠지는 아무 말도 나오지 않았다.

"혼자면 외출할 수도 없잖아요?"

"그렇지는 않아요. 잠그고 나갈 수 있어요."

"그럼 한 번 이쪽으로 오세요."

"감사합니다. 언젠가 한 번……."

"몸은 어때요?"

"좀 말랐어요."

"잠도 잘 잡니까?"

"밤에는 거의 자지 못해요."

"그건 안됐군요."

"가까운 장래 여기를 정리하고, 친구집의 방을 빌려서 살아볼까
해요"

"가까운 장래라니, 언제쯤?"

"여기가 팔리는 대로요."

"집이 팔릴 때까지?"

"네."

"팔 작정인가요?"

"네, 파는 것이 좋다고 생각지 않으세요?"

"글쎄요. 나도 이 집을 팔고 싶은 생각이 있기는 하지만."

후미코는 아무 말도 없었다.

"전화로 이런 말을 해도 아무 소용은 없군요. 일요일에 집에 있을
테니까 오시지 않겠어요?"

"네."

"주신 백자말인데, 서양꽃을 꽂고 있습니다만, 오셔서 꽃꽂이를
해주셨으면 합니다……."

"다도를 하시려고……?"

"다도라고 할 건 없지만……백자에 한 번은 꽃꽂이를 해야지 그렇지 않으면 아무 보람도 없지 않습니까? 거기다 다구(茶具)는 역시 다른 다구와 배열하면서 제빛을 낼 때 비로소 그 아름다움을 돋보이게 하니까요."

"하지만 오늘 저는, 지난번 뵈었을 때보다도 더 초라한 몰골이어서 찾아뵐 수가 없어요."

"다른 손님이 오는 게 아니라니까요."

"하지만……."

"그렇습니까?"

"안녕."

"안녕히 계십시오. 누군가 온 것 같으니 나중에 다시."

손님은 구리모토 지카코였다.

지금의 전화 소리를 듣지나 않았을까 하는 생각이 들어, 기쿠지는 얼굴 표정이 굳어졌다.

"울적한 날이군요. 오랫동안 뵙지도 못한데다 날씨가 좋아서 나왔지요." 하고 인사를 하면서 지카코는 벌써 백자에 시선을 집중시키고 있었다.

"앞으로 여름이 오면 다회도 열 수가 없을 테니까 잠시 다실에 앉게 해주십사 하는 생각에서……."

지카코는 선물로 과자와 부채를 내밀었다.

"다실은 또 퀴퀴한 냄새가 진동하겠지요?"

"그럴 테죠."

"오호다 씨의 백자군요. 좀 볼까요?" 하며 지카코는 아무렇지도 않게 지껄이고는 꽃 쪽으로 앉은뱅이 걸음으로 다가갔다.

손을 짚고 목을 밑으로 떨구자, 마치 굵은 뼈의 양어깨를 딱 버티고 독을 뿜어내는 것처럼 느껴졌다.

"사주셨던가요?"

"아뇨, 그냥 선물로 받았어요."

"이것을? 대단한 선물을 받으셨군요. 유품이란 뜻인가요?"

지카코는 얼굴을 들고는 똑바로 보며,

"이 정도의 것은 역시 사시는 편이 좋지 않아요? 그 따님에게서 받았다면 그건 겁나는 거예요."

"글쎄, 생각해보기로 하죠."

"그렇게 해주세요. 오호다 씨의 여러 가지 도구가 여기에 와있는데, 아버님은 모조리 사서 쓰셨어요. 부인과 같이 지내시게 되고나서도……."

"그런 말 구리모토 씨에게서 듣고 싶지 않은데……."

"네, 네." 하면서 지카코는 가벼운 마음으로 벌떡 일어섰다.

저쪽에서 가정부와 얘기하는 소리가 들려왔다. 조리복을 입고 나타났다.

"오호다 부인은 자살한 거지요?"

지카코는 기습을 하듯 별안간 물었다.

"그렇지 않아요."

"그래요? 저는 금세 알았는걸요. 그 부인은 어쩐지 요사한 데가 감돌고 있었는걸요."

지카코는 기쿠지를 바라보았다.

"아버님께서도 그 부인은 이해할 수 없는 여자라고 말씀하셨지요. 여자의 눈은 다르긴 하지만 언제나 천진스러운 사람으로 보이거든요. 우리 성미에는 맞지 않아요. 끈끈한 성미여서……."

"죽은 사람의 험담은 하지 않는 것이 좋을 것 같은데……."

"그거야 그렇지만, 죽은 사람이 기쿠지 씨의 혼담을 방해하니까 그렇죠. 아버님께서도 그 부인 때문에 꽤 괴로워하셨거든요."

괴로웠던 것은 지카코 자신이었을 거라고 기쿠지는 생각했다.

지카코의 경우는 아버지가 짧은 기간 동안 장난삼아 상대한 것으로 오호다 부인 때문에 지카코가 어떻다고 할건 없겠지만, 아버지가 죽을 때까지 계속 상대한 오호다 부인을 지카코가 얼마나 미워했는지 모른다.

"기쿠지 씨처럼 젊은 분에겐 그 부인은 정신을 차리지 못하는 거예요. 죽어서 다행스럽다고 생각지 않으세요? 정말입니다."

기쿠지는 못들은 척하며 고개를 돌렸다.

"기쿠지 씨의 결혼까지 방해한다면 가만있을 수 없는 일이죠. 스스로 나쁘다고 생각하고, 자신의 마성(魔性)을 억제할 수 없으니까 죽어버린 것이 틀림없어요. 그 사람은 아마 죽으면 아버님과 만나게 되리라고 생각했을 거에요."

기쿠지는 으시시한 한기를 느꼈다.

지카코는 마당으로 내려서서,

"저도 다실에서 마음을 가라앉히고 돌아가겠어요." 하고 지껄였다.

기쿠지는 앉은 채로 잠시 꽃을 보고 있었다.

흰색과 엷은 빨간색의 꽃 색깔이 백자의 빛깔과 어울어져 희미해졌다.

집에서 혼자 엎드려 울고 있을 후미코의 모습이 머리에 떠올랐다.

어머니의 입술연지

1

기쿠지가 이를 닦고 침실로 들어갔더니, 가정부가 벽걸이 호리병박 꽃꽂이에 나팔꽃을 꽂아놓았다.

"오늘은 일어날 거요." 하고 기쿠지는 말했지만 다시 이불 속으로 들어갔다.

누워있는 자세로 베개에서 고개를 들고 도코노마 구석에 있는 꽃을 바라보았다.

"꽃이 막 피었길래……."

가정부는 옆 방으로 물러갔다.

"오늘도 쉬시겠지요?"

"그래요, 하루 더 쉬겠어요. 하지만 일어날 거요."

기쿠지는 두통이 오는 감기에 걸려서 4, 5일 동안 회사를 결근했었다.

"어디에 나팔꽃이 있었지?"

"정원 구석에 있는 양하나무에 엉켜서 꽃이 피어 있더군요."

홀로 싹이 터서 자라난 것인지도 모른다. 흔히 볼 수 있는 남색 꽃으로, 가느다란 줄기에 꽃도 작거니와 잎도 작은 것이 달려 있었다.

그러나 낡아빠진 거무튀튀한 호리병박에 파란 잎과 남색 꽃이 매달려 있는 폼이 서늘한 느낌을 주었다.

가정부는 아버지 시절부터 지내왔기 때문에 이런 일을 할 수 있다.

벽걸이 꽃병은 옻칠이 퇴색한 수결(手決)이 보였고, 낡은 상자에도 소단(宗旦)이란 수결이 있는데, 그것이 진짜라면 적어도 3백 년 전의 호리병박이라 하겠다.

기쿠지는 차와 꽃의 관계를 알지 못했고 가정부 역시 알 까닭이 없었다. 그러나 아침에 차를 마시며 꽃을 감상하기에는 나팔꽃도 괜찮다 싶었다.

3백 년이나 전해내려온 호리병에 하루아침에 시들어버릴 나팔꽃을 꽂았구나 하는 생각을 해보며, 기쿠지는 잠시 꽃을 바라보았다.

하긴 3백 년 전의 백자 물병에 서양꽃을 가득 꽂는 것보다는 어울릴지도 모른다.

하지만 나팔꽃이 어느 정도의 시간만큼 버틸 수 있는지 불안한 생각이 들기도 했다.

아침식사를 거드는 가정부에게 기쿠지가 말했다.

"저 나팔꽃, 보고 있는 사이에 시들지나 않을까 하고 걱정했는데 그렇지도 않군요."

"그렇습니까?"

기쿠지는 후미코에게서 어머니의 유품으로 선사받은 백자 물병에, 한 번 모란꽃을 꽂아봐야지 하고 작정했던 일을 생각해냈다.

물병을 가져왔을 때는 이미 모란꽃의 시기가 지났을 때였지만, 그래도 힘써 구했더라면 어디엔가 남아 있을 것도 같았다.

"저 호리병박이 집에 있다는 것을 나는 잊고 있었어요. 헌데 잘도 찾아냈군요."

"네."

"언젠가 아버지가 꽃을 꽂아놓은 걸 본적이 있어요?"

"아녜요. 나팔꽃과 호리병박은 모두 덩굴식물이니까 어떤 느낌이 들겠지, 하고 생각했을 뿐입니다……."

"그래요? 덩굴식물이라서……."

198

기쿠지는 맥이 빠져버렸다.

신문을 읽고 있는 동안 머리가 무거워져 다실에 그냥 누운 채,

"잠자리를 그대로 두었을 테죠?" 하고 기쿠지가 말하자, 가정부는 빨래를 하던 손의 물기를 닦으면서,

"지금 청소를 할 테니 잠깐 기다리세요."

그 뒤에 기쿠지는 침실로 갔는데, 도코노마에는 나팔꽃이 없었다. 호리병박의 벽걸이 꽃꽂이도 걸려 있지 않았다.

"음, 그럴 테지."

꽃이 시드는 것을 보여주지 않으려고 치웠을 것이다.

나팔꽃도 호리병박도 '덩굴식물'이었기 때문이라는 이유를 대는 바람에 웃음이 터져나왔지만, 아버지의 생활습관이 가정부의 이런 점에까지 영향을 미치고 있었던 모양이다.

그런데 방바닥 한가운데에는 백자 물병이 덩그러니 놓여 있었다.

후미코가 와서 본다면 틀림없이 소홀하게 취급한다고 생각할 것이다.

이 물병을 후미코에게서 가져왔을 때, 기쿠지는 그 즉시로 백장미와 엷은 색의 카네이션을 꽂아놓았었다.

어머니의 납골 항아리 앞에다 후미코가 그렇게 해놓았기 때문이다. 그 백장미와 카네이션은 다름아닌 후미코 어머니의 첫이레가 되던 날, 기쿠지가 영전에 바쳤던 꽃이었다.

물병을 들고 돌아오는 길에 어제 그 꽃을 후미코집에 배달시켰던 같은 꽃집에서 기쿠지는 같은 꽃을 사가지고 온 것이다.

그러나 그 뒤에는 물병을 만지기만 해도 가슴이 뛰는 것 같아서 기쿠지는 끝내 꽃을 꽂아놓지는 못했다.

길을 걷거나 하다가 중년 여성의 뒷모습을 발견하고 갑자기 강렬하게 마음이 끌리는 걸 깨닫는 순간,

"마치 죄인 같군." 하고 기쿠지는 중얼거리고는 안색을 흐리는 일도 있었다.

정신을 차리고 보니 뒷모습이 오호다 부인을 닮은 것은 아니다.

다만 허리춤이 부인과 비슷하게 푸짐할 뿐이었다.

기쿠지는 그 순간 떨리는 듯한 갈망을 느꼈지만 그 같은 순간에 달콤한 도취감과 무서운 놀라움이 겹쳐지기 때문에 범죄를 범할 순간에서 깨어나는 것 같았다.

"나를 범인으로 만드는 자가 누구인가?"

기쿠지는 뭔가 떨쳐버리기라도 하듯 소리를 내보았지만 그 대답 대신에 부인을 보고 싶어하는 마음이 싹터 올 뿐이었다.

죽은 사람의 촉감이 문득문득 생생하게 되살아나는 것으로부터 피하지 않는 한, 기쿠지 자신은 구제될 수 없다고도 생각하였다.

도덕적인 가책이 역시 관능이란 것을 병적으로 만드는 것인가, 하고 생각하기도 했다.

기쿠지는 백자의 물병을 상자에 집어넣고 잠자리로 들어갔다.

정원을 보고 있으려니까 천둥이 쳤다.

멀기는 했지만 격렬한 천둥이었고 게다가 울릴 때마다 가까워지고 있었다.

번갯불이 정원수 사이를 스쳐갔다.

그러나 소나기가 먼저 온 것이다. 천둥은 멀어지는 것 같았다.

마당에서 물보라를 일으키는 강렬한 빗줄기였다.

기쿠지는 벌떡 일어나서 후미코에게 전화를 걸었다.

"오호다 씨는 이사를 하셨습니다만……." 하고 저쪽에서 말해 왔다.

"네?"

기쿠지는 가슴이 철렁했다.

"실례했습니다. 그런데……."

후미코가 집을 팔았구나, 하고 기쿠지는 생각했다.

"어디로 이사했는지 혹 아시면……."

"네, 잠깐 기다려주세요."

저쪽은 가정부인 듯했다.

곧 전화로 돌아와서 종이에 쓴 것을 읽듯이 번지를 가르쳐주었다.

'도사키가다'라고 일러주었다. 전화도 있었다.

기쿠지는 그 집에 전화를 넣었다.

후미코는 밝은 소리로,

"기다리셨습니다. 후미코입니다."

"후미코 씨입니까? 미다니입니다. 댁에 전화를 걸었었지요."

"미안합니다." 하고 소리를 낮추었는데, 그 소리가 어머니의 음성과 비슷했다.

"언제 이사하셨죠?"

"네. 저……."

"알려주고 싶지 않으신가 보군요."

"친구집에서 신세를 지고 있어요. 집은 팔아버렸습니다."

"그렇군요."

"알려드릴까, 어쩔까 하고 망설였습니다. 처음에는 알려드리지 않을 작정이었고, 더욱이 알려드리면 안 된다고 마음먹었는데, 요즘에 와서는 알려드리지 않기로 한 것이 오히려 마음에 걸렸습니다."

"그거야 당연한 일이죠."

"어머! 그렇게 생각하세요?"

기쿠지는 얘기를 나누고 있는 사이에 말끔히 씻기우는 것처럼 홀가분해졌다. 전화로도 이런 느낌을 가질 수 있는 것인가.

"백자 물병말인데요. 그걸 보면 늘 후미코 씨가 보고 싶어지는 거예요."

"그러세요? 집에 또 하나의 백자가 있어요. 한 모금 마실 때 쓰는 찻잔이지요. 그때 물병과 함께 드릴까 하고 생각했지만, 어머니가 엽차를 마시던 것이어서 찻잔 언저리에 어머니의 입술연지가 묻었기 때문에……."

"그래요?"

"어머니가 그렇게 말했어요."

"사기그릇에 어머니의 입술연지가 묻은 채로 남아 있다는 것입니까?"

"묻은 채로가 아니예요. 그 백자는 원래 엷은 붉은색을 띠고 있었는데, 입술연지가 묻으면 닦아내도 얼른 벗겨지지 않는다고 어머니가 가르쳐주더군요. 어머니가 돌아가신 후 찻잔을 보니까 한 곳이 붉으스레해져 있었어요."

후미코 무심코 하는 말이었을까?

기쿠지는 듣고 있기가 거북한 듯,

"심한 소나기가 오는데, 그쪽은?"

"폭우가 내리고 있어요. 천둥이 무서워서 웅크리고 있던 참이에요."

"이 비가 오고 나면 상쾌해질 겁니다. 나도 4, 5일 쉬고 있던 참이어서 오늘은 집에 있을 겁니다. 괜찮으시다면 놀러오세요."

"고맙습니다. 찾아뵙더라도 취직을 한 후에 찾아뵈려고 했어요. 저 취직할 생각입니다."

기쿠지가 미처 대답도 하기 전에 후미코가 먼저 말을 이었다.

"전화를 주셔서 기쁘니까 찾아뵙기로 하겠습니다. 실은 뵙지 않아야 하지만 말입니다……."

기쿠지는 소나기가 지나가기를 기다렸다가 가정부에게 이부자리를 개서 얹게 했다.

기쿠지는 결과적으로 후미코를 부른 셈이 되어서 스스로도 놀랐다.

그러나 오호다 부인과의 사이에서 일어난 죄책의 어두운 그림자가 그 딸의 음성을 듣는 순간 오히려 지워졌다는 것이 기쿠지에게는 더욱 뜻밖의 일이었다.

딸의 음성이 그 어머니를 살아 있는 것처럼 느끼게 한 것일까?

기쿠지는 면도를 하면서 비누가 묻은 솔을 정원수의 잎에 대고 뿌리고 빗물에 대고 적시기도 했다.

점심때가 지나서 후미코가 왔으려니 생각하며 기쿠지가 현관으로 나가보았는데 거기에는 구리모토 지카코가 서 있었다.

"아, 구리모토 씨였군요."

"날씨가 더워져서 그 동안 어떠신가 하고 찾아왔습니다."

"좀 몸이 좋지 않아서요."

"안되셨군요. 안색이 좋지 않아요."

지카코는 이마에 주름살을 지으며 기쿠지를 바라보았다.

후미코는 양복을 입고 올 테니까 게다(下駄 : _{나막신의} 한종류) 소리는 없을 것이 뻔한 일인데도 착각했다는 것이 이상하다고 기쿠지는 생각하면서,

"치아를 고치셨어요? 훨씬 젊어진 것 같군요."

"장마로 여가가 생겼길래……. 좀 지나치게 흰 것 같아요. 하지만 곧 더러워질 테니까 괜찮을 거예요."

지카코는 기쿠지가 자고 있던 응접실로 들어가더니 도코노마를 훑어보았다.

"아무것도 없으니까 산뜻해서 좋죠?" 하고 기쿠지가 말했다.

"네, 장마철이니까요. 하지만 꽃 정도는……." 하고 지카코는 돌아보면서,

"오호다 씨의 백자는 어쨌죠?"

기쿠지는 아무 대꾸도 하지 않았다.

"그건 돌려주시는게 좋지 않아요?"

"그건 내 맘이지요."

"꼭 그런 것만은 아닙니다."

"그렇지만 구리모토 씨가 이래라 저래라 할 문제는 아닐 텐데요."

"그렇지만도 않아요."

지카코는 하얀 만들어 박은 이를 드러내고 웃으며,

"오늘은 여쭐 말씀이 있어서 찾아온 겁니다." 하면서 갑자기 두 손을 내밀고는 뭔가를 쫓아버리기라도 하듯 휘젓고는,

"이 댁에서 마귀를 쫓아내지 않으면……."

"겁주지 말아요."

"하지만 오늘 저는 중매인으로서 부탁을 드려야만 되겠어요."

"이네무라 씨의 얘기라면 미안하지만 사절하겠어요."

"그러지 마세요. 중매인이 싫다고 해서 마음에 있는 혼담까지도 포기하는 것은 너무 옹졸한 생각이에요. 중매인은 징검다리나 마찬가지이니까 밟아도 무방합니다. 아버님께서는 저를 편하신 대로 이용해주셨습니다."

기쿠지는 언짢은 안색을 했다.

지카코는 말에 힘을 주기 시작하면 설교를 하는 버릇이 있기 때문에,

"그건 분명 그래요. 저는 오호다 부인과는 다릅니다. 대단치 않았습니다. 이런 일에 관해서 아무것도 숨김없이 일단 말씀드리는 것이 좋다고 생각하는데, 유감스럽게도 저는 아버님의 외도하신 상대에 끼지도 못합니다. 잠시 눈길을 주셨는가 했더니 끝장이었어요." 하며 고개를 숙였다.

"하지만 조금도 원망하지 않습니다. 그때부터 뭔가 제가 편리하실 때는 편한 마음으로 이용해주셨기 때문입니다. 남자분들은 뭔가 있었던 여자는 이용하기 편한 모양이죠? 그대신 저는 아버님의 덕분으로 세상의 건전한 상식을 익혀간 것입니다."

"그래요?"

"그러니 제 건전한 상식을 이용하세요."

기쿠지도 그럴싸한 생각이 들어서 귀가 솔깃해졌다.

지카코는 오비(帶 : ^{일본옷에}_{매는 띠})에서 부채를 꺼냈다.

"너무 남자티를 내도 그렇고, 너무 여자티를 내도 건전한 상식을 가늠할 수는 없는 거예요."

 "그래요? 상식은 중성이란 뜻이군요"

 "비꼬시는 겁니까? 하지만 중성이 되면 남자와 여자의 마음이 똑바로 보인답니다. 오호다 부인은 딸과 둘이 살다가 딸만 남겨놓고 어떻게 죽었을까 하는 생각이 들지 않으세요? 제 생각인데요, 어쩜 그 사람은 믿는 데가 있었는지도 몰라요. 자기가 죽고 나면 기쿠지 씨가 딸을 돌봐주지 않을까 하는……."

 "무슨 말이 하고 싶어서 그래요?"

 "저는 차곡차곡 생각해가다가 갑자기 그런 의문에 맞닥뜨린 겁니다. 왜냐하면 기쿠지 씨의 이번 혼담에 오호다 부인이 죽음으로 방해를 했거든요. 이것은 죽은 그냥 죽은 것이 아니다, 뭔가 있다고 말입니다."

 "그건 구리모토 씨의 괴팍한 망상일 뿐이에요." 하고 기쿠지는 말했지만, 지카코의 그 괴팍한 망상으로 가슴이 뜨끔했다.

 번개가 스치고 간 것 같았다.

 "기쿠지 씨, 이네무라 아가씨의 얘기를 오호다 부인에게 말씀 하셨지요?"

 기쿠지는 짐작가는 것이 있었지만 시치미를 뗐다.

 "내 혼담이 결정되었다고 오호다 부인에게 전화를 건 것은 구리모토 씨가 아닙니까?"

 "네, 걸었습니다. 방해하지 말아달라고 말해주었습니다. 오호다 씨가 죽은 것은 그날밤이었지요."

 잠시 침묵이 흘렀다.

 "한데 제가 전화를 걸었다는 걸 기쿠지 씨가 어떻게 아셨을까요? 그 사람이 울며 고해바쳤습니까?"

 기쿠지는 허를 찔리고 말았다.

 "그렇죠? 그 사람이 전화에 대고 뭐라고 외쳤겠죠?"

 "그렇다고 하면 구리모토 씨가 죽인 것이 되겠군요."

 "그렇게 생각하시면 기쿠지 씨는 편하시겠지요. 제가 원한의 대상이 되었으니까요. 아버님께서는 필요에 따라 저로 하여금 원한의 대상이 되는 여자로 길을 들이신 겁니다. 그 보답을 해드린다는 건 아니지만, 오늘은 원한의 대상이 되려고 왔습니다."

지카코는 뿌리깊은 질투와 증오심까지도 내뱉고 있는 것일까 하고, 기쿠지에게는 들려왔지만,

"내막은 덮어두기로 하고……." 하면서 지카코는 자신의 코를 내려다보는 눈초리로,

"기쿠지 씨는 그저 나를 꼴도 보기싫은 여자가 오지랖 넓게 나선다고, 얼굴만 찡그리고 계시면 됩니다……. 그 동안 제가 마귀인 여자를 물리치고 좋은 혼담이 성사되게 할 테니까요."

"그 좋은 혼담 얘기를 이젠 그만둘 수 없을까요?"

"네, 오호다 부인의 얘기를 저도 하고 싶지 않습니다." 하고 지카코는 음성을 누그러뜨리며,

"오호다 부인도 나쁜 사람은 아닐 거예요……. 자기가 죽으면서 암암리에 딸을 기쿠지 씨에게 하고, 그저 기도했을 뿐일 테니까요……."

"또 그런 소리를……."

"하지만 그렇지 않은가요? 그 사람은 살아 있을 때부터 기쿠지 씨에게 딸을 드리고 싶다는 생각을 한 번도 안 한 것으로 생각하십니까? 그렇다면 둔하신 거죠. 자나 깨나 아버님밖에는 몰랐던 사람으로, 마귀가 씌운 것처럼 순정이라면 순정일 수도 있습니다. 꿈결에도 딸을 잊지 않고, 최후에는 목숨까지 바쳐가며……. 그러나 옆에서 보기에는 무서운 재앙이거나 저주스러운 것 같아요. 마귀의 끄나풀을 쳐놓은 것이 분명합니다."

기쿠지는 지카코와 눈을 마주쳤다.

지카코는 작은 눈을 치뜨고 있었다. 그 눈길을 피하지 않기 때문에 기쿠지는 옆을 보고 말았다.

지카코를 떠들게 내버려두고 기쿠지가 우물쭈물하고 있는 것은

처음부터 찔리는 데가 있기도 했지만, 지카코의 괴상한 말에 놀랐기 때문이었다.

죽은 오호다 부인은 딸인 후미코가 기쿠지와 맺어지기를 과연 바라고 있었을까? 기쿠지는 생각해보지도 않았다. 또 믿을 수도 없었다.

지카코의 질투심이 독설을 뱉어놓은 것으로 본다.

지카코의 가슴에 있는 그 흉칙한 점과 같은 사악한 마음일 것이다.

그러나 그 괴상한 말들이 기쿠지에게는 벼락처럼 느껴졌다.

기쿠지는 두려웠다.

자기 자신도 그것을 바라지는 않았다.

어머니 다음에 딸에게 마음이 끌리는 일이 세상에 없는 건 아니지만, 어머니의 포옹 속에서 아직까지 깨어나지 못한 채, 그대로 딸에게 옮겨졌는데도 스스로 깨닫지 못한다면 그거야말로 마귀에 홀린 것일까?

기쿠지는 오호다 부인을 만나고부터 자신의 성격이 돌변하고 만 것이 아닌가 하고 생각해보았다.

뭔가 몽롱해진다.

"오호다 아가씨가 오셨는데, 손님이 계시면 다시 오신다면서……." 하고 가정부는 알려주었다.

"아니, 돌아가셨어요?"

기쿠지는 일어서서 뛰쳐나갔다.

2

"지난번에는……."

갸름하고 하얀 목을 쳐들며 후미코는 기쿠지를 올려다보았다.

목에서 가슴에 이르기까지 골이 진 곳에는 누르스름한 그늘이 지고 있었다.

빛깔 때문일까 아니면 까칠해진 것일까, 기쿠지는 그 엷은 그늘에 잠시 시선을 멈추었다.

“구리모토가 와 있어요.”

기쿠지는 시원스럽게 말할 수 있었다. 망설이기도 했지만 후미코를 보는 순간 오히려 마음이 가벼워졌다.

“선생님의 양산이 있는 걸 보았어요……”

“아, 이 양산말입니까?”

손잡이가 긴 회색 양산이 현관 한 구석에 세워져 있었다.

“괜찮으시다면 다른 채의 다실에서 기다려주시겠어요? 구리모토 아줌마는 곧 돌아갈 테니까요.”

기쿠지는 그렇게 말하긴 했지만, 후미코가 올 것을 알면서도 어째서 지카코를 쫓아보내지 않았는지 자기 자신을 이상하게 생각했다.

“저는 괜찮은데요……”

“그렇습니까? 그렇다면……”

후미코는 지카코가 품고 있는 적개심을 모르는 것처럼 응접실로 들어가자마자 지카코에게 인사를 했다.

어머니에 대한 뉘우침의 인사말도 깍듯이 말했다.

지카코는 강습시간에 제자를 돌봐줄 때처럼, 왼쪽 어깨를 들고 돌아다보는 자세가 되어,

“어머니께서도 얌전하신 분이었는데……얌전한 사람이 생존해 있지 않는 세상에서는 마지막 꽃이 진 것 같은 느낌이 들거든요.”

“그렇게 얌전하시지도 못했는걸요.”

“후미코 양 홀로 남게 되었으니, 어머니께서도 눈을 감지 못하셨을 거예요.”

후미코는 눈을 내리깔고 있었다.

주걱턱의 아랫입술을 꼭 다물고 있다.

“적적할 테니 이제 차를……”

"아녜요, 저……."

"마음이 헷갈리기 쉽군요."

"저는 차를 마실 신분도 아닌걸요."

"무슨 말을 그렇게 해요?"

지카코는 무릎에 얹었던 손을 떼며,

"사실은 이 댁도 장마가 걷혔으니까 다실에 통풍이라도 시킬까 해서 오늘 찾아뵌 거예요." 하면서 지카코는 기쿠지를 홀끔 바라보았다.

"후미코 양도 기왕 왔으니까 함께 하죠?"

"네……?"

"어머니의 유품인 백자를 쓰면서……."

"하지만 다실에서 눈물을 흘리게 되면 싫은걸요."

"아, 울어보자구요. 좋아요. 머지 않아 기쿠지 씨의 부인을 맞아들이면 나도 마음대로 다실에 드나들 수 없어요. 추억이 담긴 다실이긴 하지만……."

지카코는 살짝 웃더니 정색을 한 태도로 말했다.

"이네무라 씨 댁의 유키코 양과의 얘기가 결정되면 말이죠."

후미코는 고개를 끄덕였다. 안색은 조금도 변하지 않았다.

그러나 어머니를 닮은 둥근 얼굴은 까칠해진 것처럼 보였다.

기쿠지가 입을 열었다.

"정하지 않은 말을 함부로 하면 저쪽에 실례가 됩니다."

"결정하게 되면 그렇다는 얘기예요." 하고 지카코가 되받은 다음,

"호사다마라고 하니, 후미코 양도 결정될 때까지 듣지 않은 것으로 해줘요."

"네."

후미코는 역시 고개를 끄덕였다.

지카코는 가정부를 부르더니 함께 다실로 청소하러 갔다.

"이 응달은 나뭇잎이 아직 축축히 젖어 있군요. 조심해요."

정원에서 지카코의 음성이 들려왔다.

3

"아침에 전화했을 때에는 이쪽의 빗소리가 들리는 정도였지요?"
하고 기쿠지가 말했다.

"전화로도 빗소리가 들립니까? 저는 아무 생각도 없이 들었어요.
이곳 마당에서 나는 빗소리가 전화에서 들렸을까요?"

후미코는 그 정원으로 눈길을 돌렸다.

정원수의 저쪽에서 지카코가 다실을 쓸고 있는 소리가 들려 왔다.

기쿠지도 정원을 내다보면서,

"나도 후미코 씨 댁의 빗소리가 전화로 들렸다고는 생각지 않
았지만, 나중에는 그런 생각이 들 만큼 요란한 소나기가 쏟아졌어요."

"네, 천둥이 무서워서……."

"맞아요, 전화로도 그렇게 말씀하셨어요."

"하찮은 것까지도 어머니를 닮은 것 같아요. 천둥이 치면 어머
니는 소맷자락으로 작은 제 머리를 감싸주곤 했어요. 여름에 외출할
때, 어머니는 오늘은 천둥을 치지 않을까 하고 자주 하늘을 올려다
보셨지요. 지금도 저는 천둥이 치기만 하면 소맷자락으로 얼굴을
가리고 싶을 때가 있습니다."

후미코는 어깨에서 가슴까지 수줍음을 나타내면서,

"저, 백자의 엽차잔을 가져왔는데……." 하며 일어서 나갔다.

후미코는 응접실로 돌아오더니 그것을 포장된 채로 기쿠지의
무릎 앞에서 내밀었다.

그러나 기쿠지가 망설이는 바람에 후미코는 그것을 끌어당기더니
상자에서 꺼내놓았다.

"라쿠야키(樂燒 : 낮은 온도로 구어낸 토기. 검정과 적색이 있음)의 찻잔도 어머니께서는 엽차잔으
로 쓰셨던 모양이군요. 뇨뉴(了人)가 만든 건가요?" 하고 기쿠지가

말했다.

"네. 검은 토기잔이나 빨간 토기잔은 녹차나 엽차의 맛을 제대로 내지 못한다고 해서 이 백자잔으로 자주 마셨습니다."

"하긴 그렇군요. 검은 토기잔은 녹차의 빛깔을 알아볼 수 없게 하겠지요."

앞에 놓아둔 백자잔을 기쿠지가 손으로 꺼내려 하지 않자,

"좋은 백자는 아니지만……."

"아뇨."

그러나 기쿠지는 여전히 꺼내지 않았다.

오늘 아침 후미코가 전화로 말한 것처럼 그 백자의 하얀 유약은 엷은 붉은색을 띠고 있다. 한참 보고 있으려니까 하얀 유약 속에서 붉은색이 떠오르는 것 같았다.

그리고 아구리는 엷은 갈색을 띠고 있다. 한 군데만은 엷은 갈색이 약간 진하게 보이기도 했다.

거기가 마실 때 입을 대는 부분인 모양이다.

차의 앙금이 끼인 것처럼 보였다. 그러나 입술이 닿는 바람에 묻은 앙금도 있을지 모른다.

그 엷은 갈색을 바라보니까 역시 붉은기가 곁들여 있는 것처럼 보였다.

오늘 아침 후미코가 전화로 말했듯이, 후미코 어머니의 입술연지가 스며든 자국인지도 모른다는 생각이 들었다.

그런 생각을 해보니까, 유약을 칠해서 난 가느다란 잔금에도 갈색과 빨간색이 섞여서 들어가 있다.

입술연지가 바랜 듯한 빛깔, 시든 붉은 장미의 빛깔——그리고 어디엔가 묻은 피가 변색이 된듯한 빛깔과 같다고 느껴지는 순간, 기쿠지는 가슴이 이상해지는 것을 느꼈다.

구역질이 날 것 같은 불결한 느낌과 야릇한 유혹 같은 것을 동시에 느꼈다.

찻잔의 몸통에는 푸른색을 띤 검정빛의 굵은 잎만이 달린 풀이 그려져 있다. 잎 중에는 적갈색을 띠고 있는 것도 보였다.

그 풀그림은 단순하면서도 건강미를 보여주고 있어, 기쿠지의 병적인 관능의 욕구를 가라앉혀주는 듯했다.

찻잔의 모습도 늠름해보였다.

“좋군요.” 하면서 기쿠지는 집어들었다.

“저는 아무것도 모르지만 어머니는 좋아하시며 늘 쓰셨어요.”

“여자의 찻잔으로는 안성맞춤이군요.”

기쿠지는 자신이 한 말에서 후미코 어머니의 여자다운 감촉을 생생하게 느낄 수가 있었다.

그런데 어머니의 입술연지가 묻었다는 이 백자 찻잔을 왜 가져 왔을까.

후미코가 짓궂은 것인지, 아니면 신경이 무딘 것인지 기쿠지는 알 수가 없었다.

다만 후미코에게서 아무런 저항감도 느낄 수 없는 것이 기쿠지 에게 전해오는 것 같았다.

기쿠지는 무릎 위에서 찻잔을 돌려가며 보기는 했지만, 아구리를 만지는 건 피했다.

“넣어두세요. 구리모토 아줌마가 보시면 또 뭐라고 시끄럽게 하실 테니까요.”

“알았습니다.”

후미코는 찻잔을 상자에 넣고 다시 보자기로 쌌다.

기쿠지에게 주려고 가져온 모양이지만, 후미코는 입을 열지 못 하는 것 같았다. 물건이 기쿠지 마음에 들지 않는다고 생각했는지도 모른다.

후미코는 그 보따리를 다시 현관에 두려고 가지고 갔다.

지카코가 정원 쪽에서 올라왔다.

“오호다 씨의 물병을 꺼내주시지 않겠어요 ?”

"집의 걸 쓰는 것이 어때요? 오호다 씨도 와 계시니까……."

"무슨 말씀이에요? 후미코 양이 있으니까 써보자는 거 아닙니까? 유품으로 남긴 백자니까 어머니에 대한 추억담이라도 나눠보자는 것입니다."

"하지만 구리모토 씨는 오호다 부인을 미워하면서……." 하고 기쿠지가 말했다.

"미워하다뇨, 그럴 리가 있어요? 서로 성격이 맞지 않았을 뿐이죠. 죽은 사람을 미워할 까닭이 있습니까? 다만 성격의 차이로 저는 그 부인을 잘 몰랐고, 또 한편으로는 지나치게 그 부인을 꿰뚫어본 점도 있구요."

"남을 꿰뚫어보는 것이 구리모토 씨의 버릇 같은데……."

"그렇게 당하지 않도록 하시는 것이 좋을 거예요."

이때 후미코가 낭하 쪽에서 오더니 응접실 구석에 앉았다.

지카코는 왼쪽으로 돌아다보며,

"후미코 양, 어머님이 쓰시던 물병을 써도 좋지요?"

"그럼요, 물론입니다." 하고 후미코는 대답했다.

기쿠지는 반침에 넣어둔 백자를 꺼냈다.

지카코는 부채를 오비에 푹 꽂고서는 물병이 든 상자를 들고 다실로 갔다.

기쿠지도 후미코에게로 다가와서,

"오늘 아침 전화로 이사하셨다는 말을 듣고 깜짝 놀랐어요. 집 흥정을 혼자 하셨습니까?"

"네. 하지만 아는 분이 사주셔서 간단히 끝낼 수가 있었습니다. 그분은 오이소(大磯 : 도시 이름)에 임시로 사시던 작은 집을 가지고 계셨는데, 바꿔서 살아도 좋다고 말씀하시더군요. 하지만 아무리 작은 집이라도 저 혼자서야 살아 갈 수 없잖겠어요? 취직을 하려면 셋방을 얻어 사는 것이 편할 것 같아요. 그래서 친구집에 얹혀살기로 한 것입니다."

“직장은 결정되었습니까?”

“아뇨. 어디에든 막상 가게 되어도 제게는 딸린 것이 없으니까 안심이에요.” 하며 후미코는 미소를 지었다.

“직장이 결정된 후에 찾아뵈려고 했습니다. 집도 없고 직업도 없이 빈둥거리며 놀면서 찾아뵙는 게 어쩐지 슬픈 생각이 들었어요.”

그런 경우가 오히려 좋다고 기쿠지는 말하고 싶은 듯, 홀로 사는 후미코를 생각해보았지만 쓸쓸한 모습은 아니었다.

“나도 이 집을 팔고 싶지만 얼른 결정을 내리지 못하고 있어요. 팔려는 생각이 드니까 빗물 홈통도 고치지 않게 되고, 다다미도 보시다시피 겉갈이를 하지 않게 되는군요.”

“이 집에서 결혼하셔야 되는 것 아닙니까? 그때…….” 하고 후미코는 솔직하게 말했다.

기쿠지는 후미코를 보며,

“구리모토의 얘기입니까? 지금 내 형편에 결혼할 수 있다고 생각하십니까?”

“제 어머니 때문인가요?……어머니가 그만큼 뉘우치셨으니까 이젠 제 어머니의 일은 과거지사로 돌리시는 게 좋다고 생각합니다만…….”

4

익숙한 솜씨여서 지카코는 다실의 준비를 일찍 끝냈다.

“물병을 곁들여놓으니까 어떠세요?” 하고 지카코가 물어왔지만 기쿠지는 그 분위기의 운치를 느낄 수가 없었다.

기쿠지가 아무 대답도 하지 않으니까 후미코도 아무 말도 할 수가 없었다. 기쿠지와 후미코는 백자 물병을 바라보고 있었다.

오호다 부인의 납골 항아리 앞에서 꽃병 구실을 하던 것이 오늘은 제몫을 하고 있다.

오호다 부인의 손길이 닿았던 것이 지금은 구리모토 지카코의 손을 타고 있다. 오호다 부인이 죽고 나서 딸인 후미코에게로 넘어왔고, 후미코에게서 다시 기쿠지에게 넘어온 것이다.

묘한 운명을 타고난 물병인데, 차도구란 그런 것인지도 모른다.

오호다 부인이 가지기 이전, 이 물병이 세상에 모습을 드러내고부터 3, 4백 년 동안 어떤 운명을 타고 난 사람들의 손을 거쳐서 넘어오게 되었을까?

"불을 지키는 풍로나 쇠로 만든 솥을 놓으니까 백자가 더욱 예쁘게 보이는군요." 하면서 기쿠지는 후미코에게,

"하지만 쇠에게 떨어지지 않는 강한 모습이군요."

백자의 하얀 몸체에서 은은한 광채를 비추고 있었다.

이 백자를 보고 있으면 만나고 싶은 생각이 든다고, 기쿠지는 전화로 후미코에게 말하긴 했지만, 그 어머니의 하얀 살결에는 역시 여자로서의 강한 매력이 깃들어 있었단 말인가?

기쿠지는 날씨가 더워서 다실의 문을 열어놓았다.

후미코가 앉아 있는 뒤창에는 단풍이 아직 파란빛을 보이고 있었다. 단풍잎의 겹쳐진 진한 그늘이 후미코 머리에 드리워져 있다.

후미코의 긴 목에서 그 윗부분이 창에서 들어오는 밝은 빛을 받고 있으며, 짧은 소매를 처음 걸친 듯한 팔은 푸른빛이 감돌며 희게 보였다. 별로 뚱뚱하게 보이지는 않는데도 어깨선이 둥글게 느껴졌고, 팔도 통통하니 둥근 느낌이 들게 보였다.

지카코도 물병을 보고 있었다.

"역시 백자 물병은 다도에 쓰지 않으면 살지 않는군요. 서양꽃을 꽂아둔다니 그건 너무 아깝잖아요?"

"어머니도 꽃을 꽂았었는걸요." 하고 후미코가 말했다.

"어머니의 유품인 물병이 여기에 와 있다니 꿈결 같군요. 하지만 아마 어머니께서도 기뻐하실 거예요."

지카코는 빈정거리는 투로 말한 것인지 모른다.

그러나 후미코는 아무렇지 않게,

"어머니도 물병을 꽃꽂이에 썼을 정도였고, 저도 이젠 다도회 같은 건 하지 않을 생각이니까요."

"그렇게 말하지 말아요."

지카코는 다실을 둘러보며,

"나는 역시 여기에 앉으면 제일 안정되는 것 같은걸요. 여러 곳을 다녀보지만……." 하면서 기쿠지를 보고는,

"내년은 아버님의 5주기가 되죠? 제삿날에 다회를 여세요."

"글쎄요. 모든 것을 가짜만 늘어놓고 손님을 청하면 유쾌할지도 모르죠."

"무슨 말씀을 그렇게 하세요? 아버님의 도구에는 가짜란 하나도 없어요."

"그럴까요? 하지만 모두 가짜 다도회가 재미있을지도 모르죠." 하고 기쿠지는 후미코를 보며 말했다.

"이 다실에도 뭔가 곰팡이 냄새 같은 독가스가 끼어 있는 느낌이 드는데, 가짜만을 사용하는 다회라면 그런 독기(毒氣)를 몰아내는 것이 될지도 모르겠군요. 그것을 아버지 영전에 바치는 제물로 하고, 차와는 인연을 끊는다는 것이군요. 하긴 전부터 인연은 끊어졌지만……."

"이 할멈이 부질없이 찾아와서 다실에 드나든다는 말씀이군요." 지카코는 샐쭉해져서 차를 젓기 시작했다.

"글쎄, 그렇다고나 할까요?"

"그런 말씀 마세요. 새로운 인연을 맺으면 지나간 인연은 끊어도 좋을 테니까요."

지카코는 차나 마시라는 식으로 기쿠지 앞에 차를 내놓았다.

"후미코 양, 기쿠지 씨의 농담을 들으니까 어머니의 유품이 잘못 찾아간 것 같지 않아요? 나는 이 백자를 보고 있으면 어머니의

얼굴 모습이 여기에 비쳐져 있는 듯한 느낌이 들어요."

기쿠지는 다 마신 찻잔을 놓고 물병을 다시 바라보았다.

그 검은색 뚜껑에 지카코의 모습이 비쳤을 것 같았다.

그러나 후미코는 말없이 앉아 있다.

후미코는 지카코에게 아무런 저항도 하지 않겠다는 것인지, 아니면 지카코를 무시한 것인지 기쿠지는 분간할 수가 없었다.

후미코가 싫어하는 기색도 없이 지카코와 함께 다실에 들어가 앉아 있는 것 자체가 이상한 일이었다.

지카코가 기쿠지의 혼담에 관한 얘기를 꺼냈는데도 후미코는 아무 반응을 보이지 않았다.

옛날부터 후미코 모녀를 미워하던 지카코는 말 한마디 한마디가 후미코를 모욕하는 말이었지만, 후미코는 반감 같은 것을 조금도 나타내지 않았다.

그러한 것들을 말끔히 흘려버릴 수 있을 만큼 후미코는 깊은 슬픔에 잠겨 있다는 것인가.

어머니의 죽음으로 그러한 모든 것을 초월해버렸다는 것일까.

혹은 어머니의 성격을 이어받아, 자신은 물론이고 타인에게도 저항하지 않는 순하디 순한 처녀란 말인가.

그러나 기쿠지는 지카코가 모욕하고 증오하는데도 후미코 역성을 들어주려고 하지 않는다.

그걸 알아차리자 기쿠지는 자기 자신이야말로 이상하다고 생각했다.

끝에 가서 지카코는 차를 혼자 따라 마시고 있었는데, 기쿠지는 지카코의 그러한 모습을 이상하게 보았다.

지카코는 오비 사이에서 시계를 꺼내보면서,

"아무래도 작은 시계는 시간을 알아보기가 나빠서요……. 회중시계라도 좋으니 아버님이 쓰시던 것 하나 주세요."

"회중시계는 없는데요." 하고 기쿠지가 시치미를 떼자,

"있어요. 자주 가지고 다니셨는걸요. 후미코 양의 댁을 찾아가셨을 때도 회중시계를 가지고 가셨겠지요?" 하며 지카코는 일부러 능청스런 표정의 얼굴을 보였다.

후미코는 눈을 내리깔았다.

"두시 십분인가요? 바늘이 겹쳐져서 흐릿하게 보이는군요."

지카코는 일할 모습으로 바뀌었다.

"이네무라 씨 댁의 아가씨가 그룹을 형성해주셨어요. 오늘은 세시부터 그 강습이 있어요. 이네무라 씨에게 가기 전에 잠깐 여기에 들러서 기쿠지 씨의 대답을 받아가지고 갈까 하고 생각했지요."

"이네무라 씨에게 사양하겠다고 확실하게 말씀드리세요." 하고 기쿠지가 말했지만,

"네, 알겠습니다. 확실히 말씀이죠." 하며 지카코는 웃음으로 얼버무리며, "그 그룹의 강습을 하루속히 이 다실에서 할 수 있게 되었으면 좋겠습니다만."

"그럼 이네무라 씨가 이 집을 사면 될 거 아니요. 어차피 가까운 시일 내에 팔려고 하니까."

"후미코 양, 함께 나가지 않을래요?"

지카코는 기쿠지를 상대하지 않고 후미코에게 화살을 돌렸다.

"네."

"얼른 치워버릴 테니까……."

"저도 거들게요"

"그래줄래요?"

그러나 지카코는 후미코를 기다려주지 않고 혼자 주방으로 갔다. 설거지하는 소리가 들려왔다.

"후미코 씨는 여기에 그냥 계세요. 함께 가시지 않아도 되잖습니까……." 하고 기쿠지가 작은 소리로 말했다.

후미코는 고개를 가로저으며,

"무서워요."

"무서울 것 없어요."

"저는 무서운걸요."

"그럼 얼마 동안 데려다주고 다시 돌아오세요."

후미코는 다시 고개를 가로저으며 입고 있는 하복의 무릎 뒤 쪽에 진 주름을 펼치면서 일어섰다.

기쿠지는 밑에서 손을 내밀어 부축하려고 했다.

후미코가 비틀하고 넘어질 것 같은 생각이 들었기 때문이었지만, 후미코는 얼굴을 붉혔다.

지카코에게서 회중시계 얘기를 들었을 때, 눈언저리가 빨개졌었는데 이제 그 부끄러운 마음이 활짝 꽃을 피운 것 같다.

후미코는 백자 물병을 들고 주방으로 갔다.

"어머, 역시 어머니 유품을 들고 오는군요."

안에서 지카코의 쉰듯한 음성이 들려왔다.

포개진 병

1

후미코도 그리고 이네무라 씨의 딸도 결혼해버렸다고, 구리모토 지카코가 기쿠지의 집에 와서 전해주었다.

8시 반까지는 밝은 여름시간이어서, 기쿠지는 저녁식사 후 툇마루에 누워 가정부가 사온 개똥벌레 바구니를 바라보고 있었다. 희끄무레한 개똥벌레 불빛이 어느새 노랗게 보이기 시작하고, 해도 저물었다. 그러나 기쿠지는 불을 켜려고 하지는 않았다.

기쿠지는 회사에서 4, 5일의 휴가를 얻어 노지리고(野尻湖)에 있는 친구의 별장에 갔다가 오늘 돌아온 것이다.

친구는 결혼해서 갓난아기까지 있었다. 갓난아기를 처음 본 기쿠지는 태어난지 며칠이 되는지, 애가 태어난 날 수에 비해 큰지 작은지 분간할 수가 없어서 뭐라고 인사해야 할지 우물쭈물하다가,

"발육이 좋은 아기군." 하고 말했더니,

"그렇지도 않아요. 태어났을 때는 작아서 한심한 생각이 들었어요. 요즘은 많이 나아진 편이에요." 하고 부인이 대답했다.

기쿠지는 아기 앞에서 손을 흔들고는,

"아직 눈을 깜박이지 못하는군요."

"보기는 하지만, 깜박이는 건 좀더 시간이 가야 한답니다."

기쿠지는 아기가 태어난지 몇 달은 되는 줄 알았는데, 이제 겨우

백일 정도라는 것이다. 젊은 부인은 머리 숱도 적어졌을 뿐 아니라, 안색도 아직 흰 편이어서 산후의 초췌한 모습이 그대로 남아 있는 것을 이해할 수 있었다.

모든 것을 아기를 중심으로 하고 있어, 아기만 보고 있는 듯한 친구 부부의 생활이고 보니, 기쿠지는 소외된 느낌이 들었다. 그러나 돌아오는 기차를 타고 자리를 잡자, 보면 볼수록 얌전한 부인이 비록 힘이 빠져 초췌하게 보이긴 했지만 아기를 사랑스럽게 꼭 껴안고 있는 모습이 기쿠지의 머리에 떠오르더니 얼마 동안 사라지질 않았다. 친구는 부모 형제와 함께 살고 있기 때문에, 첫아이를 출산하고 호반에 있는 별장에서 한 동안 남편과 호젓하게 지내게 된 부인은, 정신나간 사람처럼 보일 정도로 안심하고 있는 듯했다.

기쿠지는 집으로 돌아와서 툇마루에 누워 있는 지금도, 성스럽고 애절한 감정 같은 것이 솟구쳐서, 그 부인에 대한 기억이 되살아나는 것이었다.

바로 그때 지카코가 찾아온 것이다.

지카코는 방으로 거침없이 들어가더니,

"어머나 이렇게 어둔데서." 하고는 기쿠지의 발쪽 마루에 앉았다.

"홀아비는 가엾군요. 잠을 자도 불을 꺼주는 사람이 없으니 말예요."

기쿠지는 발을 오무렸다. 그냥 누워 있을까 하다가 일어나 앉았다.

"아네요, 그냥 누워계세요." 하면서 지카코는 오른손으로 기쿠지를 눕게 하려는 듯한 손짓을 하고 나서 새삼스럽게 인사를 했다. 교토에 갔다가 돌아오는 길에 하코네(箱根)에 들렀다고도 했다. 교토의 친정에서 다구상(茶具商)을 하는 오이즈미(大泉)를 만나서,

"오랜만에 아버님 얘기를 실컷 했지요. 미다니 씨께서 은밀히 이용하시던 여관에 안내하겠다면서, 기야마치(木屋町)에 있는 작은 여관으로 갔습니다. 아버님께서 오호다 부인하고 같이 가신 모양이죠? 오이즈미는 제게 거기서 묵으라는 거예요, 글쎄. 참말 둔한

사람이죠. 아버님도 오호다 부인도 모두 작고하셨다는 걸 생각하니까, 아무리 그렇더라도 밤에는 어쩐지 기분이 나쁠지도 모르잖아요?"

그런 말을 하는 지카코야말로 신경이 둔하다고 생각하면서 기쿠지는 아무 말도 하지 않았다.

"기쿠지 씨도 노지리고에 갔다 오셨어요?"

지카코의 말투는 알고 묻는 것 눈치였다. 집에 들어서자마자 가정부에게 모든 것을 듣고 양해도 받지 않고 들어서는 것이 지카코의 버릇이었다.

"조금 전에 돌아왔어요."

기쿠지는 무뚝뚝한 말투로 대답했다.

"나는 삼사 일 전에 돌아왔어요." 하고 지카코 역시 쌀쌀맞게 말하더니, 왼쪽 어깨를 추켜올리고는,

"그런데 말씀이에요. 돌아와보니 어처구니 없는 일이 일어난 거예요. 정말 깜짝 놀랐어요. 엉뚱한 실수를 범해서 이젠 기쿠지 씨를 대할 면목이 없군요."

이네무라 씨의 딸이 결혼을 해버렸다고 지카코는 말했다.

기쿠지는 툇마루 쪽이 어두운 것을 다행으로 생각하며 깜짝 놀랜 표정을 지었다. 그러나 아무렇지도 않은 듯이,

"그래요? 언제?"

"남의 일처럼 시침을 떼시는군요." 하며 지카코는 빈정대듯 말했다.

"나는 유키코 양에 대해선, 구리모토 씨에게 이미 사양했으니까요."

"말로는 그랬지요. 제게는 그렇게 보이고 싶으셨을 거예요. 처음부터 마음이 움직이지도 않는데 주제넘은 할멈이 제 마음대로 떠들고 다닌다. 그러니 기분이 나쁘다. 그러나 상대편 아가씨는 꽤 좋은 사람이다. 그런 것 아니었습니까?"

222

"무슨 말을 하는 거예요?"

기쿠지는 내뱉듯이 크게 웃었다.

"그 따님은 마음에 들었던 거죠?"

"좋은 처녀였어요."

"저는 그걸 벌써 알고 있었어요."

"좋은 처녀라고 해서 덮어놓고 결혼하고 싶은 건 아니죠."

그러나 이네무라 아가씨가 결혼했다는 말을 듣고 가슴이 뭉클해져서 기쿠지는 그 아가씨의 모습을 눈앞에 그려보려고 애썼다.

기쿠지는 두 번밖에 유키코를 만나지 않았다.

원각사의 다회에서 지카코는 기쿠지에게 유키코를 보이기 위해, 일부러 유키코에게 차를 다리도록 시켰다. 얌전하고 품위있게 차를 다렸으며, 나뭇잎의 그림자가 비친 장지문이 유키코의 옷자락과 소매, 그리고 머리까지도 밝게 비춰준 인상은 마음 깊이 남았지만 유키코의 얼굴 모습은 생각해낼 수가 없었다. 그때의 빨간 비단 보라든가, 절 안쪽에 있는 다실로 가면서 가지고 간, 분홍색 깔깔이천에 하얀 센바즈루 무늬가 있는 보자기가 지금도 선명하게 떠오른다.

그 뒤에 한 번, 유키코가 기쿠지 집에 왔던 날도 유키코가 차를 다렸다. 기쿠지는 이튿날까지도 다실에 유키코의 향기가 남아 있는 듯한 느낌이 들었으며, 유키코의 붓꽃 그림이 있는 오비 같은 것이 지금도 눈에 삼삼하게 아른거리지만, 그 모습은 기억할 수가 없다.

3, 4년 전에 죽은 아버지와 어머니의 얼굴 모습까지도 기쿠지는 명확하게 기억해낼 수 없는 정도다. 사진을 보아야만 그제서야 실감할 수 있다. 친한 사람이나 사랑하는 사람일수록 기억하기가 어려운 모양이다. 그리고 보기 싫은 사람일수록 명확하게 기억할 수 있는 것 같다.

유키코의 눈과 볼은 빛처럼 추상적으로 기억하지만, 지카코의 유방에서 명치 끝으로 퍼져있는 얼룩 반점은 두꺼비모양처럼 구체적으로 기억할 수 있다.

뒷마루는 지금 어둡긴 하지만, 지카코는 아마 평직으로 짠 감으로 만든 윗도리를 입고 있을 거라고 기쿠지는 짐작하고 있었으며, 가령 밝은 곳이라 해도 가슴의 그 얼룩반점이 비쳐질 리는 없을 텐데, 기쿠지는 그것을 명확하게 기억해내서 보이는 것 같았다. 어두워서 보이지 않으니까 오히려 기억을 더듬어서 볼 수 있었다.

"좋은 아가씨라고 생각하면 놓쳐서는 안 되죠. 이네무라 유키코 양은 이 세상에서 오직 한 사람밖에 없으니까요. 일생을 두고 찾으셔도 같은 사람은 찾을 수 없답니다. 이렇게 간단한 이치를 기쿠지 씨는 모르고 있는 겁니다." 하고 지카코는 몹시 꾸짖는 말투로,

"경험이 없으니까 허세를 부린 거겠지요. 이것으로 어쨌든 간에 기쿠지 씨하고 유키코 양의 인생은 바뀐 거예요. 유키코 양은 기쿠지 씨와의 혼담에 마음이 있어했으니까, 유키코 양이 다른 데로 출가해서 불행해진다면 기쿠지 씨에게 책임이 없다고는 말할 수 없을 겁니다."

기쿠지는 아무 대답도 하지 않았다.

"그 아가씨를 자세히 보셨겠지요? 유키코 양이 몇 년 후에라도 기쿠지 씨와 결혼했더라면 좋았을 걸 하고 후회하면서, 기쿠지 씨를 생각해도 좋겠습니까?"

지카코의 음성에는 독기가 깃들어 있었다.

유키코가 결혼해버렸다면, 무엇 때문에 쓸데없는 말까지 늘어놓고 있을까?

"개똥벌레 바구니예요? 아직도 그런 게 있어요?"

지카코는 목을 내밀며,

"이제 가을이군요. 곤충 바구니가 나올 계절이 왔군요. 아직도 개똥벌레가 있습니까? 유령같이 보여요."

"가정부 아줌마가 사온 모양이에요."

"가정부는 고작 그 정도라니까요. 기쿠지 씨가 다회라도 열면

이런 일은 없을 겁니다. 일본의 계절이란 것이 있지 않습니까?"

지카코의 말을 듣고 보니 개똥벌레의 불빛이 유령처럼 보이지 않는 것도 아니다. 노지리고 호반에서 벌레들이 울고 있던 것을 기쿠지는 생각해냈다. 개똥벌레가 지금까지 있다는 것이 하긴 이상하기도 했다.

"사모님이 계셨더라면 쓸쓸하게 계절에 맞지 않는 일을 시키시지는 않았을 겁니다." 하고 갑자기 지카코는 울적해진 듯이,

"이네무라 씨의 따님을 중매해드리는 것이, 아버님에 대한 제 성의라고 생각했었습니다만……."

"성의?"

"네, 그렇습니다. 거기다 기쿠지 씨가 어두운 데 누워서 개똥벌레나 바라보고 있으니까 오호다 후미코 양까지도 결혼해버린 것 아니겠습니까……."

"언제 했죠?"

유키코가 결혼했다는 말을 들었을 때보다도 기쿠지는 훨씬 놀랐으며, 그 놀람을 감출 수도 없었다. 그럴 리가 없다고 하는 기쿠지의 표정이 지카코에게 간파되었을 것이다.

"저도 교토에서 돌아와 입을 다물 수가 없었어요. 말씀드린 것처럼 두 사람이 모두 결혼했다는 걸 듣고 요즘 젊은이들이란 어처구니없다는 생각이 들었습니다." 하고 지카코가 말했다.

"후미코 양이 결혼해줘서 이젠 기쿠지 씨의 방해가 될 사람이 없어졌다고 생각했더니, 이미 그때는 유키코 양도 결혼한 후가 아니겠어요? 이네무라 씨 댁에서는 저까지도 무시당한 거지 뭡니까? 이게 모두 기쿠지 씨가 우유부단한 덕택입니다."

그러나 기쿠지는 아직도 후미코의 결혼을 믿을 수가 없었다.

"오호다 부인은 죽어서까지 기쿠지 씨의 방해가 되었군요. 하지만 후미코 양의 결혼으로 이젠 부인의 마성도 이 댁에서 물러갔을 겁니다."

지카코의 눈길은 마당을 향하고 있었다.

"이젠 마음이 홀가분해지셨을 테니 정원수에 손질이라도 하세요. 어두운 속에서도 나뭇가지와 잎이 멋대로 자라서 보기 싫은 건 알 수 있어요. 아주 음산하게 느껴지지 않아요?"

아버지가 죽은 지 4년, 기쿠지는 정원사를 데려다 손질한 적이 한 번도 없었다. 정말 정원수들의 몰골이 말이 아니어서, 그것은 한낮의 더위가 아직도 남아 있는 것을 훈훈한 느낌으로도 알 수 있었다.

"가정부는 물도 주지 않는 모양이죠? 그만한 일은 직접 시켜도 되지 않습니까?"

"그런 일은 지나친 부탁이 될 거예요."

그러나 기쿠지는 지카코가 하는 말에 일일이 얼굴을 찡그리면서도 지카코가 마음대로 지껄이게 내버려두고 있는 듯했다. 지카코를 만나면 그는 언제나 이런 식이었다.

지카코는 싫어하는 말을 하면서도 기쿠지에게 환심을 사려했고, 또 속을 떠보려고 했다. 그 버릇에 기쿠지는 어느덧 익숙해진 것이다. 기쿠지는 노골적으로 반발하고 또 은근히 경계도 했다. 지카코는 그런 줄을 알면서도 대개는 모른체 가장하면서, 한편으로는 안다는 눈치도 보이곤 했다.

그러나 지카코는 기쿠지가 의외라고 생각할 만한 싫은 소리는 한마디도 하지 않았다. 기쿠지가 스스로 자신에 대한 혐오감을 느낄 수 있도록 유인하기만 했다.

오늘밤도 지카코는 유키코와 후미코가 결혼했다는 걸 알려준 다음, 기쿠지의 반응을 살피고 있는 것 같았다. 무엇 때문에 그러는지 기쿠지는 방심할 수가 없었다. 지카코는 유키코를 기쿠지와 짝지어주려고 후미코를 기쿠지에게서 멀리 떼어놓으려 했다가, 두 처녀가 결혼해버리면 기쿠지가 어떻게 생각하든 지카코가 관여할 바가 아닌데도, 아직도 기쿠지의 마음을 살피고 있는 듯했다.

기쿠지는 응접실과 툇마루에 전등불을 켤까 하고 생각했다. 어둠 속에서 지카코와 이렇게 얘기를 나누고 있다는 걸 생각하니 좀 이상했다. 두 사람은 별로 가까운 사이도 아니다. 정원수를 손질하라는 말을 들어도, 기쿠지는 그것이 지카코의 버릇이라고 한 귀로 듣고 한 귀로 흘려버렸다. 그러나 불을 켜기 위해 일어난다는 것이 기쿠지는 귀찮게 여겨졌다.

지카코도 방에 들어서자마자 전등불에 대해 말하고서도 일어나서 켜러 가지는 않았다. 이러한 일에 바지런하게 움직이는 것이 지카코의 습성으로 되어 있으며 그것은 가업(家業)의 일부분이기도 했다. 그러고 보니까 기쿠지에 대한 꽤 친절했던 마음이 없어진 것 같다. 아니면 지카코가 나이를 먹은 탓인지 혹은 다회강습의 강사로서 관록이 붙은 탓인지 친절한 마음이 없어진 것이다.

"이 말은 교토의 오이즈미의 부탁을 전해드리는 건데요. 만약 댁에서 다구를 내놓으실 의향이 있으시면 자기에게 의뢰해달라고 하더군요." 하며 지카코는 침착한 말투로,

"이네무라 아가씨도 떠나버렸고 기쿠지 씨도 더욱 분발해서 새 생활을 시작하시게 되면 다구 같은 것이 꼭 필요하지 않으실 테죠. 저도 아버님 때부터 줄곧 해드린 일이 없어지니까 쓸쓸한 생각도 들고요. 또 다실도 어쩌다 저나 들러야 통풍을 시키는 정도가 아닙니까?"

기쿠지는 그제서야 알아차렸다.

지카코의 목적은 치사한 것이었다. 유키코와의 혼담이 성립되지 않으니까 이제 기쿠지에게 단념하고 마지막으로 다구상하고 짜고 다기를 꺼내가겠다는 속셈인 모양이다. 교토에서 오이즈미와 말을 맞춰놓고 왔을 것이다.

기쿠지는 화가 나기 전에 뭔가 홀가분해지는 느낌이 들었다.

"집도 팔 생각이니까, 얼마 후에 부탁하게 될지도 모르죠."

"아무래도 아버님 때부터 출입한 사람을 믿을 수 있을 거예요."

하고 지카코는 사족을 달았다.

기쿠지는 집에 있는 다기에 대해선 자신보다도 지카코가 더 자세히 알고 있을 거라고 생각했다. 지카코는 나름대로 계산해 보았을지도 모른다.

기쿠지는 다실 쪽을 바라보았다. 다실 바로 앞에 커다란 협죽도가 하얀 꽃을 가득 달고 서 있었다. 그것이 희끄무레하게 보일 뿐, 하늘과 정원수와의 경계를 알아볼 수 없을 만큼 깜깜한 밤이 되었다.

2

퇴근시간에 사무실에서 막 나오려고 하던 기쿠지는 전화를 받으려고 발길을 멈추고,

"후미코예요." 하는 작은 소리를 들었다.

"저, 미다니입니다만⋯⋯."

"후미코예요."

"네, 알겠습니다."

"갑자기 전화를 하면 실례가 되는 줄 압니다만, 전화로라도 사과하지 않고는 시간적으로 늦을 것 같아서요."

"무슨 일인데요?"

"실은 어제 편지를 보내드렸는데, 그 편지에 우표를 붙이지 않은 것 같습니다."

"그래요? 아직 받지 못했는데⋯⋯."

"우체국에서 우표를 열 장 사서 편지를 부치고 집에 돌아와보니, 우표가 그대로 열 장이 남아 있지 않겠어요? 정말 정신이 나갔나 봐요. 편지를 받으시기 전에 사과 말씀을 드리려면 어떻게 해야 하는가 생각 끝에⋯⋯."

"그런 일이라면 신경 쓰지 않으셔도 되는데⋯⋯." 하고 기쿠지는 대답하면서 그 편지라는 것이 결혼을 알리는 사연일 거라고 생각

했다.

"축하를 드려야 할 내용인가요?"

"네? 언제나 전화로만 말씀을 드리다가, 편지는 처음이니까 부쳐야 좋은지 망설이는 바람에, 우표 붙이는 걸 깜빡 잊었나봐요."

"후미코 씨, 지금 어디에 계신 겁니까?"

"도쿄 역의 공중전화예요……. 다음 사람이 밖에서 차례를 기다리고 있어요."

"공중전화입니까?"

기쿠지는 뭔지 얼른 납득이 가지 않았지만,

"축하합니다."

"어머……, 덕분에 겨우……. 한데 어떻게 아셨지요?"

"구리모토가 알려주었어요."

"구리모토 씨가……? 어떻게 알았을까요? 정말 겁나는 사람이군요."

"이젠 구리모토와 더 만날 일도 없잖아요? 지난번에는 전화로 소나기 소리를 듣기도 했는데요."

"그럼 말씀을 하셨지요. 저는 그때도 친구집으로 옮기고는 알려드릴까 어쩔까 하고 망설였다고 했는데, 이번에도 그랬어요."

"그야 당연히 알려주시는 것이 좋지요. 나도 구리모토에게서 듣고 축하를 해드려야 하는지 망설였거든요."

"행방불명이 돼버린다는 것은 괴로운 일이지요." 하고 꺼지는 듯한 소리는 꼭 어머니를 닮았다.

기쿠지는 문득 입을 다물었다.

"행방불명이 되어야만 했겠지만……."

잠시 짬을 두고는,

"지저분한 6첩(六畳 : 3평의 넓이)짜리 방이었지만 근무하기 시작했을 때 발견되었어요."

"그래요?"

"한더위에 근무하기 시작해서 지쳤어요."

"그러시겠군요. 거기다 결혼하자마자 출근이니까요……."

"네?……결혼요?……결혼이라고 말씀하셨어요?"

"축하합니다."

"어머,……제가?……무슨 말씀이세요?"

"결혼하신 것 아닙니까?"

"어머,……제가요?"

"그럼, 결혼하신 것 아닙니까?"

"안 했어요. 지금 제 형편에 결혼할 마음이 생기겠습니까?……어머니도 그런 모습으로 돌아가셨는데요."

"그렇군요."

"구리모토 씨가 그런 말을 했습니까?"

"그렇습니다."

"왜 그랬을까요? 모를 일이군요. 그런 얘기를 듣고 미다니 씨도 진짜라고 생각하셨어요?"

후미코는 자신을 향해서 말하는 것처럼 느껴지기도 했다.

기쿠지는 갑자기 똑똑한 음성으로,

"전화로 길게 얘기할 수 없으니까 만나주시지 않겠습니까?"

"네."

"도쿄 역으로 갈 테니까 거기서 기다려주세요."

"하지만……."

"그렇지 않으면 다른 장소에서 기다려주시든지……."

"저는 외부에서 기다리는 것이 곤란하니까 차라리 댁으로 찾아뵈면 안 되겠습니까?"

"그럼 함께 우리 집으로 가시지요."

"함께 돌아가면 역시 약속하고 만나야 하니까 안 되죠."

"우리 회사로 오실 수 없습니까?"

"아녜요, 혼자 댁으로 갈게요."

"그러실래요? 나도 곧 돌아가겠지만, 혹시 후미코 씨가 먼저 도착하면 방으로 들어가 계세요."

후미코가 도쿄 역에서 전차를 탄다고 하면 기쿠지보다 먼저 도착할 것이다. 그러나 기쿠지는 같은 전차를 탈지도 모른다는 생각이 들어서 승차장의 군중 속을 찾아다니기도 했다.

역시 후미코가 집에 먼저 와있었다.

가정부에게서 후미코가 정원에 있다는 말을 듣고, 기쿠지도 현관 옆을 돌아서 정원으로 갔다. 후미코는 백협죽도나무 밑의 그늘진 돌에 앉아 있었다.

지카코가 다녀간 지 4,5일, 가정부는 기쿠지가 돌아오기 전에 물을 뿌려두었다. 정원에 있는 오래된 수도꼭지도 다시 쓸 수 있게 되었다.

후미코가 앉아 있는 돌도 밑부분은 물기로 젖어 있는 것처럼 보였다.

겹겹이 포개진 파란 잎사이로 보이는 꽃이 빨간색이면 가득 피어 있는 협죽도가 찌는 듯한 여름 날씨의 꽃으로 느껴지지만, 그 꽃이 하얀 색깔이면 무척 시원한 느낌을 준다. 많은 꽃들이 산들산들 흔들리며 후미코의 모습을 둘러싸고 있다. 후미코는 하얀 무명감으로 만든 옷을 입고 있었으며, 젖혀진 옷깃하고 포켓 가장자리를 짙은 남색 천으로 바이어스를 대고 있었다.

저물어가는 서쪽의 해가 후미코 뒤에 있는 협죽도의 위로부터 기쿠지 앞을 비춰주고 있다.

"어서 오십시오." 하며 기쿠지는 친숙한 모습으로 다가갔다.

후미코는 기쿠지보다 먼저 뭔가 말하려고 했지만,

"아까는 전화로 실례를……."

그리고 어깨를 움츠리며 일어섰다. 서 있는데 기쿠지가 다가오니까, 마치 손이라도 잡힐 것 같은 느낌이 들었는지 모른다.

"전화로 그런 말씀을 하시니까 찾아뵐 생각이 든 거예요. 취소

하고 싶어서……."

"결혼 얘기 말인가요 ? 나도 놀랐습니다."

"어떤 말에…… ?" 하면서 후미코는 눈을 내려감았다.

"어떤 말인가 하면, 후미코 씨가 결혼하셨다고 했을 때와 또 결혼하지 않으셨다고 들었을 때죠. 나는 두 번 모두 놀랐습니다."

"두 번 모두 놀라셨구요 ?"

"그야 당연한 얘기 아닙니까 ?"

기쿠지는 징검돌을 따라가면서,

"여기서 들어갑시다. 들어가서서 기다리셨더라면 좋았을 건데……." 하고는 툇마루에 털썩 앉았다.

"지난번, 내가 여행갔다가 돌아와서 여기에서 쉬고 있는데 구리모토가 오더군요. 밤이었어요."

가정부가 안쪽에서 기쿠지를 불렀다. 회사를 나올 때 전화로 일러놓은 저녁식사에 관한 의논일 것이다. 기쿠지는 그쪽으로 가더니 하얀 고급 마포로 만든 옷으로 바꿔입고 왔다.

후미코도 화장을 다시 한듯 싶었다. 기쿠지가 앉기를 기다렸다가,

"구리모토 씨가 뭐라고 말했어요 ?"

"단지, 후미코 씨가 결혼하셨다는 말만 들었을 뿐입니다."

"그 말을 미다니 씨는 진짜라고 믿으셨어요 ?"

"설마 거짓말이라고 생각할 수 없는 거짓말이었으니까요."

"의심해보시지도 않으시고……."

후미코의 까만 눈에 눈물이 고이는 것이 보였다.

"제가 지금 결혼할 수 있을까요 ? 미다니 씨께서는 제가 그런 엄청난 일을 할 수 있다고 생각하셨어요 ? 어머니도 저도 괴로워했고, 슬퍼했고, ……아직도 그것이 가시지 않았는데도……."

기쿠지에게는 그 어머니가 마치 살아 있는 것처럼 들렸다.

"어머니도 저도 사람에게 모질지 못한 성미지만, 저희를 알아주는 사람이라면 믿어도 좋은 것 아녜요 ? 그런 건 꿈일까요 ? 자기

마음만 믿는다는 것이……."

후미코의 음성은 울먹이는 소리였다. 기쿠지는 잠시 말없이 있다가,

"내가 지금 결혼할 수 있느냐고, 지난번에 내가 후미코 씨에게 말씀드린 적이 있지요? 소나기가 오던 날……."

"천둥이 치던 날……."

"그래요, 오늘은 거꾸로 내가 그런 말을 듣게 되는군요."

"하지만 미다니 씨의 입장과 제 입장과는 사뭇 달라요." 하며 후미코는 눈물이 괸 눈으로 기쿠지를 쳐다보았다.

"미다니 씨하고 저는 달라요."

"왜 다릅니까?"

"신분도 다르고……."

"신분…… ?"

"네. 신분이 다르죠. 신분이라고 할 수 없다면 생활환경이라고 할까요?"

"말하자면 죄의 무거움…… ? 그것은 오히려 내가 그런 편이죠."

"아니예요"

후미코는 머리를 완강히 저었다. 눈물이 눈에서 흘러내렸다. 그러나 그것은 하나의 물방울에 지나지 않았고, 왼쪽 눈의 눈꼬리에서 귀 옆으로 흘러내렸다.

"죄는 어머니가 짊어지고 돌아가신걸요. 죄라고는 생각지 않아요. 단지 어머니의 슬픔이었다고 생각할 뿐입니다."

기쿠지는 고개를 숙였다.

"죄는 사라지는 경우가 없을 테지만, 슬픔은 지나치게 되는 거예요."

"그러나 후미코 씨가 생활환경이니 뭐니 하고 말한다면, 어머니의 죽음을 어둡게 만드는 것이 될 거예요."

"역시 깊은 슬픔이라고 하는 편이 좋을 것 같군요."

“깊은 슬픔이란……."

깊은 사랑과 같다고 말하려 했지만 기쿠지는 입을 다물고 말았다.

“그보다도 미다니 씨에겐 유키코 씨와의 혼담이 있었잖아요? 저하고 달라요.” 하며 후미코는 얘기를 현실로 돌리려는 듯이,

“어머니가 방해가 되었다고 구리모토 씨는 생각하신 모양인데요, 제가 결혼했다고 말씀하신 것도 제가 방해가 된다고 보신 거예요. 그렇게밖에는 생각할 수 없습니다.”

“그런데 이네무라 씨도 결혼했다고 했어요”

후미코는 정신이 나간 듯한 얼굴 표정이 되더니,

“거짓말……. 거짓말일 거예요. 분명 거짓말이에요.” 하면서 강하게 고개를 가로저었다.

“언제 일이죠?”

“이네무라 씨의 결혼……? 아마 최근의 일이겠죠.”

“거짓말이 분명해요.”

“유키코 씨도 후미코 씨도 결혼했다는 말을 듣고, 나는 후미코 씨가 결혼한 것이 정말일까 하고 생각했어요.” 하고 기쿠지는 낮은 소리로,

“하지만 유키코 씨는 정말로 결혼했는지도 모르죠.”

“거짓말일 거예요. 이렇게 더운 날씨에 결혼하는 사람이 어디 있습니까? 옷을 홑겹으로 입어야 하는데, 땀을 얼마나 흘리겠어요?”

“글쎄요, 여름에는 결혼하는 게 아닙니까?”

“네. 대개는 하지 않아요. 반드시 해서는 안 된다는 건 아니지만 대체로 가을로 연기하지요.”

후미코는 무슨 이유에서인지 촉촉히 젖은 눈에 다시 눈물이 배어나와 무릎으로 떨어졌고, 눈물로 얼룩진 자국을 내려다보고 있었다.

“그런데 구리모토 씨는 왜 그런 거짓말을 하실까요?”

“감쪽같이 속으니까⋯⋯.” 하고 기쿠지가 말했다.

그런데 지카코의 거짓말이 어째서 후미코로 하여금 눈물을 흘리게 하는 것일까.

혹시 유키코가 진짜로 결혼했기 때문에, 이제 후미코를 기쿠지로부터 멀리 떼어놓으려고 후미코도 결혼했다고 지카코가 거짓말을 한 것은 아닐까. 기쿠지는 그렇게 의심해보았다.

그러나 그것만으로는 납득할 수 없는 것이 있다. 기쿠지에게는 유키코의 결혼 역시 거짓말이라고 생각되었다.

“어쨌든 유키코 씨의 결혼이 거짓말인지 진짜인지 그것을 알기 전에는 구리모토의 장난도 알 수가 없지요.”

“장난이라고⋯⋯.”

“그냥 장난이라고 해둡시다.”

“하지만 오늘 제가 전화를 드리지 않았더라면, 저는 결혼한 것으로 되었겠지요? 장난치고는 너무 심한 장난이군요.”

가정부가 또 기쿠지를 불렀다.

기쿠지는 안에서 편지를 가지고 나와서는,

“후미코 씨의 편지가 도착했군요. 우표가 붙어 있지 않은⋯⋯.” 하면서 아무 생각도 없이 봉투를 뜯으려고 했다.

“싫어요, 안 돼요. 보시지 마세요.”

“왜 그러죠?”

“싫어요, 돌려주세요.” 하면서 후미코는 앉은뱅이 걸음으로 다가와서 기쿠지의 손에 있는 편지를 나꿔채려고 했다.

“돌려주세요.”

기쿠지는 날쌔게 손을 뒤로 감췄다.

그바람에 후미코의 왼손이 기쿠지의 무릎을 짚게 되었다. 그리고 오른손으로 편지를 뺏으려고 했다. 왼손과 오른손은 반대의 운동을 해서 몸의 균형이 허물어지고 말았다. 기쿠지에게 넘어질 것 같아서 왼손으로 버티었고, 오른손으로는 기쿠지 등 쪽에 있는 편지를 잡으려고 앞쪽으로 뻗게 되었다. 그러자 후미코는 오른쪽으로 몸이 비틀려서 얼굴이 기쿠지의 배에 닿기좋게 앞으로 엎어지려고 했다. 그러나 후미코는 유연한 동작으로 몸을 돌렸다. 기쿠지의 무릎을 짚고 있는 왼손까지도 살짝대고 있을 정도였다. 오른쪽으로 비틀려서 앞으로 넘어지는 상반신을 이렇게 가녀린 손으로 어떻게 버티고 있었는지 모르겠다. 후미코가 비틀하면서 쓰러지는 바람에 움찔하고 몸이 굳어진 기쿠지는, 후미코의 부드러운 촉감을 느끼고 외마디 소리를 지를 뻔했다. 별안간 강렬하게 여자를 느꼈다. 후미코의 어머니인 오호다 부인을 느낀 것이다.

어느 순간에 후미코는 몸을 돌린 것일까. 어디에서 힘을 뺀 것일까. 그것은 보기드문 유연한 몸동작이었다. 여자의 본능적인 비술(祕術)인지도 모른다. 기쿠지는 후미코의 체중이 무겁게 느껴지겠지 하고 생각했는데, 후미코는 훈훈한 향기처럼 다가왔다.

향기가 강하게 자극해왔다. 여름철 아침부터 저녁때까지 근무하다 돌아온 여자의 체취는 짙게 마련이다. 기쿠지는 후미코의 향기를 느꼈고, 역시 오호다 부인의 향기를 느꼈다. 오호다 부인이 포옹했을 때의 향기였다.

"어머, 돌려주세요."

기쿠지는 저항하지 않았다.

"찢어버리겠어요."

후미코는 옆으로 돌아앉아서 자신이 쓴 편지를 갈기갈기 찢었다. 목덜미도, 드러낸 팔도 땀으로 흠뻑 젖어 있었다.

후미코는 넘어지려 했을 때 파랗게 질렸다가, 다시 반듯하게 앉고 나서 얼굴을 붉혔는데, 그때 땀을 흘린 것 같다.

3

근처에 있는 음식점에서 시켜다 먹는 저녁식사는 늘 그렇듯이 맛이 없다.

기쿠지의 엽차잔으로 백자의 찻잔이 놓여 있었다. 여느때처럼 가정부가 내놓은 것이다.

기쿠지는 갑자기 깨달았는데, 이때 후미코도 그것을 보며,

"어머, 그 엽차잔을 쓰시는군요."

"네……."

"곤란한데요……."

그러나 후미코는 기쿠지만큼 부끄러운 느낌이 들지 않는 모양이다.

"이걸 드리고 후회했어요. 그 얘기를 편지에 썼었지요."

"뭐라구요 ? "

"뭐라뇨 ? 형편없는 것을 드려서 사과합니다, 하고……."

"하잘것 없다뇨 ? "

"별로 좋은 백자는 아녜요. 어머니도 부담없이 평소에 엽차잔으로 썼으니까요."

"나는 잘 모르지만, 좋은 백자라고 생각되지 않습니까 ? "하면서 기쿠지는 찻잔을 들고 자세히 들여다보고 있다.

"하지만 더 좋은 백자가 얼마든지 있잖아요 ? 그것을 쓰시다가 다른 찻잔을 생각해내고 그 백자가 좋아……."

"집에는 백자의 작은 찻잔이 없는 모양이에요."

"댁에 없으시더라도 다른 데서 보실 수 있을 거예요. 그것을 쓰실 때 다른 찻잔이 머리에 떠올라, 그 백자가 더 좋다고 생각하시게 되면 어머니와 저는 슬퍼지겠지요."

음, 하고 안간힘을 쓰듯 기쿠지는 숨을 돌리고 나서는 조심스럽게 입을 열었다.

"나는 다회하고는 인연이 멀어지고 있는 형편이니까, 찻잔을 보는 일이 드물 거예요."

"하지만 어떠한 계기로 보시게 될지 누가 압니까 ? 지금까지도

얼마나 좋은 백자를 많이 보셨어요？”

“그런 식으로 말하면, 사람에게는 최고의 물건밖에 줄 수 없다는 뜻이 되는 것 아녜요？”

“그렇습니다.” 하고 후미코는 얼굴을 반듯이 들고 기쿠지를 똑바로 보면서,

“저는 그렇게 생각했어요. 깨뜨려서 버려달라고 편지에도 그렇게 썼지요.”

“깨뜨려요？ 이것을……？”

외고집스럽게 다그쳐오는 후미코를 기쿠지는 달래기라도 하듯 정색하면서 말했다.

“시노의 옛날 도자기인 만큼 삼사 백 년 전 것일 테죠？ 처음에는 생선회 담는 그릇 정도로 찻잔도 엽차잔도 아니었는지 모르지만 아주 오랫동안 그냥 여느 물잔으로 써 왔을 거예요. 그리고 옛 사람들이 아주 소중하게 간직했다가 전해주었을 겁니다. 나들이를 할 때면 다구상자에 넣어 멀리 가지고 다닌 사람이 있었는 지도 모르죠. 그러니 후미코 씨의 말씀만 듣고 깨뜨릴 수는 없지요.”

찻잔의 언저리에 후미코 어머니의 입술연지가 묻었다는 것이다.

입술연지가 찻잔 언저리에 묻으면 잘 지워지지 않는다고 어머니가 후미코에게 말한 듯 싶은데, 그래서인지 후미코에게서 이 백자를 받고 보니 역시 언저리가 많이 헐어진 느낌이 들어서 닦고 또 닦았는데도 마찬가지였다. 물론 입술연지와 같은 색깔이 아니라 엷은 갈색인데, 어렴풋이 붉은색도 띠고 있어, 입술연지가 퇴색한 것으로 보인다. 그러나 그것은 백자가 지니고 있는 엷게 비치는 붉은 색조인지도 모른다. 또 찻잔으로 쓰면 입술이 닿는 곳이 일정하니까, 후미코 어머니보다도 먼저 가졌던 사람들의 입자국이 남아 있는 것인지도 모른다. 그러나 엽차를 끊임없이 마셨던 후미코 어머니가 가장 많이 썼는지도 모른다.

이것을 엽차잔으로 쓴 것은, 오호다 부인이 스스로 정한 것이

었을까? 기쿠지의 아버지가 생각해내서 부인에게 쓰도록 시킨 것은 아닐까? 기쿠지는 그런 것을 생각해보았다.

토기로 만든 검정색 잔과 빨간색 잔 한 쌍을, 오호다 부인과 기쿠지 아버지와의 부부찻잔으로 사용한 듯한 의구심도 들었다.

백자 물병을 꽃병으로 이용하게 하고, 거기다 장미나 카네이션을 꽂게 한 다음, 아버지는 오호다 부인을 아름답다고 보고 있었는지도 모른다.

두 사람이 작고한 후 그 물병과 찻잔이 기쿠지에게로 돌아왔고, 지금 후미코도 와 있다.

"제가 고집을 부리는 것이 아녜요. 정말로 깨뜨려주셨으면 할 뿐입니다." 하고 후미코가 진지한 투로 말했다.

"물병을 드렸을 때 기뻐하시길래, 짝을 채우시라고 집에 남아 있는 백자 찻잔까지 드리고 싶어졌던 겁니다. 그런데 막상 드리고 나니까 창피한 생각이 들더군요."

"엽차잔으로 쓸 것이 아닙니다. 정말로 감사해서……."

"하지만 더 좋은 것이 얼마든지 있어요. 그것을 쓰시면서 그보다 더 좋은 다른 것을 생각하신다면 저는 괴롭거든요."

"최고의 물건만을 사람에게 주어야 한다, 그런 말씀인가요?"

"상대편과 경우에 따라서는 그렇습니다."

기쿠지는 강한 충격을 받았다.

오호다 부인의 유품을 받고, 기쿠지가 그것을 보면서 부인과 후미코를 생각한다. 또는 보다 애착을 가지고 대하는 물품은 최고의 것이라야 한다고 후미코는 생각하고 있는 것일까?

최고의 명품이야말로 어머니의 유품으로 남기고 싶다는 후미코의 소망의 말이 기쿠지에게도 납득이 갔다.

그것은 후미코의 최고의 감정이라고밖에 할 수 없을 것이다. 실제로 물병이 그것을 증명해주고 있다.

차가우면서도 따뜻한 것처럼 윤기가 넘치는 백자의 표면이, 기쿠지에게 오호다 부인을 느끼게 한다. 그런데 거기에 죄의식이라는 암울한 것과 증오도 따르지 않는 것은 물병이 명품이어서 그런 모양이다.

명품인 유품을 보고 있노라니까, 기쿠지는 오호다 부인이야말로 여자의 최고 명품이었다고 느껴진다. 명품에는 티가 없다.

소나기가 오던 날의 전화에서, 기쿠지는 물병을 보고 있으면 후미코와 만나고 싶어진다고 말을 했었다. 전화였기 때문에 그런 말을 할 수 있었다. 그 말을 듣고 후미코는 백자가 또 하나 있다면서 백자 찻잔을 기쿠지에게로 가져왔다.

하긴 이 찻잔은 물병 같은 명품이 아닌지도 모른다.

"우리 아버지도 여행용 다구상자를 가지고 계셨던 모양인데……." 하고 기쿠지가 생각해내고는,

"분명히 이 백자보다는 떨어진 찻잔일 겁니다."

"어떠한 찻잔인데요？"

"글쎄요, 난 본 적이 없어요."

"꼭 보고 싶군요. 아버님의 것이 분명히 좋을 거예요." 하고 후미코가 말했다.

"아버님의 찻잔보다 이것이 못하면 깨뜨려도 괜찮겠죠？"

"안 되겠군, 위험한데요？"

식사를 하고 수박씨를 입가심으로 먹으면서, 후미코는 또 그 찻잔이 보고 싶다고 졸랐다.

기쿠지는 가정부에게 다실을 열어놓게 한 다음, 정원으로 나갔다. 다구상자를 찾으러 가는데, 후미코가 따라왔다.

"어디에 있는지 난 자세히 모릅니다. 구리모토가 더 잘 알고 있지요……." 하면서 기쿠지는 돌아다보았다. 꽃이 만발한 백협죽도가 있는 데서, 후미코는 그 꽃그늘 속에 서 있었는데 양말과 게다를 신은 발이 나무 사이로 보였다.

다구상자는 물통이 있는 옆의 선반에 있었다.

기쿠지는 다실로 나와서 그것을 후미코 앞에 놓았다. 후미코는 기쿠지가 짐을 풀어주겠지, 하고 생각하며 단정하게 앉아서 기다리다가 기쿠지가 풀 것 같지 않으니까 손을 내밀었다.

"좀 보겠어요."

"먼지가 너무 끼었군요."

기쿠지는 후미코가 푼 짐을 덥석 들고는 마당 쪽으로 가서 먼지를 털었다.

"물통 옆에 있는 선반에 죽은 매미가 있어서 벌레들이 끓더군요."

"다실이 아주 깨끗하군요."

"아, 그렇지……얼마 전에 구리모토가 와서 청소를 하고 갔지요. 후미코 씨와 이네무라 유키코 씨가 결혼했다고 말하러 왔을 때 말입니다……. 밤이니까 매미가 있는 걸 모르고 물건을 놓았던 모양입니다."

후미코는 찻잔인 듯한 뭉치를 상자에서 꺼내더니 한숨을 크게 쉬고는 끈을 풀기 시작했는데, 그 손가락이 떨리고 있었다.

후미코의 둥근 양 어깨가 앞으로 굽어졌는데, 옆에서 내려다보고 있는 기쿠지 눈에 갸름한 목이 보였다.

약간 주걱턱으로 보일 정도로 꼭 다문 아랫입술과 깔끔하고 도톰한 귓밥이 애처롭게 보였다.

"가라쓰(唐津 : 도자기를 구어 내는 도시이름)의 것이군요." 하며 후미코는 기쿠지를 올려다보았다.

기쿠지도 바로 옆에 앉았다.

후미코는 그것을 방바닥에 놓고,

"좋은 찻잔이군요."

역시 엽차를 마실 때 쓸 수 있는 아담한 가라쓰 잔이다.

"단단하고 품위가 있어보여요. 저 백자보다도 훨씬 좋은 거예요."

"비교하는 건 당치 않아요, 백자와 가라쓰와는……."

"하지만 다 같이 늘어놓으면 알게 되지요."

기쿠지도 가라쓰의 매력에 끌려 무릎 위에 올려놓고 내려다보고 있는데,

"그럼 그 백자를 가져올까요?"

"아녜요, 제가 가져올게요."하며 후미코가 가지러 갔다.

백자와 가라쓰 두 찻잔을 나란히 놓았을 때, 기쿠지와 후미코는 무심코 눈을 맞추었다.

그리고 동시에 찻잔으로 눈을 돌렸다.

기쿠지가 당황한 듯 입을 열었다.

"남자 찻잔과 여자 찻잔 같군요. 이렇게 나란히 놓고 보니까……."

후미코는 아무 말도 할 수 없는 듯 그냥 고개만 끄덕였다.

기쿠지에게도 자신이 한 말이 이상하게 들렸다.

가라쓰에는 무늬 그림이 없는 민짜였다. 연두색 바탕에 엷은 꼭두서니색이 곁들여 있었다. 몸체가 탄력있게 보이기도 했다.

"아버님이 여행하실 때도 가지고 다니실 정도로 훌륭한 것인가 봐요. 아버님다우시군요."

후미코는 아슬아슬한 말을 하면서도 위험하다고 느끼지 못하는 것 같다.

백자 찻잔이 후미코 어머니답다는 말을 기쿠지는 차마 할 수가 없었다. 그러나 두 찻잔은 기쿠지의 아버지와 후미코 어머니의 마음처럼 여기에 나란히 놓여있는 것이다.

3,4백 년 전 옛날 찻잔의 모습은 건강해서, 병적인 망상에 사로잡히게 하지는 않는다. 그러나 생명이 살아 있어서 관능적이기도 했다.

자신의 아버지와 후미코 어머니를 두 찻잔에서 발견하고, 기쿠지는 아름다운 영혼의 모습을 나란히 놓고 있다는 생각이 들었다.

더욱이 찻잔의 모습은 현존하는 것이고, 찻잔을 사이에 두고 마주보고 있는 자기와 후미코와의 현실세계도 티없이 깨끗한 것이라고 느껴졌다.

두 사람이 마주 앉아 있는 것이 두려운 것인지도 모른다는 말을, 오호다 부인의 첫이레의 다음날 기쿠지가 후미코에게 말했던 것인데, 지금은 그의 죄의식의 두려움이 찻잔의 아련한 빛깔로 씻어없앤 것일까?

"아름답군!" 하고 기쿠지는 독백처럼 중얼거리며,

"아버지도 분수에 맞지 않게 찻잔을 만지작거리시며, 여러 가지 응큼한 생각을 물리치셨는지도 모르겠군요."

"어머, 그런 말씀을……."

"어쨌든 이 찻잔을 보고 있으니까 원 주인의 나빴던 점을 생각하고 싶지 않군요. 아버지의 수명이 전해내려온 찻잔의 수명에 비하면 몇 분의 일도 되지 않는 짧은 것이고……."

"죽음은 우리 발치에 있어요. 무서운 생각이 듭니다. 제 자신의 발치에 죽음이 도사리고 있는데도, 언제까지나 어머니의 죽음에만 매달려 있을 수는 없다고 생각하고, 저도 여러 가지를 해보았답니다."

"그렇습니다. 죽은 사람에게 얽매어 있으면, 자기도 이 세상 사람이 아닌 것처럼 느껴질 때가 있어요." 하고 기쿠지가 말했다.

가정부가 쇠주전자를 가지고 왔다. 기쿠지와 후미코가 오래도록 다실에 있으니까 차끓일 물이 필요할 것으로 생각한 모양이다.

여기에 있는 가라쓰와 백자의 찻잔으로 차를 마셔보자고 기쿠지가 후미코에게 권했다.

후미코는 얌전히 고개를 끄덕이며,

"어머니의 백자를 깨뜨리는 기념으로 한 번 차를 마셔보시겠어요?" 하면서 다구상자에서 차젓기를 꺼내서 주방으로 닦으러 갔다.

여름 해는 길어서인지 아직 지지 않았다.

"여행하셨다고 생각하시며……." 하며 후미코는 작은 찻잔에 작은 차젓기를 쓰면서 말했다.

"여행이라니, 어느 여관말인가요?"

"여관뿐이 아니지요. 어느 강변인지도 모르고, 또 산꼭대기인지도 모르지요. 개울물로 생각해서 냉수가 좋았을 걸 그랬지요?"

후미코는 차젓기를 들면서 까만 눈도 들어 기쿠지를 보더니, 곧 손바닥 위에 가라쓰 찻잔을 올려놓고 돌릴 때는 그것을 내려다보았다.

그리고 찻잔과 함께 후미코의 시선도 기쿠지의 무릎 앞으로 왔다.

기쿠지는, 후미코가 다가오는 것이라고 생각했다.

이번에는 어머니의 백자를 앞에 놓고 차젓기를 썼는데 찻잔 전에 닿아서 달그락 소리가 나니까 후미코는 손을 놓고 쉬었다.

"참 어렵군요."

"작아서 젓기가 불편하지요?" 하고 기쿠지는 말했지만 사실은 후미코의 팔이 떨리고 있는 것이었다.

그리고 일단 손을 멈추니까, 작은 찻잔 속에서는 차젓기가 더 움직일 수가 없는 것이다.

후미코는 굳어진 손목을 보더니 고개를 푹 숙였다.

"어머니가 못 하게 하는 거예요?"

"네……?"

기쿠지는 벌떡 일어나서 귀신이 들려서 움직이지 못하는 사람을 부축하여 일으키듯 후미코의 어깨를 살그머니 잡았다.

후미코도 아무 저항이 없었다.

4

기쿠지는 잠을 자지 못하고, 빈지문의 틈이 밝아오는 것을 기다렸다가 다실로 갔다.

손을 씻는 물통 앞에 놓인 돌에 아직도 백자의 파편이 떨어져 있다.

커다란 파편이 네 개, 손바닥에서 맞춰보니까 찻잔 형태가 되

244

었는데, 아구리의 일부가 부족했다. 엄지가 들어갈 정도가 비어 있다.

그 파편이 있을까 하고 돌 사이를 찾아보았지만 금세 중단했다.

눈을 들어보니 동쪽 나무 사이로 커다란 별 하나가 빛나고 있었다.

기쿠지는 샛별을 몇 년 동안 본 적이 없다. 그런 생각을 하면서 올려다보니까 하늘에 구름이 떠 있었다.

구름 속에서 빛나고 있기 때문에 별은 크게 보이는 것 같다. 별빛의 가장자리가 물에 젖은 것처럼 보이기도 했다.

기쿠지는 반짝이는 별을 보는 순간, 찻잔 조각을 주워모으는 자신의 모습이 창피한 생각도 들었다.

손 안에 있는 파편을 그곳에 버렸다.

어젯밤, 기쿠지가 말릴 사이도 없이 후미코가 돌에다 백자 찻잔을 팽개쳐서 깨뜨리고 말았다.

살그머니 다실에서 빠져나간 후미코가 찻잔을 들고 있었다고는 기쿠지도 전혀 생각지 못한 일이었다.

"앗!" 하고 기쿠지는 외마디 소리를 질렀다.

그러나 기쿠지는 어둑어둑한 돌 틈에서 찻잔 조각을 찾는 것보다도 후미코의 몸을 받쳐주고 있었다. 후미코가 웅크린 모습으로 찻잔을 던지고 나서 돌이 있는 쪽으로 기우뚱하고 넘어질 것처럼 보였기 때문이다.

"더 좋은 백자를 가지고 계시니까요." 하고 후미코가 중얼거렸다.

더 좋은 백자, 하고 기쿠지가 비교하는 것이 싫었던 모양이다.

그리고 나서 기쿠지가 잠을 이루지 못하는 사이, 후미코의 그 말이 애절하고 순결하게 느껴져 여운만 더 깊어졌다.

정원이 밝아지는 것을 기다렸다가 깨진 찻잔을 보려고 나갔다.

그러나 주워온 파편을 별을 보고 나서 다시 버렸다.

그리고 올려보고는,

"앗!" 하고 기쿠지는 외쳤다.

별이 없어졌다. 기쿠지가 버린 그 파편을 보고 있던 그 짧은 순간에, 샛별이 구름 속으로 숨어버린 것이다.

기쿠지는 뭔가 뺏긴 듯한 느낌이 들어 잠시 동쪽 하늘을 바라보았다.

구름은 별로 두터운 부피는 아니라고 생각되었다. 하늘 끝은 구름이 없는 대신 동내집들의 지붕과 맞닿을 것처럼 보였고, 엷은 붉은빛이 감돌고 있었다.

"여기에 그냥 버려둘 수는 없지."

기쿠지는 혼자 중얼거리며, 백자 파편을 다시 주워 잠옷 주머니에 넣었다.

그냥 버려두기에는 마음이 아프다, 게다가 구리모토 지카코가 와서 볼 염려도 있다.

후미코가 골똘히 생각한 끝에 깨뜨린 것이니까, 파편을 그냥 두지 말고 돌 앞에 묻을까 하고 생각했는데, 어쨌거나 그는 종이에 싸서 반침에 넣어두고는 다시 잠자리로 들어갔다.

후미코는 도대체, 기쿠지가 이 백자를 언제 어디서 무엇과 비교한다고 걱정했을까?

그런 걱정이 어디에서 나온 것인지 기쿠지는 궁금했다.

더욱이 어젯밤에는, 오늘 아침이 되면 후미코를 무엇에도 비교할 수가 없게 될 거라고 생각되었다.

기쿠지에게 후미코는 비교할 것이 없는 절대적인 존재가 되었다. 결정해야 할 운명에 이른 것이다.

지금까지 기쿠지는 후미코가 오호다 부인의 딸이 아니라고 생각한 적이 없는데, 이젠 그런 생각도 잊은 것 같다.

어머니의 몸이 미묘하게도 딸에게 옮겨지고 있어서 기쿠지가 위험하게도 유혹을 느꼈었는데 지금은 흔적도 없이 사라졌다.

오랫동안 어둡고 추했던 장막으로부터 기쿠지는 나오게 되었다.

후미코가 지키고자 했던 깨끗한 순결의 아픔이 기쿠지를 구제한 것이라고나 할까?

후미코의 저항은 없었으며, 순결 그 자체의 저항만 있었을 뿐이었다.

그거야말로 속박과 마비의 밑바닥으로 떨어졌다고 생각할 수 있을 것 같은데, 기쿠지는 오히려 속박과 마비로부터 탈출했다고 느꼈다. 중독된 독약을 마지막으로 많이 먹고, 그것이 해독작용이 된 기적과 같은 것이 일어났다.

기쿠지는 회사에 출근하자, 후미코의 가게에 전화를 걸었다. 후미코는 간다(神田 : 도쿄에 있는 동네의 이름)에 있는 나사(羅紗) 도매점에 근무한다고 했다.

후미코는 출근하지 않았다. 기쿠지는 잠을 자지 못하고 출근했는데, 후미코는 새벽에 깊은 잠에 빠진 것일까? 부끄러운 생각도 들 테니까, 오늘은 집에 그냥 있는지도 모른다고 생각했다.

오후에 건 전화도 역시 후미코가 받지 않았다. 기쿠지는 가게 사람들에게 후미코의 주소를 물어보았다.

어제 편지에는 이번 이사한 곳의 주소가 적혀 있었을 테지만, 후미코가 봉투째 찢어서 포켓 속에 넣어버렸다. 저녁식사를 할 때 근무처의 얘기가 나와서 기쿠지는 그때 나사 도매점의 상호를 기억해두었다. 그러나 주소를 깜빡하고 묻지 않았다. 후미코의 주소가 기쿠지의 몸으로 옮겨진 것 같았기 때문이다.

기쿠지는 퇴근하고 돌아올 때, 후미코가 세들고 있다는 집을 찾아갔다. 우에노 공원 뒤편이었다.

후미코는 없었다.

학교에서 막 돌아온 듯한 세일러복의 열두세 살짜리 소녀가 현관에 나오더니 다시 안으로 들어갔다.

"오호다 씨는 오늘 아침 친구분들과 여행을 간다고 떠나고 없습니다."

"여행을……?"

기쿠지가 되물었다.

"여행을 떠나셨어요? 오늘 아침 몇 시쯤이지요? 어디로 간다고 했지요?"

소녀는 다시 안으로 갔다가 이번에는 좀 떨어진 곳에서,

"잘 모르겠어요. 우리 엄마가 외출하셔서요." 하고 기쿠지가 두려운 듯이 겁에 질린 소리로 대답했다. 눈썹이 엷은 어린이다.

기쿠지는 문을 나와서 돌아다보았지만 후미코의 방을 찾아내지는 못했다. 좁은 마당이 있는 2층집이었다.

죽음은 발치에 있다고 한 후미코의 말이, 기쿠지의 발을 저리게 만들었다.

손수건을 꺼내서 얼굴을 닦았다. 얼굴을 훔칠수록 핏기가 사라지는 것 같아서 다시 싹싹 문질렀다. 손수건이 거무튀튀하게 젖었다. 등에서 흐르는 땀이 축축한 것을 느꼈다.

"죽을 리가 없어." 하고 기쿠지는 자신에게 말했다.

기쿠지에게 새롭게 다시 살아갈 것처럼 생각하도록 만들어놓고, 후미코가 죽을 까닭이 없다.

그러나 어제의 후미코는 죽음에 대해 진지하게 생각하고 있었던 건 아니었을까.

혹은 그 진지한 태도가 어머니와 마찬가지로 죄많은 여자라고 두려워했던 것은 아니었을까?

"구리모토 한 사람만 살아남게 하고……." 하면서 기쿠지는 가상적인 적을 향해서 자신의 독을 내뱉듯이 말하고는 공원의 나뭇잎 그늘로 급히 다가갔다.

나미치도리(波千鳥)

나미치도리(波千鳥)

1

아타미 역(熱海驛)에 마중나왔던 자동차가 이즈 산(伊豆山)을 통과하고 이윽고 바다 쪽으로 원을 그리듯하며 내려갔다. 여관 정원 안으로 들어갔다. 기울어진 자동차 창에 현관의 불빛이 다가왔다.

그리고 기다리고 있던 지배인이 자동차 문을 열면서,

"미다니 씨이시죠?"

"네." 하고 유키코가 작은 소리로 대답했다. 차를 옆으로 갖다대서 유키코의 자리가 현관에 가까웠기 때문인데, 오늘 결혼한 미다니의 성으로 호명되는 것은 처음일 것이다.

잠시 망설이다가 역시 유키코가 먼저 내렸다. 자동차 안을 돌아다보는 시늉을 하며 기쿠지가 내려오기를 기다렸다.

기쿠지가 구두를 벗으려고 했을 때 지배인이 말했다.

"다실을 준비해두었습니다. 구리모토 선생께서 전화를 주셨습니다."

"그래요?"

기쿠지는 낮으막한 현관에 털썩 앉았다. 하녀가 방석을 들고 급히 다가왔다.

지카코의 명치끝에서 유방에 걸친 얼룩반점이 악마의 손자국처럼 기쿠지 머리에 떠올랐다. 구두끈을 풀다가 얼굴을 쳐들었더니, 거기에 그 검은 손이 아른거리며 보이는 것 같았다.

기쿠지는 작년에 집을 팔았고, 다구까지도 처분해버리고는 구리모토 지카코와 만나지 않았으니까 이젠 아무 관계도 없는 사이가 되었을 텐데, 유키코와의 결혼에 역시 지카코의 손이 움직였다는 것일까? 신혼여행의 숙소를 지카코가 주선했다는 것은 정말 뜻밖의 일이었다.

기쿠지는 유키코의 안색을 살폈지만, 유키코는 지배인의 말에 전혀 신경을 쓰지 않는 눈치였다.

현관에서 다시 바다 쪽으로, 두 사람은 길게 놓인 마루를 따라 안내되어 갔다. 어디까지 내려가는지, 좁은 터널을 지나가는 듯한 좁은 콘크리트 통로에는 계단이 몇 군데씩이나 있고, 도중에는 떨어져 있는 방들이 소맷자락처럼 설치되어 있는 모양이다. 그리고 막다른 곳이 다실의 뒷문이었다.

다다미 8장 넓이(4평)의 방으로 들어가서, 기쿠지가 코트를 벗으려고 하니까 뒤에서 유키코가 받아주는 듯해서,

"아……." 하고 중얼거리며 기쿠지는 돌아다보았다.

탁자 발 근처에 로다다미(爐疊 : 다다미를 잘라내고 밑에다 화로를 만든 것)가 보였다.

"저쪽 세 장의 주석(主席)자리에 솥을 걸어놓았습니다……." 하며 두 사람의 짐을 놓고 지배인이 말했다.

"좋은 도구를 가지고 계십니까?"

기쿠지는 놀라서,

"저쪽에도 다실이 있어요?"

"네, 이 방까지 합해서 네 개실입니다. 요코하마(橫浜)의 상케이엔(三溪園)에 있었을 때와 같은 시설을 해놓고 옮겼으니까요."

"그래요?"

그러나 기쿠지는 뭐가 뭔지 알 수가 없었다.

"사모님, 저쪽 자리니까 필요하실 때 이용해주십시오……." 하고 지배인이 유키코에게 말했다.

유키코는 자신의 코트를 개키고 있었다.

"나중에 보겠습니다." 하고 대답하고는 일어서,

"바다가 아름답군요. 기선에 불이 켜져 있어요."

"미국 군함입니다."

"미국 군함이 아타미에 들어와 있어요?" 하고 기쿠지도 일어나서 갔다.

"작은 군함이군."

"다섯 척이나 있어요."

군함은 모두 빨간 전등을 달고 있다. 아타미 시내의 등은 작은 곳에 가려져서 보이지 않았다. 니시케우라(錦浦)주변이 보일 뿐이었다.

엽차를 가지고 온 하녀와 함께 지배인은 무슨 소리인지 인사를 하고는 물러갔다.

두 사람은 한참 동안 바다의 밤경치를 구경한 다음 화로 옆으로 돌아왔다.

"가엾군요." 하면서 유키코는 핸드백을 끌어당기더니 장미 한 송이를 꺼내서 짓눌린 꽃잎을 펴주었다.

도쿄 역을 떠날 때, 유키코는 꽃다발을 안고 타는 것이 부끄러워서 그랬는지, 전송나온 사람들에게 건네주고 한 송이만을 되돌려받았다.

그 꽃을 유키코는 탁자 위에 놓았다. 그리고 탁상 위에 있는 귀중품 예탁봉지를 보고는,

"어떻게 하실래요?"

"귀중품……?"

기쿠지는 장미를 손에 들고 있었기 때문에,

"이 장미……?" 하며 유키코는 기쿠지를 쳐다보았다.

"아냐, 내 귀중품은 너무 커서 봉지에 들어갈 수도 없고, 남에게 맡길 수도 없어."

“왜요……?” 하고 말했지만 곧 그 말의 뜻을 알아차린 듯,

“제것도 맡길 수는 없어요.”

“어디에 있지?”

유키코는 기쿠지를 가리킬 용기도 없었는지,

“여기…….” 하며 자신의 가슴을 보고는 눈을 들지 못했다.

저쪽 다실에서 물이 끓는 소리가 들려왔다.

“다실에 가볼까?”

유키코는 고개만 끄덕였다.

“나는 가볼 생각이 없는데.”

“하지만 일부러 준비한 것인데요……?”

다실 입구로 들어간 유키코는 다도의 예법에 따라 방바닥을 살펴보았다. 그러나 기쿠지는 물그릇이 있는 쪽 다다미 위에 서 있었다. 그리고 욕이라도 하듯 말했다.

“일부러 준비했다고 하지만, 그 준비도 구리모토 지시에 따라 한 것 아냐?”

유키코는 돌아다보고는 화로 앞으로 와서 앉았다. 앞 자리에 앉아서 무릎을 화로 쪽으로 향하고 가만 있었다. 기쿠지가 뭐라고 말하기를 기다리는 모습이었다.

기쿠지도 화로에 무릎을 가까이 대고 앉았다.

“이런 얘기를 하고 싶지는 않았는데, 여관 현관에서 구리모토라는 이름을 들었을 때 나는 가슴이 철렁했지. 그 여자에게는 내 죄업(罪業)도 회한도 얽혀 있거든…….”

유키코는 수긍하듯 고개를 끄덕였다.

“지금까지도 구리모토가 댁에 드나들었던가요?”

“작년 여름, 아버지가 화를 내서서 그 후로 오랫동안 오시지 않았는데요…….”

“작년 여름……? 그때 구리모토는 유키코 씨가 결혼해버렸다고 내게 말했었는데…….”

"그래요?"

유키코는 뭔가 생각난 것이 있다는 듯이,

"분명 그 무렵이었어요. 선생님은 다른 혼담을 가지고 오셨어요……. 아버지가 몹시 화를 내시면서 한 중매인에게서는 하나의 혼담밖에는 듣고 싶지 않다. 저것이 아니면 이것이다 하는 식의 혼담은 내 딸에겐 사절한다. 깔보지 말라고 하셨습니다. 나중에 저는 아버지에게 감사하다는 생각이 들었어요. 미다니 씨에게 간 것도 아마 그 당시 아버지 말씀이 영향을 미친 것이라고 생각합니다."

기쿠지는 아무 말도 하지 않았다.

"선생님도 수그러들지 않으셨어요. 미다니 씨에겐 마가 끼었다고 하면서 오호다 부인과의 얘기를 꺼내놓았습니다. 정말 미웠어요. 몸이 덜덜 떨렸습니다. 이처럼 싫은데도 왜 자꾸 떨리는지 모르겠더군요. 나중에 저는 역시 미다니 씨에게로 가고 싶기 때문이라는 걸 깨달았습니다. 하지만 그때, 아버지와 선생님 앞에서 자꾸 떨려서 무척 괴로웠어요. 아버지는 제 안색을 살피셨는지, 냉수나 끓는 물이 좋지 미지근한 물은 안 좋다, 내 딸아이는 구리모토 씨에게 미다니 씨를 소개받고 만나기까지 했으니까 제나름의 판단도 있을 거요, 하고는 선생님을 물러가게 하셨어요."

목욕담당이 왔는지 물받는 소리가 들려왔다.

"괴롭기는 했지만 제 스스로가 판단을 내렸습니다. 그러니 구리모토 선생님 생각은 이제 하지 마세요. 저는 여기서 차를 달여도 아무렇지 않아요." 하면서 유키코는 얼굴을 들었다. 그 눈 속에 전등이 작게 비쳤고, 상기된 볼과 입술에도 빛이 비추는 것을 보고, 기쿠지는 이 빛나는 얼굴에서 친근감과 사랑스러운 감정을 느꼈다. 아름다운 불꽃이었는데도 만져보니까 따뜻하게 느껴지는 듯한 이상한 감정이었다.

"유키코 씨가 붓꽃무늬의 오비를 매고 있었으니까 작년 오 월경

이군. 우리 집 다실에 온 적이 있지? 그때는 영원히 남의 사람이
되는구나 하고 생각했었지.”

“뭔가 괴로운 듯한 표정으로 점잖을 빼니까 그랬지요.” 하고
유키코는 미소를 보이며,

“붓꽃무늬 오비를 기억하세요? 그 오비도 짐에 넣었으니까 집에
가있을 거예요.”

유키코는 자신과 기쿠지에게 모두 괴로웠다는 말을 썼는데, 유
키코가 괴로웠을 때 기쿠지는 혈안이 되어 후미코의 행방을 찾아
다니고 있었다. 생각지 않게 규슈(九州)의 다케다마치(竹田町)로부
터 후미코의 장문의 편지가 왔기 때문에, 기쿠지는 다케다마치에도
갔었다. 그러나 그로부터 1년 반이나 지난 지금까지도 후미코가
있는 곳은 알 수가 없다.

어머니와 후미코를 잊고 이네무라 유키코와 결혼하라고 끈질기게
설득해온 편지가 후미코의 기쿠지에 대한 이별의 고별장이 되었다.
영원한 남의 사람이 바뀐 것 같다.

영원한 남의 사람 같은 건 이 세상에 있을 턱이 없으며, 그런
말을 함부로 써서는 안 될 것이라고, 기쿠지는 지금도 생각했다.

2

다다미 8장짜리 방으로 돌아오니까 탁자 위에 앨범이 놓여 있
었다. 기쿠지가 펼쳐보고는,

“그렇군, 이 다실의 사진인가본데? 좀 놀랐는걸.” 하며 유키코
쪽을 보았다.

앨범 첫머리에 다실에 대한 유래를 밝힌 유래서가 붙어 있었다.

──이 간게쓰(寒月) 암자는 옛날 에도(江戶)의 10인조였던 가
와무라우소(河村迂叟)의 다실이었는데, 요코하마의 상케이엔으로
옮기고 거기서 공습을 받아 지붕이 뚫리고 벽이 떨어졌으며, 칸막이

같은 건재(建材)가 떨어져나갔고 바닥이 뜯어져서 무참한 모습으로 남아 있었는데, 얼마전에 이 여관 정원으로 옮겨왔다는 것이다. 온천여관인 만큼 탕실을 설치해 놓았고, 그 밖에는 원래 모습대로 재건하고, 되도록 옛 재료를 쓸 수 있는 데까지는 썼다고 한다. 제2차 대전이 끝날 무렵, 연료 부족으로 인근 사람들이 낡은 다실의 재목을 장작나무로 썼는지 기둥에 도끼자국이 남아 있었다.

"그 암자에 오이시 구라노스케(大石內藏助)도 놀러 온적이 있대요⋯⋯." 하고 유키코가 읽으면서 말했다.

우소(迂叟)가 아코한(赤穗藩 : 일본 봉건시대의 한 영지. 지금의 효고겐의 일부)을 드나들었기 때문이다. 또 우소가 가지고 있던 잔게쓰(殘月)라는 소바(蕎麥 : 메밀) 찻잔은 가와무라소바(河村蕎麥)라고 하여 오늘날까지 전래해오고 있다. 파란색의 엷은 유약과 노란색의 엷은 유약을 번갈아가며 칠한 운치있는 분위기로 구어내서, 마치 새벽 여명 속의 잔월(殘月)로 보이는 명품이다.

상케이엔에서 폭격을 당하고 허물어진 그대로의 다실 사진이 몇 장인가 붙어 있고, 그 뒤에는 이전해서 새로 짓기 시작할 때부터 낙성을 축하는 다회까지의 사진이 순서대로 붙어 있다.

오이시 요시오가 왔었다고 하면 늦어도 겐로쿠(元祿 : 1988~1703의 일본의 연호)까지는 이 암자가 건축되어 있었다는 뜻이다.

기쿠지는 방 안을 둘러보았는데, 이곳은 거의 새 재목을 썼다.

"아까 있던 방의 기둥은 옛날 것 그대로 쓴 것 같군."

두 사람이 다다미 3장짜리 방에 있으려니까 하녀가 빈지문을 닫고 있었다. 그때 다실 사진을 놓고 간 모양이다.

유키코가 앨범을 다시 보면서 말했다.

"옷 갈아입지 않으시겠어요?"

"당신은?"

"저는 기모노(일본옷)이니까 그대로 있겠어요. 목욕을 하시는 동안 선물로 받은 과자를 준비해놓을게요."

목욕실에선 새 재목의 냄새가 풍겼다. 욕조에서 몸을 씻는 공간과 벽과 천장까지, 재목의 색깔이 부드럽고 나뭇결이 곧은 청결한 분위기였다.

긴 통로를 내려오는 하녀의 말소리가 들렸다.

기쿠지가 목욕실에서 돌아왔을 때, 유키코는 거기에 없었다.

다다미 8장짜리 방에 잠자리를 마련해놓고 탁자도 구석으로 옮겨놓았다. 하녀가 자리를 펴는 동안 유키코는 3장짜리 방으로 피해준 모양이다.

"화로의 불은 그냥 둘까요?" 하고 하녀가 말했다.

"괜찮아요."

기쿠지가 대답하자 유키코가 금세 왔는지 눈 둘 곳을 찾지 못하고 기쿠지를 바라보면서,

"즐거우셨어요?"

"이거……?" 하고 기쿠지는 여관에서 준비해놓은 단젠(丹前: 잘 때 입는 방한용 옷)과 한텐(半纏: 일본 고유 의 상의 하나)을 겹쳐 입은 자신을 보면서,

"목욕하고 와요, 기분이 산뜻해질 테니."

"네."

유키코는 오른쪽에 있는 3장짜리 방으로 가더니 여행용 가방에서 뭔가 꺼내고 있었는데, 다시 8장짜리 방의 문을 열고 앉아서 뒤쪽 마루에 화장품 그릇을 놓고는 고개를 까딱하고 숙이며 인사를 했다. 그리고 반지를 뽑아서 경대 위에 놓고는 나갔다.

기쿠지는 참으로 뜻밖의 인사를 받는 바람에 당황했는데, 이때 유키코가 더할 수 없이 사랑스러웠다.

기쿠지는 일어나서 유키코의 반지를 집어보았다. 결혼반지는 그대로 두고 멕시코 오팔을 가지고 화로 옆으로 왔다. 전등에 비춰보니까 보석 속에서 빨강과 노랑과 파랑의 아주 작은 불꽃이 나부끼며 움직이다가 스러지고, 그러다가 다시 나타나곤 했다. 투명한 보석 속에서 점멸해가며 나부끼는 불꽃이 기쿠지를 매혹시

켰다.

유키코가 목욕실에서 나와 다시 오른쪽의 3장짜리 방으로 들어갔다.

8장짜리 방 왼쪽에 좁은 마루를 사이에 두고 3장짜리 방과 4장 반짜리 방 두 개가 있고, 오른쪽에도 3장짜리 방이 있었다. 그 오른쪽 3장짜리 방에 하녀가 두 사람의 여행용 가방을 갖다놓았다.

"여기를 조금만 열어주시지 않겠어요? 무서운 것 같아요." 하고 오더니 기쿠지가 있는 8장짜리 방의 문과 3장짜리 방의 문을 한 자넓이만큼씩 열어놓고 갔다.

안채에 멀리 떨어져서 두 사람만 있다는 것을 기쿠지도 깨달았다. 유키코가 불빛이 비추는 쪽을 보면서,

"그쪽도 다실이에요?"

"그래요. 둥근 화로가 있는 모양이군. 널빤지에 둥근 쇠화로를 끼워놓은 걸보니까……." 하고 대답하는 소리와 함께 장지문 끝에서 유키코가 치우고 있는 옷자락 움직이는 것이 보였다.

"물떼새……."

"그래요. 물떼새는 겨울새니까 물을 들여보았지요"

"하치도리(波千鳥 : ^{파도와}_{물떼새})군."

"하치도리? 그게 아녜요. 파도라는 뜻의 나미(波)에 물떼새(千鳥)가 있는 거예요."

"유나미치도리(月波千鳥)라고 하던가? 저녁파도에 물떼새들이 울면……하는 노래가 있지……."

"유나미치도리? 그런데 파도에 물떼새 무늬를 그렸다고 해서 나미치도리(波千鳥)라고 부를 수 있는지 모르겠네요?" 하고 유키코가 차분히 말하는 동안, 물떼새의 옷자락은 개켜져서 사라지고 말았다.

3

　여관 위를 통과하는 기차 소리로 기쿠지는 잠에서 깨어난 것일까?　초저녁에 들린 것보다도 기차의 울림이 훨씬 가깝게 울려서 아직 깊은 밤이라는 걸 알 수 있었다.

　일부러 깨우는 소리가 아닌데도 눈을 떴다는 것이 이상했지만, 그보다도 기쿠지는 그런 속에서 잠을 잤다는 것이 더욱 이상하게 느껴졌다.　유키코보다 먼저 잠이 든 것이 다행스러웠다.

　옆에서 유키코의 잔잔한 잠자는 숨소리를 듣고 약간은 마음이 느긋해졌다.

　유키코도 식을 치르느라고 피로가 쌓여서 푹 잠이 든 모양이다. 기쿠지는 결혼식이 다가올수록 동요와 회한으로 밤마다 잠을 이루지 못했지만, 유키코도 잠을 잘 수 없는 일이 있었는지도 모른다.

　유키코가 옆에서 잔다는 것, 그건 있을 수 없는 일 같았는데, 유키코의 전과 다름없는 향기도 지금 여기에서 진동하고 있다.

　무슨 향수인지 그 유키코의 향기도, 유키코의 잠자는 숨소리도, 그리고 유키코의 반지와 파도하고 물떼새의 무늬 같은 것까지, 모두가 자신의 소유물로 느껴지는 그 친근감이 한밤중에 불안하게 눈을 떴는데도 스러지지 않는 것이었다.　처음으로 느껴보는 감정이었다.

　그러나 기쿠지는 불을 켜고 유키코를 들여다볼 만한 용기는 없었다. 베갯머리에 있는 시계를 들고 화장실로 갔다.

　"다섯시 조금 지났군."

　오호다 부인이나 그 딸 후미코에게는 조금도 저항감이 없이 자연스러웠는데, 어째서 유키코에게는 두려울 정도로 서먹서먹한 감정이 들었을까? 양심의 가책이었을까, 유키코에 대한 비하(卑下)인가 아니면 오호다 부인과 후미코가 기쿠지를 매혹시키고 있는 것일까 ? ”

구리모토의 말에 따르면, 오호다 부인은 마성이 붙은 여자라고 하지만, 지카코가 오늘밤 이 방을 정한 듯해서 기쿠지는 어쩐지 찝찝한 기분이 들었다.

유키코가 어색한 일본옷을 입고 오게 된 것까지도 지카코의 지시인가 싶은 의심이 들어서,

“왜 여행을 하면서 양복을 입지 않았지 ? ” 하고, 기쿠지는 자기 전에 넌지시 물어보았을 정도였다.

“오늘만 입기로 했어요. 수트를 입으면 멋이 없다고들 하고, 게다가 처음 만나게 된 것이 두 번 모두 다실에서 일본옷을 입었었기 때문에…….”

누가 그런 말을 했느냐고 되묻지는 않았다. 신혼여행을 위해 물떼새 무늬도 지카코가 염색케 했을 거라고 고쳐 생각했다.

“아까 얘기인데, 나는 유나미치도리의 노래를 좋아하는데.” 하고 얼버무렸다.

“어떤 노래…… ? ”

기쿠지는 히토마로의 노래를 빠른 말투로 중얼거렸다.

신부의 등에 부드럽게 손을 대고,

“아, 고마워.” 하고 느닷없이 중얼거리며 유키코를 놀라게 하니까 부드럽게 대할 수 있게 되었다.

새벽 다섯시에 눈을 떴는데도 기쿠지는 불안과 초조한 생각 속에서도 역시 유키코가 고맙다는 생각이 들었다. 유키코의 잔잔한 잠자는 숨소리와 은은한 향기만으로도 달콤하고 포근한 용서를 받는 느낌이 들었다. 그것은 자기본위의 혼자 느끼는 도취이기도 하겠지만, 극악무도한 죄인이라도 여자만이 용서할 수 있는 아량의 덕분이기도 했다. 일시적은 감상이거나 마비증세인지도 모르지만 이성간에 있을 수 있는 구제이기도 했다.

내일 유키코와 헤어지는 일이 있어도 기쿠지는 일생 동안 감사할

것 같은 생각이 들었다.

그리고 불안과 초조한 생각이 누그러들자 기쿠지는 오히려 쓸쓸해졌다. 유키코도 불안과 결심의 갈림길에서 떨고 있었을 것이 뻔한 일인데, 그래도 기쿠지는 흔들어 깨워서 안아줄 만한 용기가 없었다.

파도 소리가 이따금 들려와서 날이 밝기까지 더는 잘 수가 없다고 생각했는데도, 기쿠지는 다시 잠이 들었다가 눈을 떠보니 장지문에 밝은 햇빛이 비치고 있었다. 유키코는 옆에 없다.

도망쳐 돌아갔나 싶어 기쿠지는 가슴이 철렁했다. 아홉시가 지났다.

문을 열어보니 유키코가 잔디밭으로 나가 있었다. 쭈그리고 앉아서 바다를 보고 있었다.

“너무 많이 잤군. 언제 일어났지?”

“일곱시쯤에요. 지배인이 물을 끓이러 오는 바람에 눈을 떴나 봐요.”

유키코는 얼굴을 붉히며 돌아다보았다. 오늘 아침에는 수트로 바꿔입었다. 어젯밤의 빨간 장미를 가슴에 달고 있다. 기쿠지는 안도의 숨을 쉬었다.

“그 장미, 다행스럽게도 시들지 않았군.”

“어젯밤, 목욕하러 갔을 때 세면소 컵에다 꽂아두었었어요. 그걸 모르셨어요?”

“난 전혀 몰랐는데.” 하고 기쿠지는 대답하고는,

“벌써 샤워를 했어?”

“네. 먼저 일어나서 갈 곳도 마땅치 않고 할일도 없고 해서요. 그냥 있기도 뭐해서 빈지문을 열고 살그머니 여기로 나왔더니 미국 군함이 돌아가고 있는 참이었어요. 저녁때 놀러왔다가 아침에는 돌아간대요.”

“군함이 놀러온다니, 우습군.”

"여기 정원을 맡고 있는 분이 얘기해주었어요."

기쿠지는 일어났다는 걸 카운터에 전화로 알려놓고, 샤워를 한 다음 그 잔디로 나갔다. 12월 중순답지 않게 날씨가 따뜻했다. 아침식사를 들고 나서도 해가 드는 마루에 앉아 있었다.

바다는 은빛으로 빛나고 있는데, 보고 있는 동안에 빛나는 장소도 시간의 흐름에 따라 옮겨갔다. 이즈 산에서 아타미 쪽으로, 불쑥 튀어나온 작은 곶처럼 생긴 돌출 부분이 겹쳐진 곳, 여기에 밀어닥친 파도로 빛나는 부분이 이동해갔다.

"별이 뜬 것처럼 빛나고 있어요. 바로 여기 밑의 바다, 좀 보세요." 하며 유키코가 가리키고는,

"스타 사파이어의 별 같아요……."

눈 아래의 바다 표면에 별이 반짝이다가 사라지는 듯한 빛의 묶음이 있었다. 빛이 여기저기에서 삐죽삐죽 떠올랐다. 가까운 곳이니까 파도의 빛이 하나씩 떠나가고 있지만, 먼 바다가 거울처럼 빛나는 것 역시 이 별이 모여서 무더기로 빛나기 때문인지도 모른다. 잠시 가만히 지켜보고 있으려니까 멀리에서도 빛의 묶음이 춤추고 있었다.

다실 앞의 잔디밭은 좁아서, 그 한 단 아래에 잘 영근 여름 밀감이 달린 가지가 잔디밭 끝에 보이고 있다. 바다까지 비탈진 땅이 있고, 바닷가 가까운 곳에는 소나무들이 나란히 서있다.

"어젯밤, 그 반지의 돌을 보았는데 아름답더군……."

"이건 파이어이니까 파도 빛에는 사파이어나 루비의 스타와 비슷해져요. 다이아 빛과 가장 비슷한 거예요."

유키코는 자신의 반지를 잠깐 내려다보고 나서 다시 바다를 보기 시작했다.

보석 얘기를 하기에 적당한 경치인데다 또 두 사람이 그런 얘기를 나눌 시간인지도 모르지만, 기쿠지는 행복해 할 수가 없었다.

아버지의 집을 팔아버린 지금, 누추한 집으로 유키코를 데리고

간다는 것은 그렇다 치고, 거기서 신접살림 얘기를 하기에는 기쿠지가 아직 결혼생활에 미숙하다고 해야 할 것이다. 또 서로가 지난날의 추억담을 하게 되면, 기쿠지는 오호다 부인과 후미코와 구리모토 얘기를 하지 않으면 거짓이 된다. 두 사람의 미래도 과거도 얘기할 수 없게 된 것 같아서, 기쿠지는 아무 뜻 없이 하는 현재의 얘기에도 지루한 느낌이 들었다.

유키코는 어떻게 생각하고 있을까? 햇볕에 빛나는 얼굴에 아무런 표정도 없는데, 그것은 기쿠지를 위로하고 있는 것일까? 어쩌면, 첫날밤에는 기쿠지에게서 위로를 받았다고 생각하는지도 모른다.

기쿠지는 가만 있을 수가 없었다. 움직이고 싶었다.

이 여관은 이틀밤을 계약했기 때문에 아타미 호텔로 점심을 먹으러 갔다. 그릴 룸의 창가에 갈라진 파초잎이 서 있고, 저쪽에 한 무더기의 소철이 있다.

“어렸을 때 아버지를 따라 여기에 와서 설을 센 적이 있는데, 소철은 그때와 변한 것이 없어요.” 하고 유키코는 바다 쪽을 향한 정원을 둘러보았다.

“우리 아버지도 여기에 자주 오셨으니까, 그때 내가 따라왔더라면 어린 유키코를 만났을지도 모르겠는걸.”

“그런 말씀, 난 싫어요.”

“어렸을 때 만났더라면 재미있었을 것 같은데…….”

“어렸을 때 만났더라면 결혼하지 않았을지도 모르죠.”

“어째서?”

“어렸을 때는 영리하셨을 것 같으니까.”

기쿠지는 말없이 웃기만 했다.

“아버지에게 종종 들었지요. 너는 어렸을 때는 영리했는데 점점 바보가 되어간다.”

사남매 중에서 아버지가 유키코를 얼마나 귀여워했는지는 지금까지 유키코가 한 얘기만 가지고도 충분히 상상할 수 있었다. 영리한 눈을 똘망똘망 빛내고 있던 어린 시절의 유키코의 모습을 지금도 엿볼 수 있었다.

4

아타미 호텔에서 돌아오더니 유키코는 어머니에게 전화를 걸었다. 딱이 할 얘기는 없었다.

"어떠냐고 어머니가 걱정하시고 계셔요. 잠깐 오시겠어요?"

"아냐, 안부만 여쭈어줘요."

기쿠지는 불쑥 사절하고 말았다.

"그래요?" 하며 유키코는 기쿠지를 돌아다보았지만,

"어머니가 미다니 씨에게도 안부전하라고 그러세요. 몸조심하라구요……."

방에 있는 전화니까 유키코가 은밀히 하소연을 하려는 것이 아님을, 기쿠지는 처음부터 알고 있었다.

그러나 뭔가 유키코 어머니의 마음을 불안케 하는 여자만의 직감력이 작용한 것일까? 신혼여행을 온 지 이틀만에 신부는 친정어머니에게 전화를 걸어야 하는지, 또 그것은 친정어머니를 즐겁게 해드리기 위한 것인지 기쿠지는 알 수 없지만, 남편하고 함께 있다는 부끄러운 마음이 든다면 걸 수 없을 거라고 생각했다.

네시가 지나서 미국의 소형 군함 세 척이 들어왔다. 아지로(綱代) 근처 멀리 떠있던 구름도 안개로 변해, 봄날의 놀처럼 뿌옇게 된 바다에서 천천히 움직이고 있다. 굶주린 정욕을 싣고 왔다고 해도 역시 그것은 온화한 모형의 군함처럼 보였다.

"역시 군함이 놀러오는군."

"오늘 아침 제가 일어났을 때, 어젯밤의 군함이 돌아가고 있었어요." 하고 유키코가 말했다.

“할일이 없어서 멀리까지 나가서 구경한 거예요.”

“내가 일어날 때까지 두 시간을 기다린 건가?”

“더 오래된 느낌이었어요. 여기에 있는 것이 호기심이 나서 즐거웠는걸요. 일어나시면 여러 가지 얘기를 해야지, 하고 생각하면서…….”

“무슨 얘기를?”

“부질없는 얘기…….”

들어오고 있는 군함은 아직 밝은데도 등불을 켰다.

“제가 왜 결혼했는지, 당신 쪽에서 보시고 들려주시면 즐거울 거라고, 그런 것도 얘기하고 싶었어요.”

“글쎄, 보시고라고 할 것도 없어.”

“그야 그렇지만 이 처녀가 왜 나한테 왔을까, 하고 생각하면 즐거울 테죠?　저는 즐거워요. 영원히 차지할 수 없는 사람이라니, 왜 그런 생각을 하셨을까……?”

“작년, 우리 집 다실에 왔을 때도 지금과 같은 향수를 뿌렸지?”

“네.”

“그날도 영원히 차지할 수 없는 사람이라고 생각했었지.”

“어머! 이 향수를 싫어하세요?”

“그게 아냐. 이튿날도 유키코 씨의 향기가 다실에 남아 있을 것 같아, 가보았을 정도였다니까…….”

유키코는 놀란 얼굴로 기쿠지를 바라보았다.

“말하자면, 나는 유키코 씨를 영원히 차지할 수 없는 사람이라고 체념해야 한다는 생각이 들었지.”

“이젠 그런 식으로 말씀하시면 슬퍼져요. 다른 사람 때문에 그러시는 거니까……. 그건 알고 있지만 이젠 저에게 관한 얘기만 듣고 싶어요.”

“그건 희망사항이었지.”

“희망사항……?”

"그렇잖겠어? 체념과 희망이 뒤섞인 두 갈래길이었지 뭐야?"

"희망사항이었다고 말씀하시니까 깜짝 놀랐는데, 저 역시 체념할까 하고 생각했기 때문에 오히려 더 동경하게 되었는지도 모르죠. 하지만 체념이라든가 희망사항이라는 말은 떠오르지 않았어요."

"희망사랑이란 말은 죄인의 말이니까……."

"또 다른 사람의 얘기를 하고 계시는군요"

"아니, 그게 아냐."

"괜찮아요. 유부남이라도 좋아질 수 있을 거라고, 저도 생각해본 적이 있으니까요."

"하긴 그래. 어젯밤은 유키코 씨의 향기도 내 것이 되었구나 하는 생각이 들어서 이상했거든……."

"……."

"그러나 희망사항은 사라지지가 않아."

"이제 곧 실망하실 거예요."

"절대로 실망하지는 않아."

기쿠지는 단호하게 잘라 말했다. 유키코에 대해서 깊은 감사의 마음이 있기 때문이다.

유키코는 갑자기 기가 죽은 듯이,

"저도 절대로 실망하지 않겠어요. 맹세할 수 있어요." 하며 강력한 말투로 대꾸했다.

그런데 유키코의 실망은 고작 대여섯 시간 뒤로 다가온 것이 아닌가. 유키코는 그 실망은 모르고 있지만, 혹은 의혹으로 그치는 한이 있다고 해도 기쿠지는 자신에게 냉혹한 실망을 안겨주는 것이 아닌가.

그것이 두려워서만이 아니라, 기쿠지는 어젯밤보다도 늦게까지 앉아서 얘기하고 있었다. 유키코도 어젯밤보다 친숙한 모습으로 마주앉았다. 좋은 분위기에 걸맞게 편안한 솜씨로 차를 끓여오기도 했다.

　기쿠지가 목욕탕에서 면도를 하고 와서 크림을 바르고 있으니까, 유키코도 경대 옆으로 가서, 기쿠지의 크림을 손가락으로 찍어보면서,

“언제나 아버지 크림을 제가 사다드리는데…….”

“그럼 나도 같은 것으로 할까？”

“같은 것이 아니면 좋겠어요.”

　오늘밤엔 잠옷을 무릎 위에 올려놓고 있다. 역시 목례를 하더니 목욕실로 갔다.

“안녕히 주무세요.” 하고 가볍게 인사를 하더니, 옷자락을 거머잡고 자기 자리로 들어갔다. 그 처녀다운 동작의 상큼한 인상 때문에 기쿠지는 가슴이 두근거렸다.

　그러나 곧 어둠 속에서 기쿠지는 눈꺼풀이 파르르 떨리는 눈을 감으며, 그때 후미코는 조금도 저항하지 않고 다만 순결했으니까 부끄러워했다. 기쿠지는 그 부끄러워하던 모습을 되새겨 보려고 했다. 비열하고 창피한 생각이 떠올랐다. 후미코의 순결을 짓밟던 그 순간을 상상하며, 유키코의 순결을 점령하려고 한다. 꺼림칙한 독약처럼 유키코의 청결한 행동과 말씨가 기쿠지야 괴로워하건 말건 후미코의 생각을 떠올리게 만들었다.

　그리고 후미코를 생각하면, 거기서 다시 오호다 부인의 격앙된 숨결이 되살아나는 것은 기쿠지로서도 막을 수가 없었다. 악마의 굴레라고 할까, 아니면 인간의 자연스런 욕구라고 할까, 어쨌든 부인은 죽고 후미코는 떠나갔으며, 더욱 이 두 사람은 서로 사랑했을 뿐 결코 미워하지는 않았다고 한다면 지금 기쿠지를 꼼짝 못하도록 겁을 먹게 하는 것은 도대체 뭐란 말인가？

　오호다 부인의 격앙된 숨소리에 마비된 것이라고 기쿠지는 스스로 회개도 해보았지만, 오히려 지금은 자신의 어느 한 구석이 마비된 것이 아닌가 하고 두려워졌다.

　갑자기 유키코의 베갯머리에서 머리카락 움직이는 소리가 나며,

"뭐라도 얘기해주세요." 하는 소리를 듣고 기쿠지는 뜨끔했다.

마치 죄인의 손으로 성처녀를 안은 것처럼 기쿠지는 갑자기 뜨거운 눈물 같은 것을 느꼈다.

유키코는 기쿠지 가슴에 얼굴을 갖다대더니 훌쩍거리며 울기 시작했다.

기쿠지는 떨리는 음성으로 나직이,

"왜 그래?……슬퍼졌어?"

"아뇨."

유키코는 고개를 살레살레 저었다.

"미다니 씨를 좋아했는데, 어제부터 점점 더 좋아져서……운 거예요."

기쿠지는 유키코의 턱에 손을 대고 입술을 갖다댔다. 이제 자신의 눈물을 굳이 감추고 싶은 생각도 없어졌다. 오호다 부인과 후미코의 망상이 한 순간에 사라지고 말았다.

순결한 신부를 데리고 깨끗한 몇 날을 지내는 것이 어째서 안 된단 말인가?

5

사흘째되는 날도 따뜻한 바다 경치였으며, 유키코는 먼저 일어나서 몸치장을 끝낸 참이었다.

신혼여행을 온 사람들이 이 여관에는 어젯밤에 여섯 쌍이나 되었다는 것을 유키코가 오늘 아침 하녀에게서 들은 모양인데, 다실이 바다 쪽으로 멀리 떨어져 있었기 때문에, 사람들의 소리가 별로 들리지 않았다. 바이올린으로 노래를 즐기는 소리도 여기까지는 들리지 않았다.

햇빛의 무슨 조화인지 오늘은 오후까지 있었는데도 반짝이는 파도의 물방울은 볼 수 없었지만, 어제 파도의 물방울이 반짝이던

바로 밑의 바다에, 어선 일곱 척이 떠가고 있다. 선두의 통통배가 나머지 여섯 척의 배를 끌고 가는데, 그 여섯 척은 큰 것에서 작은 것 순서대로 일렬로 줄지어 있었다.

"가족처럼 보이는군." 하며 기쿠지가 미소를 지었다.

여관의 기념품으로 부부가 쓰는 한 벌의 젓가락을 받았다. 종이로 접은 학 무늬가 있는 분홍색 종이로 싼 것이다.

기쿠지는 생각이 난 듯이,

"그 센바즈루의 보자기는 가지고 왔나?"

"아뇨. 부끄러울 정도로 모두 새것만 가지고 왔어요." 하며 유키코는 눈꼬리까지 예쁘게 쌍꺼풀이 진 눈두덩이를 붉혔다.

"머리의 모양도 달라졌지요? 하지만 축하선물로 받은 것 중에는 학이 달려 있는 것도 있었어요."

세시 전에 자동차로 가와나(川奈)로 향했다.

아미시로의 항구에는 어선이 들어와 있었다. 하얗게 칠한 배도 있다.

유키코는 아타미 쪽을 돌아다보며,

"바다빛이 핑크색 진주처럼 보여요. 색깔이 아주 비슷해요."

"핑크색 진주?"

"네, 귀걸이하고 목걸이가 핑크예요. 꺼내볼까요?"

"호텔에 가서……."

아타미의 산골짜기들이 짙은 그늘을 드리우고 있었다.

장작을 실은 리어카에 아내를 태우고 달리는 남정네를 만나자,

"저런 식으로 살고 싶어요." 하고 유키코가 말했다. 쪽박을 차는 한이 있어도 하는 생각이 지금의 유키코에게도 각오가 돼있는가 싶어서, 기쿠지는 겸연쩍었다.

바닷가에 늘어선 소나무 사이로 새들이 날아가는 것이 보였다. 자동차의 속력과 거의 비슷한 것 같지만, 아무래도 자동차가 조금 빨랐다.

오늘 아침 이즈 산의 여관 밑에서 나온 일곱 척의 예인선이 이곳에 와 있었다. 그것을 유키코가 알아본 것이다. 역시 큰 배에서 작은 배의 순서로, 마치 얌전한 가족들처럼 나란히 줄지어 기슭 가까운 곳으로 끌려가고 있었다.

"우리를 만나러 온 것 같군요."

이와 같은 배에도 친근감을 가지는 유키코의 기뻐하는 모습이 기쿠지의 마음을 한결 누그러뜨렸다. 지금까지의 생애 중에서 행복한 날인지도 모르겠다.

작년 여름에서 가을까지, 기쿠지가 후미코의 행방을 찾아 지쳤는지 홀렸는지도 모른 채 정신없이 헤매고 있을 때, 느닷없이 유키코가 혼자서 찾아와주었다. 기쿠지는 어둠 속에서 살다가 햇빛을 본 것처럼 기뻤다. 눈이 부신 듯했고 의심스럽기도 해서 서먹서먹했지만, 유키코는 그 후에도 종종 찾아와주었다.

이윽고 기쿠지는 유키코 아버지로부터 편지를 받았다. 딸아이와 교제를 하고 있는 모양인데 결혼할 의향은 있는가. 전에 구리모토 지카코를 통해 혼담이 오고간 적도 있는데다, 나와 아내도 딸이 처음으로 마음에 둔 곳으로 보내기를 원하고 있다. 그것은 부모로서 두 사람의 교제를 걱정해서, 또는 기쿠지를 경계하는 것이라고도 받아들였는데, 실은 부모가 대신 딸의 마음을 전해준 것이었다.

그리고 오늘까지 꼬박 1년이 걸렸다. 기쿠지는 후미코를 기다리는 마음과 유키코가 필요하다는 마음 사이를 오락가락하게 되었다. 그러나 오호다 부인을 생각해내고 후미코를 그리워하며 후회스런 마음 때문에 축 쳐져 있을 때, 기쿠지는 저녁 하늘에 하얀 학이 춤을 추는 환상을 그려보곤 했다.

예인선을 보기 위해 유키코가 기쿠지에게로 다가와서는 제자리로 갈 생각을 하지 않고 있다.

가와나 호텔에서는 3층에 있는 끝 방으로 안내되었다. 두 방향에는 벽이 없고 그대신 전망할 수 있는 유리창으로 막아놓았다.

“바다가 둥글군요” 하고 유키코가 명랑하게 말했다.

수평선이 완만한 원을 그리고 있었다.

잔디밭 속에 있는 수영장 저쪽에서 연두빛 제복을 입은 대여섯 명의 여자 캐리가 어깨에 골프 백을 걸고 올라오는 모습이 보였다.

서쪽으로 후지(富土) 코스가 펼쳐져 있었다.

넓은 잔디밭으로 나가보고 싶어서,

“바람이 강하군.” 하고 기쿠지가 서풍에 등을 돌리며 말했다.

“바람 같은 건 상관없어요. 가세요”

유키코가 기쿠지의 손을 힘껏 잡아당겼다.

방으로 돌아와서 기쿠지는 목욕을 했다. 유키코는 그 사이에 머리의 매무새를 고치고, 블라우스를 바꿔입고 나서 식당으로 갈 준비를 했다.

“이거 하고 갈까요 ?” 하며 진주 귀걸이와 목걸이를 기쿠지에게 보였다.

저녁 식사를 끝낸 다음 얼마 동안 선룸에 있었다. 마당에 타원형으로 내밀고 있는 커다란 방인데, 평일이어서인지 기쿠지 내외 뿐이었다. 커튼이 빙 둘러쳐졌다. 화분에 심은 선녀동백꽃 한 쌍이, 타원형의 끝 쪽에서 꽃을 달고 있다.

그리고 접대실로 돌아와서 벽난로 앞에 있는 소화에 앉았다. 큼직한 장작이 타고 있었다. 벽난로 위에는 커다란 군자란 화분이 역시 한 쌍으로 놓여 있었다. 조생종의 홍매화가 소파 뒤의 커다란 꽃병에 꽂혀 있는데, 아주 아름답게 느껴졌다. 높은 천장의 영국풍 목공예가 안정감있게 느껴졌다.

기쿠지는 가죽 소파에 앉아서 벽난로의 불꽃을 오랫동안 보고 있었다. 유키코도 볼이 달아오른 채 가만 있었다.

방에 돌아와보니 두꺼운 커튼이 창을 가리고 있었다.

넓긴 하지만 다른 방이 없으니까 유키코는 목욕실에서 옷을 갈아입고 왔다.

기쿠지는 호텔의 잠옷을 입고 의자에 앉아 있었다. 유키코도 잠옷바람으로 말없이 그 앞에 서 있었다. 검붉은 바탕에 흰색 작은 무늬를 놓은, 양복감으로도 쓸 수 있을 법한 새 감으로 겐로쿠소데(元禄袖 : 일본옷의 소매의 한 종류. 짧은 소매.)처럼 해서 자유로운 형태로 느끼게 한 것이, 참으로 신선한 맛을 느끼게 했다. 초록색 공단의 부드러운 좁은 띠를 매고 있었다. 서양식으로 만든 인형과 비슷했다. 빨간 안감 속에 하얀 속옷이 보였다.

"예쁜 옷이군. 당신이 생각했어? 그 겐로쿠소데?"

"겐로쿠소데와는 조금 달라요. 그냥 덮어놓고 만들어본 거예요."

화장대의 전등만 켜놓아 방을 희미하게 해놓고 잤다.

기쿠지가 눈을 떴을 때 쿵 하는 큰소리가 울렸다. 바람이 불어온 것이다.

정원 끝이 낭떠러지인데, 높은 파도가 거기서 부딪치는 소리로 느껴졌다.

유키코 쪽을 보니까 침대엔 없고 창가에 서 있었다.

"왜 그러지?" 하며 기쿠지도 일어나서 다가갔다.

"쿵 하고 기분나쁜 소리가 들려왔어요. 바다에 분홍색 불꽃이 보여요. 저길 보세요……."

"등대겠지."

"무서우니까 잠이 오지 않아서 일어나 있었던 거예요."

"파도 소리야."

기쿠지는 유키코 어깨에 손을 얹었다.

"날 깨우면 좋았을걸……."

유키코는 바다에 마음을 빼앗기고 있는 것처럼 보였다.

"저봐요. 분홍색으로 반짝거렸죠?"

"등대라니까……."

"등대도 있지만 등대의 불보다 크고 환하게 비추잖아요."

"파도 소리야."

“아니예요.”

낭떠러지 바위를 치는 파도 소리인 듯하지만, 바다는 조각달빛을 받고 차갑게 반사하며 검푸른 모습으로 가라앉았다.

기쿠지도 잠시 보고 있었는데 등대에서 켜졌다 꺼졌다 하는 분홍색의 섬광과는 달랐다. 분홍색의 섬광은 간격이 길고 불규칙했다.

“대포예요. 해전인가 하고 생각했어요.”

“그렇군, 미국 군함이 훈련을 하고 있는 모양이군.”

“그래요.”

유키코는 납득한 듯했지만,

“기분이 나쁘고 무서웠어요.” 하며 어깨의 힘을 뺐다. 기쿠지가 포근하게 안아주었다.

조각달이 떠있는 밤바다에 바람이 불고, 멀리서 분홍색 섬광이 번쩍인 다음 울려오는 소리는 기쿠지에게도 기분나쁘게 느껴졌다.

“이런 밤에 혼자서 그런 걸 보고 있으면 안 돼…….”

기쿠지는 팔에다 힘을 주고 유키코를 번쩍 안아올렸다. 유키코는 겁을 먹으며 기쿠지의 목을 꼭 끌어안았다.

기쿠지는 밀어닥치는 슬픔으로 더듬더듬거리며 말했다.

“나는 말야, 불구가 아냐. 성불구가 아니란 말야. 하지만 내 욕되고 배덕한 기억, 바로 그놈이 나를 용서치 않는 거야.”

유키코는 까무라치듯 기쿠지의 가슴에 푹 파묻히고 말았다.

여행의 이별

1

  기쿠지는 신혼여행에서 돌아와, 작년에 받은 후미코의 편지를 태우기 전에 다시 한 번 읽어보았다.

  벳부(別府)를 왕래하는 고가네마루(^{배의}_{이름})로, 10월 19일…….
  저를 찾고 계시나요? 행방을 알 수 없는 자라고 생각하시고 용서해주세요.
  두 번 다시 만나뵙지 않을 결심이니까. 이 편지도 부치지 않을까 하고 생각했습니다. 부친다고 해도 언제 부칠지 아직 모르는 일입니다. 저는 아버지의 고향인 다케다마치(竹田町)로 갑니다만, 이 편지를 읽으실 때쯤이면 저는 다케다마치에 없을 것입니다.
  아버지도 스무 살 전에 고향을 떠나셨고, 저는 다케다를 모릅니다.

  돌산이 사방을 둘러싸고 있는 가운데에 자리잡은 다케다의 마을과 가을의 물흐르는 소리
  다케다의 마을은 스스로 성을 닮았느니, 들고 나는 것 모두가 산어귀에 있는 문
  모두 새하얀 다케다 마을의 동구 밖의 참억새 그리고 마을 안의 참억새

요사노 히로시(與謝野寬 : 1873~1935 일본의 시인)와 아키코(晶子 : 1878~1942. 일본의 시인 요사노 히로시의 아내)의 〈구주산(久住山)의 노래〉하고 아버지에게서 들은 얘기를 바탕으로 기억을 더듬으며 묘사해 본 것입니다.

보지도 못하고 알지도 못한 아버지의 고향으로 저는 돌아갑니다.

구주마치 마을 사람은 아버지가 어린이 시절에 안 모양인데, 그 사람의,

고향의 산을 보고 마음을 가라앉게 하는 흘러가는 물소리
끝없는 하늘과 맞닿은 들녘의 빛도 어린 시절부터 나를 물들게 하느니
괴로운 건 나만이 아니로고, 산도 구름을 장옷삼아 뒤집어쓰고 있는 걸 보면
거슬러 오르는 역한 마음이 깨끗이 사라지고 그를 위해 평온을 비나니

라는 노래도 저로 하여금 아버지의 고향으로 마음이 끌려가게 합니다.

격 높으신 큰 스승을 뵈오는 듯 구주의 산에 끌리는 마음
늘 가난한 마음에도 빼어난 산을 만나면 묻고 싶은 게 있나니
홀연히 숨어버리듯 구주의 산을 구름이 덮어주고

이와 같은 요사노 히로시의 노래가 저를 구주 산으로 유인했습니다.

〈거슬러 오르는 마음〉의 노래를 쓰긴 했지만, 저는 당신에게 반항할 마음은 없습니다.

반항할 마음이 있었다면 저 자신에 대해서였고, 또 제 주변의 환경에 대해서였습니다. 그것 또한 반항하는 마음이라기보다는 더 슬픈 것이었습니다.

이젠 그 일이 있은 지 3개월이 되었습니다. 당신의 '편안함을 빌' 뿐입니다. 당신에게 이런 편지를 쓰면 안 되겠지요. 제 자신에게 써야 할 것을 당신 앞으로 쓰는 것 같습니다. 다 쓰고 나면 바다에 버릴지도 모릅니다. 또한 끝까지 다 쓸 필요가 없는 편지인지도 모르겠습니다.

넓은 접대실의 창문 커튼을 보이가 돌아가며 치고 있습니다. 접대실에는 저 이외에 외국인 젊은 부부 두 쌍이 저 건너쪽에 있을 뿐입니다.

혼자하는 여행이니까 선실은 1등실로 했습니다. 많은 사람이 북적거리는 건 싫었습니다. 1등실은 2인용 방으로, 벳부에 있는 간카이지(観海寺) 온천 여관의 여주인하고 같이 쓰게 되었습니다. 오사카(大阪)로 출가시킨 딸의 해산구완을 치루고 돌아오는 길이라면서,

——오사카에서 잠을 자지 못했기 때문에 푹 자면서 가려고 배를 탔답니다, 하면서 식당에서 돌아오자마자 침대에 누워버렸습니다.

고베(神戸)의 항구를 우리가 탄 고가네마루가 출항할 때, 수에즈의 별이라는 이란의 기선이 들어오고 있었습니다. 묘한 형태의 배였는데,

——객선을 겸한 화물선이겠지요, 하고 그 여주인이 가르쳐주었습니다. 이젠 이란의 배까지 들어오게 되었나 하는 생각이 떠올랐습니다.

배가 점점 멀리 나옴에 따라 고베의 시가지와 뒷산이 저녁놀에 싸여서 멀리 가는 것처럼 보였습니다. 해가 짧은 가을입니다. 밤이 되니까 해상 보안관의 주의시키는 아나운스가 흘러나왔습니다. 배 안에서 하는 도박은 절대로 승산이 없다, 피해자도 벌을 받게 된다…….

——오늘은 도박이 행해질 공산이 대단히 큽니다.

　전문 도박사가 3등 선실에 탄 모양입니다.

　온천 여관의 여주인이 잠이 들었기 때문에 저는 접대실로 나왔습니다. 두 쌍의 외국인 부부 중 한 사람은 일본 여성이었습니다. 그 사람도 결혼한 듯이 보였습니다. 외국인은 미국인이 아니라 유럽 사람인 것 같았습니다.

　갑자기 저도 외국인과 결혼해서 먼 외국으로 갈 수 있으면 좋을 듯싶다는 생각이 들었습니다.

　——뭣을 생각하고 있지? 하고 제 자신에게 깜짝 놀라서 말했습니다. 아무리 배를 타고 있다고는 하지만, 결혼을 생각한다는 것은 참으로 뜻밖의 일이었습니다.

　그 여자는 좋은 가문의 출신으로 보였습니다만, 서양사람을 모방한 표정과 몸가짐을 흉내내느라고 대단히 노력하는 것처럼 보였습니다. 그런 행동이 나쁘다고는 할 수 없을 테지만, 저에게는 일부러 그러는 것같이 보였습니다. 서양 사람과 결혼했다는 것을 끊임없이 의식해서 그와 같은 몸짓을 하는 것일까요?

　하지만 저도 지난 3개월 동안 무엇에 마음이 끌려 흔들렸는지 도무지 알 수가 없습니다. 그 다실 앞에 있는 물그릇에 대고 백자 찻잔을 깨뜨린 일, 쥐구멍에라도 들어가고 싶을 정도로 견딜 수 없이 창피합니다.

　——더 좋은 백자를 가지고 계신걸요, 하고 제가 말했습니다. 그때는 진짜로 그렇게 생각했었습니다.

　백자 물병을 어머니의 유품으로 드리니까 기뻐하시며 받으시길래 갑자기 엽차잔도 드리고 싶어졌습니다. 그런데 막상 알고 보니까 더 좋은 백자를 가지고 계시는 걸 알게 되었습니다. 나중에 그것을 생각하고 어찌할 바를 몰랐습니다.

　——그런 식으로 말하면, 남에게는 최고의 것만을 줄 수밖에 없어요, 하고 당신께서 말씀하셨습니다. 그 ‘남’을 기쿠지 씨가 하신 말씀이기 때문에, 저는 그렇게 믿었던 것입니다. 오로지 어머니를

아름답게 해드리고 싶은 생각에서였습니다.

오직 어머니를 아름답게 생각하는 것 이외에는, 죽은 어머니나 남아 있는 저에게 구원의 길이 없었습니다. 그런 저의 긴장감, 그리고 무엇엔가 홀린 듯한 마음으로 별로 훌륭하지도 않은 찻잔을 어머니의 유품으로 드리게 된 것이 후회되었습니다.

이제 3월이 지나갔습니다 저의 기분도 지금은 달라졌습니다. 아름다운 꿈이 깨어졌는지, 아니면 보기 흉한 꿈에서 깨어났는지, 어쨌든 어느 쪽인지 잘 모르겠지만 그 백자를 깨뜨린 순간부터 어머니와 저는 당신과는 모든 면에서 헤어졌다고 생각합니다. 백자를 깨뜨린 것이 수치스런 짓인지는 몰라도 역시 잘 했는지도 모르겠습니다.

——찻잔 가장자리에 어머니의 입술연지가 스며들었다……, 고 그때 말씀드린 것은 미칠 것 같았던 집념 때문이라고 생각됩니다.

그 일로 해서 제게는 소름이 끼칠 듯한 추억이 있습니다. 아버지가 생존해 계실 때의 일입니다. 구리모토 선생님이 오셔서, 확실치는 않지만 조지로(長次郎 : 16세기에 살았던 일본의 도예가)라고 했는지, 어쨌든 오지그릇의 찻잔을 꺼내놓으니까,

——어, 곰팡이가 이렇게……. 간수를 잘못 하셨군요. 쓰고 나서 그냥 두셨던가요? 하고 선생님은 얼굴을 찌푸리셨습니다. 찻잔 전면에 썩은 붓꽃 빛깔과 같은 얼룩이 져있었습니다.

——따뜻한 물로 닦았지만 벗겨지지 않는군요.

물기가 있는 찻잔을 무릎에 놓고 한참 바라보고 있다가, 문득 손가락으로 머리를 긁적긁적하고는 그 기름이 묻은 손가락으로 찻잔을 문질렀더니 곰팡이가 지워졌습니다.

——아, 마침 잘 되었군. 자 보세요, 하고 선생님은 자랑스러워했지만, 아버지는 손도 까딱하시지 않고,

——추한 짓을 하는군. 그만둬요. 기분이 꺼림칙하니까.

——깨끗이 씻어올게요.

──아무리 씻었다고 해도 안 좋군. 그것으로 차를 마실 생각은 없어. 괜찮다면 당신에게 줄게.

어린 저도 아버지 옆에 앉아 있었는데 기분이 나빴던 기억이 납니다.

선생님은 나중에 그 찻잔을 팔았다고 들었습니다.

여자의 입술연지가 찻잔 가장자리에 스며들었다고 하는 것 역시 이처럼 꺼림칙하다고 생각합니다.

제발 어머니와 저에 관한 것을 잊으시고 이네무라 유키코 양과 결혼하시도록…….

2

벳부 간카이지 온천에서 10월 20일…….

벳부에서 다이부(大分)를 지나는 기차로 다케다까지 가면 빠르지만, 구주의 산들과 '가까이' 하고 싶다는 생각이 들어서 벳부 뒤에 있는 유후다케(由布岳 : 산의 이름)의 산기슭을 넘고, 유후잉(由布院)에서 붕고(豊後)의 나카무라(中村)까지 기차로, 거기서 다시 한다(飯田) 고원으로 들어가 산을 남쪽으로 돌면서 넘고, 구주마치에서 다케다로 가는 코스를 선택했습니다.

다케다는 아버지의 고향이긴 하지만 제게는 미지의 마을입니다. 아버지와 어머니가 안 계신 지금, 저를 어떻게 맞아줄 사람이 있는지 알 수도 없습니다.

──마음의 고향이라는 느낌이 드는 마을이라고 아버지는 말씀하셨습니다. 요사노 부부 시인의 노래에도 있듯이 사방이 암벽으로 둘러싸이고, 들고나는 출입을 동문(洞門)을 거쳐야 하는 마을이기 때문에 그런지도 모르겠습니다.

저는 당신의 아버님과 제 어머니를 용서해드렸을 때, 제 아버지를 배신했다는 생각이 들기도 했었습니다. 그런데 어째서 아버지에게는 고향인데도 저에게는 타향 같은 마음이 드는지요? 고향인 동시에 타향인 듯한 마을이, 지금 진정 그리워지는 것일까요? 아버지 고향에는 어머니와 저의 속죄할 수 있는 샘터라도 있다고 생각하는 것일까요?

돌아와서 아버지 영전에 머리를 조아리고 나서 올려다보니 '고
　향의 산'
이라는 시 한 수가 〈구주 산의 노래〉에서도 찾아볼 수 있습니다.

제가 당신의 아버님과 제 어머니를 용서했을 때, 이미 그 후의 어머니와 저의 과오가 깃들게 되었다고 생각합니다. 그것이 마치 저주인 것처럼 당신을 얽매고 괴롭혔던 것인지도 모르겠습니다. 하지만 어떠한 죄나 저주에도 한계가 있으니까 제가 백자를 깨뜨린 그날로 그런 것은 말끔히 끝났다고 생각합니다.

저는 오로지 두 사람, 어머니와 당신을 사랑했습니다. 당신을 사랑했다고 하니까 당신이 깜짝 놀라실 테고, 저 자신조차도 깜짝 놀랄 정도지만, 그것을 숨기지 않는 것이 오히려 '그 사람'의 '안녕을 기도하는' 것이 되지나 않을까 하고 생각해보았습니다. 저에게 하신 일로 해서 기쿠지 씨를 문책하지는 않았고 또 원망하지도 않았습니다. 다만 저의 사랑이 가장 강렬한 보답을 받은 것이고, 가장 냉엄한 벌을 받았다고 생각했을 뿐입니다. 저의 두 사랑은 갈 때까지 가서, 하나는 죽음에 이르렀고 하나는 벌을 받게 된 것입니다. 저라는 여자의 타고 난 운명이라는 것일까요? 어머니는 죽음으로 청산하셨지만 저는 견디지 못해서 달아나고 말았습니다.

——아, 죽고 싶다 하고 어머니는 입버릇처럼 말하면서 기쿠지 씨를 만나고 싶어한 것을 제가 말렸더니,

——나를 죽게 하려고 그러니? 하고 저를 위협했지만, 원각사의 다회에서 기쿠지 씨를 만나고 나서의 어머니는 줄곧 자살하려는 심정으로 살아왔다는 것을, 제가 백자를 깨뜨린 날 비로소 깨닫게

되었습니다. 기쿠지 씨를 만난 것이 어머니로 하여금 자살하게 된 동기가 되었는데도, 어머니는 기쿠지 씨를 만나고 싶은 일념으로 근근이 하루하루 연명해간 것입니다. 그것을 제가 끼어들어 어머니를 마침내 죽음으로 몰아넣은 것입니다. 백자를 깨뜨린 그날부터, 저도 자살하고 싶은 심정이 되었기 때문에 어머니의 마음을 더욱 잘 알게 되었습니다. 어머니가 죽지 않았더라면 아마 제가 죽었을 것입니다. 저를 죽지 않게 한 힘은 어머니의 죽음이었습니다.

그때 저는, 물그릇에 백자 찻잔을 내던지고 정신이 아득해져서 그대로 돌 위로 쓰러지는 것을 당신께서 부축해주셨는데

——어머니, 하고 제가 부른 것을 당신께서는 들으셨던가요? 소리로 나오지 않았는지도 모르겠습니다만.

돌아가면 안 된다고 말씀하셨는데도, 또 데려다주시겠다고 말씀하셨는데도 저는 고개를 가로젓기만 하면서,

——앞으로 만나지 않겠어요, 하고는 도망치듯 뛰쳐나온 후, 식은땀이 온몸을 적시는 바람에 저는 정말 죽으려고 했습니다. 기쿠지 씨를 원망해서가 아니라, 막다른 곳에 부딪친 것 같아서 이젠 앞이 없다고 느꼈기 때문이었습니다. 저의 죽음은 어머니의 죽음과 연관이 된 것 같아서 당연한 것으로 생각했습니다. 어머니가 자신의 추한 모습이 견딜 수 없어서 죽음을 택했다고 하면 저도 그럴 작정이었습니다. 하지만 후회하는 불꽃 속에 연꽃이 피어 있는 생각도 해보았습니다. 저는 당신을 사랑하고 있었으니까, 당신이 저에게 어떤 일을 하셔도 추하다는 모습은 없었을 것입니다. 저는 여름철의 모기처럼 불로 다가갔던 것이지요. 어머니는 자신이 추하다고 생각해서 죽었으니까 저는 어머니를 아름답다고 생각하려는 바람에, 그 꿈으로 해서 제 자신을 잃고 만 것일까요?

다만 저는 어머니와 달랐습니다. 어머니는 당신을 한 번 만나고 나서 마음을 잡지 못하고 보고 싶어했지만, 저는 단 한 번으로 꿈을 깨뜨렸습니다. 저의 사랑은 시작이 종말이었습니다. 감정을 억누

르고 멈춰서고 말았다고 하기보다는 밀려서 떨어지고 또 밀려서 끊긴 듯한 느낌입니다.

——아, 안 돼, 하고 생각했습니다. 어머니는 죽었고, 저도 끝났으니 유키코 씨하고 결혼하시면 됩니다. 그것이 저를 구해주시는 거라고 생각되었습니다.

——저를 찾으시거나 추적하신다면 저도 자살하는 결과가 됩니다, 하고 말씀드리면 자기본위로 들리시겠지만, 어머니를 아름답게 생각하니까 제 자신을 잊은 것처럼 기쿠지 씨의 주위에서 우리를 뺏어버리고 싶은 생각이 들었습니다.

어머니와 제가 기쿠지 씨의 결혼을 방해한다는 말을 구리모토 선생님에게서 들은 것도, 제 눈이 뜨이게 된 후로 잘 알게 되었습니다. 어머니와 만난 이후로, 기쿠지 씨의 성격이 갑자기 변하셨다고 구리모토 선생님이 말씀하셨습니다.

백자 찻잔을 깨뜨린 날 밤에는 아침까지 잠을 자지 못하고 울기만 하다가 친구의 집으로 가자마자 함께 여행을 가자고 부탁했습니다.

——무슨 일이야? 눈이 붓도록 울고……. 어머니가 돌아가셨을 때도 이렇게 울지는 않았는데? 하고 친구는 놀랐습니다. 함께 하코네(箱根)에 가주었습니다.

하지만 그때보다도, 어머니가 돌아가셨을 때보다도 더 슬펐던 것은 제가 어렸을 때였습니다. 구리모토 선생님이 집에 오셔서 기쿠지 씨의 아버님과 헤어지라고 욕을 퍼부었을 때였습니다. 뒤에 숨어서 듣고 제가 울음을 터뜨리자, 어머니는 저를 껴안고 선생님 앞으로 나갔습니다. 제가 싫다고 하자,

——엄마가 꾸지람을 듣고 있잖니? 뒤에서 울고 있으면 엄마는 견딜 수가 없어. 얌전히 엄마 품에 안겨 있거라!

어머니는 이런 말을 했습니다. 저는 선생님을 똑바로 보지 못하고 어머니 무릎에 앉아서 어머니 가슴에 얼굴을 파묻고 있었습니다.

——흥, 어린애까지 동원하는군? 하고 선생님은 비웃으며,

──너는 똑똑하니까 말해봐. 미다니 아저씨가 뭣때문에 오시는지 잘 알겠지?

──몰라, 몰라요, 하며 고개를 저으니까,

──모를 리가 없다. 아저씨에게는 부인이 계시단다. 엄마가 나쁘지? 아저씨에게는 너보다도 큰 아들이 있단다. 그 아들도 네 엄마를 미워해. 학교 선생님이나 친구들에게 엄마 얘기가 알려지면 부끄럽지 않겠니?

──아이에게는 죄가 없어요, 하고 어머니가 말했는데,

──죄가 없는 아이라면 죄를 짓지 않게 키우는 것이 어때요……? 죄가 없는 아이가 이렇게 능청스럽게 잘도 우는군요.

저는 열둘인가 셋이었습니다.

──어린애를 위해서도 좋을 게 없어요, 가엾게도……. 응달에서 자라게 할 작정인가요……?

그때 제 작은 가슴이 찢어지는 듯했던 슬픔은, 어머니의 죽음보다도, 당신과의 이별보다도 더 컸다고 생각합니다.

벳부에 도착한 것은 점심때였으니까 버스로 온천 구경을 했습니다. 선실에서 맺은 인연으로 간카이지 온천 여관에서 묵고 있습니다.

오늘 아침 이요나다(伊予灘)의 항해는 잔잔했으며, 선실 창으로 들어오는 햇빛 때문에 상의를 벗고 블라우스만 입었는데도 땀이 흐르는 것 같았습니다. 벳부 항구로 들어와서 왼쪽에 있는 다카자키산(高崎山)에서 오른쪽으로, 마치 시가지를 품안에 안아주기라도 하듯 둘러싸고 있는 산들의 모습은, 둥글게 보이는 커다란 파도와 비슷했습니다. 장식풍으로 그린 일본화의 파도 중에 그런 것이 있다고 생각합니다. 간카이지 온천은 산 안쪽에 있는 것으로 목욕실에서 시가지와 항구가 한눈에 보입니다. 이처럼 넓고 밝은 온천장이 있었구나, 하고 놀랐습니다. 온천 구경은 버스로는 백 엔, 열대여섯 군데의 온천은 개인소유도 많아서 '온천 조합'이라는 조직체로 있습니다. 버스로 두 시간 반은 돌아야 합니다.

온천 중에서는 피의 온천과 바다의 온천이 요염하다고 할까, 신비롭다고 할까, 하여간 뭐라고 표현할 수 없는 색깔이었습니다. 피의 온천은 바다 속으로부터 피가 솟아오르는 듯한 색깔인데 그것이 투명한 온수에 융해되어 선명한 피빛으로 변하고, 연못에서는 증기가 피어올랐습니다. 바다온천은 온수의 빛이 바다빛을 하고 있기 때문에 붙여진 이름인 듯한데, 이처럼 투명하고 잔잔하면서도 파란 물빛은 본 적이 없습니다. 시가지에서 멀리 떨어진 산 속의 여관방에서 맞이한 깊은 밤에, 이처럼 피의 온천과 바다의 온천이 간직하고 있는 불가사의한 빛깔은 생각하니, 마치 꿈 속의 온천인 것 같습니다. 만약 어머니와 제가 사랑의 지옥을 헤매고 있다고 하면, 거기에도 그와 같이 아름다운 온천이 있을까요? 온천에 있는 온수 빛깔에 저는 황홀했습니다. 용서해주세요.

3

한다 고원의 스지유(筋湯) 온천에서 10월 21일…….

고원 안쪽에 있는 온천 여관에서 스웨터 위에다 여관의 잠옷까지 걸쳤는데도 냉기가 도는 밤공기 때문에, 어깨를 화로에 대고 쬐고 있습니다. 화재를 겪고 급히 재건한 듯한 여관은 문의 여닫이까지 좋지 않습니다. 이 스지유 온천은 천 미터나 되는 높은 고지에 있으며, 내일은 1,500미터의 고개를 넘어 1,300미터의 온천에서 숙박할 예정이어서 방한 준비는 도쿄에서 해가지고 왔습니다만, 오늘 아침에 떠난 벳부 온천의 온도와 차이가 많이 나는 것에 놀라울 뿐입니다.

내일은 구주 산, 모래는 마침내 다케다에 도착합니다. 내일 여관에서도 그리고 다케다 마을에서도 저는 당신에게 편지를 계속 쓸 생각입니다만, 도대체 제가 당신에게 가장 하고 싶은 말이 무엇일까요 ? 여행일기는 결코 아닐 것입니다. 구주의 산이나 아버지 고향이 제게 무슨 말을 시키려고 할까요 ?

이별을 말하고 싶은지도 모르겠습니다만, 무언의 이별이야말로 최고의 것이라는 것을 제 스스로도 잘 알고 있습니다. 당신하고는 별로 대화를 나누지 못한 듯싶지만, 한편으로는 참 많은 것을 얘기한 것처럼 생각됩니다.

——어머니를 용서해주셨으면 합니다라고 저는 만날 때마다 어머니 대신 사죄하였습니다.

그 용서를 청하러 처음으로 당신을 찾아갔을 때, 당신은 어머니에게 저 같은 딸이 있다는 사실을 오래 전부터 알고 계셔서,

——따님하고 우리 아버지의 얘기를 해보고 싶다는 공상을 한 적이 있어요, 하며 말씀하셨습니다.

——우리 아버지의 얘기도 좋지만, 언젠가는 당신과 어머니의 얘기를 나눌 수 있는 시기가 있으면 좋겠는데요.

그런 시기는 없었습니다. 그리고 그 시기는 영원히 잃고 말았습니다. 만약 당신과 만나서 당신의 아버님이나 제 어머니의 얘기가 나오면, 그때 저는 후회와 치욕으로 몸서리칠 것으로 생각됩니다. 부모의 얘기를 해서는 안 됩니다. 그런 후손들이 서로 사랑할 수 있을까요 ? 하고 쓰니까 저는 눈물이 나옵니다.

열둘인지 열셋 무렵에, 구리모토 선생님에게 꾸중을 들었을 때부터 '미다니 아저씨'에게 아들이 있다는 것이 제 가슴에 깊이 새겨졌습니다. 그러나 저는 그 '미다니 아저씨'와 그 아들의 얘기는 한 번도 한 적은 없습니다. 말하면 좋지 않은 것으로 생각한 것입니다. 그 아들이 전쟁에 나갔는지 나가지 않았는지도 작은 여학생은 듣지 못했습니다.

공습이 심해지기 시작하고서도 당신의 아버님은 우리 집에 자주 오셨기 때문에 만약에 무슨 일이라도 일어나면, 그 아들도 저와 같이 아버지가 없는 아이가 된다고 걱정해서, 저는 아버님을 바

래다드리곤 했습니다. 생각해보니까 그 아들은 군인으로 나갈 정도로 컸을 텐데도, 제게는 어쩐 일인지 아직도 어린 소년처럼 생각되었던 것입니다. 선생님에게 처음 그 아들 얘기를 들었을 때의 괴로움이 가슴에 새겨졌기 때문일 것입니다.

어머니는 성치 않은 사람이었기 때문에 제가 장을 보러 다녀야 했습니다. 서로 아귀다툼을 하며 먼저 기차에 오르려고 덤비는 사람들 틈에서 저는 아름다운 사람을 발견하고 그 옆에 붙어 있었습니다. 어디에서 어디까지, 무엇을 사러간다는 얘기로 시작해서, 신상 얘기로까지 번졌을 때,

──나는 남의 작은 마누라야!

아름다운 사람의 솔직한 얘기를 들어서인지 저도,

──나도 첩의 딸이에요, 하고 여학생의 몸으로 말했더니 그 사람은 깜짝 놀라며,

──어머? 그래도 이렇게 크면 괜찮을 테지 뭐.

그 사람은 '첩의 딸'이란 말을 '첩'으로 잘못 들은 것 같았습니다. 그러나 저는 새빨개졌을 뿐 아무 말도 하지는 않았습니다.

그 사람은 저를 측은하게 생각했는지 종종 서로 약속해서 기다렸다가 함께 장을 보러가기도 했고, 어떤 경우에는 그분의 고향인 니카타(新潟)의 촌으로 가서 쌀을 운반해온 적도 있습니다. 저는 그 사람을 잊을 수가 없어요.

이렇게 크면 무엇이 좋은지, 저는 당신과 당신의 아버님과 제 어머니의 얘기를 더는 할 수 없게 되었습니다.

온천의 탕이 흐르는 소리가 들려옵니다. '탕받이'라고 해서 쏟아지는 뜨거운 온천수 밑에서 몸에다 물을 맞는 것입니다. 허리가 아프거나 근육통에 효험이 있기 때문에 소박하게 '탕받이'이라고 하는 것 같습니다. 여관엔 독탕이 없어서 커다란 공중탕으로 갑니다. 와이타 산(通蓋山)과 구로이와 산(黒岩山) 사이의 골짜기 깊숙한 곳에 있는 곳입니다. 밤의 산기운이 내려오는 느낌입니다. 벳부의

피의 온천과 바다의 온천의 환상적인 색깔과는 달리, 오늘은 산에 활짝 널려져 있는 아름다운 단풍을 구경했습니다. 벳부 뒤에 있는 기지마(城島) 고원에서 바라보는 유후타케도 아름답지만, 붕고(豊後)의 나카무라 역(中村驛)에서 한다 고원으로 올라가는 길에서 큐수이케이(九酔溪) 골짜기의 단풍을 구경할 수 있었습니다. 열세 곳의 구부러진 산모퉁이를 돌아올라간 뒤에 돌아다보니까, 역광선이 산의 뒤편과 골짜기의 빛깔을 어둠침침하게 가라앉혀서 단풍의 아름다움이 한층 더 돋보였습니다. 서쪽 산등성이에 걸려 있는 저무는 햇빛이 단풍의 세계를 장엄하게 만들고 있습니다.

내일은 고원과 산의 날씨도 좋을 것으로 생각됩니다. 먼 산골짝에 있는 여관에서 푹 쉬세요. 저도 여행을 나온 지 3일 동안은 꿈도 꾸지 않았습니다.

백자를 깨뜨린 날 밤부터 친구의 집에서 지낸 3개월은 잠을 자지 못한 날이 계속되었습니다. 친구집에서 너무 오래도록 신세를 진 것 같았습니다. 우에노(上野) 공원 뒤켠에 있는 셋방에 남겨놓은 짐도 친구가 찾으러 갔었습니다.

며칠 후 공원 뒤켠에 있는 집으로 찾아오신 것도 그 친구에게서 들었습니다. 하지만 제가 왜 숨어버려야 했는지에 대해서는 그 친구에게도 말할 수가 없었습니다.

——사랑해선 안 될 사람이야, 하고 말하는 것밖에는 다른 도리가 없었습니다.

——하지만 사랑을 받았겠지? 사랑해선 안 될 사람으로부터 사랑을 받았다는 말은 대체로 거짓말이 많거든. 여자는 그런 거짓말을 하고 싶어한다는 거야. 네 얘기는 진짜라고 믿어주겠지만……. 친구의 말은 절대로 사랑해선 안 될 사람이란 이 세상에는 없다는 뜻인지도 모릅니다. 그거야 그럴는지도 모르죠. 가령, 제 어머니처럼 죽음을 택할 사람이라면 말입니다…….

그러나 그 어머니의 죽음을 아름답게 미화하고자 한 제가, 어떤 경지에까지 끌려갔었는지 당신이 가장 잘 알고 계실 거라고 생각합니다. 끌려가지 않고 제 스스로 갔다고 해도, 그것이 주책없는 짓인지 어떤지 저는 판단할 수가 없습니다. 세상의 주책없는 일과 자기가 한 것을 스스로 말할 수 있는 사람이 있을까요? 또 다른 사람이 한 일을 옆에서 보고 주책없는 일이라고 말할 수 있을까요? 신이나 운명이 사람의 한 일을 용서할 때에 주책이 없다고 말할 수 있을까요?

써서는 안 되겠다는 생각이 듭니다만, 제가 의지했던 친구는 전에 어느 남성과 일이 잘못된 적이 있었습니다. 그래서 의지하려고 찾아갔는지도 모릅니다. 또 그런 친구였기 때문에 제 사정을 금세 알아주었던 것이지요. 그래도 저의 소용돌이치는 듯한 후회하는 마음을 알 리는 없을 것입니다.

저도 어머니를 닮아서 어딘지 무사태평스런 점이 있는지, 점점 마음이 밝아져오는 듯한 느낌이 드니까, 친구는 저 혼자 여행하도록 내보내주었습니다.

여자가 혼자 여관에서 묵는다는 것이 어머니와 둘이서 살던 일, 또 어머니가 돌아가신 후에 혼자 살던 일과 비교해보면 후련한 일이라고 생각했습니다만, 역시 밤이 되면 불안과 고독으로 해서 이처럼 언제 부칠지도 모르는 편지를 쓰게 했습니다. 그로부터 3개월 동안 아무 말도 없이 침묵을 지키고 있었는데 이제 와서 무엇을 말한다는 것일까요?

4

홋케잉(法華院) 온천에서 10월 22일…….

오늘은 1,540미터의 고개인 스가모리고에(諏峨守越)를 넘어서 1,300미터의 홋케잉 천에서 묵고 있습니다. 규슈(九州)에서 가장 높은 산의 온천이라고 합니다. 다케다마치로 가는 제 여행길도 오늘로서 큰 고비를 넘긴 셈이 됩니다. 내일은 구주마치로 내려가서 다케다에 도착합니다.

고원의 햇볕을 받으며 걸었던 탓인지, 또는 이곳에는 유황의 기운이 강한 탓인지 오늘밤은 약간 피로한 듯한 느낌입니다. 이곳 온천의 유황만이 아니라 스가리모리고에 옆에 있는 유황산의 연기가 풍향에 따라 흘러내리고 있는 모양입니다. 은시계 같은 것은 하루만에 검어진다고 합니다.

——어젯밤은 5도, 오늘 아침은 4도……. 오늘밤은 어젯밤보다 좀 추워질 거예요, 하고 여관집 사람이 일러주었습니다. 아침 몇 시에 온도계를 보았는지 모르겠습니다만, 새벽에는 0도 가까이까지 내려올지도 모르겠습니다.

하지만 저는 별채의 2층 깊숙한 곳에 방을 얻은데다 유리창도 추위를 막으려고 이중문으로 되어 있습니다. 잠옷에도 솜을 두툼하게 넣었고, 화로의 불도 센 편입니다. 어젯밤의 스지유의 온천보다 편합니다. 다만 선득선득하게 냉기가 도는 산의 밤기운을 느낄 뿐입니다.

홋케잉의 여관은 산 속에 오직 하나밖에 없는 여관입니다. 우편물도 신문도 배달되지 않는 곳입니다. 마을까지 30리, 이웃집이라는 것이 시오리나 떨어져 있습니다. 국민학교도 30리나 떨어져 있으니까 취학 아동은 아랫동네에 의탁해야 할 정도입니다.

여관에는 어린이 둘이 있는데, 형은 여섯 살이고 여동생 아이는 네 살인 것 같습니다. 제가 여자 혼자여서 그런지, 주인할머니가 말벗이 되어주려고 와주었습니다. 두 어린이도 따라와서 할머니 무릎을 사이에 두고 서로 뺏기 내기를 했습니다. 처음에는 동생이 할머니 무릎에 매달려 엎드려 있었는데, 사내아이가 밀어버리려고 하니까 동생이 세차게 오빠에게 덤비며 쫓아다니기도 하고 서로 엉켜 뒹굴기도 했습니다. 오빠도 훌륭한 눈을 가지고 있짐만, 네 살짜리 동생의 눈은 아주 큰 눈에다 억센 얼굴을 하고 있었습니다.

290

팽팽하게 탄력이 있는 모습이었습니다. 산의 강렬한 햇볕으로 이처럼 강렬한 눈을 가지게 되었는지 모르겠습니다.

——가까운 이웃아이가 하나도 없겠네요, 하고 제가 말했습니다.

——30리를 가지 않으면 이웃아이는 볼 수 없어요.

위의 사내아이는 여동생이 태어났을 때,

——나는 엄마하고 잤는데 이 아이가 뺏어갔어, 하고 말한 모양입니다. 태어나기 전에는,

——아기를 낳으면 아기 옆에서 잘게, 하고 말한 모양입니다. 그러나 사내아이는 할머니하고 자게 된 모양입니다. 겨울 동안은 여관을 닫고 마을로 내려갈 때도 있겠지만, 산 속에 있는 외딴집에서 자라고 있는 아이들의 강렬한 눈빛이 저를 사로잡았습니다. 둥근 얼굴의 귀여운 어린이었습니다.

저는 제 자신이 외딸이라는 것을 문득 생각하게 되었습니다.

태어나고부터 언제나 혼자였으니까 익숙해져서 평소에는 느끼지 못했습니다. 느끼지 못한 건 아닐 테지만, 깊이 생각해본 적이 없었습니다. 오빠나 언니가 있으면 하는 여학생의 감상적인 생각도 사라져버린 모양입니다. 어머니가 돌아가셨을 때조차도 형제가 있었으면 하는 생각없이 곧장 당신에게 전화를 걸었던 것입니다. 어머니의 그와 같은 죽음을 숨기는 공범자가 되고 말았습니다. 나중에 생각해보니까 어머니의 죽음에 대한 책임이 당신에게 있는 것처럼……. 만약 오빠라도 있었더라면 그렇게 하지는 않았을 거라고 생각합니다. 오빠가 있었다면 어머니도 돌아가시지 않았을 테고, 최소한 저도 그와 같은 죄의 슬픔에 빠지지는 않았을 거라는 생각이 듭니다. 지금 그런 생각을 해보고 저는 눈이 뜨인 것처럼 놀랐습니다. 외동딸인 제가 버릇없이 굴어서는 안 될 당신에게 지나치게 버릇없이 군 것이 틀림없습니다.

외톨박이인 저는 산 속의 외딴집에서 혼자 묵으며, 있지도 않은 오빠를 불러보고 싶은 충동을 받았습니다. 오빠가 아니라도 언니나

남동생 같은 형제라면 좋습니다. 이 세상에 태어나지도 않은 형제를 찾는다는 것은 참으로 우스운 꼴불견이겠지요?

외톨박이라면 당신 역시 혼자라는 것을, 저는 지금까지 생각해 본 적이 없었습니다. 아버님이 우리 집에 오셨을 때도 댁의 얘기는 한 마디도 하시지 않았습니다. 당신이 외아들이라는 말씀은 없었지만 언젠가 저에게,

——형제가 없으니까 쓸쓸하겠구나. 남동생이나 여동생이 있으면 좋겠지?

저는 갑자기 안색이 창백해지며 부들부들 떨었다고 합니다.

——정말이에요……저 애 아버지도 운명할 때 딸 하나만 둔 것을 몹시 걱정하는 눈치였어요.

마음씨 좋게 맞장구를 치던 어머니도 저의 모습을 본 다음에는 입을 다문 모양입니다.

저는 증오와 공포 같은 것을 느꼈던 것입니다. 열너댓 살쯤 되었을까요? 어쨌든 저는 어머니가 하는 말의 뜻을 잘 알고 있었습니다. 저와 아버지가 다른 아이가 생긴다는 것을 아버님이 말씀하시는 줄로 생각했습니다. 그것을 지금 생각해보니까 제가 지나치게 미리 짐작한 것입니다. 아버님께서는 외아들인 당신을 생각하시며 말씀하셨을 겁니다. 또 어머니와 저와 두 사람만이라는 것을 쓸쓸하게 생각하시며 말씀하셨는지도 모를 일입니다. 하지만 그때는 물불을 가릴 수 없는 기분이었습니다. 만약 어머니가 아기를 낳으면 그 아기를 죽이고 말겠다는 결심까지 했었습니다. 사람을 죽이겠다고 생각한 것은 그 전에도 그 후에도 없었고 오직 그때뿐이었는데, 일을 당했더라면 정말 죽였을는지도 모르겠습니다. 증오인지, 질투인지, 분노인지 알 수는 없었지만, 소녀가 지니는 외고집의 전율이라고 할 수 있을 겁니다. 어머니는 뭔가 느낀 것이 있었는지,

——손금을 보니까 아이는 하나밖에 없다고 하던데요, 하고 말을

꺼냈습니다.

——하나라도 열 몫을 하는 착한 아이인걸요.

——그야 그렇지만……. 외톨박이는 남을 상대로 하지 않고 제 자신을 상대로 하며 살아가는 경향이 있거든. 자기만을 알게 되어 대인관계가 나빠질 염려가 있어.

아버님께서는 제가 시무룩해서 아무 말도 하지 않으니까 그렇게 말씀하셨는지도 모르겠습니다. 저는 아버님의 얼굴을 보지 않으려고 했고, 말도 하지 않으려고 피한 것이지요. 저는 어머니를 닮아서 음침한 아이는 아니었습니다. 명랑하게 지껄이다가도 아버님이 오시면 입을 딱 다물고 말았습니다. 어머니는 딸의 그러한 항의가 몹시 괴로웠을 거라고 생각됩니다. 아버님께서는 저에게 관해서 말씀하신 것이 아니라, 당신에 관한 것을 말씀하셨는지도 모르겠습니다.

하지만 제가 죽이려고 했던 아이가 태어났다면 어떻게 되었을까요? 저에게 남동생이거나 여동생이 되고, 당신에게도 남동생이나 여동생이 되고…….

——아, 두렵군요.

저는 고월을 걷고 고개를 넘으면서 그런 병적인 생각을 깨끗이 씻어버린 것으로 알았습니다. '훌륭한 날씨'에 걸어온 것으로 알고 있습니다.

——훌륭한 날씨입니다.

——네, 훌륭한 날씨입니다.

오늘 아침, 스지유를 나와서 얼마를 걷고 난 길가에서, 마을 사람들이 이렇게 인사를 나누는 것을 들었습니다. 이 근처에서는 '좋은 날씨'라는 말을 '훌륭한 날씨'라고 하는 모양입니다. '입니다'라는 어미를 확실하게 쓰고 있습니다. 제 마음도 상쾌해지는 듯한 인사말입니다.

정말로 훌륭한 날씨였습니다. 길가로 이어지는 참억새인지 띠인지 모를 이삭이 아침햇살을 받고 은빛으로 환하게 비쳐보였습니다. 떡갈나무의 단풍이 든 잎도 반짝이고 있었습니다. 왼쪽의 산기슭에 있는 삼나무들 사이에는 그늘이 짙게 드리우고 있었습니다. 논두렁에 거적을 깔고 빨간 옷을 입은 아기가 앉아 있었습니다. 하얀 봉다리에 먹을 것을 넣어두었고, 장난감도 거적 위에 놓여 있었습니다. 어머니는 벼를 베고 있었습니다. 이 근처에는 추위가 일찍 찾아오니까 모내기도 일찍하게 되는데, 불을 지펴놓고 모내기를 한다고도 합니다. 그러나 오늘 아침은 거적 위에 있는 아기도 따뜻한 햇볕을 쬐고 있는 것처럼 보일 정도니까, 저는 고무창을 댄 마포 운동화로 바꿔신었을 뿐 추위에 대한 준비는 하지 않아도 되었습니다.

스지유에는 여러 등산로와 고개로 가는 지름길이 있을 테지만, 저는 한다의 우체국과 학교가 있는 곳까지 가서 고원의 한가운데를 느긋하게 구주의 여러 산들을 구경하며 가기로 했습니다. 산에는 올라가지 않고 스가모리고에를 넘어 홋케잉으로 가기만 하면 되는 것이니까 제게는 아주 편한 여행길입니다.

구주라고 하는 것은 동쪽부터 세어 구로다케(黑岳), 다이센잔(大船山), 구주 산, 미마타야마(三俣山), 구로이와 산(黑岩山), 홋쇼잔(星生山), 료시다케(猟師岳), 와이타 산(涌蓋山), 이치모쿠 산(一目山), 센즈이 산(泉水山) 등 잇따른 산봉우리를 통틀어 일컫는 이름입니다. 그 산들의 왼쪽 일대가 한다 고원입니다.

산들의 북쪽이라고 하지만, 와이타 산 같은 산은 서쪽으로 돌고 있고, 구엔히라야마(崩平山) 같은 산은 고원의 북쪽에 있고, 산들로 둘러싸인 혹은 사방의 산들이 받쳐주는 바람에 떠오른 듯한 고원의 온건한 느낌이 엿보였습니다. 정말로 아름다운 꿈나라가 여기에 떠오른 듯한 고원이었습니다. 산은 단풍이 들고 억색의 물결이 하얗게 비쳤지만, 저는 고원에 부드러운 보라색이 감돌고 있는 느낌이 들었습니다. 높이는 약 천 미터, 동서도 남북도 모두 8킬로 정도의 넓이라고 합니다.

그 남북을 제가 지나가야 하는 것입니다. 넓은 고원에 접어드니까 가야 하는 방향의 앞쪽에 있는 미마타야마와 홋쇼잔 사이에 유황산의 연기가 멀리 보였습니다. 산들은 모두 햇볕을 받고 밝게 보였습니다. 오른쪽의 와이타 산 하늘에 엷은 구름장이 떠있을 뿐이었습니다. 도쿄를 떠날 때부터 이 고원의 '훌륭한 날씨'를 학수고대하고 온 저에게는 아주 다행스런 일이었습니다.

저는 시나노(信濃)의 고원밖에는 모릅니다만, 이 한다 고원이야말로 많은 사람들이 말하듯 정말 로맨틱한 분위기였습니다. 부드러우면서도 밝고, 그러면서도 아득히 먼 느낌을 주고 조용히 그 품속에 안기는 듯한 느낌을 주고 있습니다. 남쪽으로 이어지는 산들도 온화하면서도 기품이 있는 자태입니다. 벳부 항구로 들어갈 때 시가지를 감싸안듯이 이어진 산의 둥그스름한 굴곡진 모습에 마음이 한없이 끌렸습니다만, 한다 고원에서 보는 구주의 산들도 그 높이에 비해 생각밖으로 친근한 조화를 느끼게 합니다. 균형을 잡고 배치되어서 그런 것일까요? 구주 산은 1,787미터가 넘는 규슈에서 제일 높은 산이고, 다이센잔은 천 7백 87미터로 둘째로 높은 산입니다. 이 높은 두 산은 아직 모습이 보이지 않지만, 미마타야마 홋쇼잔도 1,740미터에서 1,760미터입니다. 1,700미터 이상이 되는 산이 열 봉우리쯤 있는 것 같습니다. 하지만 천 미터의 고원에 있으니까, 별로 높이의 차이가 나지 않는 산들이 늘어선 것 같아서 얕보이는 것인지도 모르겠습니다. 또 남쪽 지방이라는 점과 바다가 그리 멀지 않는 까닭으로 해서 고원의 빛깔이 밝은 것인지도 모르겠습니다.

고원의 중심인 듯한 죠자바라(長者原)까지 와서 저는 소나무 밑에서 오래도록 쉬었습니다. 죠자바라에는 소나무들이 빽빽히 들어차서, 저는 풀이 무성한 고원 속에서 보는 소나무밭에 매혹된 것 같습니다. 조금 더 걷다가 소나무 밑에서 늦었지만 점심으로

도시락을 먹었습니다. 두시쯤이었을까요? 단풍이 진 넓은 풀밭을 둘러보고 있으니까, 제가 있는 자리를 중심으로 햇빛을 받는 곳과 역광으로 보이는 곳과는 이상하게도 색깔이 다르게 보입니다. 산들의 색깔도 각 산마다 조금씩 다릅니다. 단풍의 빛깔이 짙은 산은 마치 스테인드 글라스를 보는 것 같습니다. 그리고 저는 커다란 자연의 천당에 있는 느낌입니다.

　——아, 오기를 잘했어, 하고 저는 소리를 내서 혼자 지껄였습니다. 저는 눈물을 흘리며 참억새의 물결이 역시 은빛으로 부옇게 보이지만, 슬픔을 욕되게 하는 눈물이 아니라 슬픔을 깨끗이 씻어주는 눈물이었습니다.

　저는 당신을 생각하고, 그리고 헤어지기 위해 이 고원으로 왔고 아버지의 고향으로 온 것입니다. 당신을 생각하는 일에 후회하거나 죄의식이 따라다닌다면 저는 헤어질 수가 없습니다. 또 저도 새로운 출발을 할 수 없습니다. 멀리 고원까지 와서도 아직도 당신을 생각하게 된 것을 용서해주세요. 헤어지기 위해서 생각하는 것입니다. 초원을 걸으면서, 산을 바라보면서 저는 당신을 줄곧 생각했습니다.

　소나무 밑에서 가만히 당신을 생각하며 앉아 있으려니까, 여기가 지붕이 없는 천당이라면 이대로 하늘로 올라갈 수는 없을까 하는 생각이 들어 저는 언제까지나 움직이기 싫었습니다. 저는 문득 당신의 행복을 빌었습니다.

　——유키코 씨하고 결혼하세요.

　저는 그렇게 말하면서 제 안에 계신 당신과 이별했습니다.

　당신을 잊을 까닭이야 없을 테지만, 앞으로 어떻게 추한 꼴이 되어 탁한 마음으로 생각하는 일이 있다고 해도, 저는 이 고원에서 당신을 생각했을 때에 헤어질 수 있었다고 생각합니다. 어머니와 저는 당신에게서 지금은 아주 사라졌습니다. 마지막으로 다시 한 번 용서를 빕니다.

　——어머니를 용서해주세요.

한다 고원에서 스가모리고에를 넘으려면 미마타야마의 기슭에 있는 길을 따라 올라가야 하는 모양인데, 저는 유황이 서린 길을 택하였습니다. 유황산을 가까이 갈수록 무서운 모습을 하고 있었습니다. 멀리서도 유황의 연기가 마치 분화처럼 보입니다. 그 넓은 산중턱 일대에 유황이 분출하고 있어 초목이라고는 하나도 없고, 산은 온통 타고 난 잿더미가 되어, 바위와 흙이 황폐해서 거무튀튀하게 보였습니다. 광택이 없는 회색과 갈색의 느낌입니다. 그 왼쪽에 있는 작은 산에서 자연산 유황을 채취하고 있습니다. 분기구멍에 둥근 통을 달고, 그 아구리에 고드름처럼 달려 있는 유황을 떼어내는 것입니다. 저는 그 채취장의 연기를 뚫고 둥글둥글한 바위를 지나서 고개에 도착했습니다.

고개에서 기타세리카하마(千里浜)까지 내려와서 돌아다보니까 산봉우리에서 넘어가고 있는 태양이 유황의 연기로 희끄무레한 달의 요물처럼 보였습니다. 가야할 곳은 찬란한 단풍으로 수놓은 비단처럼 느껴지는 다이센잔입니다. 그리고 가파른 비단길을 내려오니까 그곳이 바로 홋케잉 온천이었습니다.

오늘밤은 길게 썼습니다. 헤어진 뒤의 흐리지 않은 고원의 하루를 알려드리고 싶었던 것입니다. 저에 관한 일은 걱정하시지 말고 주무십시오.

5

다케다마치에서 10월 23일…….

아버지의 고향 동네로 왔습니다.

오늘 저녁때, 돌산의 동문을 지나 다케다 마을로 들어왔습니다. 홋케잉 온천에서 구주 고원을 내려와서, 구주마치에서 다케다까지 버스로 오십분정도 거립니다.

백부의 집에 묵고 있습니다. 아버지가

태어난 집입니다. 아버지가 태어난 집을 처음 보니까 신비한 느낌이 들었습니다. 고향인 동시에 타향이기도 한 마을이라고 생각하며 왔습니다만, 아버지를 닮은 백부를 뵈니까, 십 년만에 아버지의 모습이 생생하게 떠올라, 지금은 집도 없는 저에게 마치 이 마을에 집이라도 있는 것처럼 느껴졌습니다.

벳부에서 구주를 돌아서 왔다고 하니까 백부는 놀라셨습니다. 혼자서 산을 넘고 여관에 묵곤 했다니까 억센 가시내라고 생각하신 모양입니다. 저는 산도 보고 싶었지만 아버지 고향으로 오는 것이 망설여지기도 했습니다. 아버지가 돌아가시고 어머니의 발길은 뜸해졌고, 아버지와의 인척관계에 있는 분과는 얼굴도 대할 수 없게 되었었으니까요.

——배에서 전보라도 쳤으면, 벳부까지 마중을 나갈 수도 있었는데……. 벳부에서는 가깝단다, 하고 백부가 말씀하셨습니다. 가겠다는 편지를 보냈었지만, 도착시간을 전보로 알릴 게재는 아니라고 저는 생각했던 것입니다.

——동생이 죽었을 때가 몇 살이었지?

——열 살이었어요.

——열 살이었냐? 하며 백부는 저를 자꾸 바라보면서,

——어머니를 꼭 닮았구나. 어머니는 별로 만난 적이 없지만 너를 보니까 기억이 나는구나. 하지만 어딘가 동생을 닮은 데도 있군. 귀의 생김새……역시 오호다 가문의 귀다.

——백부님을 뵈니까 아버지가 생각납니다.

——그러냐?

——저도 근무하게 되면 여행할 수가 없을 것 같아서, 그 전에 한 번 찾아뵙고 싶어서…….

혼자의 몸이 된 제가 신상문제를 의논하러 온 듯한 느낌을 주고 싶지 않았습니다. 저는 백부님에게 아무것도 요구한 것이 없습니다. 백부님은 어머니의 장례에도 오시지 않았습니다. 규슈에서는 장례식까지 대어올 수도 없었고, 또 어머니의 장례는 남이 보지 않게 지낸 밀장(密葬)과도 같았기 때문이지요…….

다만 저는 어머니와 관계가 있는 당신과 이별하기 위해, 아버지의 고향으로 와보고 싶었을 뿐입니다. 미칠 듯한 어머니의 사랑의 소용돌이를 피해서 건전한 아버지의 추억으로 돌아오고 싶었던 것입니다. 그러나 돌산으로 둘러싸인 작은 마을로 저녁놀을 받으며 들어오는 것이, 마치 도망자가 은신처로 찾아오는 것 같은 쓸쓸한 느낌도 들었습니다.

오늘 아침엔 홋케잉에서 늦잠을 좀 잤습니다.

"안녕하신기어" 하고 여관집 사람이 사투리로 인사를 하며 아침 일찍부터 아이들이 밑에서 '소동을 떨어' 잠을 자지 못했을 거라고 미안한 듯 말했지만, 저는 아무것도 모르고 잤습니다.

눈빛이 초롱초롱한 여자아이가 아침상을 가지고 온 할머니를 따라와서 그 옆에 앉아 있었는데, 오늘 아침 안채와 별채 사이에 놓은 다리에서 떨어졌던 모양입니다. 높이가 열다섯 자쯤 된 모양이지만 운좋게 세 바위가 있는 중에서 가운데 것에 떨어져 목숨을 건졌다는 것입니다. 바위에 떨어지더니,

——게다(나막신)가 떠내려갔다. 게다가 떠내려갔어, 하며 울었던 모양입니다. 다시 떨어져보라는 놀림을 당하자,

——옷이 없으니까 안 돼.

냇가에 있는 바위에 그 어린아이의 옷을 널어놓은 것이 보였습니다. 빨간색 바탕에, 군청색 줄무늬에 나비와 모란꽃 무늬가 있는 소매없는 옷이었습니다. 빨간 그 옷에 아침 햇살이 비추는 것을 보는 순간, 저는 따뜻한 생명의 은총을 느꼈습니다. 세 바위 사이에 요행스럽게도 가운데 바위에 떨어졌다는 것이 무엇을 뜻하는 것일까요? 세 바위의 틈은 어린아이의 몸이 겨우 끼일 정도로 좁은 틈바구니였습니다. 만약 조금이라도 빗나갔더라면, 비록 목숨을 잃지않았다고 해도 불구자가 되었을지도 모릅니다. 아이는 그런

위험도 두려움도 모르는 듯, 몸의 어느 곳도 아픈 곳이 없는 듯 똘망똘망했습니다. 교묘하게 떨어진 것이 이 아이라는 것이 믿어지지가 않습니다.

저는 어머니를 살려낼 수가 없었습니다. 하지만 저를 살려준 무엇인가를 생각하며 당신의 행복을 기원하는 마음이 강해졌습니다. 인간의 오욕과 죄업의 바위 사이에로 이 아이가 떨어진 것과 같은 구제를 받을 수 있는 장소가 있을 거라고 생각합니다.

저는 이 아이의 행운의 덕을 나눠 갖고 싶은 기분으로, 장난꾸러기의 짙은 머리칼을 만져주고 홋케잉을 떠났습니다.

다이센잔의 단풍이 너무도 아름다워서 보카쓰루라는 곳을 걸어보았습니다. 미마타야마, 다이센잔, 히라지다케 같은 산으로 둘러싸인 분지입니다. 미마타야마는 어제와 반대쪽에서 보는 셈입니다. 쓰쿠시(筑紫) 산악회의 마취목 오막살이까지 갔었습니다. 마취목이 우거진 속에 귀여운 비늘석송이 자라고 있었습니다. 마치 솔이끼처럼 생긴 것이 키가 두서너 치 정도 되었습니다. 월귤나무와 바윗돌꽃도 볼 수 있었습니다. 다이센잔의 단풍 속에서 검게 보이는 것은 모두 진달래라고 합니다. 한 그루의 나무가 세 평 정도의 넓이로 퍼져 있는 것도 보였습니다. 보카쓰루에도 기리지마 진달래가 많았고, 또 이곳의 억새는 가늘면서도 키가 작은 편이며 이삭의 길이도 한 치 정도밖에 되지 않았습니다.

산꼭대기는 오늘 아침에 영도까지 내려갔었다고 들었지만, 보카쓰루는 양지바른 느낌이 들었으며, 단풍의 색깔도 분지를 포근하게 해주는 것 같았습니다.

여관 근처로 돌아와서 시라구치다케(白口岳)와 다쓰추잔(立中山) 사이에 있는 하코다테도게(鉾立峠) 고개를 넘어 사도구보(佐渡窪)로 내려왔습니다. 사도카지마(佐渡島)의 형상을 하고 있는 분지로, 시들어버린 많은 엉겅퀴가 서있습니다. 사도구보에서 나베와리사카(鍋波坂) 고개를 내려와서 구타아미와카레(朽網別)로 나오니 구주

300

고원의 경치가 펼쳐졌습니다. 나베와리사카는 잡목 사이로 돌길을 따라 내려오는 길이었습니다. 제가 밟는 낙엽 소리만 들려올 뿐이었습니다. 구타아미와카레로 와서 보니까 왼쪽에 있는 시미즈산(淸水山)의 단풍도 한창 아름다울 때였습니다. 여기에서는 아소(阿蘇)의 다섯 산을 바라보려고 했는데, 구름에 가려서 보이지 않았습니다. 소보(祖母), 가타무키(傾) 같은 산줄기는 희미하게나마 볼 수 있었습니다. 그러나 구주 고원은 20킬로미터나 되는 초원으로, 아소의 북쪽에 있는 스소노(裾野), 나미노가하라(波野原)에로 멀리 펼쳐져 있습니다. 구주의 산들은 남쪽에서 돌아다봐야 하는데, 그 산들 역시 구름에 가려져 있었습니다. 사람의 키를 넘는 참억새 사이를 빠져나와 방목장을 지나서, 저는 구주 마을에 도착했습니다.

구주의 남쪽 등산길 입구에 이카라지(猪鹿狼寺)라는 괴상한 이름의 절이 있던 터가 있습니다. 이카라지도 그렇고, 홋케잉도 그렇고 수백 년의 역사를 가진 영지(靈地)입니다. 구주의 산들이 모두 영지였습니다. 저도 영지를 지나온 듯한 느낌이 듭니다. 참으로 잘된 일이라고 생각합니다.

백부댁의 가족들이 잠들었기 때문에, 저도 여관에서처럼 홀로 일어나 앉아서 언제까지나 편지만 쓸 수가 없습니다.

——안녕히 주무세요.

6

다케다마치에서 10월 24일…….

다케다 역에서는 호우비선(豊肥線)의 기차가 도착했다. 출발하기만 하면 〈고조노쓰키(荒城月)〉라는 노래를 들려주곤 합니다. 타키렌타로(瀧廉太郎)는 이 마을의 오카조지(岡城址)가 마음에 들어서 〈고조노쓰키〉를 작곡했다고 마을에서는 전해주고 있습니다. 타키의 아버지는 1887년 무렵, 이 마을의 군수로 부임해왔기 때문에 렌타로도 다케다마치의 옛 고등소학교에 입학했던 모양입니다. 소년은 성터에도 놀러갔을 것입니다.

타키 렌타로는 1903년에 25세의 나이로 죽었습니다. 세는 나이이니까 저에게 비한다면 내후년의 일입니다.

——스물 다섯에 죽고 싶어. 여학교 시절 친구하고 그런 말을 한 것이 생각났습니다. 친구가 말한 것도 같고 제가 말한 것처럼도 생각되기도 합니다.

〈고조노쓰키〉의 작사자 도이 반스이(土井晚翠 : 일본의 시인 1871~1952)도 금년에 죽었기 때문에, 다케다마치에서는 오카 성터에서 제가 오기 얼마 전에 반스이의 추도회를 개최했다는 것입니다. 작곡을 한 렌타로도 작사한 반스이하고는 런던에서 한 번 만난 적이 있다고 합니다. 저의 아버지도 어렸을 적의 일이었으니까, 젊은 시인과 음악가가 타향에서 만난 것이 〈고조노쓰키〉의 작곡과 어떤 사연이 있는지는 저도 모릅니다. 어쨌든 두 사람은 참으로 아름다운 노래를 남겨 놓았습니다. 〈고조노쓰키〉를 노래하지 않는 사람은 지금도 없습니다. 그런데 저는 당신을 한 번 만나고 나서 무엇을 남겨놓았을까요?

——타키 렌타로와 같은 아이를……. 나는 문득 그런 생각을 하게 된 저 자신에 놀랐습니다. 이런 꿈을 꾸게 된 것도, 그리고 이런 것을 당신에게 쓸 수 있다는 것도 모두, 오늘은 제가 아버지 고향에 와서 자리잡고 안정을 찾았기 때문인지도 모르겠습니다. 하지만 여자에게는 '어쩌면, 만약에' 하는, 두려움인지 기쁨인지 분간할 수 없는 설레임이 있다는 것을, 당신께서는 생각해 주신 적이 있습니까? 저와 똑같은 불안이 마음속에서 떠오른 적이 있으신가요? 저 자신도 생각해보지 못한 설레임이어서, 저는 여자라는 걸 느꼈습니다. 당신에게 알리지 않고 숨어서 혼자 키워가겠다는 것까지 저는 꿈을 꾸어 보았습니다. 그렇게 되는 것도 어머니의 딸인 저의 팔자소관인 것처럼 가공으로 각오까지 해보았습니다. 놀라

셨습니까? 여자인 저는 그만큼 초조했습니다. 그러나 그런 불안은 오래 계속되지 않았습니다.

다케다 역에서 〈고조노쓰키〉를 듣고, 저는 그때의 가슴 설레임을 생각해낸 것에 지나지 않습니다.

돌산이 사방을 둘러싸고 있는 가운데에 자리잡은 다케다의 마을과 가을의 물흐르는 소리.

오늘은 시가지를 돌아다녀볼 생각으로 그 '가을의 물흐르는 소리'의 다리를 건너가고 있는데 어디에선가 노래가 들려오는 바람에 저는 역 쪽으로 끌려갔습니다. 역의 어디에선가 레코드를 틀고 있었습니다. 어제는 기차를 타지 않고, 구주마치에서 버스로 왔기 때문에 미처 듣지 못했던 것입니다.

개울은 바로 역 앞에 있습니다. 역에서 다리로 돌아왔는데도 노래가 계속 들려와서 난간에 기대서서 개울을 내려다보았습니다. 개울 위쪽 왼편 기슭에는 자갈밭에 있는 큰 바위에 기둥을 세우고, 오막살이 같은 것을 줄지어 짓고 있는데, 개울 쪽으로 내밀고 있는 품이 개울을 덮고 있는 뚜껑처럼 보이기도 했습니다.

바위 끝에서 빨래를 하는 여자의 모습이 보였습니다. 역 뒤에도 돌산의 벽이 막고 있습니다. 그 바위에서 작은 폭포처럼 물이 흘러내리고 있습니다. 돌산은 단풍이 듬뿍 들고 있지만 군데군데 초록색을 남겨두고 있습니다.

저는 당신을 생각하면서 아버지의 고향 동네를 돌아다녔습니다. 아버지의 고향이 이제는 저에게도 낯선 고장이 아닙니다. 어제 저녁때 도착했을 때는 몰랐습니다만, 오늘 아침에 보니까 정말 작은 마을이었습니다. 어느 쪽을 향해서 걸어도 돌벽과 부딪쳐버리는 것입니다. 저 자신도 사방이 돌산으로 둘러싸인 '가운데에 놓인' 듯한 기분이 듭니다.

어젯밤, 백부가 쓰던 여관의 성냥상자에 '산자수명(山紫水明), 다케다 미인(竹田美人)'이라고 인쇄되어 있어서,

──교토와 같군요, 하고 제가 웃으니까,

──정말 그렇구나. 다케다 미인이라고 할 만도 하지. 거문고라든가 다화라든가 하는 예능에 관한 취미생활이 예로부터 성행한 곳이다. 물도 맑고, 마을 가운데를 흐르고 있는 시내를 여기서는 이데(井出)라고 하는데, 후미코 네 아버지가 어린 시절에는 그 이데에서 아침에 양치질도 하고 찻잔도 씻곤 했단다.

인구가 고작 1만 정도밖에 되지 않는 동네에 절이 열 몇 군데나 되고, 진자(神社 : 일본 왕실의 선조와 일본 신도의 신을 모신 사당)가 열 가까이나 있는 것을 보니 작은 교토라고 할 수 있는지도 모르겠습니다.

──다케다 미인이 없어지고 말았다, 고 백부는 말하며 옛 사람들과 도쿄로 간 사람들의 수를 세고 계셨지만, 저는 마을을 다녀보고 모든 여성들이 예쁘다고 느꼈습니다. 마을 끝에 있는 동문에 다가갔을 때, 돌산 위는 단풍이 들었지만 동문 저쪽 출구에 높이 솟아 있는 바위에는 파란 이끼가 돋아 있었으며, 그 파란 녹색 앞에서 하얀 스웨터를 입은 아름다운 아가씨가 걸어오는 것을 보았습니다.

마을 한가운데에 한 줄로 상가가 늘어선 포장도로가 뚫려 있고, 은방울 꽃 모양의 전등들이 외롭게 달려 있는데, 여기서 옆으로 돌아가면 조용한 옛 마을이고 금세 암벽과 부딪치게 된다고 합니다. 돌산의 깎아지른 듯한 낭떠러지와 하얀 곳간, 그리고 검정 널빤지의 담장, 거기다 헐어지기 시작한 담장도 보여서 옛 마을이라고 생각했는데, 알고 보니까 1877년의 세이난 전쟁(西南戰爭 : 명치유신 때, 반정부 군이 일으킨 반란) 때 마을이 모두 타버렸다는 것입니다. 그 전부터 있던 집이 산 위에 몇 채 남아 있다고 합니다. 백부의 집으로 돌아와서 마을 얘기를 했더니,

──후미코는 마을 구석구석을 돌고 온 모양이구나? 하고 백모가 말했습니다.

다노무라 치쿠렌(田能村竹田 : 일본의 남종화가 1777~1835)이 살던 구옥, 다부세(田伏) 저택이 있던 자리의 키리시탄(크리스찬)의 비밀 예배당, 나카

가와 진자(中川神社)에 있는 산티아고의 종, 히로세 진자(廣瀨神社), 오카 성터, 우오스미(魚住)의 폭포, 헤키운지(碧雲寺) 절과 같은 명소를 반나절에 모두 구경했습니다.

치쿠덴을 가리켜 지금도 다케다마치에서는 '치우덴 선생'으로 부르는 사람이 많은 모양입니다. 어제 제가 구주에서 온 길은 옛날에 벼슬아치들의 행렬이 오갔고, 치쿠덴이나 히로세 단소(廣瀨淡窓·일본의 유학자 1782~1856) 같은 많은 문인들이 왕래했던 길입니다. 라이산요(賴山陽:일본의 유학자 1780~1832)가 치쿠덴을 찾아온 것도 그 길이었습니다. 치쿠덴이 살던 구옥에는 산요와 다도를 즐기던 다실도 남아 있습니다. 그 다실과 안채 사이에 있는 마당엔 누르스름한 파초의 잎과 부러진 잎에 햇볕이 내리쬐고 있었습니다. 오동나무의 잎도 노랗게 물들어 있었습니다. 치쿠덴이 채소를 가꾸어 산요에게 먹도록 했다는 채소밭 자리도 안채 앞에 있었습니다. 치쿠덴 기념관의 화성당(畫聖堂)은 새로운 건물이지만, 안에는 다회를 가질 다실이 있는데 여기에서는 분말로 된 차를 가지고 치쿠덴의 남화(南畫)를 그릴 때가 있다고 합니다.

키리시탄의 비밀 예배당은 치쿠덴 별장 근처에 있습니다. 대나무 숲 깊은 곳에 있는 암벽을 뚫은 꽤 넓은 동굴입니다. 산티아고의 종에는 1612 SANTIAGO HOSPITAL라는 글자가 새겨져 있습니다.

다케다의 옛 성주가 기독교를 믿는 키리시탄이었다고 합니다.

치쿠덴 별장의 정원에 오리베(織部:일본 다도의 명인 1543~1615)의 후손이 살고 있다고 하니까, 그냥 지나가기민 해도 가슴이 두근거렸습니다. 옛날에, 후루다 오리베의 아들이 다케다로 와서 정착했다고 전하고 있습니다. 분명 카미도노마치(上殿町)라고 하는, 옛 무가의 집들이 있는 마을입니다.

저는 잊을 수가 없습니다. 원각사의 다회에서 처음 만나뵈었을 때 이네무라 유키코 씨가 차를 끓여내면서,

——찻잔은 뭘로 하실까요?

——글쎄요. 그 오리베가 좋겠지요.

당신의 아버님이 좋아하시던 찻잔인데 제가 얻었어요, 하고 구리모토 선생님이 말씀하셨지만, 당신의 아버님이 가지시기 전에는 제 아버지의 것이었습니다. 어머니가 당신의 아버님께 드린 것이지요. 그 검정 오리베 찻잔에 유키코 씨가 차를 담아서 내놓았고, 당신은 그것을 마셨습니다. 그것만으로도 제가 얼굴을 들지 못할 지경이었는데 이건 또 무슨 일이겠습니까? 어머니가,

——그 찻잔으로 나도…….

어머니는 운명의 독을 마셨던 것일까요?

그때 그 다회의 모임에서 있었던 일을 아버지의 고향에까지 와서 더욱 생생하게 떠올린다는 것은 생각도 해보지 못한 일입니다. 그 검정 오리베가 아직도 구리모토 선생님에게 있다면 찾으셔서 없었던 것으로 해주세요. 그리고 저도 없는 것으로 생각해주시구요.

아버지 고향을 한 바퀴 돌았으니까 저는 이제 다케다마치를 떠나겠습니다. 마을 애기를 자세하게 쓴 것도 앞으로는 다시 오지 않을 거라는 생각 때문입니다. 당신과의 이별을 아버지의 고향에서 말씀드리고 싶어서입니다. 이 편지를 부칠 생각은 없습니다만 만약 부치더라도 마지막 편지로 해두겠습니다.

오카 성터에는 바위의 낭떠러지 이외에 아무것도 남아 있지 않습니다. 그러나 험준한 높은 고지는 전망이 좋아서 맑은 가을날씨에 산경치 구경을 잘 했습니다. 소보, 그리고 카타무키의 여러 산봉우리들, 또 반대쪽에는 구주산과 다이젠산이 있는데, 그 다이젠산 산정에는 엷은 흰구름이 걸쳐 있을 뿐이었습니다. 제가 걸어온 고원과 고개가 그쪽에 있습니다. 고원의 소나무 밑이나 억새풀밭 물결 속에서 제가 당신을 생각하고 있을 때, 저는 당신과 이별할 수 있다고 생각했습니다. 지금에 와서 이별이란 말을 꺼낸다는 것이 마치 미련을 두고 꺼낸 것 같지만, 아무리 제가 당신에게서 떠났

다고는 하지만, 여자에게는 그런 마음도 있는 것입니다. 용서해 주십시오. 안녕히 주무세요.

여행 중에 드린 편지에 유키코 씨하고 결혼하시라고 썼습니다만, 마음대로 하세요. 저도 어머니도 그리고 당신의 자유로운 선택에도, 또 당신의 행복에도 방해가 되는 것은 아무것도 없습니다. 저를 절대로 찾지 마세요.

엿새째되는 여행의 날, 아무 쓸데도 없는 것을 늘어놓았으니 여자란 얼마나 끈질기고 답답한 존재인가요? 당신께서 떠나가는 저를 알아주셨으면 하고 생각했습니다만, 말이란 허망한 것이고 여자는 옆에 두고 있어야 할 수밖에 없는 듯하니까, 저를 알아주셨으면 하고 바라는 것 역시 지금의 저에게는 역설적인 것이라 하겠습니다. 저는 아버지 고향에서 새롭게 출발할 것입니다. 안녕히 계십시오.

7

1년 반쯤 전에 후미코의 편지를 읽었던 것과 유키코와의 신혼 여행에서 돌아와서 지금 읽는 것과는, 기쿠지가 후미코의 말을 받아들이는 느낌에 상당한 차이가 났다.

그러나 어떻게 다른지는 꼬집어 말할 수가 없다. 말이란 허망한 것일까?

기쿠지는 신접살이를 꾸민 새집 마당으로 나와 후미코 편지 뭉치에 불을 붙였다. 마당다운 것이란 조금도 찾아볼 수 없다. 좁은 빈터에 허술하고 낡아빠진 판자로 담장을 친 것뿐이었다.

편지는 축축하게 습기가 차서 잘 타지 않았다.

낱장을 펼치면서 연신 성냥을 켜댔다. 후미코의 잉크 글씨가 색이 변해서 재가 됐는데도 남아 있는 것이 보였다.

"말을 태워버려라!"

기쿠지는 타고 있는 불꽃 위에다 편지 한 장 한 장을 태웠다.

후미코의 말, 그 편지를 태웠다고 해서 어떻게 된다는 것일까?
기쿠지는 피어오르는 연기를 피해서 옆을 보고 있었다. 담장으로
치고 있는 널빤지 위에 햇볕이 내리쬐고 있었다.

"여행이 어떠셨어요?"

갑자기 마루 쪽에서 구리모토 지카코의 음성이 들려오는 바람에
기쿠지는 오싹하고 소름이 끼쳤다.

"인기척도 없이 무슨 일이에요?"

"아무 대답도 없으신걸요. 신혼 때는 도둑을 맞기가 쉽상이래요.
가정부도 아직 오지 않았어요? 당분간은 두 분만의 생활이 좋을
지도 모르겠네요. 유키코 씨는 잘 하고 있지요?"

"누구한테 듣고 왔지요?"

"이 댁 말씀인가요? 뱀의 길은 뱀만이 안다구 하잖아요?"

"꼭 뱀 같군!" 하며 기쿠지는 내뱉듯이 쏘아붙였다.

아버지가 죽고 나서도 지카코는 기쿠지의 집에 올 때는 안내도
받지 않고 마치 제집처럼 무작정 들어오곤 했는데, 이 집에도 그런
식으로 나타나는 것이 기쿠지는 몹시 못마땅했다.

"아무래도 이 추위에 유키코 씨가 냉수에 손을 담그는 건 무리
예요. 제가 거들어드리러 올까요?"

기쿠지는 돌아보지도 않았다.

"뭣을 태우고 계셔요? 후미코 씨의 편지입니까?"

편지의 나머지는 기쿠지 무릎에 있었으며, 그것도 꾸겨져 있어서
지카코에게는 보이지 않았을 것이다.

"후미코 씨의 편지를 태우고 계시다면 따뜻하지 않습니까? 잘
하시는 거예요."

"이젠 이런 집에서 살게 되었으니까, 당신이 드나들면서까지 도울
필요는 없을 것 같으니 사절하겠어요."

"뭐 방해할 생각은 전연 없어요. 유키코 씨와 다리를 놓은 것이

나였고, 거기다 내가 얼마나 축복해드리고 있는지 모르실 거예요. 나도 이젠 안심했어요. 앞으로는 그저 봉사해드리는 것밖에 없으니까……."

기쿠지는 나머지 편지를 주머니에 쑤셔넣고 일어섰다.

지카코는 기쿠지를 보는 순간에는 마루 끝에 서더니, 한 발을 내려놓듯이,

"어머, 왜 그렇게 무서운 얼굴을 하시지요? 유키코 씨의 짐도 아직 정리하시지 않았을 것 같아서 도우려고 그러는데요……."

"그건 지나친 친절인데."

"지나친 친절이 아니예요. 저의 봉사하고 싶은 마음을 모르시겠어요?"

지카코는 그 자리에 엉거주춤 서서 왼쪽 어깨를 들썩이며 겁을 내는 듯이 작은 소리로 마구 지껄였다.

"부인은 친정으로 돌아가셨지요? 왜 부인만 남겨두고 기쿠지 씨 혼자서 돌아오셨는지 모두들 걱정하고 계셨습니다."

"유키코의 집도 벌써 다녀왔다는 거요?"

"축하를 드리려고 갔었지요. 잘못된 일이라면 제가 사과하겠습니다." 하며 지카코가 기쿠지의 눈치를 살피는 것 같아서, 기쿠지는 화를 진정시키고,

"아참, 그 검정 오리베 찻잔은 지금까지 가지고 있을 테죠?"

"아버지께서 받은 것 말씀인가요? 네, 가지고 있지요."

"가지고 있으면 내게 돌려주었으면 하는데……."

"네, 그러죠."

지카코의 의심에 찬 눈은 이윽고 원한에 찬 눈으로 쌀쌀맞게 보였는데,

"네, 아버님 것은 일생을 두고 내놓고 싶은 생각은 없지만, 기쿠지 씨가 원하신다면 오늘도 좋고, 내일이라도……. 다시 다회를 열어주실 생각이신가요?"

"지금 당장 갖다주었으면 하는데."

"알겠습니다. 후미코 씨의 편지를 모두 태워버린 뒤에 그 검정 오리베 찻잔으로 한 잔 드십시오."

지카코는 고개를 떨구고 뭔가 헤치는 듯한 몸짓을 하며 나갔다.

기쿠지는 다시 마당으로 내려갔지만 손이 떨려서 성냥을 켤 수가 없었다.

신 가 정

1

유키코는 평소의 생활이 활기찬 여자이지만, 가끔 피아노 앞에 앉아서 뭔가 생각에 잠긴 듯 멍하니 있는 모습이 기쿠지의 눈에 종종 띄었다.

이 집에서는 피아노가 너무 많은 자리를 차지하고 있는 셈이다.

기쿠지가 새로이 관계를 맺은 제작소의 피아노였다. 기쿠지의 아버지는 악기 회사의 주주였다. 그 악기 회사도 한때는 무조건 무기제작소로 전환해야 했었다. 전후에 악기 회사의 기사 한 사람이, 자기가 설계한 피아노를 제작하려고, 아버지와 연고로 종종 기쿠지에게 의논하러 왔었다. 기쿠지는 집을 판 돈을 출자하게 되었다.

그 작은 제작소의 시작품을 기쿠지의 새집에도 한 대 갖다놓게 되었다. 유키코의 피아노는 친정 여동생에게 주고 왔다. 친정에서는 여동생을 위해 다른 피아노를 못 살 형편은 아니니까, 기쿠지는 유키코에게,

"이것이 마음에 안 들면, 친정에서 쓰던 것을 가지고 오면 되잖아? 나 때문에 망설일 것 없어." 하고 두서너 번 말해주었다.

유키코가 피아노 앞에서 멍청히 정신을 놓고 앉아 있는 것이 피아노가 마음에 들지 않아서 그러나, 하고 기쿠지는 생각했기 때문이다.

“이거면 됐어요.”

유키코는 별소리를 다 한다는 표정으로,

“저는 잘 모르지만 조율사가 칭찬한걸요.”

피아노 탓이 아니라는 걸, 실은 기쿠지도 알고 있었다. 그리고 유키코는 피아노를 마음에 드는 것으로 선택할 만큼 열중하지 않았고, 솜씨가 뛰어나지도 못했다.

“피아노 앞에 앉아서 정신을 놓고 있으니까…….” 하고 기쿠지가 말했다.

“피아노가 마음에 들지 않는 것처럼 보이거든.”

“피아노와는 다른 일이에요.”

유키코는 솔직하게 대답하고, 뭔가 말을 이을까 하다가 갑자기 태도를 바꾼 듯이,

“정신을 놓고 있는 걸 보셨어요? 언제 보셨지요?”

현관 옆에 판에 박은 듯한 양식 응접실이 있고, 거기에 놓아둔 피아노는 다실에서도, 2층 기쿠지의 방에서도 보이지 않았다.

“친정에 있을 때는 너무도 떠들썩하니까 가만히 앉아 있는 시간이 없었어요. 가만히 정신을 놓고 앉아 있는다는 건 아주 드문 일이죠.”

양친도 형제도 모두 함께 살고 있고, 손님의 출입도 많은 아주 번잡한 유키코의 친정을 기쿠지는 생각해보았다.

“그러나 전에 유키코를 만났을 때, 나는 오히려 말수가 적은 사람이라는 인상을 받았는데.”

“그래요? 저는 아주 수다스러운걸요. 어머니와 동생과 함께 있으면 가만히 있을 때가 없었어요. 세 사람 중에서 누군가가 말을 해야만 되는 거예요. 그래도 세 사람 중에서 제가 제일 떠들지 않았는지도 모르죠. 어머니가 손님 앞에서 지나치게 말이 많다고 생각하면 저는 입을 다물고 맙니다. 어머니의 사교적인 대화를 들으면 당신도 싫으시겠죠? 항상 어머니 옆에 있으며 말수가 적은 무뚝뚝한 처녀가 될지도 모르겠어요. 제 여동생은 어머니하고 맞

장구를 잘 치지만……."

"어머니는 유키코를 보다 화려한 사람에게 주시고 싶었을 테지."

"그건 그래요." 하며 유키코는 솔직하게 수긍했다.

"여기에 오고부터는 집에 있을 때보다도 십분의 일도 떠들지 않는 것 같아요."

"낮에는 혼자 있으니까 그렇지."

"당신이 계셔도 불이 난 것처럼 그렇게 떠들어대지는 않잖아 요?"

"유키코, 유키코는 프린스 머체베리인가 하는 향수를 쓰고 있 나?"

"어머, 왜 그러세요?"

"피아노 때문에 만난 여자손님이 그런 말을 하더군. 좋은 코를 가진 사람도 있더군."

"어떻게 향기가 옮겨갔을까요?" 하고 유키코는 받아든 양복 저고리를 코에 대고 냄새를 맡아보더니, 생각이 났다는 듯이,

"양복장 속에 향수병을 넣어 두었기 때문일 거예요."

2

2월 말, 사흘 동안 계속 내리던 비가 저녁때가 되기 전에 멎고, 뿌옇게 구름이 낀 흐린 하늘에 연분홍색이 은은하게 퍼진 것 같은 일요일, 구리모토 지카코가 검정 오리베 찻잔을 들고 찾아왔다.

"자, 여기 좋은 기념이 되실 찻잔을 가지고 왔습니다." 하면서 지카코는 이중상자에서 찻잔을 꺼내더니 두 손바닥으로 감싸고 들여다보고 있다. 그런 다음 기쿠지 무릎 앞에다 내려놓았다.

"마침 쓰실 때를 맞으셨군요. 고사리 그림으로……."

기쿠지는 찻잔을 들어보지도 않으면서,

"잊고 있었는데 가져왔군요. 곧 가져오겠다고 하고는 통 무소

식이니까 아예 가져오지 않을 모양이구나, 하고 생각했었지요."

"봄에 써야 하는 찻잔이니까 겨울에 가져온들 쓰시지는 않았을 것 아닙니까? 게다가 저도 남의 손으로 넘어간다고 생각하니까 그야말로 애틋하고 아쉬운 생각이 들어서요. 손에서 놓기 싫다고 하면 뭣하지만……."

유키코가 차를 가지고 나왔다.

"아이고 부인께서 이렇게 손수 들고 나오시다니, 정말 황송하군요."

지카코가 허풍스럽게 말했다.

"부인께서는 가정부없이 이 추운 겨울을 혼자 나셨습니까? 잘도 견디셨군요."

"얼마 동안은 두 사람만 살고 싶어서지요." 하고 유키코가 똑 떨어지게 대답을 하자, 기쿠지는 놀랐다.

"정말 장하시군요." 하고 지카코는 고개를 끄덕이며,

"부인, 이 오리베를 기억하고 계십니까? 깊은 추억거리가 담겨 있겠지요? 축하 선물로 제가 드리기에는 아주 안성맞춤이니까요……."

유키코는 의아한 표정으로 기쿠지를 바라보았다.

"부인께서도 화로 옆에 앉으세요." 하고 지카코가 말했다.

"네."

유키코는 기쿠지에게 다가와서 팔꿈치가 닿을 만큼 가까이 앉았다. 기쿠지는 괜히 우스웠지만 억지로 참으면서 지카코에게 말했다.

"그냥 받을 수 없어요. 팔아주었으면 좋겠는데."

"무슨 말씀이에요? 아버님에게 받은 것을 아무리 제가 타락했다고 해도 기쿠지 씨에게 팔 수 있겠어요? 생각해보세요……." 하고 지카코는 서슴없이,

"부인, 부인이 차를 다리시는 걸 오래도록 보지 못했는데, 사실

314

부인만큼 소박하면서도 기품있게 차를 다리는 사람은 부인말고는 없었습니다. 이 오리베로 기쿠지 씨를 위해 차를 다리던 원각사의 다회가 지금 생생하게 떠오르는군요."

"유키코는 아무 말도 없이 가만히 있다.

"이 오리베로 다시 기쿠지 씨에게 차를 드린다면, 저도 가져온 보람이 있겠습니다만……."

"하지만 우리 집엔 차도구가 아무것도 없는걸요." 하며 유키코는 아래를 내려다보는 자세로 대답했다.

"어머, 그렇게 말씀하시지 말고……. 차는 차센(茶筅: 차를 풀이며 젓는 주걱)만 있으면 충분해요."

"네……."

"이 오리베를 소중히 간직하세요."

"네."

지카코는 기쿠지의 안색을 살피며,

"아무것도 없다고 그러셨지만 물병은 있지 않겠어요? 그 백자 물병……."

"그건 꽃꽂이 병이오." 하고 기쿠지는 당황해서 말했다.

오호다 부인의 유품인 물병을 기쿠지도 손에서 떼어놓기가 아쉬워서 이 집까지 가지고 왔다. 반침 속에 넣어둔 채로 잊고 있었는데 갑자기 지카코가 지적하는 바람에 기쿠지는 가슴이 뜨끔했다.

지카코가 오호다 부인에 대한 증오심을 아직도 계속 품고 있다는 것을 새삼 깨닫게 되었다.

유카코도 지카코를 배웅하기 위해 현관까지 따라나왔다.

지카코는 문간에서 하늘을 올려다보고 나서,

"도쿄의 하늘 전체가 시가지의 전등불이 비추고 있는 것 같군요……날씨가 따뜻해져서 참 다행이군요." 하고 중얼거린 다음, 한쪽 어깨를 치켜세우고는 흔들며 사라져갔다.

유키코는 현관에 앉은 채로,

"부인, 부인이라니, 일부러 그러는 것 같아서 기분이 나빠요."

"정말 귀찮은 사람이지. 앞으론 오지 못할 거야."

기쿠지도 잠시 현관에 서 있었다.

"하지만 도쿄의 하늘 전체가 시가지의 전등불이 비추고 있는 것 같다는 말은 그럴 듯한 표현이었어."

유키코는 아래로 내려와서 현관문을 열고 하늘을 올려다 보다가 닫으려고 하는데, 기쿠지도 하늘을 올려다보고 있었기 때문에 잠시 머뭇거렸다.

"닫아도 되겠어요?"

"닫아."

"정말 따뜻해졌어요."

다실로 돌아오니까 오리베 찻잔이 그대로 놓여 있었다. 유키코가 찻잔을 넣는 것을 지켜보고 있던 기쿠지가 외출하자고 말을 꺼냈다.

고다이(高台)의 야시키마치(屋敷町)로 올라갔다. 왕래하는 사람이 없는 한적한 곳이라 유키코가 팔짱을 끼었다. 유키코는 손을 아껴가며 일하고 있는 모양이지만, 그래도 겨울에 찬물을 쓰고 있으니까 손이 트고 손바닥이 딱딱해진 것 같다.

"그 찻잔 그냥 받는 것이 아니고 사시는 거죠?" 하고 유키코가 문득 말을 꺼냈다.

"그럼, 팔아야지."

"그러겠지요. 아마 팔러오셨을 거예요."

"그게 아니라, 내가 도구상에 팔겠다는 거야. 그 판 돈을 구리모토에게 주면 되니까."

"어머, 파실 거예요?"

"그 찻잔이 원각사의 다회에 나왔을 때 유키코도 들었잖아? 조금 전에도 구리모토가 말했지? 내 아버지가 구리모토에게 주신 찻잔이야. 아버지가 가지시기 전에는 오호다 가의 소장품이었다는군.

그런 사연이 있는 찻잔이니까 내가 달라고 그런 거야……."

"하지만 저는 그런 거는 마음에 두지 않겠어요. 좋은 찻잔이라면 그냥 가지고 계셔도 좋아요."

"좋은 찻잔임에는 틀림없지만, 좋은 찻잔인 만큼 찻잔 자체를 위해서도 그런 걸 소중히 다루는 도구상에게 넘겨주고 우리는 없었던 것으로 하는 것이 좋아."

마침내 기쿠지는 '없었던 것으로 한다'는 후미코 편지에 있던 말을 인용하고 말았다. 찻잔을 구리모토 지카코에게서 되돌려받은 것도 후미코의 편지를 따른 셈이다.

"그 찻잔에는 그 찻잔나름의 훌륭한 생명이 있으니까 우리에게서 떠나 살게 해주는 것이 좋지. 그 우리라는 말 속에 유키코는 포함되지 않지만……. 그 찻잔 자체는 강인한 아름다움을 지니고 있어. 불건전한 망집(妄執) 같은 것이 깃들어야 할 자태는 아닌데도, 찻잔에 따라다니는 우리의 기억이 좋지 않아서 찻잔을 부정한 눈으로 보게 되는 거야. 우리라고 하지만 기껏해서 대여섯 명에 지나지 않아. 예로부터 몇백 명의 사람이 그 찻잔을 소중히 다뤄왔는지 모를 일이지. 그 찻잔이 만들어지고 사백 년이나 지났으니까, 오호다 씨나 우리 아버지, 그리고 구리모토 지카코가 가졌던 기간은 찻잔의 수명으로 본다면 아주 짧은 시간이야. 엷은 구름이 지나간 그늘과 같은 것이지. 건전한 소유주의 손으로 넘어가게 되는 거야. 우리가 죽은 뒤에도 그 오리베가 누군가의 집에서 아름다움을 그대로 간직하기만 하면 좋다고 생각하는데."

"그러세요? 그렇게 생각하시면 팔지 않는 것이 좋지 않아요? 저는 아무렇지 않아요."

"내게서 떼어놓는 것이 싫어서가 아니야. 나는 찻잔에는 조금도 집착이 없어. 그 찻잔에서 우리의 때를 씻어주고 싶었던 것뿐이지. 구리모토가 가지고 있는 것도 기분이 나쁘거든. 예컨대 그 원각사와 같은 모임에 내놓곤 한단 말이거든. 인간의 추악한 인연에 찻잔은 결코 묶이지 않아.”

“찻잔이 사람보다도 훨씬 위대한 것처럼 들리는데요?”

“그럴지도 모르지. 나는 찻잔을 잘 모르지만 안목이 있는 사람들이 몇백 년이나 전해주고 있는 것이니까, 내가 깨뜨릴 수는 없잖아. 그러니 없었던 것으로 하는 것이 좋아.”

“우리의 추억이 담긴 찻잔으로 남겨두신다고 해도 저는 상관없어요.” 하고 유키코는 맑은 음성으로 되풀이해서 말했다.

“지금은 제가 잘 모르겠지만, 시간이 흐르는 사이에 그 찻잔을 제가 잘 볼 수 있게 되면 즐겁지 않을까요……? 전에 있었던 일은 모르겠어요. 파시고 나면 나중에 생각이 나서 아쉽지 않을까요?”

“그럴 리가 없어. 그 찻잔은 우리를 떠나서 없었던 것이 될 운명이야.”

찻잔에 대해서 운명이란 말을 써버리고나자, 기쿠지는 날카롭게 가슴이 찔리는 듯이 후미코를 생각해냈다. 한 시간 반쯤 걷다가 돌아왔다.

화로의 불을 고다쓰(炬燵 : 작은 화로를 상자 같은 것으로 덮어 이불 속에 넣은 것)로 옮기려고 할 때 유키코는 갑자기 기쿠지의 손을 두 손으로 감쌌다. 왼손과 오른손의 따뜻한 정도가 다르다는 것을 보여주기 위해 그러는 것으로 보였다.

“구리모토 선생님이 선물로 가져온 과자, 잡수시겠어요?”

“아니, 안 먹겠어.”

“그래요? 과자와 진한 차도 함께 받았어요. 교토에서 가져오신 거래요.” 하면서 유기코는 아무렇지 않게 말했다.

기쿠지는 오리베 찻잔을 싼 보따리를 받침에 넣어두려고 일어나서, 받침문을 열고 그 안쪽에 있는 백자 물병을 보자 찻잔과 같이 팔아버릴까, 하고 생각했다.

유키코는 얼굴을 크림으로 닦아내고 머리핀을 빼더니 잘 준비를 했다. 머리를 풀어헤치고 빗질을 하면서,

“저도 머리를 짧게 잘라볼까요? 괜찮겠지요? 목의 뒷덜미를

318

보이는 것이 어쩐지 부끄러운 것 같아요." 하며 뒷머리를 들어보
였다.

입술연지가 벗겨지지 않는지 얼굴을 거울에 가까이 대고 입술을
마음껏 벌리고는 가제로 문지른 다음 들여다보고 있다.

어둠 속에서 서로 포근하게 체온을 나누며, 기쿠지는 신성한
동경을 언제까지나 이렇게 모독해야 하는가, 하고 속으로 생각했다.
그러나 가장 순결한 것은 무엇에도 더럽혀지지 않는다. 그래서 그
무엇이든 용서된다. 그런 일이 있을 수 없을까, 하고 자기 마음대로
구제될 길을 생각해보았다.

유키코가 잠이 들자 기쿠지는 팔을 빼냈지만 유키코의 체온과
떨어지는 것이 두려울 정도로 쓸쓸하게 느껴졌다. 역시 결혼하지
말았을 걸 그랬다 싶은, 뼈저린 후회가 옆의 차가운 잠자리에서
기다리고 있었다.

3

은은하게 엷은 분홍색이 퍼져 있는 듯한 저녁 하늘은 이틀이나
계속되었다.

기쿠지는 돌아오는 전차에서 새로 지은 빌딩의 창에 비치는 등
불이 모두 하얀 것을 보고, 뭘까 하는 생각이 들었지만 형광등인
것 같았다. 새로 지은 기쁨에서인지 방마다 모두 등불이 켜져
있었다. 그 빌딩 위에 보름달에 가까운 달이 걸려 있다.

그리고 기쿠지가 집에 도착할 무렵에는, 하늘의 분홍색이 해가
기운 쪽으로 빨려들어갔거나 떨어져버린 것처럼 벌겋게 놀이 지고
있었다.

집으로 향해 꺾어지는 모서리에서, 기쿠지는 잠시 불안해졌는지
웃옷 안주머니를 만지작거리며 수표를 확인했다.

유키코가 옆집 문을 나와서 종종걸음으로 집문을 들어서는 뒷

모습이 보였다. 유키코는 기쿠지가 오는 것을 알지 못한 것이다.

"유키코, 유키코."

유키코는 문에서 나오더니,

"어서 오세요. 지금 절 보셨어요?" 하며 얼굴이 빨개졌다.

"옆집에서 여동생의 전화가 왔다고 하시기에 받고 오는 길이에요."

"그래……?"

기쿠지는 뜻밖이었다. 언제부터 전화를 받아주게 되었을까?

"오늘도 어제 저녁때와 같은 하늘이었지? 어제보다도 더 맑게 개였으니까 따뜻하군."

유키코가 하늘을 올려다보았다.

옷을 갈아입으면서 기쿠지는 수표를 꺼내 찬장 위에 놓았다.

유키코는 밑을 내려다보고 벗어놓은 옷을 챙기면서,

"동생의 전화인데, 어제 일요일에 아버지와 같이 오려고 했었대요……."

"여기로?"

"네."

"왔더라면 좋았을걸." 하고 기쿠지는 아무 생각없이 말했다.

바지에 솔질을 하던 유키코의 손이 멈췄다.

"왔으면 좋았을 거라고 하셨어요?" 하고 다짐하듯 말하고는,

"얼마 동안은 오지 않는 것이 좋겠다고 제가 편지를 써서 보냈어요."

기쿠지는 이상한 생각이 들어서 왜 그랬냐고 물어볼 뻔하다가 얼른 입을 다물고 말았다. 완전한 부부가 되지 못했기 때문에 유키코는 아버지가 오는 것이 두려웠던 것이다.

그러나 유키코는 금세 기쿠지를 올려다보며 말했다.

"아버지가 오고 싶어 하실 거예요. 한번은 초대해주셨으면 좋겠어요."

기쿠지는 유키코를 눈이 부신 것처럼 똑바로 보지도 못한 채 대답했다.

"초대하지 않아도 그냥 오시면 될 텐데 뭘 그래."

"딸은 출가외인이라고 했잖아요⋯⋯어쨌거나 맘대로 오실 수 없는가봐요." 하고 유키코는 생각보다 상냥한 투로 말했다.

유키코의 아버지가 찾아오는 것이 키쿠지에게는 유키코보다도 더 두려운 것일까? 유키코에게서 말을 들을 때까지 미처 생각하지 못한 일이지만, 기쿠지는 결혼하고 나서 유키코의 부모나 형제를 한 번도 초대한 적이 없었다. 유키코의 친정 부모를 지금껏 잊고 있었다고 해도 할 말이 없다. 기쿠지는 그만큼 유키코와 어색하게 맺어진 것에 얽매여 있는 것이다. 혹은 맺어질 수가 없기 때문에 유키코 이외엔 아무 것도 생각할 수 없는 모양이다.

그런데 기쿠지를 무력하게 만드는지도 모르는 오호다 부인과 후미코에 대한 생각이, 언제나 환상의 나비처럼 머리에서 떠나지 않았다. 기쿠지는 머릿속 어두운 밑바닥에서 나비가 너울너울 춤을 추는 것이 보이는 것처럼 느껴졌다. 그것은 오호다 부인의 유령이 아니라 어쩐지 기쿠지의 회환의 화신인 것 같았다.

그러나 유키코가 아버지에게 오지 말라고 편지를 보냈다는 것은, 유키코의 남모를 슬픔과 흔들리는 마음을 기쿠지로 하여금 깨닫게 하는 데 충분했다. 구리모토 지카코도 이상하게 생각한 것처럼, 유키코가 가정부도 없이 겨울을 난 것도 역시 가정부에게 부부의 비밀이 들키는 것이 두려워서였을까?

그보다는 오히려, 기쿠지의 눈에 유키코가 찬란하게 빛날 정도로 밝게 보일 때가 많은 것은 기쿠지를 생각해주기 위해 일부러 노력하는 것으로만 생각되지는 않았다.

"그 편지는 언제 부쳤지? 아버님보고 오시지 말라고 한 편지⋯⋯." 하고 기쿠지가 물어보았다.

"글쎄요? 정월 7일이 지나서였는지 모르겠어요. 정월에 함께 친정에 다녀오지 않았어요?"

"그날은 3일이었는데."

"그로부터 4~5일 지나고 였어요. 정월 이튿날은 아버지도 어머니도 손님으로 바쁘시다고 해서 동생 혼자 다녀가지 않았어요?"

"그랬지. 내일 요코하마로 오라는 말을 전해주었고……." 하고 기쿠지도 기억을 더듬으면서,

"하지만 오시지 말라는 편지는 온전치 못하군. 다음 일요일에라도 오시라고 하는 게 어때?"

"네. 아버지는 기뻐하실 거예요. 동생을 반드시 데리고 오실 거예요. 아버지도 혼자 오시는 것이 아마 어색하실지 모르니까……. 나도 동생이 같이 있어주는 것이 좋구요, 이상한 일이죠?"

여동생이 있는 편이 유키코도 편할 것이다. 유키코는 기쿠지와의 결혼 아닌 결혼 생활을, 되도록 아버지에게 보여드리고 싶지 않은 점이 틀림없이 있을 것이다.

유키코는 목욕물을 데워놓았는지 작은 욕실로 가서 물의 더운 정도를 살피는 소리가 들려왔다.

"식사 전에 목욕하셔야지요?"

"그럴까?"

목욕을 하고 있는데 유키코가 유리문 밖에서 말을 걸었다.

"찬장 위에 있는 수표, 어떻게 된 거예요?"

"아, 그거……오리베 찻잔을 판 돈이야. 구리모토에게 줘야 할 돈이지."

"찻잔이 그렇게 비싼 거예요?"

"아냐, 우리 집에 있던 물병까지 함께야."

"우리 몫은 얼마죠?"

"반쯤 되겠지."

"반이라도 큰 돈인걸요."

"그래? 어디다 쓰면 좋지?"

오리베 찻잔은 유키코도 알고 있고, 어젯밤에도 산책하면서 얘기를 나누었다. 그러나 백자 물병에 얽힌 사연은 유키코가 아무것도 모른다.

유키코는 욕실 유리문 밖에 서서,

"쓰지 말고 주식을 사는 것이 어떨까요?"

"주식?"

기쿠지는 의외라는 생각이 들었다.

"저…….." 하며 유키코는 유리문을 열고 안으로 들어왔다.

"아버지가 저하고 동생에게 저 돈의 반의 반 정도 주시면서 늘려보라고 하셨어요. 드나드는 주식 알선상인에게 맡기시더군요. 그리고 확실한 주식을 사시고는 값이 떨어지면 팔지 않는 거예요. 값이 오르는 걸 기다렸다가 다른 것으로 바꾸는 겁니다. 조금씩 돈이 늘었어요."

"허어……."

기쿠지는 유키코의 친정이 어떤 가풍인지 보는 듯한 느낌이 들었다.

"동생과 매일 신문의 주식난을 보곤 했어요."

"그 주식을 지금까지 가지고 있어?"

"가지고 있어요. 주식 알선상인에게 맡겨둔 채니까 저는 본적은 없지만……. 떨어지면 팔지 않으니까 손해보지는 않아요." 하고 유키코는 대수롭지 않은 듯 단순하게 말했다.

"그럼 저 돈도 유키코의 주식 알선상인에게 맡기기로 할까?"

기쿠지는 웃으면서 유키코를 보았다. 유키코는 하얀 에이프런을 걸치고 털실로 짠 빨간 양말을 신고 있었다.

"유키코도 들어와서 몸을 녹히는 것이 어때?"

유키코는 눈으로 아름답게 수줍은 표정을 지었다.

"식사준비를 해야죠." 하며 날쌔게 나가버렸다.

4

그 주일의 토요일은 이미 3월에 접어들고 있었다.

아버지와 동생이 내일 온다고 해서, 유키코는 저녁 식사 후 혼자 시내로 흥정하러 나와서 과일과 꽃을 사가지고 돌아왔다. 밤늦게까지 부엌을 치웠다. 그리고 경대 앞에 앉아서 오래도록 머리를 만지고 있었다.

"오늘 머리를 아예 짧게 잘라버릴까 하고 생각했어요. 지난번에 잘라도 된다고 말씀하셨지요? 그러나 아버지가 놀라시면 안 될 것 같아서……. 세트했는데 어쩐지 마음에 들지 않아요. 어쩐지 우스워요." 하며 혼자 말하고 있다.

잠자리에 들어가서도 유키코는 차분하게 안정되지 않는 모양이다. 아버지와 동생이 오는 것이 그렇게 기쁜 것일까, 하고 기쿠지는 약간 질투심 같은 것을 느끼면서 유키코가 외로워서 그러는 건 아닌가, 하는 생각도 해보지 않을 수 없었다. 부드럽게 끌어안았다.

"손이 차갑군."

기쿠지는 그 손을 자신의 가슴에 대주면서 유키코의 목을 한팔로 감았다. 그리고 다른 한 손을 소매 속으로 넣고 어깨를 더듬거렸다.

"뭔가 얘기를 해보세요."

유키코는 입술을 떼고 얼굴을 움직였다.

"간지럽군." 하며 기쿠지는 유키코의 머리칼을 치우고는 귀 뒤에다 모아놓고,

"뭔가 얘기해달라니, 이즈 산에서 말한 것 기억하고 있어?"

"아뇨, 기억에 없는걸요."

그러나 기쿠지는 잊을 수가 없다. 그때 어둠 속에서 떨리는 눈꺼풀을 감으며 후미코를 생각하고, 오호다 부인을 생각해 내고는 그 망상 때문에 유키코의 순결을 차지할 수 있는 힘을 얻을 수

있을까 하고, 악몽으로 괴로워했었다. 내일은 유키코의 아버지가 오니까 오늘밤이 갈림길이 되지나 않을까 하여, 기쿠지는 오호다 부인의 몸부림을 생각해보았지만, 이제는 유키코의 깨끗하고 상큼한 느낌만이 더할 뿐이었다.

"유키코가 무슨 말이든 해봐."

"저는 얘기할 것이 없어요."

"내일 아버지를 만나면 어떤 얘기를 할 작정이지……?"

"아버지와의 얘기는 그때 가봐야 알죠. 아버지는 그저 우리가 살고 있는 걸 보고 싶으실 뿐일 거예요. 우리가 행복하게 사는 것을 보시면 그것으로 족하실 거예요."

기쿠지가 가만히 있으니까 유키코가 가슴에 얼굴을 묻고 역시 아무 말도 못하고 가만히 있다.

이튿날, 유키코의 아버지와 여동생은 아침 열시에 왔다. 유키코는 부산스럽게 움직이며 동생과 둘이서 자주 웃었다. 이른 점심을 먹고 있는데 구리모토 지카코가 와서,

"손님이 계시군요. 기쿠지 씨를 잠깐 뵙기만 하면 됩니다만." 하고 현관에서 유키코에게 말하는 소리가 들려왔다.

"그 오리베를 파셨단 말씀인가요? 그걸 파실려고 저보고 가져오라고 하셨던가요? 그리고 그 돈을 제게 보내신 것은 무슨 뜻이지요?" 하며 지카코는 다그쳐왔다.

"당장에 찾아뵙고 싶었지만 일요일이 아니면 기쿠지 씨가 계시지 않을 거라고 생각하니, 안절부절 못했습니다. 밤에 찾아뵈도 되긴 했지만……."

지카코는 손에 든 가방에서 기쿠지의 편지를 꺼냈다.

"이것은 돌려드리겠어요. 안에 돈이 그대로 들어 있으니까 다시 생각하세요……."

"아냐, 그것은 그대로 받아줘요." 하고 기쿠지가 말했다.

"왜 이 돈을 제가 받아야 합니까? 인연을 끊자는 작별금이라는

뜻인가요 ? ”

“천만의 말씀. 내가 지금에 와서 당신에게 인연을 끊자면 작별금을 내야 할 이유가 없잖아요.”

“그야 그러시겠죠. 작별금이라고 해도 그 오리베를 팔아서 그 돈을 받는 것도 이상한 일이니까요.”

“그것은 당신의 찻잔이니까 판 돈을 당신에게 보낸 것뿐이에요.”

“저는 그냥 드린 거예요. 기쿠지 씨가 소망하신 것이고, 게다가 결혼하신 좋은 기념이 된다고 생각했거든요. 제게는 아버님의 유품이 되지만…….”

“그 돈을 받고 내게 팔았다고 생각해줄 수 없을까…….”

“그렇게 생각할 수는 없지요. 아무리 타락했다고 해도 아버님께 받은 것을 기쿠지 씨에게 판다니, 그에 대해선 지난번에도 말씀 드렸지 않습니까? 그런데 도구상에 파셨지요? 이 돈을 꼭 받으라고 하시면, 저는 도구상에 가서 다시 사오고 말겠어요.”

기쿠지는 도구상에다 판 돈이라는 걸 정직하게 쓰지 않았으면 좋았을 걸 그랬다 싶은 생각이 들었다.

“자, 어서 올라오세요……. 저의 아버지와의 동생이 와 있으니까 괜찮아요.” 하고 유키코가 부드럽게 말했다.

“아버님께서……? 어머, 그러세요? 좋은 곳에서 뵙게 되는군요.”

지카코는 갑자기 나긋나긋하게 어깨를 떨어뜨리더니 고개를 끄덕였다.

이즈(伊豆)의 무희(舞姫)

이즈(伊豆)의 무희(舞姬)

1

길이 구불구불해져서 겨우 아마기 고개에 가까이 왔다고 생각할 무렵, 빗발이 삼나무 숲을 하얗게 물들이며 무시무시한 빠르기로 산기슭으로부터 나를 따라왔다.

나는 스므 살, 고등학교의 제정된 모자를 쓰고, 군청색 가스리 (飛白 : 붓으로 살짝 살짝 스친 것 같은 무늬) 무늬의 옷에 하카마(袴 : 가랑이가 넓어서 치마처럼 보이는 일본 고유의 바지)를 입고, 학생용 가방을 어깨에 걸치고 있었다. 혼자 이즈로 여행을 떠난지 4일째 되는 날이었다. 슈젠지(修善寺) 온천에서 하룻밤을 묵고 유가시마 온천에서 이틀밤을 묵고는, 굽높은 후박 나막신을 신고 아마기 고개를 올라온 것이다. 첩첩이 포개진 산과 원생림(原生林)과 깊은 계곡의 가을경치에 눈이 팔리면서도 나는 기대하는 하나로 해서 가슴을 설레이며 길을 재촉하고 있었다. 그 사이에 굵은 빗방울이 나를 때리기 시작했다. 굽어진 가파른 고갯길을 뛰어올라 갔다. 겨우 고갯마루의 북쪽어귀에 있는 찻집에 당도해서 한숨을 돌리는 것과 동시에, 나는 입구에서 우뚝 멈춰서고 말았다. 기대했던 것이 보기 좋게 적중했기 때문이다. 그곳에 떠돌이 연예인 일행이 쉬고 있었던 것이다.

우뚝 서 있는 나를 본 소녀 무희가 얼른 자기가 앉았던 방석을 뒤집어서 내 곁에다 밀어놓았다.

"아……." 하고 외마디 소리만 내고 나는 그 위에 앉았다. 고갯길을 달려온 탓으로 숨이 찬데다 놀라기도 해서 "고맙습니다."라는 말이 목구멍에 걸려 나오지 않았던 것이다.

소녀 무희와 가까이 마주앉게 된 나는 당황해서 소맷자락에서 담배를 꺼냈다. 소녀 무희가 또다시 같이 온 여자 앞에서 담배합을 끌어다가 내 곁에 놓아주었다. 역시 나는 아무 말도 하지 못했다.

소녀 무희는 열일곱 살쯤으로 보였다. 나로서는 알아볼 수 없는 옛 풍의 이상한 모양새로 머리를 빗어올렸다. 그 머리모양이 계란형의 생기있는 얼굴을 아주 작게 보이게 하면서도 아름답게 조화를 이루고 있었다. 머리카락을 풍요롭게 과장해서 그린, 역사소설에 나오는 처녀의 모습과 같은 느낌이 들었다. 소녀 무희와 같이 온 일행은 사십 대의 여성이 한 사람, 젊은 여성이 두 사람, 그 밖에 나가오카 온천 여관의 상표가 염색된 한텐(半纏 : 옷깃을 뒤로 접지 않고 옷고름이 없는 등걸이)을 입은 스물 대여섯쯤 된 사나이가 있었다.

나는 그때까지 이 소녀 무희들을 두 번 보았다. 처음은 내가 유가시마에 오는 도중 슈젠지 절로 가는 그 소녀 무희들과 유가와(湯川橋) 다리 근처에서 만났다. 그때는 젊은 여성이 세 사람이었는데, 소녀 무희는 북을 들고 있었다. 나는 돌아다보고 또 돌아다보며, 이제 여성이 내 몸에 배었구나, 하고 생각했다. 그리고 유가시마에서의 이틀째 되는 밤, 그들은 손님을 찾아 여관까지 온 것이다. 소녀 무희가 현관에 있는 마루에서 춤을 추는 것을, 나는 층계 중간에 앉아서 열심히 보고 있었다.——그날이 슈젠지이고 오늘밤이 유가시마라면, 아마 내일은 아마기 고개를 남쪽으로 넘어가 유가노 온천으로 갈 것이다. 아마기 칠십 리의 산길에서 꼭 따라잡게 될 테지. 그렇게 공상하면서 부지런히 쫓아왔지만 비를 피해 머문 찻집에서 딱 마주 치게 되었기 때문에 나는 어리둥절해지고 말았다.

얼마 후, 찻집 할머니가 나를 다른 방으로 안내해주었다. 평소에는

쓰지 않는 방인지 장지문 같은 것도 없었다. 아래를 내려다보니까
아름다운 골짜기가 눈이 닿지 않을 정도로 깊었다. 나는 살갗에
소름이 끼치고 이를 딱딱 마주치기까지 하며 몸서리쳤다. 차를
따르러 들어온 할머니에게 춥다고 했더니,

"아이구, 손님 비를 맞으셨군요. 자, 이쪽에서 잠시 불을 쬐세요.
어서 입은 옷을 말리세요." 하며 손을 잡아끌 듯이 자기네가 거
처하는 방으로 데리고 갔다.

그 방에는 화로가 설치되어 있어 장지문을 여니까 더운 불기운이
확 끼쳤다. 나는 문지방 곁에 서서 우물쭈물 망설였다. 물귀신처럼
온몸이 푸르죽죽하게 부어오른 할아버지가 화롯가에 책상다리를
하고 앉아 있다. 눈동자까지도 누렇게 썩은 듯한 눈으로 귀찮다는
듯이 내 쪽을 바라보았다. 할아버지 주위에는 옛 편지와 종이봉지가
산더미처럼 쌓여서 그 종이부스러기 속에 파묻혔다고 해도 좋을
것 같다. 도저히 살아 있는 사람이라곤 생각할 수 없는 산 속의
괴물을 바라보며 나는 우뚝 서고 말았다.

"이렇게 창피한 꼴을 보여드려서……. 하지만 우리 영감이니까
아무 걱정도 하지 마슈. 보기 흉하겠지만 움직일 수 없으니 어쩌겠수,
좀 이대로 참아주슈."

그렇게 양해를 구하고 난 할머니의 얘기를 듣고 보니, 할아버지는
오랫동안 중풍을 앓고 있어 지금은 전신불수가 된 모양이다. 산
더미처럼 쌓인 종이부스러기들은 여러 지방에서 온 중풍에 대한
치료법을 가르쳐 주는 편지들이고, 또 여러 지방에서 가져온 약
봉지였다. 할아버지는 고개를 넘어온 여행자들에게서 듣거나 신
문광고를 보기만 하면, 하나도 빠뜨리지 않고 전국에서 중풍 치
료법을 묻고, 또 매약을 구해들이곤 했다는 것이다. 그리고 그 편지와
봉지들을 하나도 버리지 않고 자신의 주변에 늘어놓고는 바라보며
살아온 모양이다. 오랜 해를 거듭하면서 그 낡아빠진 종이 쪽지들이
산처럼 쌓이게 된 모양이다.

나는 할머니에게 대답할 말도 없으니까 이로리(囲炉裏 : 방바닥 한가운데에 네모로 뚫고 그 속에 불을 피워서 넣는 일본 고유의 화덕)를 내려다보면서 고개를 숙이고 있었다. 산을 넘어오는 자동차가 집을 마구 흔들었다. 가을인데도 이처럼 춥고, 또 곧 눈으로 덮일 고개를 할아버지는 왜 내려가지 않을까, 하고 생각했다. 내 옷에서 김이 오르고 머리가 지끈거릴 정도로 불기가 강했다. 할머니는 가게로 나가더니 유랑 연예인의 여자들과 얘기를 나누고 있었다.

"그렇군 그래. 지난번에 데리고 다니던 아이가 벌써 이렇게 컸군. 훌륭한 처녀로 컸으니 너도 좋겠다. 이렇게 예쁘게 컸단 말이지? 참으로 여자란 빠르단 말야."

한 시간 남짓 지난 뒤, 유랑 연예인들이 떠나는 듯한 웅성대는 소리가 들려왔다. 나도 이렇게 앉아 있을 때가 아닌데도 가슴이 뛸 뿐 일어설 용기가 나지 않았다. 아무리 여행길에 익숙하다고 하지만 여자의 걸음이니까 서너 마장이나 오 리쯤 뒤떨어진다 해도, 한달음에 따라잡을 수 있다고 생각하며 이로리 옆에서 조바심을 내고 있었다. 그런데 소녀 무희들이 옆에 없게 되니까 오히려 내 공상이 마치 해방이라도 된 것처럼 마구 날뛰기 시작했다. 그들을 배웅하고 돌아온 할머니에게 물었다.

"그 연예인들은 오늘밤 어디에서 묵게 됩니까?"

"그런 것들이 어디서 묵는지 알게 뭐유, 손님두 참 별걸 다 물으시는군. 불러주는 손님이 있으면 아무데서나 묵는 답니다. 오늘밤은 어디서 묵겠다는 뚜렷한 곳이 있을 턱이 없지요."

몹시 무시하는 듯한 할머니의 말이, 그렇다면 소녀 무희들을 오늘밤은 내 방에서 묵게 하고 싶다고 생각했을 정도로 나를 충동시켰다.

빗발이 가늘어지면서 산봉우리가 밝아지기 시작했다. 십분만 더 기다리면 깨끗이 개일 거라며 나를 잡으려고 했지만, 가만히 앉아 있을 수가 없었다.

"할아버지, 몸조심 하세요. 추워지니까요." 하고 나는 진심으로 말하고는 일어섰다. 할아버지는 노란 눈을 무겁게 움직이며 작은 소리로 대답했다.

"손님, 손님……." 하고 외치면서 할머니가 따라왔다.

"이렇게 많이 받으면 염치없어요. 뭐라 말씀드릴 면목이 없군요." 그리고는 내 가방을 가슴에 품고 내게 주려고 하지도 않은 채, 아무리 거절해도 저만큼 배웅하겠다면서 따라오는 것이었다. 한 마장쯤 따라오면서 똑같은 말을 되풀이했다.

"죄송합니다. 대접도 제대로 해드리지 못했습니다. 손님의 얼굴을 잘 기억해두겠습니다. 다음 지나실 때 꼭 보답해드리겠습니다. 다음 번에 꼭 들러주십시오. 결코 잊지 않겠습니다."

나는 50전짜리 은화 한닢을 놔두고 왔을 뿐인데, 너무도 놀라서 오히려 가슴이 아프고 눈물이 날 지경이었지만, 소녀 무희를 빨리 따라가고 싶은 생각에 할머니의 비틀거리는 걸음이 오히려 거추장스러울 뿐이었다. 마침내 고개의 터널까지 오고야 말았다.

"정말 고맙습니다. 할아버지가 혼자 계시니까 이젠 빨리 돌아가세요." 하고 내가 말하니까 할머니는 그제서야 가방을 넘겨주었다.

어두운 터널 안으로 들어서니까 차가운 물방울이 뚝뚝 떨어지고 있었다. 남이즈로 나가는 출구가 저만큼 앞쪽에서 조그마하게 밝아왔다.

2

터널의 출구로부터 하얗게 칠한 목책으로 한쪽을 누비고 나아간 고갯길이 마치 번갯불처럼 흐르고 있다. 이 모형과 같은 전망이 펼쳐진 기슭 쪽으로 연예인들의 모습이 보였다. 여섯 마장을 채 가기 전에 나는 그들 일행을 따라잡았다. 그러나 갑자기 걸음을 늦출 수도 없었기 때문에 나는 냉담한 척하면서 여자들을 앞지르고 말았다. 20미터쯤 앞에 혼자 걷고 있던 사나이가 나를 보더니 멈

취섰다.

"걸음이 빠르시군요——마침 날씨까지 개었군요."

나는 우선 마음을 놓고 그 사나이와 함께 걷기 시작했다. 사나이는 여러 가지를 잇따라 나에게 물어왔다. 두 사람이 대화를 나누기 시작하는 걸 본 여자들이 뒤에서 달려왔다.

사나이는 커다란 고리짝을 짊어지고 있었다. 사십 대 여인은 강아지를 안고 있었다. 맨 위의 처녀가 보자기로 싼 보따리를 들었고 가운데 처녀가 고리짝을 들었는데, 각자가 보기보다 큰 짐을 든 셈이다. 소녀 무희는 북과 북걸이를 짊어지고 있었다. 사십 대 여인도 간간히 내게 말을 걸어왔다.

"고등학교 학생이야." 하고 맨 위의 처녀가 소녀 무희에게 속삭였다. 내가 돌아보니까 웃으면서 말했다.

"그렇죠? 그 정도는 나도 알고 있어요. 우리 섬에 학생들이 오거든요."

일행은 오시마의 하부(波浮)라는 항구사람들이었다. 봄에 섬을 떠나서 여행을 계속하고 있는데, 겨울준비를 하지 않고 왔기 때문에 시모다(下田)에서 10일쯤 묵고, 이토(伊東) 온천에서 섬으로 돌아간다고 말했다. 오시마란 말을 듣고 나는 시정(詩情)을 더욱 느끼게 되어, 다시 소녀 무희의 아름다운 머리 모양새를 바라보았다. 오시마에 관해서 여러 가지를 물어보았다.

"학생들이 수영하러 많이 오죠." 하고 소녀 무희가 같이 온 여자에게 말했다.

"여름에 오겠지요?" 하고 내가 돌아보니까 소녀 무희는 부끄러운 듯 쩔쩔매며,

"겨울에도……." 하고 작은 소리로 대답하는 것처럼 느껴졌다.

"겨울에도?"

소녀 무희는 역시 같이 온 여자를 보며 웃었다.

"겨울에도 수영할 수 있어요?" 하고 내가 다시 말하니까 소녀

334

무희는 얼굴이 빨개지며 매우 진지한 얼굴 표정을 하면서 가볍게 고개를 끄덕였다.

"얘는 정말 바보야." 하며 사십 대 여인이 웃었다.

유가노(湯野)까지는 가와즈가와(河津川) 강의 계곡을 따라 30리 남짓한 내리막길이었다. 고개를 넘고 나면 산과 하늘색이 남국다운 느낌을 가지게 했다. 나와 사나이는 끊임없이 대화를 계속하는 바람에 아주 친숙해졌다. 오기노리(荻乘)와 나시모토(梨本)와 같은 작은 촌마을을 거쳐서 유가노의 초가지붕이 보이기 시작했을 때, 나는 시모다까지 함께 여행하고 싶다는 것을 용기를 내서 말했다. 그는 대단히 기뻐했다.

유가노의 여인숙 앞에서 사십 대 여인이 그럼 헤어질까, 하는 표정을 했을 때 그는 말해주었다.

"이분은 우리와 함께 가시겠다고 하셨어."

"아, 그러셨군요. 여행할 때는 같이 가는 것이 좋고, 세상을 살아갈 때는 인정으로 도와가며 살아가라고 했지요. 우리들처럼 보잘것없는 인간들도 심심풀이는 되실 거예요. 자, 어서 올라가셔서 쉬세요." 하며 거리낌없이 대답했다. 처녀들은 모두 일시에 나를 보더니 별로 대수롭지 않다는 표정으로 아무 말도 하지 않은 채, 수줍은 듯이 나를 바라보고 있었다.

일행과 함께 여인숙 2층으로 올라가서 짐을 내려놓았다. 다다미와 미닫이문이 낡고 지저분했다. 소녀 무희가 아래층에서 차를 들고 왔다. 내 앞에 앉더니 얼굴이 새빨개지며 손을 벌벌 떠는 바람에 찻잔이 잔받침에서 떨어질 뻔하자, 떨어뜨리지 않으려고 얼른 다다미에 놓으려고 하는 순간 차를 엎지르고 말았다. 너무도 수줍어하는 바람에 오히려 내가 어리둥절하게 되었다.

"어머, 기가 막혀! 얘가 벌써 사내를 아는가보군. 저런, 저런……." 하며 사십 대 여인이 기가 막힌다는 듯이 눈썹을 찌푸리며 수건을 던졌다. 소녀 무희는 그것을 집어서 몹시 창피한 듯이 다다미를 훔쳤다.

이 뜻밖의 한 마디로, 나는 내 자신은 문득 생각해보았다. 고갯마루의 할머니에게 충동을 받았던 공상이 뚝하고 부러지는 것을 느꼈다.

그 사이에 갑자기 사십 대 여인이,

"학생의 군청색 가스리가 정말 좋군요." 하면서 나를 물끄러미 쳐다보았다.

"이분의 가스리는 다미지(民次)의 것과 같은 무늬이군. 안 그래? 똑같은 무늬잖아?"

옆에 있는 여자에게 몇 번씩이나 다짐을 하고 나서 내게 말했다.

"고향에 학교에 다니는 아이를 남겨두고 와서 지금 그 애 생각이 나서 그런답니다. 그 애의 가스리와 똑같단 말예요. 요즘엔 군청색 가스리도 비싸서 정말 큰일이거든……."

"어느 학교인가요?"

"심상(국민학교 수준)과 5학년이랍니다."

"그래요? 심상 5학년이라니……그렇게 큰 아이가……."

"고후(甲府)에 있는 학교에 다니고 있어요. 오래 전부터 오시마에 살고 있지만 고향은 가이(甲斐)의 고후랍니다."

한 시간 정도 쉬고 나서 사나이가 나를 다른 온천여관으로 안내해 주었다. 그때까지는 나도 연예인들과 함께 같은 여인숙에서 묵는 줄로만 생각하고 있었다. 우리는 큰길에서 자갈길이며 돌층계를 한 마장쯤 내려가서 개울가에 있는 공동탕 옆의 다리를 건넜다. 다리 건너 쪽은 온천여관의 정원이었다.

그곳의 옥내탕에 들어가 있으려니까 나중에 사나이가 들어왔다. 자기는 24세가 되었다는 말과 아내가 두 번씩이나 유산과 조산으로 태아가 죽었다는 얘기를 들려주었다. 그는 나가오카 온천의 상호가 붙은 한텐을 입고 있었기 때문에, 그가 나카오카 사람이라는 걸 알 수 있었다. 그리고 얼굴 생김새나 말하는 품이 상당한 지식을 지닌 것처럼 느껴져서, 호기심 때문이거나 연예인 처녀에게 반해서 짐을 날라다주며 따라온 것이라고 상상해보았다.

탕에서 나오자 나는 곧 점심을 먹었다. 유가시마에서 오전 여덟시에 출발했는데 그때는 아직 세시 전이었다.

사나이가 돌아갈 무렵, 마당에서 나를 올려다보며 인사를 했다. "이것으로 감이나 사자시오. 2층에서 실례합니다." 하면서 나는 돈뭉치를 던졌다. 사나이는 사양하면서 그냥 가려고 했지만 마당에 종이 뭉치가 떨어지자 되돌아와서 그것을 줏어들고는,

"이렇게 하시면 안 됩니다." 하면서 그것을 위로 던졌다. 그것이 초가지붕 위에 떨어졌다. 내가 다시 집어서 던지자 사나이는 그것을 가지고 돌아갔다.

저녁때부터 비가 많이 내렸다. 산들의 모습이 멀고 가까운 원근감을 잃고 하얗게 물들었으며, 앞쪽의 냇물이 삽시간에 노랗게 흐려지며 소리를 높여갔다. 이렇게 쏟아지는 빗물에서는 소녀 무희들이 몰려올 수도 없겠지 하고 생각하며, 나는 가만히 앉아 있을 수가 없어서 두 번, 세 번 목욕탕에 들어가보곤 했다. 방 안은 어둑어둑했다. 옆방 사이에 있는 미닫이문을 네모로 오려낸 곳에 문미 (門楣)로부터 전등이 매달려 있어, 전등 하나로 두 방을 겸용으로 쓰고 있었다.

둥둥, 둥둥, 심한 빗소리 저쪽 멀리에서 북이 울리는 소리가 가냘프게 들려오기 시작했다. 나는 허우적거리며 잽싸게 덧문을 열고 몸을 내밀었다. 북소리가 가까워지는 느낌이 들었다. 비바람이 내 머리를 두들겼다. 나는 눈을 감고 귀를 기울이면서 북이 어느 길을 따라 어떻게 오고 있는지 알려고 했다. 곧 샤미센(三味線 : 세 줄이 있는 일본 고유의 현악기. 채로 튕겨서 소리를 냄)의 소리가 들려왔다. 여자의 길게 끄는 외침 소리가 들려왔다. 흥겨운 웃음소리도 들려왔다. 그제서야 연예인들이 여인숙 맞은편에 있는 요리집으로 불려갔다는 걸 알게 되었다. 두셋의 여자 소리와 세네 명의 남자 소리를 분간해서 들을 수 있었다. 그쪽을

끝내면 이쪽으로 몰려오겠지 하고 기다렸다. 그러나 그 주연은 흥이 지나쳐서 시끄러운 소란으로 번져가는 것 같았다. 여자의 찢어지는 듯한 새된 소리가 이따금씩 번개처럼 어둠 속을 날카롭게 스쳐갔다. 나는 신경을 곤두세우고 문을 열어놓은 채 언제까지고 앉아 있었다. 북소리가 들려올 때마다 가슴이 시원스럽게 밝아지는 것 같았다.

"아, 무희는 아직도 술자리에 앉아 있구나. 앉아서 북을 치고 있겠지."

북소리가 끊기면 견딜 수가 없었다. 빗소리 밑으로 나는 가라앉고 말았다.

얼마 후에, 모두 일어나서 술래잡기를 하는지, 아니면 돌아가며 춤을 추는지 쿵쾅거리는 발소리가 잠시 계속되었다. 그러더니 갑자기 조용해졌다. 나는 눈을 번득였다. 이 정막이 무엇인가를 어둠을 통해서 알아보려고 했다. 소녀 무희가 오늘밤에 몸을 버리는 것이나 아닐까 해서 조바심이 났다.

덧문을 닫고 잠자리에 들어갔지만 가슴이 답답했다. 다시 목욕탕에 들어갔다. 목욕물을 거칠게 휘저었다. 비가 멎고 달이 떴다. 비에 씻기운 가을밤이 상쾌하게 밝아졌다. 맨발로 욕실에서 빠져 나간들 무슨 소용이 있을까, 하는 생각이 들었다. 두시가 지났다.

3

이튿날 아침 아홉시가 지나서 사나이는 내 여관으로 찾아왔다. 막 일어난 나는 그와 함께 탕으로 들어갔다. 아름답게 개인 남부 이즈미의 따사로운 날씨로, 물이 불어난 냇물이 목욕탕 밑에서 따뜻한 햇볕을 받고 있었다. 내 자신도 어젯밤의 괴로움이 꿈결처럼 느껴졌지만, 나는 사나이에게 말해보았다.

"어젯밤에는 꽤 늦도록까지 떠들썩하더군요."

"아니, 들으셨습니까?"

"들려오구 말구요."

"이 고장 사람들이었어요. 이곳 촌사람들은 떠들기만 했지 재미라곤 하나도 없지요."

그가 너무도 대수롭지 않은 모습이어서 나는 말문이 막히고 말았다.

"저쪽 탕에 그놈들이 와 있어요——저것 보세요. 이쪽을 알아차렸는지 웃고 있군요."

그가 가리키는 쪽을 따라, 나는 개울 건너쪽에 있는 공동탕 쪽을 보았다. 김이 오르는 속에 7~8명의 알몸뚱이가 희미하게 떠있었다.

어둠침침한 욕실 안쪽에서 갑자기 알몸뚱이의 여자가 뛰쳐나오는가 싶더니, 개울가로 뛰어내릴 듯한 모습으로 탈의장 끝에 섰다. 그리고 두 손을 활짝 펼치며 무언가 큰소리로 외쳤다. 수건도 두르지 않은 알몸이었다. 소녀 무희였다. 어린 오동나무처럼 미끈하게 뻗은 다리의 하얀 알몸을 바라보며, 나는 맑은 샘물을 상상하다가 깊은 한숨을 내뱉으며 킬킬거리고 웃었다. 아직 어린애구나. 우리를 보는 순간 기쁜 마음에 알몸으로 햇빛 속으로 뛰쳐나와 발 끝을 세우며 발돋음을 할 정도로 아직 어린애였다. 나는 기쁜 마음으로 계속 쾌활하게 웃었다. 머리를 말끔히 씻어낸 것처럼 개운해졌다. 미소가 언제까지나 끊이지 않았다.

소녀 무희의 머리숱이 너무도 탐스러웠기 때문에 열일고여덟으로 보였던 것이다. 게다가 처녀티가 나게 옷을 입힌 탓으로 나는 엉뚱한 생각을 하게 되었던 것이다.

사나이와 함께 내 방으로 돌아오니까, 잠시 후에 나이 많은 처녀가 여관 뜰에 와서 국화밭을 보고 있었다. 소녀 무희가 다리를 반쯤 건너오고 있었다. 사십 대 여인이 공통탕에서 나와 두 사람이 있는 쪽을 바라보았다. 소녀 무희는 어깨를 움츠리며 '야단을 맞을 것 같아서 돌아가겠어요.' 하는 듯이 웃어보이고는 빠른 걸음으로 되돌아갔다. 사십 대 여인이 다리까지 와서 말을 걸었다.

"놀러 오십시오!"

"놀러 오십시오!"

큰 처녀도 똑같은 말을 하고는 여자들은 돌아갔다. 사나이는 저녁때까지 내 방에 앉아 있었다.

밤에 종이를 도매로 팔고 다니는 행상인과 바둑을 두고 있는데 여관 마당에서 갑자기 북소리가 울려왔다. 나는 일어서려고 했다.

"놀이패들이 왔군요."

"홍, 저런 것들에게는 흥미가 없어요. 자, 자, 당신 둘 차례예요. 나는 여기다 두었어요." 하고 바둑판을 손가락으로 누르면서 지물상(紙物商)은 승부에 집착하고 있었다. 내가 뒤숭숭하게 들떠 있는 사이에 연예인들은 벌써 돌아갈 채비를 하는지 사나이가 마당에서,

"재미가 어떻슈?" 하고 말을 걸어왔다.

나는 마루로 나가서 손짓을 하며 불렀다. 연예인들은 마당에서 잠깐 뭔지 수근거리더니 현관으로 돌아왔다. 사나이 뒤에서 처녀 세 사람이 차례차례로,

"안녕하세요?" 하며 마루에 손을 짚고 게이샤(藝者 : _{일본의
기생}) 처럼 절을 했다. 바둑판 위에서는 갑자기 나의 패색이 보이기 시작했다.

"이래가지고는 안 되겠습니다. 돈을 놓겠어요."

"그럴 리가 있습니까? 내 쪽이 오히려 불리한걸요. 어찌 되었건 치밀하군요."

지물상은 연예인들을 거들떠보지도 않고 바둑판의 눈을 하나하나 세어보고 나서 더욱더 주의깊게 두어나갔다. 여자들은 북과 샤미센을 방 한구석에 정리해놓더니 장기판 위에다 오목을 두기 시작했다. 그러는 사이에 나는 이기고 있던 바둑을 지고 말았지만 지물상은,

"어때요? 다시 한 판, 다시 한 판 부탁합니다." 하며 끈질기게 졸라댔다. 그러나 내가 아무 뜻도 없이 웃기만 하니까 지물상은 단념하고 일어섰다.

처녀들이 바둑판 가까이로 모여들었다.

"오늘밤은 또 어디로 가는 겁니까?"

"가긴 가야 되겠지만……." 하고 사나이는 처녀들 쪽을 보았다.

"어떡할까? 오늘밤은 그만두기로 하고 놀기나 할까?"

"좋지요. 좋구 말구요."

"야단맞지 않을까요?"

"뭘요, 돌아다녀봤자 어차피 손님도 없을 텐데요, 뭘."

그리고 오목을 두면서 열두시가 넘도록 놀다가 갔다.

소녀 무희가 돌아가고 난 후에는 아무래도 잠이 오지 않고 머리가 또랑또랑해져서, 나는 마루로 나가 불러보았다.

"지물상 아저씨, 지물상 아저씨."

"어허……." 하고 예순이 가까운 할아버지가 방에서 나오더니 신이 난듯이 말했다.

"오늘밤은 철야하는 거요. 밤이 새도록 두는 거요."

나도 또한 대단히 호전적인 기분이 되었다.

4

그 다음날 아침 여덟시가 유가노를 떠나기로 한 약속시간이었다. 나는 공동탕 옆에서 산 사냥모자를 쓰고 고등학교의 교모를 가방 속에 쑤셔넣고 큰길 옆에 있는 여인숙으로 갔다. 2층의 장지문이 활짝 열려진 채로 있었기 때문에 아무런 생각도 없이 올라갔는데, 연예인들은 아직도 잠자리에 누워 있었다. 나는 당황해서 마루에 우뚝 서 있었다.

내 발치에 있는 자리에서 소녀 무희가 새빨개진 얼굴을 두 손으로 가리고 말았다. 그녀는 중간 처녀와 한 이불 속에서 자고 있었다. 어젯밤의 짙은 화장기가 아직 남아 있었다. 입술과 눈꼬리에 붉은기가 남아 있었다. 이 정서적인 잠자는 모습이 내 가슴을 물들게

했다. 그녀는 눈이 부신 듯 휙 돌아눕고는 손바닥으로 얼굴을 가린
채 이불에서 빠져나와 마루에 앉더니,

"어젯밤에는 감사했습니다." 하면서 얌전히 절을 하는 바람에
장대처럼 서 있는 나를 당황하게 했다.

사나이는 큰 처녀와 같은 잠자리에서 자고 있었다. 그 모습을
보기 전까지 나는 두 사람이 부부라는 것을 모르고 있었다.

"대단히 미안하게 되었군요. 오늘 떠날 작정이었지만, 오늘밤에
연회가 있다고 해서 우리는 하루 더 묵기로 했지요. 오늘 꼭 떠
나셔야 한다면, 다시 시모다에서 만나뵙게 될 것입니다. 우리는
고슈야라는 여인숙에서 묵기로 정했으니까 아마 금세 찾으실 수
있을 거예요." 하고 사십 대 여인은 잠자리에서 반쯤 몸을 일으
키면서 말했다. 나는 그들에게서 버림을 받은 것처럼 느꼈다.

"내일로 해주시지 않겠어요? 장모가 하루 더 있어야 한다고
우겨대니 할 수 없지요. 일행이 있는 편이 좋을 거예요. 내일 함께
가기로 합시다." 하고 사나이가 말하자, 사십 대 여인도 덩달아
거들었다.

"그렇게 하셔요. 모처럼 일행이 되어주셨는데, 이렇게 우리 고
집만 세워서 미안합니다만——. 내일은 무슨 일이 있어도 떠날 거
예요. 내일모레가 여행 길에서 죽은 아기의 49일째가 되는 날이어서
49제만은 비록 마음뿐이긴 하지만 시모다에서 해주고 싶다고 전
부터 생각해왔기 때문에, 그날까지는 시모다에 도착할 수 있도록
여행길을 서둘렀답니다. 이런 말을 해서 실례가 되겠지만, 이것도
이상한 인연이 아니겠어요? 그러니 내일모레 그 애를 위해 잠깐
이나마 명복을 빌어주세요."

그래서 나는 출발을 연기하기로 하고 아래층으로 내려왔다. 모
두들 일어나서 모여들기를 기다리며, 불결한 여인숙 사무실에서
여인숙 사람과 얘기를 나누고 있으려니까 사나이가 산책하러 가
자고 했다. 큰길을 따라 남쪽으로 조금 가니 깨끗한 다리가 있었다.

다리 난간에 기대어 그는 또다시 신상에 관한 얘기를 시작했다. 도쿄에서 어느 신파배우들 모임에 얼마 동안 몸담고 있었다는 것이다. 지금도 오시마 항구에서 가끔 연극을 하는 모양이다. 그들의 짐짝 보따리에서 칼집이 발처럼 삐죽 내밀고 있었는데, 연회 자리에서도 연극 흉내를 내고 있다고 한다. 고리짝 속에는 연극에 쓰는 의상과 냄비, 공기 따위의 살림도구가 들어 있었다.

"나는 행동을 잘못한 탓에 타락하고 말았습니다만, 형이 고후에서 집안일을 잘 돌보고 있지요. 그러니 나는 쓸모없는 몸이 되고 말았습니다."

"나는 아저씨가 나가오카 온천의 사람인줄만 알았습니다."

"그랬어요? 저 큰 처녀가 내 여편네죠. 학생보다 하나 아래인 열아홉인데, 여행을 하다가 두 번째 아이를 조산해버려서 아이는 일 주일쯤 지나 숨을 거두었고, 여편네는 아직도 몸이 회복되지 않았어요. 저 할머니는 여편네의 친정어머니죠. 무희는 내 친동생이구요."

"허, 열네 살짜리 여동생이 있다고 하더니……."

"저 애예요. 여동생에게만은 이런 일을 시키지 않겠다고 생각했는데, 거기엔 또 그럴만한 사정이 있답니다."

그리고는 자기는 에이키치(榮吉), 여편네는 치요코(千代子), 여동생이 카오루(薰)라는 걸 말해주었다. 또 한 사람 유리코(百合子)라는 열일곱 살 된 처녀만이 오시마 태생으로 고용살이로 따라다닌다고 했다. 에이키치는 몹시 감상적으로 울적해서 금세라도 울음이 터질 듯한 얼굴 표정으로 개울물을 내려다보고 있었다.

돌아왔을 때, 얼굴의 분을 씻어낸 소녀 무희가 길바닥에 웅크리고 앉아서 개의 머리를 쓰다듬고 있었다. 나는 내 여관으로 돌아가려 하면서 말했다.

"놀러와요."

"네, 하지만 혼자서는……."

"그럼 오빠하고."

"곧 갈게요."

얼마 후에 에이키치가 내 여관으로 찾아왔다.

"다른 사람은?"

"여자들은 장모의 단속이 심해서……."

그러나 둘이 오목을 두고 있으려니까 여자들이 다리를 건너서 거침없이 2층으로 올라왔다. 언제나처럼 정중하게 절을 하고는 마루에 앉아서 뭔지 망설이고 있었는데, 맨 처음으로 지요코가 일어섰다.

"이건 내 방이에요. 자, 사양치 말고 들어오세요."

한 시간쯤 놀고 난 연예인들은 이 여관의 옥내탕으로 갔다. 함께 들어가자고 자꾸 끌었지만, 젊은 여자가 세 사람이나 있으니까 나는 나중에 가겠다고 얼버무리고 말았다. 그러자 소녀 무희가 혼자서 금세 올라왔다.

"어깨를 밀어드리겠다고 오시래요, 언니가……." 하며 지요코의 말을 전했다.

탕에는 가지 않고 나는 소녀 무희와 오목을 두었다. 그녀는 이상하게도 잘 두었다. 지는 사람이 떨어져나가는 오목두기를 했더니, 에이키치를 비롯해 다른 여자들은 어이없이 지고 말았다. 오목두기에서는 웬만한 상대에겐 이기고 나도 겨우 이길 정도였다. 상대가 두기 쉽도록 일부러 엉터리 오목을 두지 않아도 되는 것이 기분 좋았다. 우리 두 사람만이 남게 되자 처음에 그녀는 멀리서부터 손을 뻗어 바둑돌을 놓더니, 점점 몰두하기 시작해서 나중에는 바둑판 위를 덮치듯 구부리고 보았다. 부자연하리만큼 아름다운 까만 머리칼이 내 가슴에 닿을 것 같았다. 갑자기 얼굴이 빨개지더니,

"미안해요, 야단맞겠어요." 하고 바둑돌을 놓고는 뛰쳐나갔다. 공동탕 앞에 어머니가 서 있었던 것이다. 지요코와 유리코도 목욕탕에서 나오더니 2층으로 올라오지 않고 달아나듯 돌아갔다.

이날도 에이키치는 아침부터 저녁때까지 내 여관에서 놀고 있었다. 순박하면서도 친절하게 보이는 여관집 주인 아줌마가 저런 자에게는 밥을 먹이는 것이 아깝다면서 나에게 충고했다.

밤에 내가 여인숙으로 찾아가보니 소녀 무희는 어머니에게서 샤미센을 배우고 있는 중이었다. 나를 보는 순간 손을 놓고 중단해 버렸지만, 사돈마누라의 잔소리를 듣고는 다시 샤미센을 부둥켜안았다. 노래하는 소리가 조금 높아질 때마다 사돈마누라가 말했다.

"소리를 내면 안 된다고 했는데……."

에이키치는 맞은편 요리집 2층에서 벌어진 연회에 불려가서 뭔가 읊고 있는 모습이 이쪽에서도 보였다.

"저건 뭡니까?"

"저거?——아, 노랫가락이지요."

"노랫가락치곤 이상한데."

"팔방미인이니까 뭣을 할는지 알 수가 없답니다."

바로 그때, 이 여인숙에 셋방살이를 하며 새장사를 하고 있다는 마흔 전후의 사나이가 장지문을 열고, 한턱을 낸다며 처녀들을 불렀다. 소녀 무희는 젓가락을 들고 유리코와 함께 옆방으로 가서 새장수가 먹고 난 닭고기 전골냄비를 뒤적이고 있었다. 이쪽 방으로 함께 오면서 새장수가 소녀 무희의 어깨를 가볍게 두드렸다. 어머니가 험상궂은 표정을 지었다.

"이봐. 이 애를 건드리지 말라구. 아직 숫처녀란 말야."

소녀 무희는 아저씨, 아저씨 하면서 새장수에게 《미도코몽 만유기》라는 책을 읽어달라고 부탁했다. 그러나 새장수는 금세 일어나 돌아갔다. 나머지를 읽어달라고 내게 직접 말할 수가 없으니까 사돈마누라가 내게 부탁해주었으면 하는 투의 말을 소녀 무희는 거듭하곤 했다. 나는 하나의 기대감을 가지고 얘기책을 집어들었다. 그러자 생각한 대로 소녀 무희가 바싹 다가왔다. 내가 읽기 시작하자 그녀는 내 어깨에 닿을 정도로 얼굴을 가까이 대고, 진지한 표정으로 두 눈도 깜박이지 않고 내 얼굴을 바라보고 있었다. 이 모습은 책읽는 소리를 들을 때의 그녀의 버릇인 것 같았다. 조금 전에도 새장수와 얼굴이 닿을락말락할 정도로 바싹 대고 있었다. 나는 그것을 보고 있었다.

이 아름답게 반짝이며 빛나는 새까맣고 커다란 눈은 소녀의 가장 아름다운 부분이었다. 쌍꺼풀의 선이 말할 수 없이 이쁘게 보였다. 그리고 그녀는 꽃처럼 탐스럽게 웃었다. 꽃처럼 탐스럽게 웃는다는 말이 그녀에게는 안성맞춤이었다.

얼마 후, 요리집 하녀가 소녀 무희를 데리러왔다. 소녀 무희는 옷을 입고 나서 내게 말했다.

"곧 돌아올 테니, 기다리셨다가 계속 읽어주세요."

그리고 마루로 나가더니 손을 짚고 인사를 했다.

"갔다 오겠습니다."

"절대로 노래를 부르면 안 돼." 하고 사돈마누라가 말하자, 그녀는 북을 들면서 가볍게 고개를 끄덕였다. 사돈마누라는 나를 돌아다 보았다.

"지금 변성기가 되어서요……." 소녀 무희는 요리집 2층에 얌전히 앉아서 북을 치고 있었다. 그 뒷모습이 옆방에 앉아 있는 것처럼 보였다. 북소리는 나를 마음속으로 명랑하게 춤을 추게 만들었다.

"북이 들어가면 연회가 들뜨게 되는가 보군요." 하고 사돈마누라도 나를 돌아다보았다.

지요코와 유리코도 같은 연회장소로 불려갔다.

한 시간쯤 지나서 네 명이 함께 돌아왔다.

"이것뿐이에요……." 하고 소녀 무희는 움켜쥐었던 주먹에서 50전짜리 은화를 사돈마누라 손바닥에 떨어뜨렸다. 나는 얼마동안 다시 《미도고몽 만유기》를 읽었다. 그들은 또 여행길에서 죽은 아이에 관한 얘기를 했다. 맑은 물처럼 깨끗하게 비쳐보이는 아이를 낳았다고 한다. 울만한 힘도 없어보였다. 그래도 1주일간이나 숨을 쉬고 있었던 모양이다.

호기심도 없고 경멸하는 마음도 갖지 않은, 그들이 떠돌이 연예인 따위의 인간들이라는 것을 잊어버린 듯한 나의 평범한 호의가 그들의 가슴으로 스며드는 것 같았다. 나는 어느 사이엔가 오시마에 있는 그들의 집까지 함께 가기로 되어 있었다.

"할아버지가 있는 집이 좋을 거야. 거기라면 넓고, 할아버지를 다른 데로 쫓아내면 조용해질 테니까, 언제까지라도 있을 수 있고 공부도 할 수 있고……." 하면서 그들끼리 얘기를 맞춘 다음 내게 말했다.

"작은 집을 두 채 가지고 있어요. 산에 있는 집은 빈 집이나 다름없어요."

그리고 정월에는 내가 손을 봐주면, 하부(波浮) 항구에서 그들이 연극을 하기로 되어 있었다.

그들의 여행하는 여정이 내가 처음에 생각한 것만큼 각박한 것이 아니라 산야의 향기를 잃지 않은 아주 태평스러운 사람들이라는 것을 차츰 깨닫게 되었다. 골육이며 형제들인만큼, 각자가 제각기 육친다운 애정으로 끈끈하게 얽혀 있다는 것도 느낄 수 있었다. 고용살이를 하는 유리코는 한창 수줍음을 타는 나이여서 언제나 내 앞에서는 무뚝뚝하게 입을 다물고 있었다.

밤이 깊어서 나는 여인숙을 나왔다. 처녀들이 배웅을 나와주었다. 소녀 무희가 게다를 바로 놓으며 신기 좋게 놓아주었다. 소녀 무희는 문에서 목을 내밀고 밝은 하늘을 바라보았다.

"아, 달님——내일은 시모다로 가게 되서 정말 기뻐요. 아기의 사십구제를 지내고, 어머니가 빗을 사주시고, 그 밖에도 많은 여러 가지 일이 있을 거예요. 활동사진(영화)에 데려가주세요."

시모다 항구는 이즈 사가미(相模)의 온천장 같은 곳을 찾아다니는 떠돌이 연예인들로 하여금 타향의 하늘 밑에서 고향을 느끼게 하는, 그러한 공기가 감도는 거리인 것이다.

5

　연예인들은 각자 제각기 아마기 고개를 넘을 때와 똑같은 짐을 가지고 있었다. 어머니의 팔찌에 강아지가 앞발을 얹고, 제법 여행에 익숙해졌다는 듯한 얼굴을 하고 있었다. 유가노를 벗어나서 다시 산길로 접어들었다. 바다 위에 떨어진 햇빛이 산허리를 포근하게 해주고 있다. 우리는 아침해 쪽을 바라보았다. 가와즈가와 강이 흘러가는 쪽에 가와즈 마을의 모래밭이 시원하게 펼쳐지고 있었다.

　“저것이 오시마이군요.”

　“저렇게 크게 보이잖아요? 함께 가시는 거죠?” 하고 소녀 무희가 말했다.

　가을 하늘이 너무 맑아서 그런지 태양에 가까운 바다가 봄처럼 뿌옇게 보였다. 여기에서 시모다까지 오십 리를 걸어가야 한다. 얼마동안은 바다가 보였다 안 보였다 하며 숨바꼭질을 했다. 지요코가 한가롭게 노래를 부르기 시작했다.

　도중에 길은 험하긴 하지만 오 리쯤 가까운 산길을 넘는 지름길로 갈 것인지, 아니면 걷기에 편한 큰길로 갈 것인지 물어왔을 때, 나는 말할 것도 없이 지름길을 택했다.

　낙엽 때문에 미끄러질 것만 같은 나무가 우거진 가파른 산길이었다. 숨이 가쁘기 때문에 나는 오히려 오기가 나서 무릎뼈를 손바닥으로 밀어붙이 듯하며 발걸음을 재촉했다. 순식간에 일행이 뒤쳐져서 애기하는 말소리만이 나무사이로 들려왔다.

　소녀 무희가 혼자서 옷자락을 높이 걷어들고 성큼성큼 나를 따라오는 것이 보였다. 너댓 발자국쯤 뒤에서 따라오면서도, 그 간격을 좁히려고도 또 더 늘이려고도 하지 않았다. 내가 돌아다보며 말을 걸었더니 깜짝 놀랄 듯 미소를 지으며 멈춰서서 대답을 한다. 소녀 무희가 말을 걸어왔을 때, 쫓아오도록 하려고 기다렸지만, 그녀는 오던 걸음을 멈추고 서서 내가 다시 걷기 시작할 때까지 걷지 않았다. 길을 돌아가자 한층 더 험해져 나는 그때부터 빠른 걸음으로 걸었는데 소녀 무희도 역시 부지런히 올라오고 있었다. 산은 고요했다. 다른 사람들은 더욱 쳐져서 이젠 말소리도 들려오지 않았다.

"도쿄의 어디에 집이 있어요?"

"아녜요, 학교 기숙사에 있어요."

"나도 도쿄를 알고 있어요. 꽃구경 철에 춤을 추러 갔었는데──. 어렸을 때여서 아무것도 생각나는 건 없지만." 그리고 소녀 무희는 다시,

"아버님이 계셔요?" 라든가,

"고후에 가본 적이 있어요?" 하고 띄엄띄엄 물어왔다. 시모다에 다다르면 활동사진을 구경한다는 얘기와 죽은 아기에 관한 얘기를 했다.

산꼭대기까지 올라왔다. 소녀 무희는 마른풀 속에 있는 의자에 북을 내려놓고 나서, 손수건으로 땀을 닦았다. 그리고 자신의 발에 묻은 먼지를 털려고 하다가 문득 내 발치에 구부리고 앉아서 하카마 자락의 먼지를 털어주었다. 내가 갑자기 뒤로 몸을 피하자 소녀 무희는 털썩 무릎을 꿇게 되었다. 구부린 모습으로 내 몸둘레를 돌며 먼지를 털더니 걷어올렸던 옷자락을 내리고는 숨을 크게 몰아쉬며 서 있는 나에게,

"앉으세요." 하고 말했다.

의자 바로 옆으로 새떼가 몰려왔다. 새가 앉은 나뭇가지의 마른잎들이 사각사각 소리를 낼 정도로 주위가 조용했다.

"왜 그렇게 빨리 걸어오셨어요?"

소녀 무희는 더운 것 같았다. 내가 손가락으로 퉁퉁하고 북을 치니까 새들이 날아가버렸다.

"아, 물을 마시고 싶군."

"찾아볼게요."

그러나 소녀 무희는 얼마 후 누렇게 물든 잡목 사이로부터 빈 손으로 돌아왔다.

"오시마에 있는 동안에 무엇을 할 작정이죠?"

그러자 소녀 무희는 당돌하게도 여자의 이름 두셋을 입에 담으며, 나로서는 짐작도 할 수 없는 얘기를 시작했다. 오시마의 얘기가 아니라 고후의 얘기인 것 같았다. 국민학교 2학년까지 다녔을 때의 친구의 얘기인 듯싶었다. 그것을 생각나는 대로 마구 떠드는 것이었다.

십분쯤 되어서 세 사람이 산꼭대기에 당도했다. 어머니는 그로부터 십분쯤 더 늦게 도착했다.

내려갈 때는 나하고 에이키치가 일부러 뒤쳐져서 천천히 얘기를 나누며 출발했다. 한 마장쯤 걸어가니까 아래쪽에서 소녀 무희가 달려왔다.

"이 밑에 샘터가 있어요. 빨리 오시라고 하면서 모두들 마시지 않고 기다리고 있어요."

물이란 말을 듣자 나는 달리기 시작했다. 나무 그늘의 바위 틈에서 샘물이 솟아오르고 있었다. 여자들이 샘터를 둘러싸고 있었다.

"자, 먼저 마셔요. 손을 넣으면 흐려질 테고 여자가 먼저 마시면 더럽다고 생각하실 테니까." 하고 어머니가 말했다.

나는 차가운 물을 손으로 떠서 마셨다. 여자들은 좀체로 그곳을 떠나지 않았다. 물수건으로 땀을 닦아내곤 했다.

그 산을 내려와서 시모다로 나오자 숯을 굽는 연기가 여러 군데서 보였다. 길옆에 있는 재목에 앉아서 휴식을 취했다. 소녀 무희는 길바닥에 웅크리고 앉아서 분홍색 빗으로 강아지의 더부룩한 털을 빗어주고 있었다.

"빗살이 부러지지 않겠니?" 하고 사돈마누라가 주의를 주었다.

"괜찮아요. 시모다에 가면 새것을 살 텐데요, 뭐."

유가노에 머물 때부터 나는 앞머리에 꽂은 빗을 얻어갈 작정이었는데, 강아지 털을 빗어준다는 것은 좋지 않다고 생각했다.

길 건너 쪽에 수북이 쌓인 대나무다발을 보고 지팡이에 안성맞춤이라는 얘기를 나누며 에이키치와 함께 한 발 먼저 떠났다. 소녀 무희가 달려왔다. 제 키보다도 길고 굵은 대나무를 가지고 있었다.

"어쩔려고 그래?" 하고 에이키치가 묻자, 잠시 우물쭈물하더니 그것을 나한테 내밀었다.

"지팡이로 드릴게요. 제일 굵은 것으로 빼왔어요."

"안 돼. 굵은 것은 훔쳐왔다는 것이 곧 탄로나고마니까 곤란해지지 않겠니? 빨리 갖다놓고 와."

소녀 무희는 대나무다발이 있는 곳까지 되돌아가더니 다시 달려왔다. 이번에는 가운데손가락 굵기쯤 되는 대나무를 나에게 주었다. 그리고 논두렁에 털썩 주저앉아 등을 부딪치듯 기대면서 가쁜 숨을 몰아쉬며 여자들은 기다리고 있었다.

나하고 에이키치는 끊임없이 십여 미터 앞서서 걷고 있었다.

"그건 빼버리고 금니를 해박으면 되지 않아?" 하는 소녀 무희의 목소리가 내 귀에 들려와서 돌아다보니까, 소녀 무희는 지요코와 나란히 걷고 있었으며, 어머니와 유리코는 그들보다 좀 쳐져서 따라오고 있었다. 내가 돌아보는 것을 알아차리지 못한 듯 지요코가 말했다.

"그건 그래. 그렇게 알려드리지 것이 어때?"

나에게 관한 얘기를 하는 모양이다. 지요코가 내 이가 고르지 못한 것에 대해서 말하니까, 소녀 무희가 금니 얘기를 꺼냈을 것이다. 얼굴 얘기인 것 같은데, 그것이 마음에 걸리지도 않을 뿐더러 귀를 곤두세울 마음도 나지 않을 정도로 나는 친숙한 기분이 들었다. 얼마동안 낮은 소리가 계속되더니 이윽고 소녀 무희가 말하는 소리가 들려왔다.

"좋은 사람이야."

"그건 그래, 좋은 사람인 것 같아."

"정말 좋은 사람이야. 좋은 사람은 좋겠어."

이 말소리는 단순하면서도 숨김없는 여운을 가지고 있었다. 감정의 흐름을 순진하게 거침없이 내뱉어보이는 말소리였다. 나 스스로도 좋은 사람이라고 솔직하게 느낄 수가 있었다. 상쾌한 기분으로 밝은 산들을 바라보았다. 눈꺼풀 속이 살그머니 아파왔다. 스무 살인 나는 나 자신의 성질이 고아 근성(孤兒根性)으로 삐뚤어졌다고 냉엄하게 반성을 거듭하다가, 그 숨막힐 듯한 우울증 때문에 견디지 못하고 이즈로 여행을 떠나온 것이었다. 그러니만큼 세상의 평범한 의미로 자신이 좋은 사람으로 보인다는 것은 말할 수 없이 고마운 일이었다. 산들이 밝게 보이는 것은 시모다의 바다가 가까워졌기 때문이다. 나는 아까 받은 대나무 지팡이를 휘두르며 가을 풀의 대가리를 잘랐다.

도중의 군데군데 있는 마을 어귀에 팻말이 있었다.

──걸인과 떠돌이 연예인은 마을에 들어오지 말 것.

6

고슈야(甲州屋)라는 여인숙은 시모다의 북쪽 어귀로 들어가면 바로 거기에 있었다. 나는 연예인들의 뒤를 따라 다락방 같은 2층으로 올라갔다. 천장이 없었으며, 한길을 마주보고 있는 창가에 앉으니까 지붕이 머리를 짓누르는 것 같았다.

"어깨는 아프지 않니?" 하고 사돈마누라는 소녀 무희에게 몇 번씩이나 다짐을 받고 있었다.

"손은 아프지 않아?"

소녀 무희는 북을 칠 때처럼 아름다운 손짓을 해보였다.

"아프지 않아요. 칠 수 있어요, 칠 수가 있다니까요."

나는 북을 들어보았다.

"아이구, 무거운데……."

"그야 당신이 생각한 것보다는 무겁죠. 당신의 가방보다도 무거워요." 하고 소녀 무희가 웃었다.

연예인들은 같은 여인숙의 사람들과 떠들썩하게 인사를 나누었다. 역시 연예인과 광대 패거리들 뿐이었다.

시모다의 항구는 이와 같은 철새들의 소굴 같은 곳인지도 모른다. 소녀 무희는 아장아장 방으로 들어오는 이 여인숙의 아이를 보자 동전 하나를 주었다. 내가 고슈야를 나가려고 하자 소녀 무희가 먼저 현관으로 가서 게다를 나란히 놓으면서,

"활동사진 구경에 데려다주세요." 하면서 다시 혼잣말을 하듯 중얼거렸다.

깡패 같은 사나이에게 도중까지 안내를 받으며, 나하고 에이키치는 전 동장이 주인이라는 여관으로 갔다. 목욕을 하고 나서 에이키치와 함께 싱싱한 생선을 반찬으로 점심을 먹었다.

"이것으로 내일 사십구제에 꽃이라도 사서 공양해 주세요."

그렇게 말하며 얼마 안 되는 종이로 싼 돈을 에이키치에게 들려주고는 돌려보냈다. 나는 내일 아침에 배를 타고 도쿄로 가지 않으면 안 되었다. 여비가 이젠 떨어진 것이다. 학교 사정으로 간다고 하니까 연예인들도 붙잡을 수가 없는 모양이었다.

점심을 먹고 채 세 시간도 안 되어서 저녁식사를 하고, 나는 혼자서 시모다의 북쪽을 향해 다리를 건넜다. 시모다 후지에 올라가서 항구를 내려다보았다. 돌아오는 길에 고슈야에 들러보았더니 연예인들은 닭고기 전골을 놓고 밥을 먹고 있는 중이었다.

"한 입만이라도 드셔보시지 않으시겠어요? 여자가 먼저 젓가락을 대서 지저분하지만 우스갯소리의 자료는 될 테니까요." 하면서 어머니는 고리짝에서 밥공기와 젓가락을 꺼내서 유리코에게 씻어오게 했다.

내일이 아기의 사십구제이니까, 가능하다면 하루만이라도 출발을 연기해달라고 모두들 새삼 말했지만 나는 학교를 핑계삼아 말을 들어주지 않았다. 어머니가 거듭 말했다.

"그럼 겨울방학에는 모두들 나룻터까지 마중하러 나가겠어요. 날짜를 알려주세요. 기다리겠습니다. 여인숙 같은 데는 들르시면 안 돼요. 나룻터까지 우리가 마중하러 가겠습니다."

방에 지요코와 유리코만 남아 있을 때 활동사진을 보러가자고 하니까, 지요코는 배를 눌러 보이면서,

"몸이 안 좋아요, 그렇게 멀리 걸으면 지치고 말 테니……." 하며 창백한 얼굴로 축 늘어졌다. 유리코는 굳어진 자세로 고개를 떨구어버렸다. 소녀 무희는 아래층에서 여관집 아이하고 놀고 있었다. 나를 보자 사돈마누라에게 매달려서 활동사진 구경을 가게 해달라고 애원하다가, 넋을 잃은 것처럼 말없이 멍청히 내게로 돌아와서 게다를 바로 놔주었다.

"뭐라는 거요? 혼자라도 따라가게 해주면 좋을 거구면." 하고 에이키치가 설득해보려고 했지만 어머니가 허락하지 않는 모양이다. 왜 혼자서는 안 되는지 참으로 이상한 느낌이 들었다.

현관을 나오려고 하는데 소녀 무희는 강아지의 머리를 쓰다듬고 있었다. 내가 말을 걸 수 없을 정도로 서먹서먹해하는 모습이었다. 얼굴을 들고 나를 쳐다볼 기력도 없는 것처럼 느껴졌다.

나는 혼자서 활동사진을 보러 갔다. 여자 변사가 작은 전등 앞에서 설명을 읽고 있었다. 곧 나와서 여관으로 돌아왔다. 창틀에 팔꿈치를 괴고 언제까지나 밤거리의 경치를 바라보고 있었다. 어두운 거리였다. 멀리서 끊임없이 가냘프게 북소리가 들려오는 듯한 느낌이 들었다. 까닭없이 눈물이 텀벙텀벙 떨어졌다.

7

출발하는 날 아침, 일곱시에 밥을 먹고 있는데 에이키치가 길에서 나를 부르고 있었다. 검정색 가문(家紋 : 가문, 씨족, 단체를 상징하는 무늬)이 있는 하오리(羽織 : 겉에 입는 짧은 옷)를 입고 있었다. 나를 배웅해주기 위한 예의를 갖춘 차림새 같았다. 여자들의 모습이 보이지 않았다. 나는 금세 쓸쓸한 고적감을 느꼈다. 에이키치가 방으로 올라와서 말했다.

"모두 배웅하고 싶어했지만, 어젯밤 늦게 잤기 때문에 일어날 수가 없어서 실례하기로 했습니다. 겨울엔 기다리고 있을 테니까 꼭 오시라고 말씀드려달라고 했습니다."

거리는 가을의 아침바람으로 쌀쌀하게 차가웠다. 에이키치는 도중에 시키시마(담배 이름) 네 갑과 감, 그리고 가오루라는 구강 청량제(口腔淸涼劑)를 내게 사주었다.

"내 여동생의 이름이 가오루이니까……."

"배 안에서 귤은 좋지 않지만, 감은 배멀미에 좋다고 하니까 드셔도 괜찮을 거예요."

"이것을 드릴까요?"

나는 머리에 쓴 모자를 벗어서 에이키치 머리에 씌워주었다. 그리고 가방에서 교모를 꺼내 구겨진 주름을 펴면서 둘이 웃었다.

선창가에 가까워지자 바닷가에 웅크리고 있던 소녀 무희의 모습이 내 가슴으로 뛰어들었다. 옆으로 갈 때까지 그녀는 꼼짝도 하지 않았다. 말없이 머리를 숙였다. 어젯밤에 한 화장이 나를 더욱 흥분하게 만든다. 눈꼬리의 연지가 토라진 듯한 얼굴에 앳되고도 씩씩한 느낌을 가지게 했다. 에이키치가 말했다.

"다른 사람도 오니?"

소녀 무희는 머리를 저었다.

"다들 아직도 자니?"

소녀 무희는 고개를 끄덕였다.

에이키치가 배의 승선표와 거룻배표를 사러 간 사이에 나는 여러 가지 얘기를 해보았지만 소녀 무희는 물길이 바다로 흘러가는 곳을 물끄러미 내려다보며 한 마디도 하지 않았다. 내 말이 채 끝나기도 전에, 고개를 몇 번씩이나 끄떡끄떡할 뿐이었다.

"할머니, 이 사람이 좋을 것 같군요." 하며 맞벌이꾼처럼 생긴 사나이가 내게로 다가왔다.

"학생, 도쿄로 가는 길 아닙니까? 당신을 보니 믿을 만해서 부탁하는데, 이 할머니를 도쿄까지 모셔다주지 않겠소? 불쌍한 할머님이시거든. 아들이 렌다이지(蓮台寺) 절의 은을 캐내는 은광에서 일하고 있었는데, 이번 유행성 감기란 놈 때문에 아들도 며느리도 죽어버렸단 말예요. 이런 손자가 셋이나 남아 있거든. 어떡해야 할지 방도가 서지 않아서 우리가 의논한 끝에 고향으로 돌려보내는 거라우. 고향은 미도(水戶)인데 할머니는 아무것도 모르니까 레이간토(靈岸島)에 도착하면 우에노(上野) 역으로 가는 전차를 태워드리면 되는거요. 귀찮겠지만 우리가 손모아 부탁하는 거요. 어쨌거나 이 모습을 보면 불쌍하다는 생각이 들거요."

맥없이 멍청히 서 있는 할머니 등에는 젖먹이가 업혀 있었다. 밑에가 세 살, 위가 다섯 살쯤 돼보이는 두 여자아이가 좌우편 손에 잡혀 있다. 지저분한 보자기로 싼 보따리에 커다란 주먹밥과 우메보시(梅干 : 살구로 담근 장아찌 종류)가 보였다. 대여섯 명의 광부들이 할머니를 위로하고 있었다. 나는 할머니의 뒷바라지를 쾌히 승낙했다.

"부탁합니다요."

"정말 고맙소. 우리가 미도까지 모셔다 드려야 하는데 그럴 처지도 못 되고……." 하면서 광부들이 내게 한 마디씩 인사를 했다.

거룻배는 몹시 흔들렸다. 소녀 무희는 역시 입을 다문 채 한쪽만을 지켜보고 있었다. 내가 새끼줄 사다리에 매달리려고 하며 돌아다 보았을 때 작별인사를 하려다가 다시 한 번 고개를 끄덕여보일 뿐이었다. 거룻배가 돌아갔다. 에이키치는 조금 전에 내가 준 모자를 손에 들고 자주 흔들고 있었다. 훨씬 멀어지고 나서야 소녀 무희는 하얀 것을 흔들기 시작했다.

기선이 시모다의 바다를 벗어나서 이즈 반도의 남단이 뒤로 사라져갈 때까지, 나는 난간에 기대서서 멀리 앞바다에 보이는 오시마를 열심히 바라보고 있었다. 소녀 무희와 헤어진 것이 먼 옛날의 일처럼 느껴지는 기분이었다. 할머니가 어떻게 되었나 싶어 선실을 들여다보니까, 벌써 사람들이 둘러앉아서 여러 가지로 위로해주는 듯했다. 나는 마음을 놓고 옆 선실로 들어갔다. 사타미나다(相模灘)의 바다는 파도가 높았다. 앉아 있으려니까 가끔 옆으로 쓰러졌다. 선원이 작은 쇠대야를 나누어주고 다녔다. 나는 가방을 베개삼아 눕고 말았다. 머리가 횡하니 비어서 시간이란 걸 느끼지 못했다. 눈물이 주르룩 가방까지 흘렀다. 가방이 축축해져서 뒤집어 베었을 정도였다. 내 옆에는 소년이 자고 있었다. 가와쓰에 있는 공장 주인의 아들로 입학준비 때문에 도쿄로 가는 길이었으니까, 일고(一高: 도쿄에 있는 제일 고등학교의 약칭) 모자를 쓰고 있는 나를 보자 호의를 가지게 된 모양이다. 조금 얘기가 오고 간 끝에 그는 말했다.

"뭔가 불행한 일이라도 있었습니까?"

"아뇨, 방금 어떤 사람과 헤어졌답니다."

나는 아주 솔직하게 말했다. 울고 있는 걸 본 사람이 있다고 해도 나는 아무렇지도 않았다. 다만 상쾌한 만족감 속에서 조용히 잠을 자고 있는 것 같았다.

바다가 어느 사이에 저물었는지 알지도 못한 사이에 아지로(綱代)와 아타미(熱海)에는 등불이 있었다. 살갗이 차가웠고 배가 고팠다. 소년이 대나무 껍질로 싼 보따리를 펼쳐주었다. 나는 그것이 남의 것이라는 걸 까맣게 잊은 듯이 김초밥을 먹었다. 그리고 소년의 학생 망토 속으로 파고들었다. 나는 어떤 친절한 대접을 받는다 해도, 그것을 아주 자연스럽게 받아들일 수 있을 것만 같은 아름다운 텅빈 마음의 상태였다. 내일 아침 일찍, 할머니를 데리고 우에노 역까지 가서 미도까지의 차표를 사주는 것도 지극히 당연한 일처럼 생각하고 있었다. 모든 것이 하나로 융합된 것처럼 느껴졌다.

　선실의 램프가 꺼져버렸다. 배에 실은 생선과 바닷물의 짠 냄새가 역했다. 깜깜한 속에서 소년의 체온으로 몸을 녹이면서 나는 눈물이 흐르는 것을 그대로 두었다. 머리가 맑은 물이 되어버리고, 그것이 주르룩주르룩 흘러내려서 그 뒤에는 아무것도 남지 않을 것 같은 달콤하고 상쾌한 기분이었다.

■ **작품 해설** ────────────────────────────────

가와바타 야스나리(川端康成)는 우리에게도 익히 알려진 일본이 낳은 노벨문학상 수상작가이다.

1899년, 오사카(大阪)에서 태어난 그는 2세 때 아버지가 죽고, 3세 때는 어머니마저 죽었다. 그리고 7세 때는 사랑해주던 할머니도 세상을 떠났고, 15세 때에는 하나밖에 없던 누이마저 죽어서 할아버지와 살게 되었다. 그러나 그 할아버지마저 15세 때 세상을 하직했다. 유년기에 양친을 잃은 슬픔이 채 가시기도 전인 사춘기에 접어들어, 그는 천애의 고아가 된 것이다. 이 고아의 고독감은 그의 문학적 정신세계를 형성하게 되었으며, 깊은 인생의 정수를 감지하게 되었다. 아직 성숙되지 않은 정신상태에서 할아버지의 죽음을 지켜본 그에게 인생이란 무엇이며, 죽음의 슬픔이 무엇인지를 깨닫게 한다는 것은 참으로 엄청난 요망인지도 모른다.

그러나 그는 그 체험을 작품으로 승화시켰다. 《16세의 일기》가 바로 할아버지의 죽음을 통한, 그의 문학세계를 구축해 놓은 작품이다. 외부와의 왕래가 차단된 집안에서, 죽음과 대결하고 있는 단 하나의 핏줄인 할아버지를 간호하고 있는 소년의 눈에, 죽음이란 것이 어떻게 비춰졌을까. 소년의 눈에는 눈물도 분노도 수면도 가득가득 괴었지만 타협이란 것을 모르며 당사자이면서도 방관자 노릇을 해야 하는 소년의 가슴속은 너무도 벅찬 압박감으로 꽉 차 있었다. 《16세의 일기》는 그러한 소년의 눈에 비친 외부세계를 마치 동양화를 보듯 차분하게 그려가고 있는 작가의 초기 작품이다.

1920년 21세에 가와바타는 도쿄 대학(東京大學) 영문학과에 입학하여 본격적인 문학수업을 시작하게 된다. 대학 재학 중에 〈신사조(新思潮)〉라는 잡지 창간에 동참하고, 그 유명한 〈문예춘추(文藝春秋)〉가 1923년에 창간되자, 그 편집동인으로 참여하기도 했다. 그 이후 오직 문학에 전념하며 창작활동을 전개하여 수많은 작품을 속속 발표하기 시작했다.

1924년 도쿄 대학을 졸업하며 다른 문우들과 함께 새로운 감각으로 창작활동을 펼치고자 〈문예시대(文藝時代)〉를 창간하여, 1926년 1월에는 이 잡지에 《이즈의 무희》를 발표하고 작가로서의 자리를 굳히게 된다. 다시 말해 《이즈의 무희》는 그의 출세작이 된 셈이다.

그 후로 매년 수편의 신작을 계속 발표해 오다가 1935년에는 그 유명한 《설국(雪國)》을 단편적으로 발표하기 시작하고, 1939년에는 단행본으로 간행하게 된다. 그는 이 《설국》으로 1968년도 노벨문학상을 수상하게 된다.

그리고 1972년 4월 17일, 그는 인생을 마감하는 가스 자살로 생애를 마쳤다. 그의 대표작으로는 위에 소개한 작품 이외에도 《센바즈루》, 《서정가(抒情歌)》, 《금수(禽獸)》, 《명인(名人)》, 《산의 소리》, 《잠자는 미녀》 등을 꼽을 수 있다.

이 《설국(雪國)》은 가와바타 야스나리(川端康成)가 1968년도에 노벨문학상을 수상한 명작이다. 인도의 시성(詩聖) 타고르가 1913년 시집(詩集) 《기탄잘리》로써 노벨상을 받은 이래, 동양인으로서는 두 번째의 일이었다. 완결판 《설국》이 출판된(1948) 지 20년만에, 문학인으로서는 최고의 영예를 차지한 셈이다.

그런데 이 《설국》은 일시에 이루어진 소설이 아니라, 작가가 36세 되던 1935년부터 48세 되던 1947년까지 여러 문예잡지에 발표했던 12편의 단편들을 모아서 그 이듬해에 완결 출판한 것이다. 하나의 작품 세계를 완벽하게 형상화하기 위해서 그처럼 13년간에 걸쳐 꾸준하고 끈질기게 깎고 다듬은 예도 그리 흔한 일은 아닐 것이다.

그 후 이 작품은 구미 각국에서 번역되어 수상하기 10년 전부터 세계에 널리 소개되어 왔었다. 가와바타가 노벨상을 받을 수 있게 된 가장 중요한 외적 조건을 든다면, 그와 같이 일찍부터 세계 각국에 번역 소개되어 왔었다는 점을 강조하지 않을 수 없다. 이런 점에서도 번역 문학의 중요성을 더욱더 깊이 인식해야 할 것이다.

이 책에서 소개한 《센바즈루》와 《나미치도리》는 발표 연도는 다르지만 작품의 흐름은 전·후편의 연작이다. 1949년에 《센바즈루》를 발표하고, 3년 후인 1952년에는 이 작품으로 일본 예술원상을 수상했다. 그리고 그 이듬해인 1953년에 《속·센바즈루》를 발표하기 시작하여, 1954년 7월에 완결해서 《나미치도리》라는 단행본으로 마무리했다.

전편격인 《센바즈루》는 도자기에 얽힌 사연을 인간세계의 초현실적인 미적 세계로 연관을 지으며 얘기를 전개해 간다. 기쿠지라는 청년은 아버지의 옛 여자였던 두 중년 여성을 만나게 된다. 한 여성은 일본 고유의 '다도'를 가르쳐주는 강사이면서 현실주의에 젖은 매몰찬 그리고 심술궂은 중년 과부이고, 또 다른 한 사람은 도자기의 유연한 선과 매끄러운 표면처럼 탐미적(耽美的)이며 이상주의적인 중년 부인이다. 이 두 부인은 기쿠지의 아버지를 사이에 두고 질시의 눈으로 서로를 경원하며 지냈다. 현실적이고 심술궂은 성격의 구리모토 지카코, 탐미적이고 이상주의적인 오호다 부인, 이 두 부인과 기쿠지의 접근은 아주 다르다. 지카코는 기쿠지를 매개로 자신의 생활권을 구축해 가고자 하는 현실적인 반면, 오호다 부인은 기쿠지에게서 아버지의 환상을 느끼고 어쩌다 여관에서 동침을 하게 된다. 이러한 낌새를 알아차린 지카코는 오호다 부인을 부도덕하다고 매도하지만, 오호다 부인은 세속적인 도덕관념은 아랑곳하지 않는 초현실적인 아름다운 사랑에만 도취해버린다. 기쿠지의 결혼 문제로 지카코는 오호다 부인과 그의 딸을 기쿠지에게서 격리시키려고 압박을 가해, 결국은 오호다 부인은 죽음을 택하고, 딸은 기쿠지를 떠나게 된다. 기쿠지는 사라진 두 모녀를 도자기의 명품과 같은 느낌을 받으며 아쉬워한다. 그러나 그들은 기쿠지에게서 영원히 떠나간 사람들이다. 명품이란 인상만 남겨 놓고…….

후편격인 《나미치도리》는 기쿠지가 결혼하고 나서, 아내에 대한 애정을 어떻게 발효해가는가를 치밀한 필치로 묘사하고 있다. 기쿠지는 신부 유키코가 한없이 사랑스럽고 귀엽지만, 얼른 접근할 수가 없다. 과거가 있었던 오호다 부인과 그의 딸 후미코에 대한 연민이 신혼 부부의 애정을 가로막고 있기 때문이다. 그러나 기쿠지는 후미코의 그 연연한 편지를 한 장씩 태워가며 아내에 대한 애정을 한 겹, 두 겹 두텁게 포개간다. 그리고 이것이 현실이라는 것을 깊이 깨닫게 된다.

말하자면 기쿠지는 구름에 싸였던 자신의 시야를 말끔히 헤쳐 내고 현실로 돌아올 수밖에 없다는 것을 자각한 것이다. 그 기쿠지의 자각이 유키코에 대한 애정으로 궤적을 그리며 다가갔다.

《이즈의 무희》는 작가가 1918년, 고등학교 2학년 때 이즈로 여행을 하면서 체험한 한 토막의 이야기이다. 작품에 나오는 떠돌이 광대들의 애틋한 모습이 19세 청년의 감수성을 자극했던 모양이다. 작가는 이때 느낀 것을 스스로 여과해서 1926년 초에 작품으로 완성했다.

하루 벌어 하루 먹는 그 떠돌이 광대들에게는 자존심이나 도덕 같은 것이 문제가 되는 것은 아니다. 인간 본연의 모습, 허례허식이나 생활의 규범 같은 것이 필요하지 않았다. 좋으면 직선적으로 좋은 감정을 표출하고, 싫으면 싫다는 것을 거리낌없이 내뱉는 그들의 모습을 본 고등학생인 주인공 〈나〉는, 자신이 구경하지 못한 새로운 신천지를 발견한 것처럼 격한 감동을 느낀다.

마지막 헤어질 때 소녀 무희가, 비록 사랑을 기술적으로 매끄럽게 표현하지는 못하지만, 뜨겁게 행동으로 보인 것은 감수성이 예민한 〈나〉에게 새로운 삶의 방법을 제시한 하나의 미적 표출이라고 할 수 있다.

한국남북문학 100선

1 소나기 · 이리도	황순원
2 무녀도 · 역마	김동리
3 사랑손님과 어머니	주요섭
4 삼 대	염상섭
5 표본실의 청개구리	염상섭
6 농 민	이무영
7 을지문덕	안수길
8 고향 없는 사람들	박화성
9 남풍북풍	이호철
10 감자 · 붉은 산	김동인
11 운현궁의 봄	김동인
12 무영탑	현진건
13 고향 · 운수좋은 날	현진건
14 상록수	심 훈
15 물레방아	나도향
16 탁 류	채만식
17 레디 메이드 인생	채만식
18 메밀꽃 필 무렵	이효석
19 동백꽃	김유정
20 날 개	이 상
21 순애보	박계주
22 한밤의 목소리	최상규
23 화요일의 사내들	김병총
24 그날의 초록	천승세
25 이상한 토요일	김문수
26 광상곡	구혜영
27 농 지	유승규
28 메아리 메아리	조정래
29 세화의 성	손장순
30 절망 뒤에 오는 것	전병순
31 청동기	장용학
32 수라도	김정한
33 신과의 약속	한말숙
34 때까치	최일남
35 서울 1964년 겨울	김승옥
36 청산을 기다리며	백시종
37 가사자의 꿈	최창학
38 토비아의 집	김의정
39 비	박경수
40 디데이의 병촌	홍성원
41 핏 들	이동희
42 수난이대	하근찬
43 여름사냥	김주영
44 아테나이의 비명	정을병
45 무 정	이광수
46 흙	이광수
47 유 정 · 꿈	이광수
48 사 랑	이광수
49 단종애사	이광수
50 무명(단편집)	이광수
51 이차돈의 사	이광수
52 마의 태자	이광수
53 소설 이순신	이광수
54 원효대사	이광수

일신서적출판사

1211-1110 서울 마포구 신수동 177-3호
공급처 TEL. 703-3001~6 FAX. 703-3009

完譯版 世界 名作100選

No.	작품	저자	No.	작품	저자
54	안네의 일기	안네 프랑크	83	오만과 편견	제인 오스틴
55	달과 6펜스	서머셋 모음	84	설 국	가와바타 야스나리
56	나 나	에밀 졸라	85	일리아드	호메로스
57	목로주점	에밀 졸라	86	오디세이아	호메로스
58	골짜기의 백합(外)	오노레드 발자크	87	실락원	J. 밀턴
59 60	마의 산 Ⅰ Ⅱ	도스토예프스키	88	나의 라임오렌지나무	바스콘셀로스
61 62	악 령 Ⅰ Ⅱ	도스토예프스키	89	서부전선 이상없다	E.레마르크
63 64	백 치 Ⅰ Ⅱ	도스토예프스키	90	주홍글씨	A. 호돈
65 66	돈 키호테 Ⅰ Ⅱ	세르반테스	91 92 93	아라비안 나이트	
67	미 성 년	도스토예프스키	94	말테의 수기(外)	R.M. 릴케
68 69 70	몽테크리스토백작 Ⅰ Ⅱ Ⅲ	알렉상드르 뒤마	95	춘 희	알렉상드르 뒤마
71	인간의 대지(外)	생텍쥐페리	96	사랑의 기술	에리히 프롬
72 73	양철북 Ⅰ Ⅱ	G. 그라스	97	타인의 피	시몬느 보브와르
74 75	삼총사 Ⅰ Ⅱ	알렉상드르 뒤마	98	전락 · 추방과 왕국	A. 카뮈
76	크리스마스 캐럴	찰스 디킨스	99	첫사랑 · 아버지와 아들	
77	수레바퀴 밑에서(外)	헤르만 헤세	100	아Q정전 · 광인일기	루 쉰
78	셰익스피어의 4대 비극	셰익스피어	101 102	아메리카의 비극	드라이저
79 80	쿠오 바디스 Ⅰ Ⅱ	솅키에비치	103	어머니	고리키
81	동물농장 · 1984년	조지 오웰	104		
82	도리안 그레이의 초상	오스카 와일드	105 106	암병동 Ⅰ Ⅱ	솔제니친

일신서적출판사

121-110 서울 마포구 신수동 177-3호
공급처 : ☎ 703-3001～6, FAX : 703-3009

설국(雪國)

- 저　자 / 가와바타 야스나리
- 역　자 / 반　광　식
- 발행자 / 남　　　용
- 발행소 / 一信書籍出版社

주소 : [1][2][1]－[1][1][0]
　　　서울 마포구 신수동 177－3
등록 : 1969. 9. 12. (No. 10－70)
전화 : 703－3001~6
FAX : 703－3009
© ILSIN PUBLISHING Co. 1990.　04－①

ISBN 89-366-0334-5　　　03840　　　값 10,000원